고전시가 교육의 구도

저자 **류수열** 柳洙烈

서울대학교 사범대학 국어교육과에서 수학하고 동 대학원에서 석사 및 박사 학위를 취득하였다.
대학원 재학 중 약 2년 간 중학교에서 교편을 잡았으며, 2002년부터 전주대학교 국어교육과 교수로 재직 중이다.
문학을 중심으로 삼아 국어교과학의 체계화에 관심을 기울이고 있다.
주요 저서로 박사학위 논문을 엮은 『판소리와 매체언어의 국어교과학』(역락),
〈홍길동전〉을 풀어쓴 『춤추는 소매 바람을 따라 휘날리니』(나라말),
우리나라 애정 시가를 해설하고 감상을 곁들인 『꽃 보고 우는 까닭』(우리교육)
등이 있다.

고전시가 교육의 구도

초판 인쇄 2008년 10월 2일
초판 발행 2008년 10월 8일

지은이 류수열
펴낸이 이대현
편 집 이태곤
펴낸곳 도서출판 역락
　　　　서울 서초구 반포4동 577-25 문창빌딩 2층
　　　　전화 02-3409-2058, 02-3409-2060 | FAX 02-3409-2059
　　　　이메일 youkrack@hanmail.net
　　　　등록 1999년 4월 19일 제303-2002-000014호
ISBN 978-89-5556-630-7 93810

정 가 18,000원

* 잘못된 책은 교환해 드립니다.

고전시가 교육의 구도

류 수 열

도서출판 역락

석사학위 논문 작성 혹은 박사 과정 입학을 기준으로 삼으면, 공부에 약 10년 정도의 공력은 쌓인 셈이다. 결코 짧은 시간은 아닌데도 아직 나의 학문적 정체성이 무엇인가를 말하기도 어렵고, 논문으로나 저서로나 나만의 독창이 담긴 주장이나 논리를 내세우지도 못했다. 올해로 명실상부하게 불혹의 나이에 접어들었건만, 나는 여전히 세상의 유혹에 쉽게 흔들리고 있다. 그러니 학문적 성취가 높지 못한 건 당연한 귀결이다.

그럼에도 그간의 논문들을 모아 한 권의 책으로 엮어야겠다고 생각한 것은, 10년이면 인생의 한 마디는 되겠다는 판단에서이다. 공부란 연속적이어서 과거의 논문에 담긴 생각이 일시에 부정될 리는 만무하다. 그래도 지금까지 이룩한 일련의 연구 성과를 하나로 묶어내면 새로운 출발도 한결 더 수월해지지 않을까, 하고 터무니없는 생각을 해 본 것이다.

출간을 준비하면서 논문을 다시 읽어가다 보니, 난삽한 문체는 물론이고 깊이를 갖추지 못한 문제의식과 정치하지 못한 논리 전개에 얼굴이 붉어지기도 했다. 그러나 그것이 과거의 나였고 현재의 나를 뒷받침해 주는 역사이니, 마냥 부정할 수만은 없었다. 또 그런 부끄러움이 나의 성장을 증명해주는 역설적 증거이겠거니 하면서 자위해 보았다.

　이 책에는 모두 12편의 글이 실려 있다. 처음 발표된 시간의 편차로 보니 정확히 12년이다. 석사학위 논문도 포함되어 있고, 최근에 간행된 학술지에 실린 논문도 함께 공존한다. 그러나 이 글에서는 관심사나 접근법에 따라 새로운 체제를 짜서 발표순과는 무관하게 새로 배치했다. 제1부에는 고전시가 교육에 관한 접근 방법 혹은 시각과 관련된, 다소 추상도가 높은 글들이 모여 있다. 제2부에는 주로 고전시가 교육의 내용 중에서도 경험적 요소에 초점이 놓여 있는 글들을, 제3부에는 수행적 측면이 강한 글들을 배치하였다. 국어교육의 내용 범주를 지식, 경험, 태도, 수행으로 나눈다면, 지식 범주와 태도 범주가 결락되어 있는 셈이다. 그렇지만 서로 변별적인 자질에 바탕을 둔 구획만은 아님을 밝혀둔다.

　사설시조를 자료로 하여 석사학위 논문을 작성했으므로 학문적 출발점은 고전시가 교육이었다. 박사과정 때부터는 판소리에 관심을 가져서 그 방면의 공부에 많은 시간을 할애했다. 그리고 지금 재직 중인 대학에 자리를 잡은 뒤로는 문학교육과 국어교육에 관한 연구도 커다란 비중을 차지하게 되었다. 그러다 보니 학문적 여로는 복잡하고 그 행보는 어지럽다. 넓이나마 제대로 갖추었는지는 모르지만, 깊이는 스스로도 만족스럽지 못하다. 깊이와 넓이를 동시에 추구하는 것이 이상적이지만, 한계를 인정하지 않을 수 없다. 이제 조만간 나머지 분야의 글들도 별도로 모아 책으로 간행하면서 복잡한 여로를 정돈해 보고 어지러운 행보도 다스릴 예정이다.

　지난 8월에는 은사이신 김대행 선생님께서 퇴임을 하셨다. 이 책의 갈피마다에 그 분의 흔적이 스며 있다는 사실이 새삼스럽게 다가온다. 선생님께서 열을 주려고 하셨다면, 나는 둘도 제대로 받아들이지 못했다. 때늦은 각성이지만, 일찍부터 더욱 열심히 따르고 배웠다면 지금의 나보다는 훨씬 더 큰 사람이 되지 않았을까 한다. 그러니까 이 책은 선생님의 존재와 부재를 동시에 증명해 주고 있는 셈이다.

선생님께서는 마흔이면 이제 일가를 이룰 나이라고 말씀하셨다. 그리고 마흔 즈음에 이미 어딘가에서 일가를 이룬 사람들을 보면 부럽기도 하고 부끄럽기도 하다. 그러나 내가 일가를 이루기 위해서는 더 많은 세월이 필요할 듯하다. 학문의 기초도 튼튼하지 못한데다 여기저기에서 달려드는 유혹에도 강하지 않기 때문이다. 다행히 천성마저 게으르지는 않으므로, 성실하게 정진한다면 멀지 않아 그런 날이 올 것으로 믿는다.

이 책에는 참으로 많은 사람들의 수고와 도움이 담겨 있다. 이 글들이 최소한의 완성도를 가졌다면, 논문 발표에서 토론에 임해 주셨던 분들과 심사 과정에서 조언을 주셨던 동학들의 수고 때문이다. 절친한 관계를 맺고 있는 몇몇 동료 교수님들은 전공은 다르면서도 일상에서 깨우침을 주는 고마우신 동반자들이다. 강의하는 동안에 지적 자극으로 새로운 사고의 방향을 열어주는 학생들은 교학상장의 미덕을 일깨워준 소중한 존재들이다. 어설픈 원고를 깔끔하게 정리해준 도서출판 역락의 이태곤 본부장님과 이해를 따지지 않고 흔쾌히 출판을 허락해 주신 이대현 사장님께도 감사의 말씀을 전한다. 이 책은 잠귀 밝으신 어머니께는 아들의 밤늦은 귀가에 대한 변명이 될 것이다. 많은 시간을 함께 하지 못하는 데 대해 애교 섞인 불평을 늘어놓는 아내와, 아버지를 다른 일에 빼앗겼으면서도 탈 없이 성장해 가는 두 아들에게도 고마움을 전한다.

2008년 10월 초순 가을로 가는 길목에서
저자

제
1
부

고전시가 교육에 대한 관점

| 제1장 |

고전시가의 교육적 구도와 성층

1. 고전문학의 타자성

우리가 현재 살고 있는 이 시대가 디지털 사회라는 점은 현대 사회의 성격을 규정하고자 하는 모든 시도의 전제이다. 그만큼 디지털은 좀 더 발전된 기술이라는 공학적 규정을 넘어 삶의 양식을 근본적으로 뒤바꿀 만큼 강력한 위력으로 우리에게 다가와 있다. 교육 부문 또한 예외가 아니다. 디지털 문화는 해체주의로 대표되는 포스트모더니즘의 물결과 만나면서 전통적인 교육의 패러다임을 통째로 흔들면서, 교육 목표와 내용, 방법에 이르기까지 교육의 각 국면에서 새로운 패러다임을 요구하고 있다.

문학교육을 포함한 국어교육에서도 패러다임의 변화는 가시적으로 일어나고 있다. '쿼터리즘(quarterism, 15분주의)'라는 신조어가 표상하는 바대로 디지털 매체가 지닌 가소성(可塑性)과 속도감을 몸으로 체현하고 있는 학습자들의 성향 변화, 대중매체를 비롯한 사회 리터러시 환경에 의한 학교 리터러시 환경의 압도, 해체주의의 교육적 변주라 할 만한 구성주의적 지식관과 학습관의 대두 등등은 이론과 실천의 양면에 걸쳐 국어교육 혹은 문학교육에 여러 과제를 던져주는 사회적 조건들이다.

이런 상황이니만큼 문학교육에 딜레마가 없을 수 없다. 잠시 "知之者不如好之者 好之者不如樂之者"라는 공자의 말에 기대어 문학교육의 현재를 진단해 보기로 하자. 아는 것과 좋아하는 것과 즐기는 것의 가치론적 위계는 자명하게 드러난다. 무엇인가를 아는 단계를 넘어 좋아할 수 있어야 하고, 좋아하는 수준을 넘어 즐길 주 있어야 한다. 물론 교육을 통해 획득된 모든 앎이 언제나 좋아함으로, 그리고 좋아함이 다시 즐김으로 이행되는 것은 아니다. 학습자가 지닌 취향의 다양성을 존중한다면, 문학을 배운 모든 학습자들이 문학을 좋아하고 즐겨야 한다는 주장은 교육적으로도 온당하지 못하다. 그러니 오늘날 문학 학습자들이 문학을 좋아하지 않고 즐길 줄 모른다고 한탄할 일은 아니다. 더욱이 과거 문학이 주는 즐거움을 대체할 만한 오락거리, 위안거리가 우리 주변에 다양하게 포진해 있는 사태를 감안하면, 이러한 한탄은 부당한 일일 수도 있다.

그러나 무릇 교육이란, 특히 공교육이란 의도성과 계획성을 바탕으로 실행되는 사회적 제도이다. 교육은 특정 단위의 공동체 구성원들이 공유해야 한다고 믿는 윤리적·지적·심미적 양식(樣式)을 내용으로 한다. 그러므로 그것은 학습자 개인의 취향에 따라 선택되기 이전에 사회적으로 부여된 일종의 통과 제의이기도 하다. 이 점에서 고전문학은 현대문학과는 또 다른 위치에 놓인다. 삶의 양식을 기준으로 할 때, 오늘날이 아무리 디지털 시대라고 하더라도 산업사회와 후기산업사회 사이의 지층에 비해 근대와 전근대 사이의 지층이 더 두텁다. 따라서 근대 이전의 문학을 통칭하는 고전문학은 우선은 적극적인 향유의 대상 이전에 지적 섭렵의 대상이 될 수밖에 없다. 역으로 적극적인 향유를 위해서라도 지적인 섭렵이 선행되어야 한다는 논리도 성립된다.

사정이 이러하다면, 고전문학 교육의 국면에서 특히 두드러지게 나타나는 딜레마는 '가르쳐야 할 것'과 '배우기 어려운 것' 사이의 긴장이기도 하다. 동서고금을 막론하고 고전문학은 교육의 자료로서나 내용으로서나 배제되지 않는다. 고전(古典)이 '옛것(antique)'의 의미이든 '전범(canon)'의 의미이든, 교육이 문화 전수라는 본래적 기능을 포기하지 않는 한 고전문학은 공교육의 필수적인 교과내용으로 자리하고 있다.[1] 그러나 현란한 디지털 문화의 자장 속에서 성장하고 있는 오늘날의 학습자들 입장에서 고전문학의 표기 문자는 생소하고, 문학적으로 형상화된 세계는 외국문학만큼이나 아니 외국문학보다 더 낯설다. 수차례에 걸쳐 이루어진 교육과정과 교과서 개정에도 불구하고 고등학교 국어교과서에 고정된 레퍼토리로 자리를 잡고 있는 서포의 <구운몽>과 송강의 <관동별곡>은 셰익스피어 작품 이상의 '타자(他者)'가 되었다. 이처럼 가르쳐야한다는 당위와 배우기 어렵다는 현실 사이의 긴장, 이것이 고전문학 교육이 처한 딜레마의 한 국면이다.

그런데 긴장이란 모든 생명체가 자신의 생명을 유지하고 존속시키는데 활력을 주기도 한다. 고전문학교육 또한 사회적 제도의 이름으로 생존하는 생명체라면, 이러한 긴장은 고전문학교육의 자체적인 성장에 중차대한 비계(飛階)로 작용할 수도 있다. 이를 위해서는 바로 현재적 관점에서 고전문학교육의 구도를 정립하고 지평을 개척하는 일이 주요한 과제로 나선다.

고전문학이 지금까지 교육의 장에서 배척되지 않고 자기 자리를 잡고 있었다는 사실 자체가 고전문학의 교육적 가치를 보장해 주지는 않는다. 그리고 단지 '우리 것'이니까 소중하고 그래서 가르친다는 것은 애호가의 자기 위안일 수는 있어도, 적어도 계획성과 의도성에 바탕을 둔 제도 교육에서 그것은 초논리적 당위를 앞세운 맹목에 가깝다. 그 결과는 공허로 귀결될 수밖에 없다. 이것이 왜 가르쳐야 하는가 하는 교육 목적 문제, 무엇을 가르쳐야 하는가 하는 내용의 선정과 조직 문제, 어떻게 가르쳐야 하는가 하는 교수-학습 방법 문제에 대해 꼼꼼히 점검해야 하는 소이이다.

이 글에서는 고전문학 중에서도 시가 문학에 초점을 맞추어 논의를 펼치고자 한다. 서사 문학은 서사라는 원리 자체가 오늘날의 다양한 문화 콘텐츠에서도 지속적인 생명력을 지니고 있는데다 언어라는 기호의 장벽을 넘어설 수 있어 학습자들과의 거리감을 좁힐 수 있는 여지가 충분하다고 본다. 그러나 시가문학은 교수-학습의 과정에서 거쳐야 할 단계가 서사 문학에 비해 한층 더 다층적이다. 언어의 섬세한 결이 작품 자체의 핵심적 요소라는 점, 그래서 현대어에 가깝게 풀이되는 순간 시적 긴장이 달라질 수 있다는 점, 게다가 어석의 문제가 여전히 난제로 남아 있는 경우가 많다는 점 등을 그 이유로 들 수 있다. 그러나 이러한 단계를 넘어서기만 하면 시가 문학을 통해 성취될 수 있는 교육적 의의는 한층 더 뚜렷해지리라 믿는다.

2. 언어교육의 모델과 내용 범주의 상관성

현재 문학은 독립 교과가 아니라 '국어'의 한 하위 영역 혹은 하위 과목으로 설정되어 있다. 물론 이 사실이 음악이나 미술처럼 문학이 예술 교과 중의 한 과목으로 성립 가능하다는 사실을 부정하는 것은 아니다. 문학은 그야말로 언어 예술이며 당연히 예술의 한 장르로 대접받고 있기도 하다. 따라서 적어도 논리적으로는 문학이 반드시 국어과의 한 하위 영역 혹은 과목으로 배치될 필요는 없다. 그런데도 우리는 이러한 구도를 지속적으로 유지해오고 있다. 단지 관습적인 영역 분할의 결과도 아닐 것이고, 정책적인 편의에 따른 배치도 아닐 것이다. 그렇다면 먼저 고전문학 교육의 방향을 국어교육의 전체적인 구도 속에서 모색해 보기로 하자.

역사적으로 오랜 기간 동안 모국어 교육의 교육과정 논쟁을 거친 영국에서는 영어 교육의 목적2)을 다음의 다섯 가지로 정리한 바 있다(Brian Cox, 1991 : 21-22 ; 김대행, 1997).

(1) 개인의 성장 도모(personal growth): 언어능력의 발전이 곧 개인의 성장을 의미하며, 교육의 목적도 개인의 바람직한 성장에 두어야 한다는 관점

(2) 범교과적 도구 습득(cross-curricula): 언어는 모든 교과의 학습을 수행하는 도구라고 보는 관점

(3) 성장 후의 필요 대비(adults needs): 학생들이 자라서 사회생활을 하게 될 때에 직업상, 사회 활동상 언어능력이 필요하므로 언어를 가르쳐야 한다는 관점

(4) 문화의 계승·발전 능력 함양(cultural heritage): 학생은 민족과 인류의 문화를 계승하고 발전시켜야 할 존재로 간주하고 그러한 능력의 배양을 강조하는 관점

(5) 주체적 문화 분석 능력 함양(culture analysis): 모든 개인은 주체적으로 자신의 삶을 개척해 나아가야 하므로 자신이 살아가는 세계와 문화적 환경에 대하여 비판적으로 이해하는 것을 도와주어야 한다는 관점

(1)의 '개인적 성장'이란 모든 교육에서 추구하는 바이지만, 국어과에 적용되면 결국 '언어적 성장'을 뜻하게 된다. 정확하게 말하면 언어 능력의 성장이 아니라 언어를 통한 성장이며, 이는 언어를 통해 삼라만상

을 간접적으로 경험함으로써 정서적·지적 성장을 도모하게 된다는 의미이다.

(2)는 언어 교육이 다른 교과의 학습을 위해 필수적으로 선행되어야 한다는 관점이다. 공교육 입문기 아동들이 읽기와 쓰기 학습을 집중적으로 받고 있다는 사실과 대입 수능 시험에 '언어' 영역이 있다는 사실은 이러한 관점의 소산이라 할 만하다. (3)은 한 인간의 생애에서 학교를 졸업한 뒤 가족의 한 구성원으로서, 혹은 직장인으로서, 사회인으로서 국어능력이 지속적으로 요구되는 필수적인 요건임을 강조한다. (2)와 (3)은 각각이 겨냥하고 있는 생애의 단계는 학교 생활과 졸업 이후로 각각 다르지만, 언어 능력의 도구적 혹은 실용적 측면에 주목한다는 점에서는 공통적이다.

(4)는 공동체 구성원들이 지식과 경험을 공유함으로써 공동체 구성원으로서의 정체성을 유지하고 상호간의 연대감을 확보할 수 있다는 논리에 기반하고 있다. 영국인들이 셰익스피어를, 독일인들이 괴테를 내세워 문화적 자부심을 과시하는 데서 알 수 있듯이, 한 공동체가 공유하고 있는 문화적 표상들이 학교 교육을 통해 공유되어야 한다는 것이다.

(5)는 최근에 그 중요성과 필요성이 급격하게 증대된 관점으로서, 사회적 의사소통이 일종의 정치 권력을 배경으로 성립된다는 점에 주목한다. 가장 대표적인 영역이 대중 매체라 할 수 있다. 모든 매체가 만들어 내는 메시지에는 특정한 가치가 내재되어 있으므로 이를 비판적으로 수용할 수 있는 능력을 학생들이 기르도록 해야 한다는 관점이다. (4)가 '삶의 방식'이나 '지적 세련'으로서의 문화 개념과 연결된다면, (5)는 '기호적 실천'이나 '의미 작용'으로서의 문화 개념과 연결된다 하겠다.

이 목적들은 결국 다음의 세 가지 문학교육 모델(Ronald Carter & Michael N. Long, 1991)이나 세 가지 언어교육 모델(Arthur N. Applebee, 1994)과 만난

다.3) 첫 번째는 언어 기능 모델이다. 언어 기능 모델은 언어와 문식성 기능의 실제적인 가치를 강조하는 접근법으로 처방적 교육 혹은 행동주의적 교육과 연결되어 있다. 이 모델에 따르면 감사를 표하

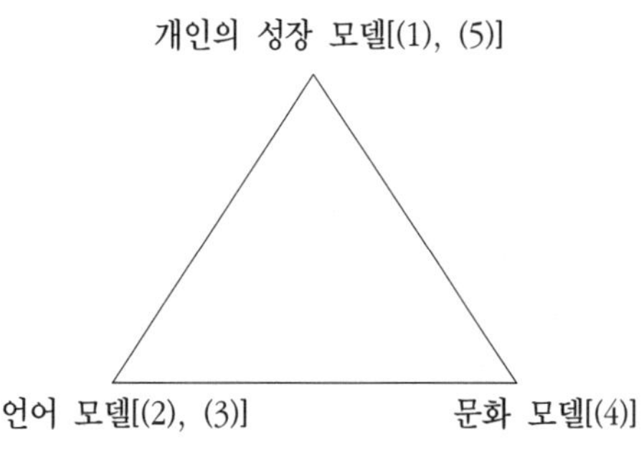

는 예의, 전화 받기, 낯선 사람 소개하기, 길 알려주기, 라디오극 청취하기 등등이 주요한 교육 내용의 항목으로 설정된다. 그러나 가르쳐야 할 내용들이 끊임없이 생성되며, 이에 따라 중핵적인 것과 주변적인 것의 구별이 거의 불가능하다는 문제점을 가진다. 이 모델은 언어 능력의 실용적·도구적 측면을 앞세우고 있으므로 목적 (2)와 (3)이 여기로 수렴된다 하겠다.

두 번째 모델인 문화 전승 모델에서는 정전적인 작가와 텍스트를 선정하고 가르치는 일에 집중한다. 백인 남성 작가의 작품을 위주로 구성된 정전의 권위에 대한 해체주의적 질문들이 이어지고 있지만, 여전히 이 모델은 영어과 교육과정의 유력한 한 축을 이루면서 다른 모델들과 경쟁적 공존 관계를 이루고 있다. 이 모델은 문학의 문화적 가치를 강조하는 접근법으로, 문학적·문화적 유산으로 학생들을 유도하는 데 초점을 둔다. 목적 (4)가 이 모델로 수렴되는 것은 자명하다.

세 번째는 개인적 성장과 흥미를 강조하는 개인적 성장 모델로서, 이는 진보주의적 혹은 아동 중심 교육과 연관된다. 아동의 발달 단계에 대한 분석을 토대로 하여, 학생의 요구와 관심에 따라 교육과정의 내용을 선정하는 것이다. 극단적으로 이 모델에서 교육과정은 완전히 개인화되

며, 교육 내용의 목록들이란 모두 강제적인 것, 부적절한 것으로 규정될 수 있다. 당연히 목적 (1)이 여기에 수렴된다 할 것이다.

목적 (5)는 '문화'를 핵심적인 개념으로 거느리고 있지만, 문화 모델보다는 개인적 성장 모델에 가깝다. 이 모델에서 강조하는 것은 무엇보다도 개인이 어떤 기호의 의미를 주체적으로 분석하고 평가하고 비판할 수 있는 능력이다. 이처럼 이 목적은 간접적인 경험을 자기화하는 데 초점을 두고 있으므로 개인의 성장 모델과 친연성을 가지는 것으로 이해되어야 마땅하다.

이상의 다섯 가지 목적은 상호배타적이지도 않고 변별적이지도 않다. 학습자의 발달 위계에 맞추어 비중의 가감이 계산되어야 할 따름이다. 개별 작품의 선별과 배치가 그 위계에 따라 이루어지는 것이고, 동일한 작품이라도 역시 학습자의 발달 수준에 따라 학습 내용이 달리 조직되는 것이다. 그러므로 중요한 것은 개별 고전문학 작품 중에서 어떤 단계에 어떤 작품이 적절한지, 또 그 작품의 무엇을 학습 내용으로 조직할 것인지를 체계적으로 결정하는 일이다.

이 중에서 전자는 우리 사회가 암묵적으로 합의하고 있는 고전의 목록들이 있으므로 논외로 한다.4) 그렇다면 후자의 문제, 즉 교수-학습의 내용을 좀 더 구체적으로 살펴볼 필요가 있겠는데, 별도의 수고를 덜기 위해 가장 포괄적이고도 체계적으로 정리된 김대행(2002)의 논의 결과를 참조하기로 한다. 이에 따르면 국어교육은 크게 네 가지 범주로 구획된다. 지식, 경험, 수행, 태도가 그것이다. 이는 언어가 사실을 생성하므로 지식을 확장함으로써 언어 능력을 향상시킬 수 있고, 언어가 필연적으로 어떤 사상(事象)을 지시하므로 이에 대한 체험과 반응을 통해 경험이 심화되며, 특정한 상황 속에서 주어지는 과제이므로 수행되어야 하고, 언어가 구성한 사상에 대해 특정한 태도를 취함으로써 정체성이 구현된다는 논리에 따라 각각 추출된 네 가지 범주이다.

이렇게 본다면 각각의 내용 범주는 상기한 다섯 가지 목적의 각 항목과 어느 정도 친연성을 가지면서 만나게 된다. 이에 대해서는 다음 장에서 상론할 것이므로, 간략하게 간추려 정리하면 다음과 같다. 즉 개인적 성장 추구라는 목적은 언어로 형상화된 세계와의 만남을 통한 경험의 확장과 자기화를 중시하므로 경험 범주와 친연성을 지니게 된다. 언어의 실용적 쓰임새를 추구하는 범교과적 도구 습득이라는 목적과 성장 후의 필요에 대비한다는 목적은 수행 범주와 거의 일치한다. 문화의 계승과 창조라는 목적은 공동체적 유산으로서의 문학을 고리로 하여 지식 범주와 만나게 되며, 주체적 문화 분석 능력 함양은 궁극적으로 개인의 정체성과 관련되는 목적이므로 태도 범주와 맞물린다.

소결 삼아 지금까지의 논의를 정리하면 다음과 같다.

언어교육의 목적	언어교육의 모델	언어교육의 내용 범주
개인적 성장 도모	개인의 성장 모델	경험 범주
범교과적 도구 습득	언어 기능 모델	수행 범주
성장 후의 필요 대비		
문화의 계승과 발전 능력 함양	문화 전승 모델	지식 범주
주체적 문화 분석 능력 함양	개인의 성장 모델	태도 범주

3. 고전시가 작품의 교육내용 범주 : 〈황조가〉를 중심으로

이제부터는 고전문학 교육에서 어떠한 교육 내용을 선정·조직할 수 있는가를 살펴보기로 하겠다. 앞에서 국어교육의 목적과 모델이라는 커다란 그림 안에서 문학이 어떻게 배치될 수 있는가를 모색해 보았고, 또 그것이 네 가지 내용 범주와 만나는 접점을 확인해 보았으므로, 이제 개별 작품을 구체적인 사례로 하여 범주별로 그 타당성을 검토해 볼 순서이다. 이 과정에서 현대문학 및 고전서사문학 교육과는 구별되는 고전시가 교육 고유의 특수성도 발견될 수 있을 것이다. 대상 작품으로는 우리 문학사의 첫머리에 놓이는 <황조가>를 선정하였다.

3.1. 지식 범주

문학 지식은 크게 텍스트적 지식, 콘텍스트적 지식, 메타텍스트적 지식으로 분류해 볼 수 있다. 텍스트적 지식은 본문 자체에 대한 앎을 뜻한다. 작품의 일부나 전체를 원문대로 혹은 약간 변형된 수준으로 외고 있는 경우와, 어려운 단어의 뜻이나 어석을 알고 있는 경우를 포함한다. 콘텍스트적 지식은 작품 창작, 연행, 전승 등 작품의 존재 방식이나 문학적 관습, 작가와 독자 등 작품의 향유에 참여한 주체, 창작 동기와 효용 등에 대한 지식을 비롯한 문학사적 사실에 관련된 지식을 뜻한다. 메타텍스트적 지식은 작품의 내재적 요소를 설명하거나 감상할 때 동원되는 전문적인 용어의 개념 등에 대한 지식을 가리킨다(류수열, 2006b). 이 중에서 메타텍스트적 지식은 여러 문학작품에 두루 적용된다는 점에서 전이성이 높으므로, 개별 작품의 범위에 국한해서 다룰 수 있는 것은 아니다. 텍스트적 지식은 모든 경우에 교수-학습 상황의 출발점이자 도착점이므로 이 글에서는 별도로 다루지 않는다. 콘텍스트적 지식은 텍스트의 배경을 이룬다. 고전시가 작품은 창작 배경이 문헌에 실려 전하는 경우가 많은데, 콘텍스트적 지식 중에서는 이러한 내용이 중요도가 높을 수밖에 없다. 또한 창작 배경을 둘러싼 연구사적 쟁점도 이에 포함될 수 있는 주요 내용이다.

<황조가>에 초점을 맞추면, 먼저 콘텍스트적 지식으로는 『삼국사기』 <유리왕>조에 한역가(漢譯歌)로 실려 전한다는 문헌적 사실, 유리왕의 두 계실 화희(禾姬)와 치희(雉姬)가 다투다 치희가 한나라로 돌아갔고, 유리왕의 간청에도 불구하고 돌아오지 않았으며, 이러한 상황에서 유리왕이 정답게 짝을 지어 노니는 꾀꼬리를 보고 이 노래를 지었다는 배경이 주요 내용으로 선정될 수 있을 것이다.

연구사적 쟁점으로 꼽을 수 있는 것은 서정시인가 서사시인가 하는 논란이다. 이 쟁점은 노래의 원래 형태, 유리왕의 역사적 위상과 맞물려 있다. 전승 문헌의 기록을 존중하면 당연히 유리왕이 우리말로 지어 부른 노래로 규정되나, 원래는 우리말로 창작되고 가창되던 구애(求愛)의 노래가 구전되다가 후대에 한자가 전래되면서 한역을 거쳐 정착되었고, 이것이 『삼국사기』에 수록되었다는 것이 대체적인 견해(정병욱, 1967), 신화적인 인물이 개인 서정시를 지어 부른다는 것이 이치에 맞지 않는다는 이유로, 구전되던 노래가 후대에 역시 노래로 가창된 유리왕의 설화 속에 편입된 것으로 보고, 이의 연장선상에서 화희와 치희의 다툼을 농경족과 수렵족 간 분쟁의 상징으로 보고, 통치자로서 이를 중재하지 못한 회환을 읊은 노래로 보는 견해(이명선, 1948)로 이어진다는 점을 내용 항목으로 선정할 수 있겠다.

전술한 대로 지식 범주는 문화 모델에서 주로 추구하는 내용이다. 고전문학 교육에서는 현대문학에 비해 이와 같은 지식들이 특별히 강조될 수밖에 없다. 현대문학에 비해 과거성이 뚜렷하고 이에 따라 정태적 성격이 강하기 때문이다. 고전시가에서는 갈래의 형성 과정, 향유층, 문학사적 의의와 같은 항목들이 주요한 내용 항목으로 선정될 수 있다. 시가 문학은 이와 관련된 사항들이 서사 문학에 비해 한층 더 복합적이고 입체적이라 할 수 있다. 서사문학이 설화→소설이라는 비교적 단선적인 발전의 궤적을 그려온 데 비해, 시가 문학사는 훨씬 더 다양한 역사적 갈래의 교체를 겪어 왔기 때문이다. 교육에 대한 흔한 비난 중의 하나는 단편적인 지식을 암기 위주로 가르친다는 것이지만, 사실적 지식이든 개념적 지식이든 어떤 대상에 대한 '앎' 자체는 교양인의 표상일 수 있다. 지식이 본질적으로 단편적인 것이 아니라면, 전체 체계를 고려하여 배치함으로써 이런 문제는 해결될 것이며, 그 배치는 그러한 지식을 작품에 대한 이해로 연결시키는 고리를 확보한다면 어렵지 않게 성공을 거둘 수 있을 것이다.

이러한 구도에서 고전문학교육은 결국 공동체의 언어적 자산인 문학작품들을 두루두루 섭렵하도록 하는 방법을 택하게 될 것이다. 이는 꼼꼼한 분석이나 즐거운 향유에 앞선다. 교육을 입사(initiation)의 한 형식으로 보는 관점도 있거니와, 지식에 초점을 맞춘 고전문학 교육은 결과적으로 구성원 상호간의 문화적 정체성을 바탕으로 한 동질감과 유대감 강화로 귀결될 것이다.

3.2. 경험 범주

경험 범주는 문학적으로 형상화된 세계나 사상과의 만남을 말한다. 모든 언어는 본질적으로 지시 대상을 가지는바, 언어 텍스트로 구조화된 문학작품 역시 세계나 사상을 보여준다. 이를 가리켜 주제(의식)이라 할 수도 있고, 주지라 할 수도 있으며, 화자의 정서라 할 수도 있고, 작품의 의미라 할 수도 있다. 그것은 사랑, 권력, 죽음, 입사(入社) 등과 관련된 여러 가지 모티프로 나타나며, 이외에도 변신, 꿈, 낙원(상실), 금기(위반),

속죄양, 희생양, 방황, 길 떠남, 귀환(귀향), 거울, 심부(尋父), 형제 갈등, 기아(棄兒) 등등이 목록에 오를 수 있다(류수열, 2006a). 시(가)에서도 사건이 있고, 이에 따른 화자의 정서가 있으므로, 이에 준해서 그 목록을 구성할 수 있다.

통상적으로 문학 작품은 세 가지 측면의 의미를 지닌다. 작가가 원래 작품 속에 표현(혹은 전달)하고자 한 의도적 의미(intentional meaning), 작품 속에 실제로 표현된 실제적 의미(actual meaning), 그리고 독자가 해석한 의의(significance)가 그것이다.[5] 이 세 가지 측면은 반드시 일치하는 것도 아니지만, 반드시 구별되는 것도 아니다. 배경 기사를 통해 작가의 의도가 명시적으로 밝혀져 있는 상당수의 고전문학 작품의 경우 의도적 의미는 별도의 추론 과정이 생략될 수 있고, 또 거기에 맞추어 실제적 의미를 발견해 내는 일도 어석의 문제가 해결되었다면 커다란 지적 에너지를 요구하지 않는다. 그러나 작품에 대한 별도의 정보가 없는 경우에는 현대문학 작품과 마찬가지로 시대적 배경이나 작가의 전기적 생애 등에 대한 사실적 정보를 동원하여 추리해야 하는 과제가 부여된다.

국어를 도구 교과로 한정해서 바라보는 시각에서는 이러한 요소가 배제될 수 있다. 그러나 형식만을 가진 언어란 있을 수 없으므로, 언어적 구조물로서의 문학작품이 담고 있는 세계상이나 정서를 배제하게 되면 결국 건조하고 빈곤한 기능 중심 교육으로 전락할 수밖에 없다. 따라서 문학교육은 경험 범주를 매개로 여타 교과와 직접적·간접적으로 만나는 것이 자연스러울 뿐만 아니라 바람직하기도 하다. 실증주의적 경향이 강한 연구 풍토에 영향을 받은 결과이기도 하지만, 현재의 고전문학 교육 현장에서도 이러한 국면은 배제되지 않는다.

물론 고전문학의 작품 세계는 역사적 현실에 밀착시켜 이해할 수도 있고, 하나의 상징이나 우의로 보아 현대적인 의의를 발견해 낼 수도 있다. 가령 <사씨남정기>를 역사적 현실에 밀착해서 읽을 경우 그것은 역사 교과와 만나게 되며, 만일 송강의 <훈민가> 중 '이고 진 뎌 늘근이~'라는 시편을 신진 세대가 구세대에게 권력을 이양하라고 요구하는 노래로 본다면, 정치 교과(사회 교과)와의 접점을 가지게 된다. 강호가도는 자연에 대한 동양적 사고를 고스란히 보여주고 있다는 점에서, 생태를 매개로 하여 윤리나 환경 교과와도 밀접한 연관을 가진다. 이처럼 경험 범주는 문학이 범교과 학습의 제재나 자료로 활용될 수 있는 근거이기도 하다.

<황조가>는 배경 설화를 통해 노래를 짓게 된 계기를 명시적으로 제시하고 있는 바, 이 배경 설화를 사실로 존중한다면, 의도적 의미와 실제적 의미는 고정된다. 그것은 '짝 잃은 자의 외로움'이다. 독자가 해석한 의의는 독자 개개인의 지적 수준, 스키마, 현재 처한 상황 등이 변수로 작용하므로 가소성(可塑性)을 지닌다. 그러나 대체로 시의 의미를 인간의 본질이나 삶의 섭리 수준으로 상승시켜 해석한 결과로 간주하면 무방할 것이다. 그렇다면 이 노래에서 우리는 '조화로운 세계와 결핍된 자아의 대비적 관계'를 읽어낼 수 있을 것이다. 이 노래에서 다정한 황조 한 쌍은 단순히 시적 화자의 외로움을 부각시키는 배경 이상의 위상을 지닌다. 외로움이라는 정서를 촉발시킨 자극물이다. 세계의 조화와 자아의 결핍은 선명한 대비를 이루게 되는 것이다. 유리왕에게 있어야 할 짝[이상적인 것]이 곁에 없는 것[현실적인 것]에서 갈등이 생성되었고, 이상적인 것의 추구가 좌절되는 데서 오는 비극미를 표현한 노래로 간주되는 것이다. 누구에게나 자아를 둘러싼 세계가 충족되고 조화로울수록 자아의 결핍과 불안은 한층 더 선명하게 표면화된다는 삶의 섭리를 이 노래를 통해 학습자가 경험해 볼 만한 내용으로 선정할 수 있을 것이다.

경험 범주에 초점을 맞추는 것은 개인적 성장 모델이라고 했다. 작품이 어떤 사상(事象)을 담고 있는가, 작품의 역사적 국면과 맞물려 어떤 주제 의식을 발현시키고 있는가, 인간에 대해 무엇을 말해주고 있는가 하는 점 등이 주된 관심사로 부각된다. 학습자들은 비록 작품과 시간적 상거(相距)를 유지하면서도 한편으로는 바로 그 이유로 그것을 자기 성장에 '의미 있는 타자'로 받아들이게 되는 것이다. 흔히 '문학 감상'이라는 이름으로 실천되는 교수-학습은 바로 이러한 국면에서 일어나는 활동이라 하겠다.

특기할 만한 것은 문학교육에서 경험 범주가 모든 교수-학습에서 배제될 수 없다는 점이다. 가령 교수-학습의 목표로 문학사적 흐름에 대한 이해를 앞세우든, 운율에 대한 이해를 앞세우든 작품이 담고 있는 시적 화자의 마음을 배제한 채 교수-학습이 이루어지는 것은 불가능하다. 그것이 혹 잠재적 교육과정 혹은 '실현된 교육과정'으로 실현되더라도 경험 범주는 독자가 작품을 만나는 접점이라 할 수 있다.

시는 대체로 인간의 마음을 형상화한다. 이는 서사 문학이 인간과 인간 사이의 관계를 비롯하여 인간과 세계의 대결적 관계, 역사에 대한 개인의 대응 등을 형상화한다는 점과 대비된다. 시는 어떤 상황이나 사건 자체보다는 거기에 연루된 시적 화자의 내면에 집중한다. 그것을 흔히 정서라고 하며, 이 정서는 결국 시적 화자의 마음이라 할 수 있다. 시에서 중시되곤 하는 이미지란 추상적인 마음을 보여주고자 하는 시의 표현적 속성 때문이라 할 수 있다. 따라서 고전시가 교육에서의 경험 범주는 세계상을 복합적으로 보여주는 고전 서사문학과 달리 시적 화자의 마음에 집중될 수밖에 없다.

한편 현대시에서도 결국은 마음을 그린다. 그러나 원론적인 차원에서 보면, 고전시가와 달리 학습자의 입장에서 현대시에서의 경험은 당대의 것으로 수용된다. 타자는 타자이되 시간적 거리가 거의 무화된 상태로 만나는 타자인 셈이다. 따라서 그 마음에 대한 경험을 오늘날의 독자가 수용하는 국면에서 시간적 타자성을 전제로 하는가, 그렇지 않은가 하는 점이 큰 차이 중의 하나가 된다.

3.3. 태도 범주

앞서 언급한 대로 태도 범주는 당연히 개인의 주체적 문화 분석 능력 함양이라는 목적과 친연성을 가진다. 고전시가 작품 속에 형상화된 경험이 어떤 가치를 전이시키고 있으며, 그 가치는 과연 오늘날의 우리에게 그리고 나에게 어떤 의미인가에 초점을 맞추게 된다. 흔히 말하는 비판적 사고가 가장 활성화되는 지점이 여기이다. '감상'이라는 문학 독서 활동의 한 국면은 그러므로 경험 범주와 나란히 태도 범주에도 걸쳐 있는 것으로 볼 수 있다.

태도는 자신의 경험에 대한 자기만의 적극적인 반응 혹은 대응의 결과이다. 작품에 형상화된 세계나 정서에 대해 선악, 시비, 호오, 미추, 성속 등의 가치를 평가하는 것이다. 그러한 평가는 당연히 학습자 자신의 정체성을 바탕으로 이루어지며, 그 과정은 다시 정체성을 확고히 다지는 결과를 낳게 된다. 이는 고전이 단순히 과거에 만들어져 과거에 향유되었던 화석화된 문화재로서가 아니라, 오늘날에도 끊임없이 인간의 삶을 조회할 수 있는 '의미 있는 타자'로 존속될 수 있는 충분조건이다. 서사물에서는 그 속에 형상화된 인간의 삶과 사회, 역사, 세계 등의 사상(事象)이, 서정적인 시가에서는 그 속에 담긴 인간의 마음과 정서가 주된 평가의 대상이다. 그리고 그것은 적극적인 동감에서부터 극단적인 부정에 이르기까지 넓은 스펙트럼을 이루게 될 것이다.

<황조가>에서는 사랑하는 사람이 떠난 후에 혼자 남은 이의 외로움과 쓸쓸함이 주된 정조를 이루고 있다. 누구에게나 더불어 살던 누군가가 떠나게 될 때 겪는 정서이므로, 그러한 정황에서 배태된 그러한 정조는 지극히 자연스럽다 하겠다. 그런데 그가 평범한 사람이 아니라 신화적인 혹은 영웅적인 인물이라는 점에 주목하면, 그 외로움과 쓸쓸함은 가치 판단의 대상이 될 수 있다.

예를 들어 만일 <황조가>에서 그려진 시적 화자의 정서를 '상실감, 치유, 성숙'을 핵심어로 삼아 취할 수 있는 태도는 대략 다음의 세 가지로 대별될 수 있을 것이다.

◆ 태도 1 : 노래의 지배적인 정서는 임을 잃은 상실감이다. 이는 임과의 이별을 수용하고 이별로 인한 상처를 치유하며, 나아가 이를 계기로 정신적 성숙을 기하는 단계에까지는 이르지 못하고 있음을 말한다. 영웅적 통치자의 풍모에 어울리지 않는 나약한 모습이다.
◆ 태도 2 : 이별한 모든 사람들이 상처를 치유하고 정신적 성숙에 이르는 것은 아니며, 이별 직후의 상실감은 그것대로 의미를 가진다. 영웅적 통치자라고 해서 개인적 상실감을 노래하지 말란 법은 없다.
◆ 태도 3 : 상실감을 노래하는 것 자체가 상실감을 치유하기 위한 노력의 소산이다. 글을 짓고 노래를 부르는 표현 행위를 통해 자신의 감정을 정화할 수 있기 때문이다. 그리고 이러한 심리 변화에는 절대적인 시간의 경과도 필요하다.

'태도 1'은 노래를 지은 사람이 영웅적 통치자라는 사실을 근거로 상실감을 노골적으로 드러내는 것이 어울리지 않는다는 평가이고, '태도 3'은 이별을 겪은 누구나가 상실감을 겪을 수밖에 없다는 점을 근거로 그 정서에 동의를 표하고 있으며, '태도 2'는 절충적인 입장에서 현재의 정서를 잠정적인 것으로 이해하고 있는 태도를 보여준다.

태도 범주에서도 고전시가가 고전 서사 문학이나 현대시와 변별되는 국면이 있다. 그것은 태도가 경험한 내용에 대한 그것이므로, 경험 범주의 연장선상에서 이해될 수 있다. 서사 문학 교육에서 태도가 주로 인간의 삶이라는 총체적 층위와 연결된다면, 시가 문학에서는 무엇보다 마음이 그 대상이 된다. 또한 경험 범주에서 시간적 타자성을 전제로 수용하는가, 그렇지 않은가 하는 점이 현대시와의 차이인 것과 마찬가지로, 태도 범주에서도 이러한 차이는 고스란히 전이된다. 작품 수용의 절차상 태도는 경험 이후에 배치되므로, 현대시와의 차이를 전제로 한 태도 범주의 학습은 훨씬 더 복합적인 경로를 따를 수밖에 없을 것이다.

한편 학습자로서 태도를 취할 수 있는 대상은 텍스트에 내재된 경험에만 국한되지 않는다는 점도 주목된다. 경우에 따라서는 장르 일반의 층위나 작품이 향유된 맥락에 대한 태도까지도 적극적으로 요청되는 것이 바람직하다. 가령 우리는 사대부들이 한시와 국문 시가를 두루 창작하는 가운데 전략적으로 장르를 선택했다는 점에 주목할 수 있다. 예컨대 <훈민가>나 <오륜가>는 한시로 지어질 수 없는 장르였다. 정철이나 주세붕은 통치자 혹은 교육자의 위치에 서서 백성들과의 소통 혹은 백성들 간의 소통을 염두에 두고 한문이 아닌 우리의 언어를 매체로 선택했던 것이다. <한림별곡> 등의 경기체가는 동질성을 가진 특정 집단 내의 구성원들이 연대감을 확인하고 그 동질성을 강화하는 데 활용되었으며,[6] 평시조와 사설시조는 사대부들이 사회적 가면과 진면을 지니고 있음을 보여주는 장르라 하겠다. 조선 전기 가사는 가창 혹은 음영의 방식으로 향유되면서, 상층인의 사회적 표상이 된 장르이고, 후기 가사는 중인 계층이 의식적으로 상층을 지향한 결과로서 산출된 장르이다. 이처럼 장르 선택이나 향유층이라는 맥락의 문제는 상징 권력의 작동 방식과 연관 지어 이해될 만한 '의미 작용'의 문제이다. 그렇다면 이는 문화 현상에 대한 주체적 분석 능력 함양이라는 목적의 층위에서 접근해 가야 하는 문제라 할 것이다.

3.4. 수행 범주

문학을 언어교육의 중핵적인 자료라 할 수 있는 것은, 문학이 여타의 텍스트에 비해 창의적이고 세련된 표현을 담고 있는 모범적인 언어 구조물이기 때문이다. 따라서 그것은 학습자들의 언어 능력, 더욱 구체적으로는 언어 이해 능력과 언어 표현 능력 향상에 모범적인 자료로 활용되어 마땅하다. 이 경우 문학은 역사적 실체로서 지니는 아우라를 벗어버리게 되고, 고상한 예술품으로서의 지위도 잠시 유보해 둔다. 문학적 발상과 표현의 실용적 쓰임새를 자신의 깃발로 앞세우게 되는 것이다. 이를 두고 문학의 외연 확장이나 문학의 일상화라 할지언정, 문학의 도구화라 못 박을 필요는 없다.

비록 제도 교육의 힘을 업고 있긴 하지만, 고전문학이 오랜 역사를 거쳐 오늘에 이른 그 생명력의 근저에는 문학적 발상과 표현의 파급력이 놓여 있다. 그것은 끊임없이 일상적인 언어생활에서 인용되어야 하고 이용되어야 하며, 다시 변용되어 마땅하다. 학습자의 입장에서 그것은 문화를 계승하는 작은 실천이며, 자신을 언어공동체의 한 구성원으로 자리하게 하는 문화 행위인 것이다. 이를 일러 수행(遂行)이라 하거니와, 수행이란 '계획한 대로 해냄'이라는 사전적 의미를 갖는다. 고전문학 작품에 구현된 독특한 발상과 표현법을 전략적으로 활용하여 자신의 표현을 만들어 가는 것이다.

<황조가>의 기본적인 발상은 충족된 세계를 통해 결핍된 자아를 보는 것이다. 간략하게 도시하면 다음과 같다.

<table>
<tr><td>황조 : 암수 서로 정답다</td><td>⟺</td><td>'나' : 짝을 잃고 외롭다</td></tr>
<tr><td>세계 : 조화·충족</td><td>⟺</td><td>자아 : 부조화·결핍</td></tr>
</table>

이는 남[세계]을 보고 자기 자신의 위치와 상태를 확인하는 자아 인식 방법이다. 이를 일러 '반면 투사(反面投射)'를 통한 자아 인식' 혹은 '반면 충동(反面衝動)'이라 할 수 있을 것이다.

그렇다면 이러한 원리를 이용해서 학습자는 자신의 경험이나 처지를 드러내는 글쓰기를 시도할 수 있다. 좀 더 친절을 베푼다면, 이와 유사한 원리에 의해 구성된 현대의 문학 작품이나 일상적인 글을 또 하나의 예문으로 제시해 줄 수도 있다. 예컨대 주요한의 <불노리>는 "큰길을 물밀어가는 사람소리는 듣기만 하여도 흥성스러운" 사월 초파일날, 가신 임 생각에 눈물을 참을 수 없는 화자의 정서를 드러낸 작품이다. 상호텍스트성을 바탕으로 이러한 작품들을 제시함으로써 학습자의 과제 수행을 돕는다면, 학습자는 고전의 고전다움을 확인하는 부차적인 교육적 경험도 하게 될 것이다.[7]

수행은 지식이나 경험의 누적이 곧바로 언어를 수행하는 능력으로 전이된다는 보장이 없기에 특별히 그 실천적 국면을 강조한 결과로서 설정되는 범주이다. 특히 '언어 사용 기능'의 신장을 국어교육의 목적으로 보는 관점에서 '수행'은 국어교육의 본질적이고도 고유한 교육 내용으로 규정된다. 문학이 별도의 교과로 독립되지 않고 국어과의 하위 영역으로 존속되어야 한다면, 언어 모델은 문학이 왜 그러해야 하는가를 단적으로 보여주는 교육적 패러다임이다. 이 모델은 문학 작품이야말로 가장 모범적이고 정련된 언어 자료라는 상식을 근거로 한다. 단 이것이 언어활동과 관련된 명제적 지식과 절차적 지식, 언어적 경험과 연관되지 않는 한, 기능의 신장이란 일종의 반복적 훈련에 의한 숙달에 불과하게 될 것이다. 이는 거꾸로 언어 수행 능력에 기여하지 못하는 지식은 그만큼 전이도가 낮다는 점을 말해 준다.

　이처럼 수행은 문학이 언어적 표현의 전범이라는 미덕을 앞세운 내용 범주이다. 따라서 이 범주에서는 고전시가와 현대시의 차이가 무시될 수도 있다. 다만 언어적 수사의 자질을 기준으로 삼아 현대시가 고전시가에 비해 훨씬 더 독창적이고 개성적이라고 단언하는 것은 경계되어야 한다. 낭만주의적 문학관이 성립된 이래로 현대시는 독창과 개성을 미덕으로 내세운다. 마음의 형상화에서도 그 미덕은 고스란히 존중된다. 그런데 구술문화의 자장 아래 향유된 고전시가는 본질적으로 공동체적 경험의 보편성과 상황적 전형성, 발상과 표현의 공식성을 지닐 수밖에 없다. 다시 말해 이는 고전시가의 존재 방식으로부터 자연스럽게 형성된 자질로서 이해되어야 하는 것이지, 고전시가와 현대시의 예술적 우열 관계를 따지는 근거로 활용되어서는 안 된다는 것이다. 이 점은 수행 범주에서 지속적으로 고려해야 할 전제이다.

4. 범주 간 위계에 대한 단상

　고전시가는 '죽은 말'이 아니다. 체계적이고 합리적인 논의를 거쳐 교육적 가치를 증명하기 이전에 민족문화의 일부라는 당위를 앞세워 고전시가를 공교육의 장에서 전승하던 시대가 있긴 했지만, 결과적으로 그 당위가 아무런 근거가 없는 것은 아니었던 셈이다. 무엇보다 이 글을 통해 우리는 고전시가는 문화의 전승이라는 교육 본연의 목적에 가장 충실하게 복무할 수 있는 유산으로서, 국어교육의 내재적 논리에도 가감

없이 부합하는 자료이자 내용임을 확인할 수 있었다.

고전시가는 개인적 성장을 국어교육의 목적으로 내세울 때에는 '가치 있는 경험'을 담고 있는 그릇이 되고, 범교과적 도구나 성인으로서의 실용적 필요를 앞세울 때에는 수사적 자질을 풍성하게 보여주는 전범이 된다. 또한 문화의 계승과 발전이 국어교육의 목적으로 나설 때에는 고전시가의 역사적 존재 방식에 대한 지식이 중요한 내용을 이룬다. 주체적 문화 분석 능력 함양을 목적으로 겨냥한다면, 작품에 담긴 시적 화자의 정서나 마음에 대한 태도를 취하도록 하는 데 초점을 맞추게 된다. 이 글은 <황조가>를 사례로 하여 고전시가의 이러한 교육적 구도를 다각도로 논증한 것이다.

그러나 한 가지 과제는 남는다. 그것은 곧 위계화의 문제이다. 앞에서 예거한 <황조가> 관련 교육 내용의 범주는 <황조가>가 교재로 등장할 때마다 모두 교수-학습의 내용으로 설정할 수는 없다. 그것은 입시를 위한 특별한 교수-학습 과정에서는 가능할지 모르지만, 적어도 목표와 내용, 방법이 유기적으로 조응되고 여기에 평가라는 절차까지 계획적으로 뒤따라야 하는 교수-학습의 장에서는 가능하지도 않고 바람직하지도 않다. 만일에 그런 방식으로 교수-학습이 이루어진다면 그것은 맹목일 따름이다. 그렇다면 우리가 추구해야 하는 것은 학습자의 발달 단계에 따른 위계적 배치이다.

이에 대해서는 좀 더 체계적이고 정치한 논의가 요구되지만, 통상적인 발달 단계를 고려한 일반적인 수준에서는 다음과 같은 배치가 바람직할 것이다. 즉 개인적 성장 모델이 선행하고 여기에 언어 모델이 부가되며, 고등학교의 심화 단계나 대학의 교양 교육에서는 문화 모델로 포섭되는 내용 요소들이 부각되어 배치되는 것이다. 이 모델들의 위계화를 준수한다면, 내용 범주 또한 경험과 태도, 수행, 지식 순으로 배치될 수

있을 것이다. 다만 이런 경우에도 어느 하나가 배타적인 내용으로 설정
되어 나머지를 아예 배제할 수는 없는 일이다. 비중의 가감을 통해 발달
수준에 맞게 적절히 조절해 나가야 할 것이다.

제2장

사설시조의 텍스트 구성 원리

-관습의 이중성-

1. 관습시로서의 시조

이 글은 고전 문학을 '문화'라는 커다란 토대 위에 두고 고찰함으로써 '문화 원리'로서의 국어 활동의 한 국면을 밝히고, 고전 문학 교육의 바람직한 경로를 구성하는 데 목적을 둔다. 이 목적이 성취된다면, 현대의 독자와 고전 문학의 소통 관계를 넘어 현대의 독자와 현대의 문학이 원활한 소통 관계를 갖도록 하는 데로 그 교육적 의미가 전이될 수도 있을 것이다.

이를 위해 먼저 일군의 사설시조 작품에 주목한다. 사설시조의 일반적 특성으로 지적되는 희락적(喜樂的) 요소나 어희(語戲), 대화체, 성(性)의 노골적 묘사 등으로 이루어진 작품들을 사설시조의 주류 작품군이라 본다면, 이 글에서 일차적으로 관심을 기울이는 대상은 사설시조의 변두리에 위치한 작품들이다. 이들 작품은 평시조와 별반 다를 바 없는 주제 의식을 드러내고 있다. 그러나 논의는 이러한 작품에만 국한되지 않고 그러한 양식으로부터 거리를 두는 작품들까지도 아울러서 진행될 것이다. 이러한 작품들은 텍스트 구성의 원리 면에서는 앞의 작품군과 동일하지만, 사설시조 시인 또는 화자의 지향이 근본적으로 달라서 좋은 대비가 된다. 이 글은 전자를 우선 '관습시' 개념에 입각하여 해석하고, 관습시의 관습을 벗어나는 작품들이 갖는 문화적 의미와 시사점을 탐구해 갈 것이다.

사설시조에 대해 기존의 연구는 매우 광범위하게 이루어져 왔으나, 이 글은 관습시(慣習詩)의 차원에서 논의한 연구의 계보를 잇고자 한다. 관습시 일반에 관해서는 김우창(1964)에서 선편을 잡았다. 그 후 박철희(1976 ; 1980)에서는 이 논의를 이어받아, 관습시론의 확립을 목표로 시조를 자설적 구조와 타설적 구조로 나누어 살폈다. 그런데 그는 자설적 구조와 타설적 구조의 순환이라는 구도 아래 한국 시가의 전개 양상을 살피는 이후의 논의에서, 사설시조를 자설적 구조에 위치시키는가 하면, 이 논의의 연장선상에서 사설시조를 '무형시' 또는 '자유시'로 규정했다.

시조의 관습시적 성격을 분명하게 드러내주는 요소라면 '공식구(formula)'를 빼 놓을 수 없다. '공식구'는 주로 구전 문학의 한 특질로 설명되어 왔는데, 시조 창작과 연행의 조건으로서 관습시적 국면과 절묘하게 결합하게 된 것이다. 최재남(1983 ; 1990)은 '공식구 이론'을 기반으로 시조의 공식구적 표현과 이미지를 고찰했고, 김대행(1986) 역시 종장 투어(套語)와 이미지를 이러한 입론으로 살핀 바 있다. 이 연구들은 무엇보다 시조의 구비 전승적 성격을 환기시키는 데 크게 기여했다.

물론 이상의 연구들이 모두 시조의 관습시적 성격을 염두에 두고 산출된 것은 아니다. 시조에서 중국의 한시나 고사를 적극적으로 수용한 것을 단지 양국의 문학 사이에 성립되는 영향의 수수 관계로 국한한 시각도 없지 않다는 것이다. 관습시로서 시조를 고찰한다면 조선조 사회의 특수한 문화적 배경에서 시조가 특정한 시문법의 규정을 받은 결과라는 점을 적극적으로 고려해야 한다는 것이다.

예술이란 일반적으로 외부 세계에 대해 작가가 끊임 없이 문제를 제기하는 한 방식으로 이해된다. 작가는 다양한 방법으로 대상에서 지각의 자동화를 제거한다(Victor Shklovsky, 조주관 역, 1993). 그러므로 예술의 세계는 일상 세계에 대해 전경화(前景化, foregrounding)된 세계라 할 수 있다(G. N. Leech, 1969 : 56-59). 예술의 이러한 양상은 언어 예술이라 할 수 있는 문학에서 분명하게 드러난다. 문학 작품을 창작하는 과정은 그래서 '발견과 유리(遊離)의 과정'(T. E. Hulme, 1936 : 149)이 되는 것이다.

그런데 이러한 비평적 관점으로 보아서는 그 가치를 해명하기 힘든 갈래가 우리의 문학사에서 존재한다는 것은 새삼스러운 일이 아니다. 조선조의 대표적인 문학 갈래인 시조가 바로 그것이다. 만일 '발견과 유리의 과정'으로 예술 창작의 과정을 본다면, 시조는 오로지 상투적이기만 한 문학이다. 시인의 개성과 독창성이 제거된 자동화된 세계이며 관념 속에서 형성된 관습의 세계일 뿐이다. 그렇다면 여기에서 창작에서 수용에 이르는 문학의 향유 조건과 근대 이후의 제반 조건이 달랐으리라는 가정을 해 봄직하다.

이러한 가정 하에서 출발한 논의는 '관습시(Conventional Poetry)'로서 시조를 바라보게 되는 데 이르게 된다. '현실시(Realistic Poetry)'가 근대 이후의 시로서 개념적으로 표현하기 어려운 세계의 어떤 진리를 구체적인 형상적 파악으로 보여주는 것이라면, 관습시는 자명하고 보편적인 세계의 질서를 일정한 형식으로 확인하는 데 본령을 두는 근대 이전의 시를 가리키는 말이다. 그러나 우리의 문학사는 오로지 관습의 굳건한 틀에 속박되어 있지는 않다. 평시조는 그 이형태(異形態)로서 사설시조라는 장르를 동반하고 있으며, 이들 각 장르 내에서 개별 작품들이 갖는 스펙트럼도 넓은 폭을 갖는다.

그렇다면 여기서 몇 가지 질문이 가능하다. 왜 관습시를 쓰는가? 관습시를 쓰게 하는 사회·문화적 배경은 무엇인가? 그 관습의 구체적인 내용은 무엇인가? 그리고 문학에서 관습은 모든 것을 규범화하는가? 관습시의 시문법으로부터 이탈해 있는 작품들은 관습에 대해 무엇을 말해주는가? 현대적 감수성을 가진 독자들에게 낯선 고전 문학을 교육하는 것은 어떤 가치를 가질 수 있을 것인가? 이상이 이 논의를 통해서 해결하고자 하는 질문들이다.

이 글에서는 이를 위해 중국의 한시 및 고사를 비롯하여 당대의 문화 텍스트를 전거(典據)로 인용한 일군의 사설시조를 대상으로 하여 그 양상을 살피고자 한다. 이러한 사설시조를 살피는 데는 크게 두 가지 방향의 접근법이 있을 수 있다. 하나는 그 수용의 양상 자체에 초점을 두는 접근이다. 이러한 접근법은 다시 양 텍스트 간 영향의 수수 관계와, 수용의 과정에서 일어나는 표현적 효과 및 원리에 초점을 두는 두 갈래의 길을 모두 포함한다. 또 다른 접근법은 광범위하고 적극적인 수용을 촉진한 문화적 배경에 관심을 두는 것이다. 이 접근법도 역시 두 갈래 길로 나누어질 수 있는 바, 하나는 관습시에서 말하는 관습의 구체적 내용을 구명하는 것이고 또 하나는 관습과 탈관습의 역관계 속에서 형성된 일군의 작품들이 갖는 의미를 해명하는 것이라 할 수 있다. 이를 표로 나타내면 다음과 같다.

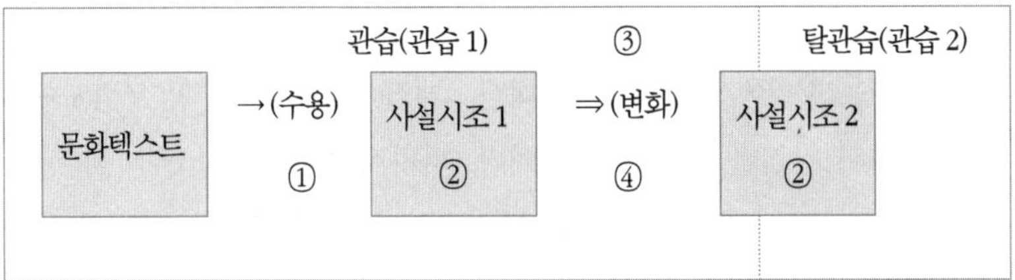

위의 표에서 ①은 양 텍스트 간 영향의 수수, ②는 사설시조 텍스트의 내적 표현, ③은 사설시조의 시문법을 지배하는 관습의 내용, ④는 점점 탈관습화되는 텍스트의 양상에 각각 해당된다. 이 글에서는 ③과 ④를 중심으로 논의를 펼쳐 가되, 일차 자료로서 ②를 이용한다.

2. 사설시조의 선행 텍스트 수용 양상

본격적인 논의에 들어가기에 앞서 먼저 관습시의 일반적인 성격을 고찰해 보기로 한다.8) 문학은 그 자체가 하나의 관습이다. 여기에서 관습은 양식의 범위에서만이 아니라, 창작, 전수, 향유 등 소통 구조에 이르기까지 광범위하게 적용될 수 있는 말이다. 따라서 '관습시(Conventional Poetry)'라는 말은 어떤 의미에서 동어반복적인 용어가 될 소지가 있다.

'문학은 하나의 관습'이라는 말에서 '관습'은 문학의 속성을 나타내는 말로 쓰인다. 반면 '관습시'에서 '관습'은 특정한 역사적 양식을 지칭하는 말로 쓰인다는 점에서 양자는 차이가 난다. 서양의 경우에 국한해서 말하면 관습시는 낭만주의 이전의 시를 가리키는 명칭으로 쓰이는 말이다. 그러나 이러한 차이점에도 불구하고 관습시는 장르상의 관습이 극단화된 경우를 암시하기 때문에 양자의 거리가 그리 멀기만 한 것은 아니라고 할 수 있다. 여기에서 관습이 극단화되었다는 것은 관습시가 자아의 반대항인 현실에 관심을 두는 대신, '제작(compositon)'이나 '모방(imitation)'의 차원에서 창작을 한다는 의미이다. 따라서 '관습시'를 역사적 장르를 가리키는 말로 이해를 하되, 속성을 내포하는 의미로도 함께 고려하는 것이 타당할 것이다.

관습시는 현실시(Realistic Poetry)의 대립항으로서, 양자는 근본적으로 문학적 전제부터 다르다. 현실시의 창작 과정이 본질적으로 발견의 행위이며 현실의 진리를 해명하는 것이라면, 관습시는 현실 자체에 대한 고려를 거의 하지 않은 채 직접 감지할 수 있는 표면적인 미를 창조하는 데 초점이 놓인다.

이러한 근본적 전제의 차이를 염두에 두고 관습시의 가장 큰 특질로서 들 수 있는 것은, 현실에 대한 조응(照應)이 결여되었다는 점이다. 현실시가 구체적인 이미지를 창조한다면, 관습시에서 이미저리(imagery)는 장식적 또는 수사적 미를 창조하는 데 핵심이 있다. 따라서 시의 구조에 있어서도 '분석적 : 종합적' 구조라는 대립이 이루어진다. 여기에서 관습시는 일반적으로 수사적 논리(김우창, 1964 : 92)를 구조의 기본적인 원칙으로 설정하게 된다. 그리고 이 수사적 논리의 구조는 공적인 정서를 표현하는 데 초점을 맞추게 된다. 상대적으로 서정시 일반에서 기대되는 개인적 정서를 표현하는 데는 소홀하다. 반면 현실시에서 이미지의 기능은 구체적인 형상을 선명하게 보여주는 것이라 할 수 있다.

이상에서 살핀 대로 관습시는 구조상 현실조응의 결여와 논리 중심이라는 특징을 갖는다. 물론 여기에서 논리란 엄밀한 의미에서의 변증적 논리가 아니라 수사적 논리를 뜻한다. 이 글에서는 이러한 관습시의 특징을 잘 반영한 텍스트로서 기존의 텍스트, 특히 중국의 고사와 한시를 적극적으로 수용한 일군의 사설시조 작품을 설정한다. 조선조 사회에서

보편적 법칙이란 유교적 합리주의의 세계관에 다름 아니고, 여기에서 중
국의 고사와 한시는 절대적인 권위를 지니고 있었다. 따라서 중국의 고
사와 한시는 수사적 논리의 가장 강력한 재료로 활용될 수 있었던 것이다.

관습시는 성격상 고사와 전설 또는 역사적 사실에 의거하여 창작되는
경우가 많다. 왜냐 하면 이러한 것들은 신빙성을 제공해 주기 때문이다
(김우창, 1964 : 84) 여기에는 물론 역사적 인물이 지은 작품도 포함된다.
이는 서구의 관습시뿐만 아니라 시조에서도 예외 없이 적용되는 사실이
다. 이러한 인용은 시조에서 대체로 다음의 두 가지 양상으로 나타나는
것으로 파악할 수 있다. 첫째, 찬양의 대상으로서 전범이 될 만한 과거
의 역사적 또는 허구적 사실을 끌어 오는 경우이다. 둘째, 시적 화자의
입장을 합리화하거나 청자를 특정한 행동으로 끌어 들이기 위한 전제
또는 근거로서 전범(典範)을 제공하는 경우이다. 선행 텍스트의 문맥을
충실히 존중한다는 점에서 위와 같은 양상을 구심적 수용이라 할 수 있
겠다.

한편 이와는 달리 그러한 문화 텍스트를 본래의 문맥과는 무관하게
수용하는 경우가 있다. 이를 일러 원심적 수용이라 할 수 있다. 이것은
수용된 문화 텍스트가 빈번하게 관습적으로 쓰이다가 본래의 문맥에서
분리되어 쓰인 결과로 판단된다. 이러한 경향을 보이는 텍스트는 주로
오락성이나 유흥성을 드러내고 있다는 점이 특징적이다.

2.1. 구심적 수용

1) 찬양의 대상으로 수용

관습시가 일종의 전통주의의 소산이라면, 관습시의 본질적인 성격을
가장 잘 구현하는 것은 사실적·허구적 과거를 찬양하는 일일 것이다.

과거의 인물이나 그 인물과 관련된 일련의 고사를 시 작품 속에서 재현하고 구현하는 것은 전통에의 귀속을 지향하는 작가 의식의 소산이라 할 수 있기 때문이다. 이들 인물들은 시조 작가들에게 신화적 존재로 군림한다. 이러한 점에서 그 인물은 후대인에게 가까이 접근할 수는 있지만 결코 합치될 수 없는, 수학적 의미의 수렴(收斂)의 대상과 같은 존재라 할 수 있다.

찬양의 대상으로서 중국의 고사나 유명 인물의 시문을 수용하는 양상은 크게 보아 두 가지로 나누어 볼 수 있다. 하나는 중국의 명승이나 절경을 모방적으로 배열하고 그 과정에서 묘사적 표현의 효과를 얻기 위해 수용하는 경우이다. 또 다른 양상은 송사(頌辭)와 같은 작품에서 우상적 인물을 찬양하는 경우이다.

사설시조에서 절경을 묘사하는 경우, 여기에는 거의 대부분 중국의 지명이 등장한다. 그리고 그 지명은 중국의 유명한 역사적 인물과 관계 깊은 것이어서 환유적 의미로 쓰이기도 한다. 물론 앞에서 언급한 바 중국 고사의 인물이 갖는 초시간성과 보편성을 염두에 둔다면, 여기에서 중국의 구체적인 인명이나 지명은 고유 명사가 아닌 보통 명사의 기능을 수행한다고 보아야 한다.

> 1-1. 江湖에 도라오는 기러기야 江南 景槪를 어듸 구경하얏나냐
> 　　巫山 十二峰과 洞庭 七百里도 구경하고 瀟湘 黃陵廟와 金陵 鳳凰
> 　臺를 낫낫치 閱覽해것마는
> 　　그 중에 晴川歷歷 漢陽樹와 芳草萋萋 鸚鵡洲는 黃鶴樓가 第一인가.

작품 1-1의 강남(江南), 무산 십이봉(巫山 十二峰), 동정 칠백리(洞庭 七百里), 소상 황릉묘(瀟湘 黃陵廟), 금릉 봉황대(金陵 鳳凰臺), 황학루(黃鶴樓) 등은 모두 중국 호남성(湖南省) 부근의 지명이나 누각 이름이다. 이들 지명은

한결같이 중국의 유명 인물들의 고사에서 배경이 되는 곳으로서, 이 시조의 작자가 가시적인 접근을 통해 감흥을 받았다고 하기는 어렵다. 실제로 이러한 지명이 다른 갈래 다른 작품의 도처에서 발견되는 것은 상상력조차 관습화되어 버린 실상을 증명해 주는 것으로 보아야 한다.

이렇게 볼 때, 이 작품에서 열거된 지명들은 구체적인 실체를 가진 현실을 재현한 것이 아니라, 오히려 현실과는 무관하게 시조의 작자가 관념 속에서 선택하여 외부적으로 추가된 장식적인 이미지임을 알 수 있다. 이것은 시조, 특히 사설시조가 구비전승의 요소를 강하게 함축하고 있고 실제로 연행되는 음악이었다는 객관적 조건에서 비롯된 결과로 볼 수도 있다. 특히 초장의 "기러기"가 시조에서 '소식'을 환기시켜 주는 '주제소(主題素, theme)'라는 점(최재남, 1983 : 63-65)을 염두에 두면 그 구비성을 충분히 짐작할 수 있다. 뿐만 아니라 종장에서는 최호(崔顥)의 <황학루(黃鶴樓)>9)의 일절을 수용하여 황학루의 절경을 묘사하는데, 이도 또한 장식의 효과를 위한 수사적 배려라는 점을 제외하면 달리 설명할 길이 없다.

그런데 현실성이 결여되었다는 지적은 이미지에만 해당하는 것이 아니라 인물에도 꼭 같이 적용될 수 있다. 다음 작품은 이 점을 분명히 보여준다.

1-2. 三山半落靑天外요 二水中分白鷺洲라 浩浩兮 滄浪歌로 돗대치는 저
　　사공아 遠浦歸帆 그 아니냐

　　秋上江 배를 타고 강동으로 가는 이는 張翰先生이 아니며 檻外長江
　　空自流는 藤旺閣 序文이요 王勃의 萬古詩興樂이라 落霞는 與孤鶩齊
　　飛하고 秋水는 共長天一色이라
　　天外 巫山十二峰은 구름 속에 소사 잇다.

작품 1-1이 지명을 나열하여 성취해낸 것이라면 이 작품은 인물의 시문이나 고사를 중심으로 구성되어·있다. 그러나 이런 차이점에도 불구하고 텍스트 구성의 원리면에서는 동일하다. 말하자면 작품 속에 등장하는 인물들은 시조 작가가 현실 감각으로 보고 있는 대상이 아니라 다분히 관념 속에서 형성된 관습적 상상력의 소산인 셈이다. 더구나 이백(李白)의 <등금릉봉황대(登金陵鳳凰臺)>와 왕발(王勃)의 <등왕각(滕王閣)> 및 <등왕각서(滕王閣序)>10)에 나오는 구절을 인용한 점은 두 작품이 생산된 원리의 동일성을 말해주고 있음을 알 수 있다.

사설시조에서 특정한 인물을 시적 대상으로 설정하는 경우는 두 가지 경우로 나누어 볼 수 있다. 하나는 그 인물이 찬양의 대상으로 설정될 때이고, 또 하나는 조롱 또는 경멸의 대상으로 설정될 때이다. 지금까지의 연구사에서 주로 관심을 둔 것은 후자, 즉 지극히 범용(凡庸)하고 저열한 인간 군상을 등장시켜 일상적인 삶의 모습을 해학적으로 또는 풍자적으로 묘사한 작품들이었다. 사설시조에서 적어도 양적으로는 이러한 경향의 작품들이 우위에 있음은 물론이다. 그러나 이에 못지않게 중국 고사 속의 인물이 찬양의 대상으로 등장하는 작품들도 도처에 산재하고 있음을 간과할 수 없다.

물론 그러한 인물들이 순수하게 찬양의 대상으로만 존재하지는 않는다. 그들은 사설시조 시인의 한 이상형으로서 선택된 전범으로서 가치를 가지기 때문이다. 이 점 자연을 대상으로 한 시조가 순수하게 자연 자체를 노래한 것이 아닌 것과 마찬가지이다. 이른바 강호가도로 일컬어지는 작품들도 실상은 인간성을 기초로 하는 충의사상의 변용에 지나지 않는 것이다(정병욱, 1970 : 74-75). 표면적으로는 영웅적 인물의 고사를 노래하더라도 자신의 삶을 그들의 삶에 투영시키려는 작가 의식은 은폐될 수 없었던 것이다. 이것은 시조가 서정 장르임을 말해주는 단서이기도 하다.11) 결국 이러한 전반적인 현상은 전술한 대로 현재가 믿고자 하는 것을 이상화하여 표현하려고 할 때 형성될 수 있는 양식적 특질이라 하겠다.

    1-3. 古今 人物 혜여 본이 明哲保身 긔 누구고
       張子房은 謝病辟穀ᄒᆞ야 赤松子를 좃ᄎ 놀고 范蠡는 五湖烟月에 吳
       王의 亡國愁를 扁舟에 싯고 간이
       아마도 彼此 高下를 나는 몰나 ᄒᆞ노라.

    1-4. 萬古歷代 人臣之中에 明哲保身 누고 누고
       范蠡의 五湖舟와 張良의 謝病辟穀 疏廣의 散千金과 張翰의 秋風 江
       東去 陶處士의 歸去來辭라
       이 밧긔 碌碌ᄒᆞᆫ 貪官汚吏之輩야 일너 무슴 ᄒᆞ리오.

위의 두 작품은 '명철보신(明哲保身)'의 전범이 될 만한 중국의 인물들을 나열하고 있다. 이러한 나열은 사설시조의 구성상의 일반적 특징이기도 하다.12) 1-3의 경우 장자방(張子房)과 범려(范蠡)의 고사를, 1-4의 경우 여기에 더하여 소광(疏廣), 장한(張翰), 도잠(陶潛)의 고사가 인용된다.13) 여기에서 주의할 것은 이러한 인물들이 단순히 나열적으로 제시되는 것이 아니라는 점이다. 이들은 모두 시의 화자가 지향하는 가치를 함축하고 있는 신화적인 존재들이다. 시의 화자는 이들을 문면에 내세움으로써 은연중에 자신의 처세를 표방하고 있는 것이다.

그런데 이들 작품에서 드러나는 바 화자가 지향하는 가치는 평시조 일반에서 나타나는 가치 추구의 양상과 별반 다를 바 없음을 쉽게 알 수 있다. 주지하다시피 사대부란 사(士)와 대부(大夫)를 합친 말로서, 각각은 수기(修己)와 치인(治人), 또는 수신제가(修身齊家)와 치국평천하(治國平天下)의 국면에 대응된다. 당연히 이들 작품들은 전자, 즉 수기 또는 수신제가의 영역에 놓인다. 그러면 여기에서 개인의 주관적 서정을 표현하는

데 이 같은 고사가 원용되는 것은 어떤 이유에서인가 하는 문제가 제기
될 수 있다.

이 문제에 대한 답은 관습시를 생산하는 과정을 살핌으로써 얻을 수
있다. 시인이 관습시를 생산하는 과정은 발견이 아닌 제작으로, 표현이
아닌 모방으로 설명된다. 관습이 제시하는 내용을 관습적 제작 기술을
사용하여 얼마나 성공적으로 작품 속에 구현하는가 하는 것이 문제였다
(김우창, 1964 : 87). 사설시조의 작가들은 먼저 평시조, 한시, 가사 대신 사
설시조를 하나의 양식으로 선택을 한다. 그리고 사설시조라는 장르가 요
구하는 것은 무엇인가를 생각한다. 그것은 적어도 1-3과 1-4 작품의 경
우 '명철보신'이라는 가치를 가장 잘 구현해야 한다는 것이다. 다음 단
계는 이 요구 조건을 가장 잘 만족시켜 줄 수 있는 방법을 찾아서 시의
'제작'에 착수하는 것이다. 이 과정에서 청자나 독자가 기대하는 것은
하등 새로운 것도 개인적인 것도 아니기 때문에 완성된 작품이 새로운
진실 또는 내용을 담을 필요는 없다. 그리고 이러한 전통적인 재미를 확
보하기 위한 방법 또한 관습에 의하여 이미 알려진 것 가운데서 고르면
된다.

위의 두 작품은 이러한 시적 문법에 의해 장자방과 범려, 그리고 소
광, 장한, 도잠의 고사를 선택하고 배열한 것이다. 그리하여 결국 이 작
품은 시인의 창의적 안목에 의해 시적 대상의 새로운 면모를 발견하는
것이 아니라 이미 자명한 실제적 또는 허구적 사실을 다시 한 번 확인
하는 데서 텍스트의 가치를 확보하는 것이다. 청자는 사설시조의 화자
또는 시인과 대화를 통해 '소통의 즐거움'(박성봉, 1995 : 286)을 나누고 있
는 셈이다. 이는 시인의 고백을 엿듣기만 하는 근대 이후 청자의 역할과
구분되는 지점이기도 하다. 관습시에서는 화자와 청자, 시인과 독자의
관계가 그만큼 쌍방향적인 특성을 갖는 것이다.

1-5. 李太白의 酒量은 긔 엇더ᄒ여 一日須傾 三百盃ᄒ며

　　　杜牧之의 風度는 긔 엇더ᄒ여 醉過楊州 橘滿車런고

　　　아마도 이 둘의 風采는 못내 부러 ᄒ노라.

여기에서 화자는 이백과 두목지를 찬양의 대상으로만 객관화하여 설정한 것이 아니라, 종장에서 일종의 논평을 통해 가치 평가를 내린다. 종장에서 화자의 목소리가 두드러지게 나타나는 것은 시조의 보편적인 구성 원리와도 부합하는 양상이다. 시조의 삼장 구성은 어떻게 설명되든 모든 의미가 종장으로 수렴되어 구조화되는 특성을 갖는다.14)

위의 작품은 이백과 두목지의 시문과 고사를 나란히 인용하고 있다.15) 그런데 여기에서 이들의 면모가 사대부들이 수양의 전범으로 삼는 인물들의 면모와는 거리가 있다는 점은 주목을 요한다. 사대부들이 이념적 지향으로 삼고 있던 수기치인과 주흥 또는 취락의 거리는 그리 가깝기만 한 것은 아니기 때문이다. 그러나 이러한 모순도 사실은 사대부들에게 있어 풍류란 안빈낙도(安貧樂道)라는 이데올로기적 표상의 또 다른 모습일 뿐이라는 점을 염두에 두면 쉽게 이해될 수 있다. 더구나 사설시조가 '풀이'와 '놀이'의 기능(김학성, 1990)을 발휘하는 연행의 예술이었다는 점은 이러한 거리를 채우는 요소라고 할 수 있겠다.

조선조의 성리학이 개인의 가치관뿐만 아니라 사회 전영역의 생활과 문화를 총체적으로 지배했던 단일한 사상 체계였다면, 서양의 중세기에 기독교가 그러하듯이, 성리학이 신화적 차원의 권위를 지녔음은 쉽게 인정할 수 있다. 따라서 조선조의 사대부들이 유교의 발원지라 할 수 있는 중국의 역사와 인물에 대해 깊은 천착을 보인 것은 결코 우연이 아니다. 이러한 사정에서 비록 진지하고 경건한 윤리적 이념의 표방에서만이 아니라 즐거움과 유흥을 추구하는 강호가도의 이념을 노래하는 데 있어서도 사설시조의 시인들은 보편 원리로서 중국의 역사와 인물을 적극적으

로 수용했던 것이라 할 수 있다. 다음 작품은 이러한 보편 원리로서의
고사와 인물을 선명하게 보여준다. 이 노래에서도 태평성대와 관련되는
가능한 한 많은 고사를 동원하여 '삼대'의 미덕을 칭송하고 있다.

> 1-6. 景星出 慶雲興홀 제 陶唐氏 쩍 百姓이 되야
> 康衢煙月에 含哺鼓腹ᄒ여 葛天氏 쩍 노리예 軒轅氏 쩍 춤을 추니
> 아마도 三代 以後는 이런 太古 淳風을 못 어더 볼신 ᄒ노라.16)

  결론적으로 사대부들에게는 중국의 고사와 인물이 이미 신화적 의미
와 가치를 지니고 있었다 할 것이다. 이것은 사대부들이 가현재(假現在)의
경험을 구성했음을 뜻한다. 가현재란 과거와 미래가 현재라는 순간 속에
통합되는 것을 의미하며, 이는 곧 현재를 통해 지속되는 시간의 범위는
기억과 기대를 동시에 포함한다는 것이다.17) 다시 말해서 중국의 고사
와 인물은 단순히 특정 지역, 특정 시간의 제약을 받는 가시적인 사실로
서가 아니라 초시간적인 보편 원리의 담지자로서 기능한다고 할 수 있다.
  이상에서 전범을 찬양하는 사설시조들은 구성의 원리에서 사설시조
일반의 원리를 그대로 고수함과 동시에 관념 속에서 형성된 실제적 현
실과 무관한 인물과 이미지를 표현한다는 점을 고찰했다. 이는 또한 관
습시의 등식에 부합하는 사실이기도 하다. 시조 작품에 등장하는 중국의
인물들은 시조 시인에게는 하나의 전범으로서 의미를 갖는다. 그들은 시
인들이 추구하는 보편적 이념의 구현자이며 담지자인 셈이다. 그리하여
그들의 처세는 조선조 시인들의 생활 지침이 되었고, 그들이 지은 작품
은 조선조 시인들의 작품 속에 자연스럽게 수용되기에 이르른다. 그러한
양상이 자연스러운 만큼 그것은 집단적이었고 또 초시간적이었다고 할
수 있다. 이것은 평시조 일반에는 의심 없이 받아들여지는 것이지만, 사
설시조에서도 그러한 일반적인 특징을 공유하는 일군의 작품들이 있다

는 사실에 지금까지는 관심을 두지 못했었다. 그런 점에서 지금까지 살펴본 사설시조 작품들은 관습시의 본질을 가장 선명하게 보여주는 유형이라 할 수 있겠다.

여기에서 하나 덧붙일 것은, 이러한 양상을 보이는 작품들은 원래의 텍스트가 지니고 있는 의미를 최대한으로 존중한다는 점이다. 이는 시적 대상이 찬양을 위해 선택된 데서 비롯된 결과가 아닌가 한다. 이 점에서 지금까지 살핀 작품들은 다음 항에서 다룰 '합리화와 설득의 근거'를 위해 시문과 고사를 수용한 작품과 공통점을 갖는다. 그리고 바로 이 점에서 '유희성 확대의 장치'로서 수용하는 양상을 보이는 작품들과 변별된다.

2) 합리화와 설득을 위한 수용

앞에서 살핀 대로 관습시는 시적 대상의 새로운 면모를 발견하기보다는 당대에 보편적으로 공유하는 가치관을 확인하는 측면에 비중을 둔다. 이런 점에서 관습시의 문면에 나타난 현실이야말로 객관적인(objective) 것이 아니라 사회적으로 구성된 간주관적인(intersubjective) 현실이다. 다시 말하면 관습시에서 이미저리의 구조는 현실의 구조와 병렬을 이루는 관계가 아니다. 선험적으로 존재하는 보편적 가치를 표현하는 과정에서 얼마나 효율적으로 공감의 폭과 깊이를 확보할 것인가 하는 점이 중요했던 것이다. 바로 이 점에서 논리의 문제가 주요한 관건이 된다. 그런데 이 때 논리는 엄밀한 변증적 논리로서가 아니라 하나의 수사적 전략으로서 시적 구성의 과정에 관여하게 된다. 따라서 여기에서 반드시 인식해야 할 것은, 수사가 설득을 목적으로 한다고 하더라도 설득이 반드시 판단이나 행동의 변화를 꾀하는 데 목적을 두지는 않는다는 점이다. 이 점은 앞으로의 논의를 통해 밝혀질 것이다.

사설시조에서 합리화와 설득을 위해 수용되는 선행 텍스트 중 가장 빈번하게 수용되는 것은 중국의 한시문이나 중국의 고사와 관련된 구절이다.[18] 이는 찬양의 대상으로 선행 텍스트를 수용하는 경우와 마찬가지이다. 합리화와 설득을 위한 논리적 근거는 권위가 강하면 강할수록 더 큰 힘을 가질 것이기 때문이다. 조선조 사회가 성리학이라는 유교적 세계관의 전일적 지배하에 놓여 있었다는 점에서 이는 지극히 당연하다고 할 수 있다.

사설시조의 범주로 묶일 수 있는 상당수의 작품들이 평시조에 깔려 있는 작품 세계를 공유하고 있다는 점은 계층 문제와 관련된 논의로 이어질 수도 있다. 그러나 여기에서는 시조 장르의 계층성이 문제의 본령이 아니므로, 사대부가 중심이 되어 창작했고 후기에 이르러 중인 가객들의 참여가 허락된 개방적 장르였다는 점을 전제로 논의를 이어나가기로 한다. 다음 작품은 이러한 양상을 전형적으로 보여준다.

> 2-1. 智謀는 漢相 諸葛武侯요 膽略은 吳侯 孫伯符라
> 舊邦維新은 周文王之功業이요 斥邪衛正은 孟夫子之聖學이로다
> 아마도 五百年 幹氣英傑은 國太公이신가 하노라.[19]

2-1 작품은 "국태공[興宣大院君]"의 지모(智謀)와 담략(膽略)을 추앙하고 공덕을 찬양하는 노래이다. 이를 위해서 수사적으로 인용된 것이 촉한(蜀漢)의 제갈양(諸葛亮)과 오(吳)의 손백부(孫伯符), 그리고 주문왕(周文王)과 맹부자(孟夫子)의 고사[20]이다. 물론 그 고사의 구체적 내용은 숨어 있지만, 이는 오히려 그러한 고사의 보편성과 인지도를 반증해 주는 요소로 볼 수 있다. 다시 말하면 그 고사들이 당대에 이미 보편화되어 구체적인 내용의 제시 없이도 청자와 소통이 가능했던 사정에서 그리 되었다고 보아야 한다는 것이다.

고전소설에서는 영웅적 인물을 묘사할 때, 그 비범함을 효율적으로 드러내기 위해 역사상의 인물에 비기는 것은 보편적인 양상이다(이지호, 1995 : 62). 이 작품의 경우에도 흥선대원군의 위대성을 몇 국면으로 나누어 각각의 국면에 중국의 유명한 인물과 고사를 대응시킴으로써 과장하는 데 성공하고 있다. 여기에서 성공이란 사실과의 부합 여부를 가리키는 것이 아니라 찬양이라는 본래의 목적을 성취한 점을 뜻한다. 이 작품의 이러한 양상은 <용비어천가>의 구조를 연상케 한다. <용비어천가>의 병렬 구조에 대해 유교의 순환론적 세계관의 반영이라는 설명도 있었거니와, 보편적 원리로서 중국의 역사적 기록을 논리적 근거로 내세움으로써 국태공의 인물됨을 성공적으로 표현하게 된 것이다.[21]

> 2-2. 大丈夫 天地間에 ㅎ올 일이 바히 업다
> 　글을 ㅎ쟈 ㅎ니 人生識字 憂患始요 칼을 쓰자 ㅎ니 乃知兵者 是凶器로다
> 　출ㅎ로 靑樓 酒肆로 오락가락 ㅎ리라.

이 작품은 사설 시조에서 흔히 나타나는 해학성이나 풍자성이 거의 드러나지 않는다. 오히려 작품의 성격상 평시조가 노래하는 세계와 닮아 있다. 한자어를 풍부하게 구사한 문체상의 특징이나 인생무상에 따른 취흥을 노래한 주제상의 특징으로 이를 쉽게 알 수 있다.

그런데 중장의 '人生識字 憂患始'라는 구절은 소식(蘇軾)의 <석창서취묵당시(石蒼舒醉墨堂詩)>'에서, '乃知兵者 是凶器'는 『사기(史記)』의 <주부언전(主夫偃傳)>에서 각각 인용한 것이다. 이렇게 인용한 구절은 일종의 딜레마에 빠져 있는 시의 화자가 취흥에 빠질 수밖에 없는 사정을 합리화하는 강력한 근거가 된다. 이 경우 언어 논리적 측면에서 보면 '권위에 호소하는 오류'를 범한 것이라 할 수도 있다. '청루 주사'에 몰입하겠

다는 펑계에 지나지 않기 때문이다.

　그러나 그 권위는 유교적 전통에서 의심 없이 받아들여지는 신화적 의미를 지니기 때문에 전혀 문제가 되지 않는다. 중요한 점은 얼마나 치밀하게 논리적 완성도를 보여주느냐 하는 문제보다는 논리를 위해 동원된 근거가 얼마나 보편적인가 하는 문제이다. 관습시에서 논리란 앞서 말한 대로 엄밀한 변증적 논리가 아니라 수사적 차원에서 요구되는 조건이기 때문이다. 이러한 점에 대해 조선조 사대부들이 가장 기본적인 교양으로서 중국의 한시나 고사를 필수적으로 익혀야 했던 사정을 감안한다면 이 작품이 관습시의 원리에 매우 충실한 노래라는 점을 인정할 수밖에 없다.

　이처럼 자신의 처신을 합리화하기 위해 인용되는 한시문이나 고사는 주로 취락이나 유흥을 주제로 하는 작품에 주로 나타난다. 특히 권주가로 분류될 수 있는 사설시조 작품은 거의 예외 없이 이백과 두보의 시문이나 고사를 인용하고 있다.

> 2-3. 졔 것 두고 못 먹으면 王將軍의 庫子오니
> 　　　銀盞 놋盞 다 더지고 砂器잔에 잡으시오 첫지 盞은 長壽酒오 둘지
> 　　　盞은 富貴酒오 셋지 盞은 生男酒니 잡고 연히 잡으시오 古來 賢人이
> 　　　皆寂寞ᄒ되 惟有飮者ㅣ 留其名ᄒ니 잡고 잡고 잡으시오 莫惜床頭沽
> 　　　酒錢ᄒ라 千金散盡還復來니
> 　　　내 잡아 권ᄒᆫ 잔을 辭讓 말고 잡으시오.

　‘권주가’라는 제목을 달고 『대동풍아(大東風雅)』에 실려 있는 이 노래에는 고사와 한시문이 동시에 인용되어 있다. 고사는 진(晋)의 왕준(王濬)에 관한 것으로, 그의 창고에는 없는 것이 없을 정도로 갖가지 재화와 물건으로 가득 차 있었다는 것을 내용으로 한다. 또한 중장의 “惟有飮者ㅣ 留其名ᄒ니 잡고 잡고 잡으시오 莫惜床頭沽酒錢ᄒ라 千金散盡還復來니”

부분은 바로 이백의 <장진주(將進酒)>에서 끌어온 구문이다.22) 특히 '장진주'의 경우 술에 대한 찬가로서 자기 이상을 실현하지 못한 이백이 시름[愁]을 달래기 위해 술을 즐긴다는 배경을 가지고 있으므로 권주가의 전체 맥락과 잘 어울릴 수밖에 없을 것이다.

따라서 이전의 작품과 동일한 시적 상황을 공유하는 새로운 작품이 이전 작품의 구절을 인용하는 것은, 작품의 정서적 강도를 높이고 분위기를 형성하기 위한 수사적 전략에서 나온 현상이라 할 수 있겠다. 그리고 이러한 수사적 전략은 실제 청자이든 작중 청자이든 상대방을 설득하는 강력한 근거로서 작용하게 되는 것이다.

여기에서 고려 시대 한시 창작의 원리였던 용사(用事)의 개념과 비교해 볼 필요가 있겠다. 용사를 "경서(經書)나 사서(史書) 또는 제가(諸家)의 시문이 가지는 특징적인 관념이나 사적을 이·삼의 어휘에 집약시켜 원관념을 보조하는 관념 소생에 원용하는 수사법"(최신호, 1971)이라 정의한다면, 사설시조의 한시문 수용은 용사와 별로 다를 바 없다고 보아도 무방하다. 그러나 이러한 정의는 시적 표현 효과의 측면에서 볼 때에만 유효한 것이라 하겠다. 왜냐 하면 한시에서 용사의 생명은 무엇보다 전고를 인용은 하되 새로 창작되는 작품 속에 천의무봉하게 용해되어야 하기 때문이다.

사설시조에서 부분적으로 한시문을 인용하는 경우 구문상·문체상의 부조화가 심하게 드러나는 것이 대부분이다. 오히려 시조 작가가 스스로 창작한 구절이 아니라는 점을 의도적으로 부각시키는 듯한 인상마저 준다. 이 점이 사설 시조의 한시문 수용이 용사와 구별되는 요소이다.

이것은 평시조와 대비할 때 더욱 두드러진다. 평시조의 경우에는 한시문을 인용하더라도 엄격한 율격을 고수하기 위해 노력한 흔적이 역력하다. 한시 중에서도 오언 절구를 주로 채택함으로써 율격적 파행성을 피해가는 것이 일반적인 경향이다. 그러나 이에 비해 사설시조에서는 주로 칠언 절구 또는 율시를 수용하는 경향을 보인다. 이 점 또한 사설시조의 한시문 수용이 평시조와 구별되는 특질이다. 이는 평시조에서는 율격적 요소가 지배적 요소가 되어 의미 요소에 구속을 가하는 반면, 사설시조에서는 의미 요소가 우세하게 기능하여 율격적 요소를 구속하는 양상을 보인다는 판단(신은경, 1992 : 28)과도 상통한다.

이러한 경향 또한 관습시의 논리 지향적 성격과 무관하지 않다. 즉, 시적 화자의 정서를 표현하는 데 더 절실히 요구되는 것은 이미 보편성을 획득한 기존 텍스트의 권위에 기대어 논리적 근거를 확보하는 일이다. 이를 위해서 사설시조 시인들은 구문이나 문체 등 미적 자질의 손상을 감수하고서라도 기존 텍스트의 수용에 적극적이었다고 볼 수 있다. 이것은 바로 관습시의 기본적인 성격에서 비롯된 것이다.

> 2-4. 君莫惜典 衣沽酒ᄒ소 囊乾ᄒ면 我典衣로다
> 塵世難逢 開口笑ㅣ니 知己를 相對 盡情談ᄒ고 劉伶墳上에 酒不到ㅣ
> 니 且樂生前 一盃酒로다
> 인생이 草露又튼이 醉코 놀려 ᄒ노라.

여기에서도 역시 '塵世難逢 開口笑'는 두보의 <구일제산등고(九日齊山登高)>에서, '劉伶墳上에 酒不到'라는 구절은 이하(李賀)의 <장진주시(將進酒詩)>에서 인용한 것이다23). 그리고 나머지 구절은 기존의 한시문을 약간 변경하거나 자신이 창작하여 배열한 것이다. 그리하여 전체적으로는 한시문에 현토한 것으로 일관한 듯한 인상을 준다. 다만 종장에서 시조 작가 또는 화자의 목소리를 내세움으로써 하나의 문학 텍스트로서 가져야 하는 최소한의 자질을 확보하고 있는 셈이다.

이와 같은 이질적 문체와 구문의 수용 또한 취흥을 위한 수사적 전략

내에서 일어나는 점을 간과할 수 없다. 시의 화자가 '醉코 놀려'고 하는 이유가 있어야 하고, 그 이유를 선행하는 텍스트에 기대어 제시하기 때문이다. 다시 말하면, "어지러운 세상에서 벗을 만나 크게 웃기 어려운[塵世難逢 開口笑]" 사정과 술과 더불어 인생을 보낸 "유령도 그 무덤에서는 술을 마시지 못하는[劉伶墳上에 酒不到]" 이치로 볼 때, 초로 같은 우리의 인생들은 술에 취해 놀 수밖에 없다는 논리적 연쇄이다. 문체상·구문상의 일치 여부는 사설시조의 성격상 부차적인 문제에 지나지 않는 것이다.

이외에도 취흥의 분위기를 돋우는 작품들이 술과 관련된 중국의 한시문이나 고사를 인용하는 경우는 상당히 많다. 특기할 것은, 이러한 작품들의 대부분이 원래의 문맥적 의미를 그대로 유지한 채 인용된다는 점이다. 이는 전술한 대로 시적 상황의 동질성으로 인해 기존 텍스트의 의미를 굳이 전환하거나 확장할 필요가 없었던 사정에서 비롯된 결과가 아닌가 한다. 이러한 경향은 강호자연의 주제를 가진 작품들에서도 두드러지게 나타난다.

2-5. 도하유슈 궐어비라 유교변에 비을 미고
　　　빈 타고 고기 낙가 고기 쥬고 술을 사셔 명정이 츄흥 후에 관너
　　셩 불으면셔 달을 씌여 도라오니
　　　아마도 강호지낙은 이쑌인가.

2-6. 漁村에 落照ᄒ고 江天이 一色인 제
　　　小艇에 그물 싯고 십리 沙汀 나려가니 滿江 蘆荻에 霞鶩은 섯거
　　놀고 桃花流水에 鱖漁는 술젓ᄂ듸 柳橋邊에 비를 미고 고기 주고
　　술을 바다 酩酊케 醉ᄒ 後에 疑乃聲 부르면서 둘을 씌고 도라오니
　　　아마도 江湖至樂은 이쑌인가 ᄒ노라.

위의 두 작품은 사대부의 양면적 성격 중 '사(士)'의 국면을 부각시킨 것으로서 '강호지락(江湖之樂)'을 노래하고 있다. 작품 2-5에서 우선 눈에 띄는 것은 "도하유슈궐어비[桃花流水鱖魚肥]"라는 구절이다. 이 구절은 장지화(張志和)가 지은 한시 <어부가(漁父歌)>에서 "西塞山前白鷺飛"라는 절과 대구를 이루는 부분이다. 작품 2-6에서는 한시에 현토를 하여 이를 변용한다(滿江 蘆荻에 霞鶩은 섯거 놀고 桃花流水에 鱖漁는 슬졋는듸~). 이 구절 또한 시적 상황의 동질성으로 인해 원래의 의미 자질을 그대로 존중하면서 보존하고 있다.

이러한 현상은 '합리화'나 '설득'이라는 말에 내포된 상반된 의미 자질을 고려하면 더욱 쉽게 이해될 수 있다. 이 말들은 한편으로는 긍정적인 가치를 지향하는 태도일 수도 있고, 반대로 정당성이 다소 결여된 행위를 옹호하거나 그 행위에 상대방이 참여하도록 유도하는 태도의 산물일 수도 있다. 그런데 이 작품들의 경우 수기와 치인의 두 가지 가치 중에서 전자를 지향하는 경향이 강하다. 이러한 작품에 선행 텍스트가 합리화와 설득의 근거로 수용되었다는 점은 양자가 동일한 비중을 지녔다기보다는 수기보다는 상대적으로 치인이 더 우월감을 지닌 가치가 아닌가 하는 추측을 불러일으킨다. 이 추측의 연장선에서, 이들 작품들에는 이른바 풍류를 즐기는 시인들의 자의식이 은밀히 내재해 있는 것으로 볼 수도 있다.

이상에서 살핀 대로, 합리화와 설득을 위해 선행 텍스트를 수용하는 경우에는 대체로 관련 시구를 이전의 텍스트에서 찾아 그대로 삽입하여 형식에 맞추어 완성하기만 하면 된다. 이는 시조가 갖는 관습시로서의 기본적인 자질을 보여주는 단면이다. 시인의 입장에서 관습시를 짓는 일은, 진정한 의미의 창조 행위라기보다는 모방과 제작에 가까운 행위이기 때문이다.

위의 작품에 등장하는 '도하유슈[桃花流水], 궐어, 유교변, 배[小艇], 술, 관니성[欸乃聲의 誤記], 달, 낙조, 만강 노적(滿江 蘆荻), 하목(霞鶩)' 등의 소재는 강호지락이라는 사대부적 지향을 관습적으로 표현하는 이미지이다. 말하자면 이러한 소재들과 사대부의 강호지락은 환유의 관계에 놓인다. 환유의 원리를 어떤 대상에 대하여 그것의 속성, 외양, 소지품 또는 그것을 구성하는 한 부분에 인접한 것으로 바꾸어 표현하는 것이라 할 때, 위의 소재들은 강호지락을 구성하는 한 부분으로 의미적 규제를 받기 때문이다. 그리고 이러한 규제는 이미 자동화된 상태이기도 하다. 그러므로 순전히 현대적 감수성으로 이들 관습화·자동화된 이미지를 보면 일차적으로는 독창성의 상실과 표현의 상투화라는 평가를 내릴 수도 있다.24) 그러나 이는 어디까지나 근대 이후 예술론의 입장에서만이 성립 가능한 판단이다.

한편 이와 관련하여 페쉐(Michel Pêcheux)가 기존의 담론을 수용하는 주체의 세 가지 기제에 따라 담론 양식(modality)을 동일화 담론, 반동일화 담론, 비동일화 담론의 세 유형으로 구분하고 있는 점은 시사적이다.25) 이 구분법에 따른다면 위에서 살핀 작품들은 당연히 첫째 유형으로 귀속될 수 있을 것이다. 이는 관습시의 기본 속성과도 정확히 일치하는 지점이라 할 수 있겠다.

여기에서 덧붙일 것은 (1)에서 살핀 작품들과의 변별점이다. 영웅적 인물을 찬양하는 작품들 본래의 텍스트가 가진 의미를 최대한으로 존중하고 보존하려 한다는 점에서 이 절에서 고찰한 작품들과 준문맥적 수용이라는 특성을 공유한다. 그러나 위의 작품에서처럼 하나의 전범으로 받아들이는 경우 화자의 목소리는 겉으로 드러나지 않고 숨어 있게 되고 상대적으로 시적 대상이 문면에 부각된다. 반면 '합리화와 설득의 근거'로 수용하는 경우는 시적 대상보다는 시적 화자의 정서가 우위를 점하는 것이다. 이러한 개별적인 양상을 N. Frye의 설명을 빌어 말하자면, 각각이 '원심적 조응 태도'와 '구심적 조응 태도'에 해당될 것이다.26)

2.2. 원심적 수용 : 유희성 확대를 위한 수용

중국의 고사와 시문을 수용하는 것은 반복적으로 언급한 바와 같이, 하나의 보편 원리로서 유교적 이념이 갖는 권위에서 비롯된다. 그러한 이념의 권위를 출발점으로 삼을 경우, 수용의 과정에서 선행 텍스트의 의미 자질을 그대로 보존하고 존중하는 것은 지극히 상식적인 태도이다. 지금까지 살펴본 작품들이 본래의 구절이 함유하고 있는 의미의 질량을 변함없이 인용한 것은 이런 태도에서 나온 결과라고 할 수 있다.

그런데 사설시조가 기존의 텍스트를 수용하는 과정에서 본래의 의미 자질을 굴절시키는 경우도 빈번하게 나타난다는 사실에 주목할 필요가 있다. 여기에서 의미 자질을 굴절시킨다는 것은 인용되는 부분으로부터 완전히 새로운 의미를 창출해 낸다는 뜻이 아니라 본래의 문맥과는 어느 정도 거리가 있는 새로운 문맥 속으로 삽입한다는 뜻이다. 지금까지 살핀 작품들이 본래의 의미 자질을 최대한 보존하고 존중한다는 의미에서 '구심적 수용'의 양상을 보인다면, 이제부터 보게 될 것은 '원심적 수용'의 양상을 보이는 작품들이다. 예를 들면 다음과 같은 경우이다.

3-1. 藥山 東臺 여지러진 바위 곳슬 썩어 籌를 노며 無盡無盡 먹스이다
人生 한 번 도라가면 다시 오기 어려워라 勸홀 적에 잡으시요 百年
假使人人壽라도 憂樂을 中分未百年을 勸홀 머듸 잡으시요 羽日 壯士
鴻門樊噲 斗卮酒를 能飮ᄒ되 이 술 혼 잔 못 먹엇네 勸홀 적에 잡으
시요
勸君更進一盃酒ᄒ니 西出陽關無故人을 勸홀 머듸 잡으시요

이 작품의 종장 "勸君更進一盃酒ᄒ니 西出陽關無故人" 부분은 王維의 <送元二使安西>에 나오는 구절이다.[27) 王維의 원래 작품은 다음과 같다.

渭城朝雨浥輕塵　　위성의 아침 비는 가벼운 먼지를 적시고
客舍靑靑柳色新　　객사의 푸른 버드나무는 색깔이 싱싱하다.
勸君更進一盃酒　　그대에게 다시 한 잔 술을 권하나니
西出陽關無故人　　서쪽 양관을 나서면 친구조차 없다네

이 한시는 제목에서 드러나듯이 원래 당나라 때 송별의 노래로 널리 향유되었던 노래이다. 그런데 이 시를 일부 수용한 사설시조 작품은 이별의 정조가 지배적인 노래이다. 이것은 원래의 한시문이 사설시조 작품으로 수용되는 과정에서 의미가 굴절되어 쓰인 결과이다. 물론 의미상 술을 권하는 상황적 맥락 안에 있음을 부인할 수는 없다. 그렇기는 해도 본래의 한시가 이별을 앞둔 상황에서 그 아쉬움을 나누는 매개물로서 술이 등장하는 데 비해, 사설시조에서는 인생의 허무를 달래기 위한 매개물로 등장하고 있음을 알 수 있다. 따라서 선행 텍스트를 유희성 확대를 위해 수용하는 과정에서는 그 작품 전체의 유기체적 통일성보다는 부분 부분의 의미가 중요시되었다는 판단이 가능하다.[28)

위의 작품은 앞서 제시한 M. Pêcheux의 유형화 기준을 따른다면, 비동일화 양식으로 귀속시킬 수 있을 것이다. 그런데 만약 여기서 우리가 이러한 유형화의 기준에 동의할 때, 평시조가 동일화 담론의 유형에 포괄될 수 있는 작품이 많은 반면, 사설시조에서 이와 같은 비동일화 담론이 많이 나타나는 것은 주목을 요한다. 이는 평시조와 사설시조의 차이점을 확인할 수 있는 대목이기도 하다. 그 차이점이란 평시조와 변별되는 사설시조의 고유한 기능에서 비롯된다고 보아야 할 것이다. 평시조가 경건함을 지향한다면 사설시조는 즐거움을 지향한다는 점에서 양자는

이형태(異形態)의 관계에 있다고 할 수 있다(김대행, 1991 : 379-422). 즐거움을 지향한다는 것은 다른 말로 풀이성과 놀이성(김학성, 1990)을 극대화하는 일이다. 그리고 이는 재미를 추구하는 자세와 관련된다. 이런 점에서 사설시조는 일면적으로 대중 예술의 성격을 갖는다고 할 수 있다. 다음의 작품을 통해 이를 구체적으로 설명해 보기로 한다.

> 3-2. 남이라 님을 아니 두랴 豪蕩도 그지 업다
> 霽月 光風 져문 날에 牧丹 黃菊 다 盡토록 우리의 고은 님은 白馬
> 金鞍으로 어듸를 단이다가 뉘 손에 줍히여 笑入胡姬酒肆中인고
> 아희야 秋風落葉 掩重門에 기다린들 무엇흐리.

이 작품에서 중장의 "笑入胡姬酒肆中"이라는 부분은 "落花踏盡遊何處 笑入胡姬酒肆中"으로 이루어진 이백의 <소년행(少年行)>의 한 구절이다. 이백의 한시는 나그네의 객수를 달래기 위해 '웃으면서 술집으로 들어간'다는 의미를 지니고 있다. 그런데 인용한 사설시조 작품에서는 이러한 문맥적 의미와는 다소 거리를 두고 있음을 알 수 있다. 임을 기다리는 고통을 이기지 못해 체념을 하게 되는 근거로서 작용하고 있는 것이다. 다시 말해서 일종의 심리적 기제로서 동원된 것이 바로 문제의 구절이라 하겠다.

물론 이러한 비동일화 담론이 형성되기 위해서는 본래의 텍스트가 지니는 최소한의 의미 자질은 그대로 수용될 수밖에 없다. 이 작품에서 최소한의 의미 자질은 '술을 즐김'이라 할 수 있다. 그러나 한시에서는 술을 즐기는 것이 개인적인 여수를 달래기 위한 불가피한 선택 사항으로 제시된 반면, 사설시조에서는 단지 화자가 기다리는 님의 '호탕함' 또는 '방탕함'을 증거하는 의미적 요소로 기능한다는 점이 주목된다. 말하자면 이 작품은 한편으로는 기존 텍스트의 의미를 수용하면서 또 한편으

로는 새로운 맥락으로 변형시킨다고 할 수 있다. 결론적으로 이 시조는 이미 보편화되어 인지도가 높은 기존 텍스트로부터 한 부분을 분리하여 새로운 문맥 속으로 삽입함으로써, 한편으로는 확인의 즐거움을, 또 한편으로는 '다시 보는 즐거움'을 추구하는 노래라고 할 수 있겠다. 아래의 작품은 기존의 지배적 가치관에 대한 적극적인 무화(無化)의 태도까지 보여준다.

> 3-3. 石崇의 累鉅萬財와 杜牧之의 橘滿車風采라도
>   밤일을 홀 저긔 제 연장 零星흐면 꿈자리만 자리라 그 무어시 貴
> 홀소냐
>   貧寒코 風度ㅣ 埋沒홀지라도 졔 거시 무즑흐여 내 것과 如合符節
> 곳 흐면 그 내 님인가 흐노라.

이 작품에서 주의할 것은 기존의 가치에 저항하고 반대하는 것이 아니라는 점이다. 물질적 풍요의 전범인 석숭과 풍채가 좋기로 유명한 두목지[29])에 대해 일단은 비판적 거리를 유지하는 듯이 보인다. 그리고 그 대안으로서 운우지정(雲雨之情)이라는 새로운 가치를 제시한다는 점에서 기존의 가치를 조롱하는 듯한 태도를 보이는 것은 사실이다. 그러나 엄밀한 의미에서 이 새로운 가치가 비판의 대상인 재산이나 풍채와 반대되는 지점에 위치하는 것이 아니라는 점을 염두에 둘 필요가 있다. 작품의 구조상 은밀한 재미를 주는 '성(性)'이라는 제재에 도달하기 위한 과정으로서 자리하고 있다고 보아야 할 것이다.

문학에서 재미가 확인의 즐거움과 발견의 즐거움이라는 두 축에 의해 전개된다고 본다면, 위에서 인용한 743번 작품("남이라 님을 아니 두랴~")은 이를 확실히 증명해 준다.[30]) 그렇다면 비동일화의 유형에 묶일 수 있는 작품들은 재미의 두 축을 동시에 추구하는 노래라고 할 수 있다. 다시 말해서 관습적으로 주어진 이미지에 편승함과 동시에 저항하는 작업의 결과인 셈이다. 편승은 친근함에 의한 즐거움을 생산하는 쪽으로, 저항은 소격화된 즐거움을 낳는 쪽으로 나아간다고 할 수 있다. 다음에 인용될 작품도 이러한 양상을 전형적으로 보여주고 있다.

> 3-4. 酒色을 삼가란 말이 녯 사룸의 警戒로되
> 　踏靑 登高節에 벗넘니 다리고 詩句를 을플 제 滿樽 香醪를 아니 醉키 어리오며
> 　旅館에 寒燈을 對ㅎ야 獨不眠홀 제 玉人을 만나셔 아니 자고 어이리.

이 시조의 종장에 삽입된 구절 "旅館에 寒燈을 對ㅎ야 獨不眠홀 제"는 고적(高適)의 칠언절구 <제야작(除夜作)>의 한 부분이다.[31] 이 시는 본래 백발의 나이가 되어 가면서도 뜻을 이루지 못하고 고향을 떠나 있는 시인이 가족을 그리워하고 늙음을 한탄하는 것이 지배적인 정조를 이룬다. 이러한 전체 맥락에서 인용된 구절은 나그네의 여수를 돋우는 배경의 역할을 한다.

그러나 향수를 일으키는 배경으로서의 역할과는 달리 사설시조에서 이 구절 '주색'을 가까이 하겠다는, 즉 향락을 즐기겠다는 화자의 입장을 합리화하는 근거이자 그 의지를 실천하는 시간적·공간적 배경으로 등장한다. 이 또한 수사적 논리에 다름 아니다. 양자간의 이러한 차이점이 한 축이라면 두 작품의 공통점을 또 하나의 축으로 설정할 수가 있는데, 그것은 외롭고 쓸쓸한 분위기이다. 그러나 적어도 이 작품에서는 이것이 임의적으로 조작된 듯한 분위기라는 점을 확인할 수 있다. 작품의 전체 맥락은 '답청 등고절(踏靑 登高節)'의 흥이 충만한 분위기가 지배하기 때문이다. 새로운 문맥에 수용되는 과정에서 본래의 문맥에서 함축

하고 있던 정보의 내용이 변질되고 있는 것이다.

이러한 설명은 아래의 작품에 대해서도 여전히 유효하다.

3-5. 고래 물 혀 치민 바다 宋太祖 金陵 치라 도라 들 제
    曹彬의 드는 칼로 무지게 휘온 드시 에후루혀 드리를 노코
    그 건너 님 왓다 ᄒ면 나는 샹금 샹금 건너리라.

3-6. 博浪沙中 쓰고 남은 鐵椎를 엇고
    江東子弟 八千人과 曹操의 十萬大兵으로 當年에 閻羅國을 破ᄒ던들
    丈夫의 屬節업슨 길흘 아니 行홀 써슬
    오늘에 날 좃ᄎ 가자 ᄒ니 그을 슬허 ᄒ노라.

작품 3-5에서 인용된 것은 송나라 장수 조빈(曹彬)에 관한 고사와 사적이다. 이 고사는 송태조가 그의 명장 조빈을 시켜 금릉(金陵)을 칠 때, 채석강(采石江)에 다리를 놓아 보병이 쉽게 도강하여 성공했다는 내용으로 이루어져 있다.[32] 전체적으로 웅장하고 장엄하기 그지없는 분위기이다. 그런데 사설시조 작품으로 수용되면서 터무니없이 헤어진 님과의 조우를 위한 배경으로 등장하면서 희화적 경향으로 전환되고 만다.

이 점 3-6에서도 마찬가지이다. '博浪沙中의 鐵椎, 江東子弟 八千人, 曹操의 十萬大兵[33]'이라는 사적을 인간 생명의 유한성에 대한 무상감을 노래하기 위해 허구적으로 재구성한다. 그렇지만 '죽음'이라는 삶의 문제를 주제로 다루는 작품과 어울리지 않게 전체적으로 희화적 분위기가 승한 경향을 보여준다. 이 점은 다음 두 작품과 대비하면 더욱 두드러진다.

3-7. ᄒ 손에 막디 잡고 또 ᄒ 손에 가싀 쥐고
    늙는 길 가싀로 막고 오는 白髮을 막디로 치려터니
    白髮이 제 몬져 알고 즈럼길노 오더라.

> 3-8. 바람아 부지을 마라 휘여진 졍즈 나무 입히 다 쩌러진다.
> 세월아 가지 마라 쟝안 호걸리 다 늙는다
> 빅발이 네 짐작하여 더듸 늙게 하여라.

위의 두 작품은 '죽음'의 문제를 직접 다루지는 않았지만 '늙음'을 한 탄하는 '탄로가' 계열에 속한다는 점에서 주제가 주는 중량감은 3-6과 크게 다르지 않다. 그런데 3-7의 경우 시조 형성의 초기로 짐작되는 고 려말의 평시조 작품으로 허구적 상상력에 의한 회화적 요소가 3-6과 매 우 닮아 있음을 알 수 있다. 그러나 이 상상력의 범위는 순전히 개인적 사고의 틀 안에 제한된다는 점에서 차이가 있다. 또한 3-8에서는 주제와 어조의 불일치 현상은 발견되지 않는다는 점에서 양자는 비교가 된다. 물론 이 차이가 시대적 변모에서 비롯된 차이라고 섣불리 재단할 수는 없다. 중요한 것은 중국의 고사나 사적을 전고로 끌어들이면서도 이를 회화화시키는 태도이다.

특히 작품 3-6에 전고로 쓰인 고사와 사적은 다른 작품에서도 두루 발견된다. 이것은 시조 자체가 시가 텍스트로서 연행과 구비 전승이라는 조건 하에 존재한 증거이기도 하다. 이들 다른 작품이 3-6 작품에서 보 이는 회화화 경향을 그대로 보존하는 것은 물론이다.

> 3-9. 博浪沙中 쓰고 남은 鐵椎 項羽 又튼 壯士를 어더
> 힘ᄭ지 두러 메여 쌔치고져 離別 두 字
> 그제야 우리 님 드리고 百年同樂 ᄒ리라.

> 3-10. 박낭ᄉ즁 챵희역ᄉ 오즁부거 허ᄉ로다
> 그 힘을 다ᄒ여셔 이별 두ᄌ 쌔쳣더면
> 지금의 닉 가샴 타우는 불은 업셔.

이들은 평시조 작품이지만 작품의 구조는 3-6과 다를 바 없다. 자신의 힘이 미치지 못하는 문제를 초월적이기조차 한 외부적 힘에 기대어 해결하려는 모티브가 동일하게 작용하고 있다. 이런 점에서 이들 작품은 '제작'이나 '모방'으로 특징지어지는 관습시의 전형적인 모습을 보이는 작품들이라 하겠다.34)

이처럼 선행 텍스트로서 공유하는 작품이 많은 구절은 시조뿐만 아니라 다른 갈래, 특히 잡가에서도 드물지 않게 발견된다. 선행 텍스트를 공유하고 있는 아래의 작품들은 작품 간의 넘나듦을 넘어서 갈래 간의 넘나듦을 보여주는 노래들이다.

3-11. <u>春水滿四澤</u>ᄒ니 물이 만아 못 오더냐
　　　<u>夏雲多奇峯</u>ᄒ니 山이 놉아 못 오던가
　　　<u>秋月</u>이 <u>揚明輝</u>여든 무슴 탓슬 ᄒ리오.35)

3-12. 남북간 륙십리에 어이 그리 못 본단 말가
　　　<u>츈수</u>는 만ᄉ틱ᄒ니 물이 만아 못 온단 말가 <u>하운</u>은 다긔봉에 봉이 놉하 못 오신든고 물이 깁흐면 비를 틋고 봉이 놉흐면 쉬여를 넘으렴우나.
　　　듀소로 오미 불망에 나 엇지 살고

3-13. 任이 가실 적에는 速히 단여 오시마고 ᄒ드니 가고 ᄒ 번도 무소식이라
　　　무슴 <u>弱水</u>가 막혓관더 소식좃차 <u>頓絕</u>이로구나 <u>春水滿四澤</u>ᄒ니 물이 만해서 못 오시든가 <u>夏雲多奇峰</u>ᄒ니 봉이 놉하서 못 오시는가 봉이 놉하서 못 오시거든 쉬여서 넘어를 오고 물이 깁허서 못 오시거든 ᄲᅭ션 타고서 네 오렴은아
　　　춤으로 네 모양 간절ᄒ야 나 못 살겠네.

작품 3-11을 제외하고 나머지 작품들은 모두 고대본 <악부(樂府)>에

실려 있다.36) 잘 알려진 대로 위의 작품들에 수용된 한시는 도잠(陶潛)의 <사시(四時)>37)라는 작품이다. 사철의 정경을 노래하고 있는 한시와는 달리 이 작품에서는 님과 떨어져 있는 화자의 기다림을 드러내기 위한 제재로 활용되고 있음을 본다. 그것도 비슷한 시적 구조를 지닌 여러 작품들에서 반복적으로 재현되고 있다. 이것은 인용 구절이 이미 기존의 텍스트로부터 완전히 이탈하여 일상적인 상투어의 차원으로 귀화해 간 사정을 보여주는 증거이다.

이 또한 사설시조가 관습시로서 갖추고 있는 탄탄한 구조를 인정하지 않고는 해명하기 힘든 부분이다. 관습은 일종의 관성을 지니고 문화의 다양한 스펙트럼 속에 위치하는 것이다. 그리고 이는 시조의 구비 문학적 자질과도 관련된다. 구비전승되는 문학에서 보편적으로 나타나는 이본간의 이질성에도 불구하고 인용된 구절은 하나의 '주제소(主題素, theme)'로서 기능하고 있는 것이다. 더욱이 사설을 차용함으로써 성립되는 잡가에까지 이어지는 이러한 자질들은 관습의 지속과 변용을 보여주는 대표적인 사례라 하겠다.

여기에서 우리는 하나의 의문을 가질 수 있다. 그것은 왜 이러한 태도의 변화가 나타났는가 하는 점이다. 절대적 권위를 갖는 기존의 텍스트를 유흥성을 배경으로 깔고 있는 새로운 의미 맥락으로 수용한다는 것은 일견 모순된 것이라 할 수 있다. 관습시는 단적으로 전통주의의 소산이고, 그것은 역사적 과거에 의하여 현재를 인식하는 태도에서 비롯된 것이기 때문이다. 이러한 의문은 다음 장에서 풀어보기로 한다.

3. 사설시조의 문학적 관습

앞에서 사설시조의 관습시적 성격을 크게 두 양상으로 나누어 살펴보았다. 이러한 고찰을 근거로 이 장에서는 '관습시를 왜 쓰는가' 하는 문제를 다룬다. 이것은 관습시의 문화적 의미를 묻는 질문이다. 또한 관습시의 관습에서 벗어난 일군의 작품들이 갖는 의미도 아울러 구명해 보고자 한다.

논의의 편의를 위해서 먼저 앞 장에서 살핀 세 양상을 간략하게 살펴보기로 한다.

구 분 기 준	구심적 수용		원심적 수용
	양 상 1	양 상 2	양 상 3
메시지 보존 정도	메시지+	메시지+	메시지+
코드 보존 정도	코드+	코드+	코드-
사설시조 화자의 존재 정도	거의 드러나지 않는다	약간 드러난다	분명히 드러난다

이 표에서 보는 바와 같이 양상1과 양상2는 화자의 목소리가 드러나는 정도에서 차이가 있을 뿐, 선행 텍스트에 의존하는 정도에서는 거의 같다. 반면에 양상3은 앞의 두 양상에 비해 비교적 두드러진 차이를 보여준다. 심층 의미라 할 수 있는 코드가 전환되어 나타남과 동시에 사설시조 화자의 존재를 확연히 감지할 수 있는 것이 양상 3의 특징이다.

이 표에서 관습시의 성격을 보여주고 있는 양상1과 양상2는 관습시의 문화적 의미를 다루는 1절에서, 관습시의 영역에서 벗어나 있는 양상3은 관습의 변화를 다루는 2절에서 각각 설명할 것이다.

3.1. 보편적 질서의 재확인과 소통의 즐거움

찬양의 대상으로 선행 텍스트가 수용된 것은 두 가지 양상으로 나누어진다. 하나는 중국의 절경을 묘사하는 과정에서 묘사적 표현의 효과를 얻기 위해 수용된 것이고, 다른 하나는 찬양의 대상으로서 우상적인 인물의 고사나 한시문이 수용된 것이다. 이처럼 둘로 나누어지긴 하나, 이들 텍스트는 원래의 고사나 한시문이 가지고 있는 의미 자질을 충실히 존중하고 보존한다는 점에서 차이가 없다. '메시지'와 '코드'38) 모두 불변의 상태로 수용되는 것이다. 이것은 애초 그 권위의 절대성을 전제로 할 수밖에 없었던 사정에서 비롯된 결과이다. 이 양상을 보이는 텍스트가 수용한 것은 특정 지역, 특정 인물에 관한 내용이지만, 이것이 하나의 고유 명사가 아니라 보통 명사로 이해되어야 하는 것도 같은 이유에서이다. 관습시가 단일한 가치 체계에 의해 지배되는 사회의 소산이라는 점을 염두에 둘 때 이 점은 더욱 분명해진다.

합리화와 설득의 근거로서 선행 텍스트가 수용되는 경우, 여기에는 두 텍스트가 시적 상황을 공유한다는 점이 전제가 되어야 한다. 이들 작품군은 관습시가 구체적인 현실의 상을 보여주는 대신 수사적 논리에 집착하는 경향을 전형적으로 보여주는 예이다. 이들 작품에서도 '메시지'와 '코드'는 변화 없이 그대로 수용된다. 논리적 근거는 보편적이고 권위가 강할수록 타당성을 갖게 마련이다. 다만 이들 작품은 화자의 개인적 목소리가 분명히 드러난다는 점에서 첫 번째 양상의 작품들과 차이를 갖는다.

그러면 이제 관습시, 더욱 구체적으로는 시조가 조선조 사회에서 창작된 것은 어떤 의미인지를 살펴 보기로 한다. 앞서 밝힌 대로, 관습시는 우주적·보편적 법칙의 지배를 받고 있는 사상에 기반하고 있는 시대에 발흥한다. 그러한 시기에 시인이 해야 하는 일은 낯익은 세계의 한 국면에 낯설은 이름을 붙이는 것이 아니다. 대신 보편적인 질서와 구체적인 시적 경험 사이에 유지되는 조화로운 관계를 '확인'하는 데 모든 시 행위의 임무가 집중된다.

조선조는 건국부터 철저하게 유학, 특히 성리학을 바탕으로 한 사회다. 성리학은 우주의 법칙과 인간 세계의 도(道)를 동일한 원리에 의해 설명해 내는 합리주의를 특징으로 한다. 이 유교적 합리주의에 대해서는 다음과 같은 요령 있는 설명을 인용하는 편이 좋을 듯하다.

> 주자학의 理는 物理이자 동시에 道理이어서 자연이자 동시에 당위인 셈이다. 자연법칙은 도덕 규범과 연속되어 있다. 그러나 자세히 살피면 이 연속은 대등적이 못되고 물리는 도리에, 자연법칙은 도덕 규범에 종속되어 있음을 점차 우리는 알아차리게 된다.…<중략>… 자연의 법칙과 인간성의 법칙을 연속성으로 파악한 전제만큼 합리적인 것이 없다는 것, 여기에서 유례 없는 주자학의 합리주의가 성립되었지만 동시에 그것의 비대등성 즉 도덕에의 자연의 종속성이 은밀히 감추어졌음에서 유례없는 비합리주의가 성립될 수 있었다(김윤식, 1980 : 91).

이 인용문에서 지적하는 바 유교의 합리주의와 비합리주의는 실상 동전의 양면과도 같은 관계이다. 자연의 법칙과 인간의 법칙이 연속된 채 단일한 체계, 단일한 원리에 의해 관류된다는 점이 유교적 합리주의의 국면이고, 그 연속이 대등하게 연속되지 않는다는 점이 비합리주의의 국면이다.[39] 그만큼 유교적 세계관은 조선조 사회에서 절대적인 권위였고 최소한의 의심도 불필요한 굳건한 논리 위에 축조된 城이라 할 수 있다. 더군다나 바로 그 유교적 합리주의의 세계관을 삶의 양식으로 체화한 사대부들이 시조 창작의 주체였다는 점, 이것이야말로 조선 시대에 시조 장르가 관습시일 수밖에 없는 객관적 조건이 아닌가 한다.

이러한 점은 시조의 말하는 방식에서도 엿볼 수 있다. 시조가 개별적인 사실이나 구체적인 사건에 대해 말하지 않고 전체를 아울러서 말하는 경향이 있다. 그러한 것은 다른 경로를 통해 이미 상대방이 인지하고 있다는 내포적 전제를 바탕으로 한다(최재남, 1990 : 334). 이러한 태도의 이면에는 세상에 대한 긍정적인 인식을 포함한다. 세상에 대한 긍정적인 인식은 시인에게 주어지는 시적 소재의, 우주적 질서에의 논리적 관련을 재인식하는 자세와 관련된다(김우창, 1964 : 98).

시인의 입장에서 관습시를 짓는 일은, 진정한 의미의 창조 행위라기보다는 모방과 제작에 가까운 행위이다. 관습시에서 이미저리의 구조는 현실의 구조가 아니라, 전통과 관습이 요구하고 있는 바, 회화적 또는 수사적 장식을 창조하고자 하는 시적 의도에 의하여 규제되는 것이다(김우창, 1964 : 80). 따라서 이 사설시조에 등장하는 유형화된 이미지는 관습적 분위기를 환기해 주는 장식적 기능을 충실히 수행하고 있으므로 성공적인 표현으로 평가할 수 있다. 이러한 양상은 평시조와 별반 다를 바 없다.

이런 점에서 관습시로서의 시조는 이른바 '낯설게 하기(defamiliarizaton)'나 '전경화(foregrounding)'로 설명되는 근대 이후의 시와 분명하게 구별된다. 근대 이후의 시가 관습화되고 자동화된 현실의 새로운 측면을 발견해 내는 창조의 과정에 본령이 있다면, 시조는 유교적 세계관에 의해 통제되는 보편적·합리적 규칙을 확인하고 선언하는 데 초점을 맞추는 것이다.

이러한 당대의 문학적 관습과 전통은 시인이 시를 짓는 데에만 관련되는 것이 아니고 독자 또는 청자가 시를 수용하는 데에도 꼭 같은 구조로서 작용한다. 그것은 무엇보다도 조선조 사회가 유교적 합리주의에 입각하여 단일한 문화를 배경으로 가진 보편 원리의 시대였기 때문에 가능하다. 대개 보편 원리의 시대는 사회적으로 안정된 동질적인 공동체를 이루고 있던 시대라 할 수 있다. 서구에서의 중세기도 이러한 시대라 할 수 있다. 우주의 질서에 대해 의심을 가질 필요가 없었던 시대였기 때문이다.

이런 사회적 조건에서 독자 또는 청자는 시인과 평화로운 관계를 맺기 쉽다. 관습시에서 수사적 논리가 요구되는 것은, 시의 소통이 현실의 새로운 발견이 아니라 자명한 진리의 재확인에 뿌리를 두고 있기 때문이다. 따라서 독자가 시에서 기대하는 것은 보편적인 사실에 대한 공감이라 할 수 있다. 시인과 독자의 관계가 이러하기 때문에 사설시조의 이러한 양상은 상투적인 비시적(非詩的) 요소로서보다는 관습시 일반이 지니고 있는 견고한 구조로서 인식해야 할 필요가 있겠다.

결론적으로 세계의 모든 질서가 단일한 우주적 법칙의 지배를 받고 있다는 사상을 바탕으로 한 사회에서, 시가 해야 할 일은 우주적 질서와 구체적인 시적 경험 사이에서 유지되는 조화로운 관계를 '확인'하는 것이다. 관심의 초점은 그러한 경험의 내용이나 본질도 아니고 세계관의 유효성도 아니다. 의식적이든 무의식적이든 우주적 법칙의 견지에서 사회적 가치를 재확인해야 하는 필요 때문에, 그리고 그러한 세계의 문화의 동질성과 단일성 때문에, 관습시는 논리적·종합적인 구조를 갖는 것이다. 그리고 그 구조는 상대적으로 과거에 대해 개방된 틀을 갖게 되는 것이다. 다시 말해서 관습시의 시인들은 이미 많은 것을 공유하고 있는 독자들을 상정함으로써 많은 것을 시의 바깥에 두고 시를 창작할 수 있었던 것이다.

이 점은 현실시의 시인들이 가진 조건들과 비교하면 더욱 분명해진다. 그들은 모든 것을 시 안으로 끌어 들여 시를 자족적이고 폐쇄적인 독립체로 만들어야 했다. 왜냐 하면, 세상을 지배하는 유일한 가치가 점점

효력을 잃어가면서 현실에 대한 새로운 의심과 검토가 요구되었고, 시인
은 그래서 자동화된 세계에서 공인되지 못하는 현실의 한 모습을 시를
통해서 표현할 수밖에 없었기 때문이었다.

　만일 모든 위대한 작품이나 사상은 어떤 세계관의 가장 명석하고 일
관성 있는 표출이라는 L. 골드만의 견해에 동의한다면, 다음의 두 가지
추론이 가능하다. 작품이나 사상의 작가는 개인이 아니라 집단으로 되고
개인은 다만 직접 간접으로 관련된 그 집단의 의식을 최대한 명석하게
표현하는 촉매자에 지나지 않는다는 것(김윤식, 1980 : 89)이 그 하나이고,
그 집단에서 생산된 모든 작품이나 사상에는 결국 관습시의 논리가 그
대로 연장되어도 되지 않겠는가 하는 점이 또 하나이다. 구체적으로 말
한다면, 단일한 세계관을 지닌 단일한 문화 집단에서 생산되는 시 텍스
트는 그 범위 내에서 결국 관습시가 될 수밖에 없다는 것이다. 이들 양
식들은 특정한 공모 의식40)을 전제로 형성되기 때문이다.

　이런 점에서 조선조의 시조와 같은 관습시의 모습을 개화기 시조에서
도 읽어낼 수 있다고 본다. 그 당시 민족이 처한 객관적 조건 하에서 창
작되고 발표된 시조들이 한결같이 비슷한 목소리를 지니고 있다는 점에
서 개화기의 시조도 역시 관습시라고 본다. 이들 작품들도 이념이 승했
고 또 승할 수밖에 없었던 특정한 시기를 역사적 배경으로 하고 있는
것이다. 뿐만 아니라, 식민지 시대 카프 계열의 문학과, 70-80년대 민중
문학 계열의 문학 등 단일한 목소리를 요구하는 집단 내에서 생산되는
문학의 일부도 사실은 관습시의 변주로 파악할 수 있다. 또한 특정한 역
사적 국면과 관련되지는 않지만 성시(聖詩)라 불리는 양식도 여기에서 멀
지 않다.

3.2. 관습에 대한 저항과 소격화의 즐거움

희화화의 재료로 선행 텍스트를 수용하는 양상을 보이는 작품군은 논리적 근거로서 선행 텍스트를 수용한다는 점에서 두 번째 작품군과 대동소이하나, 수용의 과정에서 의미를 굴절시킨다는 점에서 변별된다. 다시 말하면, '메시지'는 불변이나 '코드'가 변하는 경우에 해당하는 것이다. 이러한 양상은 선행 텍스트의 수용이 사설시조의 구비 전승적 조건과 함께 상승 작용을 일으킨 결과로 판단된다. 그리고 확실히 재미를 추구하는 경향이 작품의 분위기와 함께 드러나기도 한다. 다시 말해서 "언술행위를 언술 내용에 얽어 매려는 것이 아니라, 기표의 작용 또는 유희성을 칭송하고자 하는 시도"[41]인 것이다.

이 작품군이 갖는 특징은 관습과 탈관습의 양면을 동시에 보여준다는 점이다. 선행 텍스트를 수용하는 현상 자체는 관습시의 관습을 존중하는 것이고, 그 수용의 과정에서 의미의 전환이나 굴절의 과정을 거친다는 점에서 탈관습의 지향을 보이는 것이다. 그렇다면 이처럼 관습시의 관습을 벗어나는 현상이 우리에게 시사하는 바는 무엇인가 하는 문제가 제기된다. 이 문제는 넓게는 인간의 본질과 관련된 질문이기도 하다. 이에 대해서는 이 글이 살핀 사설시조로 다시 돌아가서, 셋째 양상의 작품들을 중심에 두고 생각해 볼 필요가 있겠다.

대중 예술에서 재미라는 요소는 두 가지 본질적인 즐거움으로 특징지을 수 있다. 하나는 '소통의 즐거움(communication-pleasure)'이고 또 하나는 '다시 보는 새로움(double-take of recognition)'의 즐거움이다. 여기에서 '소통의 즐거움'이란 어떤 것도 서로에게 기대하지 않고 그저 대화를 나누는 이들의 즐거움을 위해 대화하는 전형적인 방식이다. 이 점은 '발견'이 아닌 '재확인'에 시의 본령을 두는 관습시의 성격과 상통한다. 그리고

'다시 보는 새로움'이란 단지 어떤 것을 식별하는 즐거움이 아니라 이를 테면 소격화되는 즐거움이다. 물론 이 소격화되는 즐거움은, 마치 구심 력과 원심력의 관계처럼 친근함에 의한 즐거움을 전제로 할 때만이 성 립된다(박성봉, 1995 : 286-288). 사설시조를 대중 예술로 귀속시키는 데는 무리가 따르지만, 적어도 그 지향점으로 볼 경우에는 대중 예술의 요소 를 확보했다고 볼 수 있다.

이러한 점을 전제로 한다면, 셋째 양상의 작품군에 대해서는 일차적 으로 다음과 같은 고찰이 가능하다. 2장에서 언급한 대로, 사설시조는 즐거움을 지향하는 노래임이 분명하다. 이것은 다른 말로 풀이와 놀이의 기능을 가진, 재미를 추구하는 노래라 할 수 있다.42) 그렇다면 절대적 진리 또는 법칙에 대해서 놀이의 태도로 바라보는 것은 무엇을 뜻하는 가? 이를 일차적으로는 태도의 변화로 볼 수 있을 것이다. 즉, 진지한 태도에서 놀이적 태도로의 변화인 셈이다.

그런데 이와 같은 고찰은 당연히 시대적 선후 관계로서 변화를 파악 하려는 시도의 결과이다. 이러한 관점은 조선 후기의 사회 분위기에 의 해 정당화되는 경향이 있다. 이른바 서민 정신의 발흥과 현실에 대한 관 심, 문학의 전반적인 산문화 추세 등에 의해 사설시조 장르가 대중적으 로 향유되었다는 것이다.

그러나 태도의 변화로만 이러한 현상을 보는 것은 일면적인 고찰일 수 있다. 왜냐하면, 위의 두 가지 태도는 동시대에 양립하는 상보적인 관계에 놓여 있기 때문이다. 따라서 이는 단순히 태도의 변화로서만이 아니라 '태도의 분화'라는 시각까지 포괄할 때 그 진상을 보는 것이라 할 수 있다.

인간이 세계에 대해서 가지는 태도는 '진지한 태도'와 '놀이적 태도' 로 양분할 수 있다. 여기에서 유의할 것은 놀이적 태도는 진지성에서 실패한 결과가 아니라, 인간이 적극적으로 추구하는 중요한 지향점 중의 하나로 보아야 한다는 것이다(박성봉, 1995 : 57). 이러한 점에서 앞의 표에서 양상1·2와 양상3의 관계를 오로지 시간상의 선후 관계로 보아서는 안 될 것이다. 다만 후자의 양상을 보이는 작품은 처음에는 기록화를 꺼렸던 조건으로 인해 구비로 창작·전승되다가 조선 후기의 시대적 분위기에 편승하여 문헌상의 기록으로 남게 된 것으로 볼 수는 있다.

요컨대 관습과 탈관습은 오로지 주(主)와 부차(副次)의 상대적 관계일 뿐이다. 특정한 상황 또는 특정한 시기에 어느 한쪽의 태도가 우세하게 작용하는 것이다. 다시 말하면, 양상3에 포함될 수 있는 작품들은 양상 1·2에 비해 놀이적 태도로서 과거를 바라본 결과로서 생산된 것이라 할 수 있다. 바로 이것이 관습시의 관습을 벗어나는 이 작품들이 시사하는 바이다.

그럼에도 불구하고 문제는 남는다. 그것은 진지한 태도와 놀이적 태도의 상대적인 역관계는 어떻게 해서 일어나는가 하는 문제이다. 이것은 달리 표현하면 관습의 지속과 변용의 문제이다. 이 문제의 답은 인간의 행위와 구조의 관계를 법칙화한 기든스(Anthony Giddens)의 논의에서 추론할 수 있겠다.

1. 인간의 행위 수행의 영역은 제한되어 있다. 인간은 사회를 생산하지만, 그것은 스스로 선택한 상황에서가 아니라 역사적으로 위치한 행위자로서 생산하는 것이다.
2. 구조는 단순히 인간의 행위 수행을 제한하는 것만으로서가 아닌, 행위 수행을 가능하게 해주는 것으로도 개념화되어야 한다.(Anthony Giddens, 1976 : 160-161)

여기에서 '구조'는 인간의 삶의 객관적 조건으로 이해할 수 있다. 만일 그 구조를 인간 행위를 제한하는 것으로만 볼 경우, 인간의 행위는 고정불변의 절대적 성격을 가질 수밖에 없다. 그러나 인간의 행위는 일정한 양식으로 파악될 수 있는 보편성과 불변성을 가짐과 동시에 끊임없이 분화되고 변화해 가게 마련이다. 따라서 구조가 인간의 행위 수행을 가능하게 해주는 것으로 개념화되어야 하는 것은 당연하다.

기든스는 다른 논의에서 인간 행동은 능력과 앎이라는 두 가지 구성성분으로 이루어진다고 하였다. 능력이란 인간 행위자가 자신이 처한 구조적 위치에서 벗어나 다르게 행동할 수도 있다는 가능성을 말하는 것이다. 앎이란 사회구성원들이 그 사회의 운동에 대해서 상당한 정도를 알고 있다는 것을 뜻한다. 이러한 능력과 앎을 가지고 인간은 자기가 속한 사회의 구조의 속성을 이해함과 동시에 그것을 극복하기 위한 행위를 수행해 나가는 것이다(Anthony Giddens, 윤병철·박병래 역, 1991 : 10-16)

요컨대 구조는 인간의 구체적인 행위조차 제한하는 구속성을 갖는 한편, 인간이 '능력과 앎'으로써 그 구조를 극복해 나가도록 하는 속성을 갖는다. 이것이 바로 그가 말하는 '구조의 이중성(duality of structure)'이다. 그리고 이것은 문학의 제반 상황에 적용한다면 '관습의 이중성(duality of convention)'이라 할 수 있을 것이다. 다시 말해서, 문학에서 관습은 글쓰기 행위를 제한하기도 하면서, 그것을 가능케 해 주기도 하는 한편, 그 관습을 스스로 바꾸어 나가도록 하는 요소이기도 하다.[43]

결론적으로 이 문학적 관습의 이중성은 관습의 지속과 변화를 설명해 주는 하나의 원리라 할 수 있겠다. '관습시'라는 개념을 일차적으로 문학상의 관습이 활성화되고 극대화된 양식을 지칭하는 것으로 고려한다면, 앞에서 살펴 본 사설시조 작품의 관습시적 성격과 관습의 변화는 관습의 이중성을 적절히 보여주는 예라 할 수 있다. 이 점에서 하우저가 말한 바, 모든 작품 하나 하나와 작품의 모든 부분이란 독창성과 관습, 새로운 것과 전통적인 것 사이의 갈등의 결과를 구현한 것(Arnold Hauser, 황지우 역, 1983 : 370)임을 분명히 확인할 수 있다.

4. 문화 원리의 이해를 통한 고전문학 교육의 전망

이 글은 지금까지 사설시조에 나타난 문학적 관습의 이중성을 검토하였다. 본 장에서는 이러한 관습의 이중성이 갖는 의의를 확대하기 위한 시도를 하고자 한다. 이 시도는 궁극적으로 문학을 교육하는 유의미한 경로를 구성하는 데 그 목적이 있다. 다시 말하면, 학습자가 문학을 이해하는 데 있어서 관습의 이중성이라는 교육소(敎育素, educateme)[44]가 어떻게 작용할 수 있는지를 개괄적이나마 살펴보고자 하는 것이다.

이러한 시도를 위해 이 글은 고전 문학 교육의 두 가지 층위를 설정하였다. 하나는 문학 교육의 한 하위 영역인 고전 문학 교육의 층위이고, 또 하나는 문학 교육의 상위 영역인 교육 일반의 층위이다. 이러한 층위 설정은 문학 교육의 상위와 하위 영역을 통해 고전 문학 교육의 특수성과 교육 일반의 보편성이 어떻게 결합하는가 하는 문제를 염두에 둔 결과이다.

그리하여 고전 문학 교육은 '삶의 통시성 인식의 제고'이라는 고유한 목표를 갖게 되며, 교육 일반의 견지에서 '문제 발견 능력의 신장'이라는 목표를 갖는 것으로 파악하였다. 그러나 양자는 다른 경로로 작용하는 것이 아니라, 보편성과 개별성의 관계로 결합되어 실현되는 것으로 보아야 한다.

4.1. 삶의 통시성 인식의 제고

이 글은 기본적으로 문학 작품의 해석과 관련하여 "바람직한 길은 작품이 하나의 의미체로 생성되고 존립하는 데 작용한 제요인을 해석의 유효 요소로 인정하면서 나의 시각, 체험, 시대적·문화적 의식이 그것과 소통되도록 중재하는 데서 찾아져야 할 것"이라는 입장(김흥규, 1992 : 51)에 동의한다. 여기에서 '작품이 하나의 의미체로 생성되고 존립하는 데 작용한 제요인'은 다른 말로 '문화'라 할 수 있을 것이다. 그리고 이를 텍스트와 시간적 상거를 두고 있는 "나"의 시각, 체험, 시대적·문화적 의식이 그것과 소통되도록 중재한다는 것은 요컨대 '의미 있는 타자'로서 고전 문학을 바라볼 필요를 제기하는 대목이라 할 것이다. 이는 또한 문학 교육에 대해 이용후생적 관점을 요구하는 것이기도 하다.

그렇다면 고전 문학은 어떻게 '의미 있는 타자'가 될 수 있을 것인가? 결국 고전 문학 교육의 핵심적 의미는 여기에서 찾을 수밖에 없다고 판단된다. 그렇다면 고전문학을 의미 있는 타자로서 교육할 수 있는 바람직한 경로는 무엇인가? 이에 대한 가장 원칙적인 답은 '삶의 통시성의 인식'이라 할 수 있다. 이러한 경로 설정은 고전 작품이 일차적으로 지나간 과거의 문학이라는 '타자성'을 염두에 둔 것이고, 궁극적으로는 고전 작품을 현재화하는 데 관심을 둔 결과이다.

이를 위해서 일차적으로 거쳐야 할 것은 작품 속에 형상화된 인물의 정서에 대한 공감의 단계이다. 물론 여기에서 공감은 문자 그대로의 '감정의 공유'가 아니라, 그 인물의 감정이 적절하다고 인식하는 것이어야 한다. 무비판적인 공감을 요구하는 것은 특정한 가치관을 주입시키는 위험에 빠질 수 있기 때문이다. 이것은 다른 말로 상황을 고려한 감정이입(contextual empathy)이 될 것이다. 이러한 감정이입은 자신의 직접적·간접적 경험을 토대로 작품 속의 상황과 그 행위자의 성향을 고려하여 그들의 정서나 가치관 등을 이해하는 역사적 사고력과 연관된다.[45]

이러한 공감의 단계를 거친 다음 학습자가 나아가야 할 방향은 과거와 현재의 유사성과 차이성에 대한 인식이다. 유사성에 초점을 둘 경우

고전 문학의 교육은 오늘날의 문학 작품 또는 외국의 문학 작품을 두루 관통하는 삶의 본질의 통찰이라는 유력한 가치를 갖는다. 또한 차이성에 초점을 맞출 경우에는 삶의 변천에 관한 인식으로 나아간다. 물론 여기에서 차이성이란 단순히 옛 것과 지금의 것이 다르다는 소박한 '고금감(古今感)'(이원순 외, 1985 : 62)이 아니라, 상호간의 인과 관계와 시대 의식까지를 포괄하는 것이어야 한다. 이런 의미에서 문학을 읽는 것은 '문학을 하는 것(doing literature)'이라 할 수 있다.

이상에서 '삶의 통시성의 인식'에 이르는 고전 문학 교육의 경로를 개괄적으로 고찰하였다. 이러한 교육적 설계는 현재는 과거의 삶이라는 소박한 상식에 바탕을 두고 있다. 그러나 과거는 단순히 고형화된 '본체(本體)의 과거'일 뿐 아니라, 현재에 살아가는 인간에 의해서 소급하여 바뀔 수도 있는 '인식된 과거'이기도 하다(Edward Shils, 김병서·신현순 역, 1992 : 253) 고전의 현재화란, 고전의 특정한 자질이 오늘날의 문학에서도 여전히 발현되고 있다는 단순한 재생산으로서의 현재화로서가 아니라, 의식의 관여에 의해 재생산되는 인식으로서의 현재화로서 그 의미가 설정되어야 할 것이다.

4.2. 문제 발견 능력의 신장

교육이 '지식을 가르치는 것'이라면, 지식은 편의상 실제적 지식과 이론적 지식으로 양분될 수 있다(이홍우, 1995 : 121-142). 이 중 실제적 지식의 교육은 '문제 해결 능력'을 신장시키는 교육이다. 따라서 여기에는 필시 효용의 문제가 관건이 된다. 효용은 투입과 산출의 관계라는 경제 원칙에 입각한 사고의 산물이다. 그런데 만일 교육 내용을 이러한 관점에서만 파악한다면 교육의 내용은 오로지 실제적 지식으로만 이루어질 수밖에 없다. 물론 효용이란 교육의 가치와 공유되는 부분이 있기에 이를 완전히 배제하는 것은 바람직하지도 않을뿐더러 가능하지도 않다.

그러나 교육 내용이 현재에 얼마나 큰 효용을 가지느냐 하는 점을 교육적 가치의 절대적 기준으로 설정하는 교육적 관점의 한계는 뚜렷하다. 교육은 '문제 해결 능력'의 신장 못지 않게 '문제 발견 능력'의 신장을 목표로 삼아야 할 것이기 때문이다. 이 '문제 발견 능력'과 관련된 지식을 이론적 지식이라 부르거니와, 이론적 지식을 구비하여 대상에 대한 가치 판단을 내릴 수 있는 인간을 우리는 '비판적 주체'로 부를 수 있을 것이다.

기왕의 고전문학 교육, 넓게 보아 국어교육은 교육의 이와 같은 측면에 대해서 무관심했거나 소홀했다. 이것이 교육 과정이라는 제도상의 문제인지 교육 실천상의 문제인지 명백히 판단하기는 어려우나, 짐작컨대 두 측면이 교묘히 결합하여 이루어진 결과가 아닌가 한다. 고전문학 교육에 대한 이와 같은 문제점을 "메마른 고증학과 지식주의"와 "신비평류의 정복주의"의 양극단적 편향이라 평가한 논의(김흥규, 1992 : 43)도 있거니와, 이러한 문제의 해결책이 고전문학의 역사성이 학습자의 문학 이해와 성장에 의미 있는 요소로서 체험하도록 하는 것으로 귀결되는 것은 지극히 당연하다.

여기에서 다시 시조로 돌아가서 구체적인 상을 그려볼 필요가 있겠다. 시조가 성리학이라는 단일한 가치에 의해 지배받는 합리주의 사회의 소산이라는 것, 다시 말해 시조가 하나의 관습시로서 굳건한 틀을 지닌 채 향유된 것은 그러한 당대의 문화적 질서에서 비롯된 필연적 결과라는 것, 그리고 그러한 관습에 따른 말하기 또는 글쓰기의 한 방식이라는 것, 바로 이러한 문화와 관습의 의미를 이해할 수 있도록 하는 것이야말로 문학교육 또는 국어교육의 견지에서 시조를 바라볼 수 있는 정당한 관점이 아니겠는가.

물론 이것만으로는 부족하다. 관습은 또 다시 새로운 관습으로 이행할 수밖에 없다는 것, 조선시대는 조선시대의 문학적 관습이 있었고, 현재에는 현재의 문학적 관습이 존재한다는 것, 그리고 현재의 관습 또한 필시 변할 수밖에 없다는 것을 이해시키는 것도 중요한 몫이다.

이러한 관점에 선다면 고전문학의 문제적 상황들도 같은 맥락으로 교육될 수 있다. <손순매아(孫順埋兒)>나 <빈녀양모(貧女養母)> 설화는 가난으로 인한 문제를 왜 인간의 노력이나 구조적 변화가 아닌 하늘의 감동이나 권력자의 시혜를 통해 문제를 해결하려 했는가, 송강의 <장진주사>에는 왜 실재하지도 않는 '잰납이 파람'이 등장했는가(박영주, 1995 : 16-20), 그리고 역시 송강의 <양미인곡(兩美人曲)>의 고독한 화자들은 왜 소극적인 태도를 취했는가(김대행, 1995 : 154) 하는 문제도 이러한 관점에서 해결해야 되리라 본다.

뿐만 아니라 향가의 주술성, 고려 속요의 진솔성, 가사 문학의 교훈성, 고전 소설의 우연성과 비현실성, 개화기 문학의 계몽성 등등의 국면에 대해서도, 당대의 문화적 질서 속에서 형성된 하나의 관습으로서의 말하기 또는 글쓰기 방식이었다는 점을 인식하도록 하는 것이 고전 문학 교육의 관건이 아닐까 한다. 이는 결국 삶의 통시성에 대한 인식이라는 교육적 가치를 낳으리라 생각한다.

고전 문학 교육에 대한 이러한 관점은 궁극적으로 문화를 교육한다는 뜻으로 이해될 수 있다. 그리고 이것은 문학을 문화의 한 현상으로 본다는 점에서 소수 예외적인 천재에 의해 창작된 것으로 보는 신비주의적 문학관에 반대하는 입장과 맞물린다. 월프(Janet Wolff)의 말대로, 예술의 본질상 예술가들은 평범한 속인이어서는 안 되고 사회 생활과 상호 활동으로부터 격리되어, 그리고 때로는 사회적 가치와 실천에 대립하면서까지 홀로 작업하는 존재라는 생각은 19세기 낭만주의의 예술가 개념에서 비롯된 것일 뿐, 오늘날의 문학·예술 일반의 성격에까지 확장될 수 없다(Janet Wolff, 이성훈·이현석 역, 1986 : 23) 이 점에서 이 글은 "문학 교육이 문학 작품의 형식의 해석에 머물러서는 안 되고, 그것이 문화적으로 어떤 의미를 갖는가의 해석으로 확장되어야 한다"는 주장(정현선, 1995 : 68)과 동궤에 놓인다.

또한 이 입장의 연장선상에 서면 정전적 텍스트를 중심으로 이루어지는 기존의 문학 교육은 재고될 필요가 있다. 문학 정전에 내재해 있는 가치 판단은 우리의 개인적인 선호와 혐오를 능가하고, 우리 문화에 대한 보다 근본적인 것, 보다 영구적인 것을 나타내는 권위를 가지고 있었다. 그러나 우리가 문학사에 대해 알면 알수록 명확해지는 것은 이러한 가치 판단들이 아무리 근본적이라 할지라도 결코 영구적일 수 없다는 점이다. 왜냐하면 이러한 가치 판단은 어떤 특정 시대의 판단들이기 때문이다(David H. Richter, 1995 : 108).

물론 이러한 원칙이 고전문학 교육에만 제한적으로 작용될 필요는 없다. 그것은 현재에도 끊임없이 변해가고 있는 현대의 문학(contemporary literature)을 교육하는 현장에서도 여전히 유효하다. 이러한 입장은 학생들로 하여금 당대의 문학을 주체적으로 향유할 수 있고 문학적 관습을 창조적으로 이끌어 나갈 수 있는 바탕을 제공해 줄 것이다. 요컨대, 문제 해결 능력과 문제 발견 능력의 신장은 바로 이러한 국면에서 통합될 수 있으리라 생각한다. 이것이야말로 '의미 있는 타자'의 진정한 의미라 할 수 있을 것이다.

제3장

놀이로 본 사설시조의 에로티시즘
-시가의 연행 관습-

1. 놀이와 윤리 사이

　문학에 대한 가장 일반적인 정의는 '가치 있는 경험을 상상력을 통하여 언어로 형상화한 예술'이다. 이 간단한 정의에는 문학의 형식과 내용을 아우르고자 하는 배려가 깔려 있다. 단순화시키면, '가치 있는 경험'은 문학의 내용 요소가 될 것이고, '상상력'과 '언어'는 문학의 형식 요소가 될 것이다. 가치 있는 경험을 언어를 통해 나타낸다는 차원에서 문학은 그 사상과 감정의 내용이 문제시될 수도 있고, 대상을 상상력을 통하여 구체적인 형상으로 표현한다는 점에서는 문학의 예술성에 관심을 가질 수도 있다. 여기에서 문학의 내용 요소, 즉 '가치 있는 경험' 혹은 '사상과 감정'은 문학의 윤리성과 곧잘 연관되곤 한다. '가치 있는 경험'과 윤리46)의 연관은, 윤리가 인간이나 인간의 삶의 가치를 다루는 인문

활동이라는 점에서 매우 자연스러운 것으로 보인다.

그러나 예술성이란 단순히 특정 내용물을 담는 그릇으로만 존재하는 것은 아니다. 따라서 문학에서 윤리 문제는 예술 행위로서의 문학에 관심을 둘 필요성을 제기한다. '가치 있는 경험'이라는 측면에만 주목한다면, 문학과 비문학의 분류는 무의미한 일이기 때문이다. 더욱이 '가치'라는 말도 반드시 윤리적으로 바람직한 것만을 가리키는 것은 아니기 때문이다.

더욱이 '상상력을 통하여'라는 규정은 '경험'이 현실 공간의 직·간접적 체험에만 국한되지 않음을 말해 준다. '상상력'은 현실 세계의 차원을 벗어난 지점에서 일어나는 인간 활동으로 볼 수 있기 때문이다. 상상력은 주체가 자유롭게 수행하는 활동이고 현실의 제약을 받지 않는 허구적인 활동이면서, 한편으로는 사회적·문화적 관습을 가지기도 한다.

상상력의 이 같은 성질은 문학을 정의하는 또 하나의 요소인 '언어'에서도 마찬가지이다. 언어가 불연속적인 세계를 분절적으로 파악한 결과에 붙여진 이름이라는 언어학의 공리를 염두에 두더라도, 언어가 현실 세계의 차원을 벗어난다는 점은 쉽게 이해할 수 있다. 그만큼 언어는 본질적으로 자유롭고 허구적이라 할 수 있다. 그러면서도 일정한 문법 체계 속에서 운용되는 규칙을 가진다.

상상력과 언어가 이러하다는 것은 그것이 일종의 '놀이'가 아닐까 하는 추측을 불러일으킨다. 까이와(Roger Caillois)에 의하면, 놀이의 본질은 ①자유로운 활동, ②분리된 활동, ③확정되어 있지 않은 활동, ④비생산적인 활동, ⑤규칙이 있는 활동, ⑥허구적인 활동으로 설명된다.[47] 그렇다면 상상력과 언어를 최소한의 조건으로 하는 문학 또한 놀이적 성격을 갖는 것으로 볼 수 있다.

이 글은 이러한 가정을 조선조 후기의 사설시조, 그 중에서도 성적인 행위와 관련있는 작품들을 통해 다루어보고자 한다. 조선 후기의 시가 문학사에서 두드러진 경향 중의 하나는, 범속한 인간의 생활을 다루는 작품들의 희작화 양상이다. 열등한 대상을 비웃고 조롱하고 깔보는 화자의 태도가 문면에 확연히 드러나기도 하고, 쾌락적인 삶에 대한 예찬적 태도가 노골적으로 표명되기도 한다. 유희성의 극단은 욕설과 음담패설, 성적인 행위의 노출에서 찾아볼 수 있다. 이러한 경향은 사설시조에서 더욱 극명히 드러난다.

선행 연구에서는 결코 바람직하지 않은 일을 희극적인 태도로 말한다는 특징을 근거로, 타락한 사회상에 대한 풍자성의 강화로 사설시조의 향유 경향을 설명하기도 한다. 그러나 풍자는 드높이는 문학이 아니라 깎아 내리는 문학이다(A. Pollard, 송낙헌 역, 1978 : 13). 풍자란 비판의식을 전제하지 않을 수 없다. 그러나 이 시기 사설시조 작품에서 비판 의식을 찾아보기란 결코 쉬운 일만은 아니다. 오히려 쾌락적인 공간과 시간에 대한 유희적인 시각이 지배적이다. 따라서 이는 풍자 정신의 강화보다는 유희적인 태도의 지배화 경향으로 일반화하는 것이 더 타당할 것이다. 비판 정신이 결여된 유희는 더 이상 풍자로서의 가치를 갖기 힘들기 때문이다.

이 글에서는 이러한 경향의 작품군을 에로티시즘의 범주로 묶어서 그 놀이성을 해명해 보고자 한다. 이것은 현실 세계의 차원에서는 비윤리적·반윤리적으로 규정될 수 있는 성질의 경험들이, 문학이라는 허구의 공간에서는 어떻게 윤리의 범주를 벗어나게 되는가의 문제이기도 하다. 이 문제를 해명하는 과정에서 우리는 '놀이'라는 문학의 본질, 더 나아가 언어의 본질과도 만나게 될 것이다.

2. 사설시조의 에로티시즘의 놀이적 국면

2.1. 시적 화자의 태도로 본 놀이성

사설시조의 미의식이 주로 우아의 희극적 표출에 있다는 점은 이미 선행 연구에서 밝혀진 바 있다(김학성, 1980 : 206). 이 연구에 의하면 사설시조의 미의식은 숭고(崇高)를 핵심미로 하는 유형과 우아(優雅)를 핵심미로 하는 유형으로 대별되지만, 전자는 거의 찾아보기 어렵고 후자가 압도적으로 사설시조의 주류를 형성한다고 한다. 그리고 후자 중에서도 우아를 희극적으로 표출한 경우가 대부분이어서 이 유형이 사설시조의 장르적 특성을 가장 잘 말해주는 것으로 보고 있다. 요컨대 사설시조의 미의식은 우아미와 희극미로 집약되는 것으로 볼 수 있는 것이다. 사설시조 일반이 사설시조가 '풀이'와 '놀이'의 기능을 발휘했다는 논의(김학성, 1990)의 연장선상에서 이해한다면, 이는 지극히 당연한 현상으로 판단된다. 놀이란 인간이 당연히 갖게 마련인 즐거움에 대한 지향을 특정한 형식으로 구조화한 것이기 때문이다. 더욱이 즐거움이 일종의 미적 특성이기도 하다는 점에서, 사설시조는 놀이적 지향에 잇닿아 있다 하겠다.

> 간밤의 즈고 간 그놈 암아도 못니즐다
> 瓦冶ㅅ놈의 아들인지 즌흙에 쏨니듯시 두더쥐 伶息인지 국국기 뒤지듯시 沙工의 成伶인지 沙禦떠 질으듯시 평생에 처음이오 흥증이도 야릇지라
> 前後에 나도 무던이 격거시되 춤 盟誓ᄒ지 간 밤 그 놈은 춤아 못니져ᄒ노라.

이 작품은 간밤에 몰래 정을 통한 남자를 잊지 못해 지나간 시간의

성적 쾌락을 회고하는 어조를 유지하고 있다. 윤리적으로 정당하지 않은 일을 소개한다는 것부터가 예사롭지 않은 맥락을 짐작하게 해준다. 더욱이 그 일을 부끄러워하기보다는 오히려 자랑스러워하는 듯한 태도에서 희극성은 한층 고조된다. 현실 맥락에서라면 결코 자랑스러워할 수 없는 일인 것이다. 따라서 이 시의 화자는 처음부터 놀이 맥락을 고려하여 노래하는 것으로 보는 편이 자연스럽다. 더욱이 작위적이라 할 만큼 과장된 표현과 다양한 비유는 희극미의 창출에 기여하고 있다고 보겠다.

미의식은 궁극적으로 삶의 방식과 세계에 대한 관점과 태도를 기반으로 한다. 이런 점에서 이 시에서 시적 경험을 진술하는 화자의 태도는 놀이적이라 할 수 있다. 화자의 태도는 말하는 어조로 구현되는 바, 이 시의 화자의 어조에서 진지성은 전혀 찾아 볼 수 없는 것이다.

> 얽고 검고 킈 큰 구레나롯 그것조차 길고 넙다
> 잠지 아닌 놈 밤마다 비에 올라 죠그만 구멍에 큰 연장 너허 두고 흘근 할젹 홀 졔는 愛情은 크니와 泰山이 덥노로는 듯 즌 放氣 소릐에 졋 먹던 힘이 다 쓰이노믜라
> 아므나 이 놈을 다려다가 百年 同住ᄒ고 永永 아니 온들 어늬 개쏠년이 싀앗 새옴 ᄒ리오.

이 작품의 경우 화자는 자신이 직접 경험한 사실을 노골적으로 드러내고 있다. 이 작품에서는 '싀앗 새옴(첩에 대한 샘)'이라는 구절이, 성행위를 나누고 있는 두 남녀가 '정상적인' 부부임을 짐작케 해준다. 이런 점에서 이 작품의 경험 내용은 적어도 윤리적으로는 문제삼기 어렵다. 그런데 화자의 경험은 결코 유쾌한 것이 아니다. 오히려 성행위를 겪으면서 느끼는 고통을 진술하고 있다. '젊지 않은 놈'이 '밤마다' '태산이 덮는' 듯한 고통만을 준다는 데 대한 불만을 드러내고 있는 것이다. 그것은 애정 없는 성행위에 대한 불만으로 읽을 수도 있다. 그리하여 작품

에 다소 진지함을 부여하기도 한다. 그러나 이미 장광설이라 할 만큼 구체적이고 세부적인 묘사로 인해 진지함은 상쇄되고 있으며, '개딸년'이라는 비속어를 통해서 시적 경험을 희극화하고 만다. '구멍', '연장' 등 성기를 환기하는 어휘는 이러한 경향에 적극적으로 기여하고 있으며, '방귀'와 같은 돌출적인 생리 현상도 여기에 가담하게 된다.

다음 작품의 경우도 마찬가지이다. 객관적인 상황은 결코 웃고 희롱할 처지가 아님에도 불구하고 두 화자 사이에 오가는 대화는 성적인 은유를 통해 대상의 희화화를 돕고 있다.

새약氏 싀집 간 날 밤의 질방글이 대엿슬 쏠이 불이오니
싀어넘이 이 이를 물라 둘라 ᄒ는고야 며늘이 對答ᄒ되 싀엄의 아들놈
이 울이짓 全羅 慶尙道로서 會寧 鍾城 다희를 못 쓰게 뚤어 어괴룻쳣신
이
글노 빅여 보와도 兩違將홀까 ᄒ노라.

이제 막 시집온 색시에게 '질방고리'를 보상해 달라고 요구하는 시어머니, 이에 대해 자신의 처녀성 상실을 근거로 물어줄 수 없다고 대꾸하는 며느리 모두 현실적으로는 바람직한 인간형은 아니다. 며느리는 질방고리 대여섯 개를 깨뜨린 것과 처녀성이 상실된 것을 등가로 파악하고 있다. 이 작품이 대상으로 삼고 있는 고부간의 갈등 상황은 현실적으로는 매우 곤혹스럽다. 그러나 이를 말하는 며느리의 어조는 매우 희극적이다. 그 희극성은 비유에 의해 증폭된다. '우리집 전라 경상도'부터 '회령 종성'까지를 못 쓰게 뚫어서 망쳐 놓았다는 표현은 색시가 첫날밤을 지내면서 처녀성을 잃었음을 비유한 것이다. 첫날밤을 지낸 신부가 자신의 처녀성 상실을 드러내는 것도 웃음거리지만, 이를 드러내는 방식이 노골적이지 않고 은유적이라는 데서 유희성은 한층 고조된다.

사설시조의 에로티시즘에서 간과할 수 없는 사실은 희극미의 기반이 풍자가 아니라 해학에 있다는 점이다. 해학은 인간의 모습이 발가벗겨진, 그리하여 그 인간적인 약점이 그대로 노출된 인간 본연의 일상적 현실에서 구현되는 것이다. 이러한 대상들은 비판의 대상이 될 수도 있다. 그러나 적어도 에로티시즘적인 경향의 사설시조 중에서 비판의 목소리를 담고 있는 경우는 찾아보기 어렵다. 따라서 풍자를 비판과 놀이의 결합으로 본다면, 사설시조의 에로티시즘이 지니는 희극미는 풍자를 기반으로 하고 있다고 볼 수는 없다. 그리고 여기에서 화자의 어조는 전반적으로 놀이적[48]인 분위기를 형성하고 있음을 확인할 수 있다.[49] 부끄러움 없는 자기 고백, 과장된 표현, 비유 등은 이러한 놀이적 분위기의 환기에 결정적으로 기여하고 있는 요소들이다.

2.2. 연행 상황으로 본 놀이성

인간의 언어활동이 본질적으로 놀이적이라는 것은 시합, 연극, 오락의 세 가지 의미를 포괄한다.[50] 인간의 언어활동이 본질적으로 시합으로서의 성격을 갖는다는 점은 대화를 통해 확인할 수 있다. 논쟁적인 토론에서는 말할 것도 없고, 가까운 지인들과의 대화에서도 우열과 승패를 가리기 위한 모습들은 자주 접할 수 있다. 또한 우리가 말을 할 때 계획에 따라 어휘를 선택되고 담화를 조직한다는 점에서 그것은 연극적이라 할 수 있다. 이른바 '담화 책략'이라는 말도 언어활동의 연극성을 뒷받침해 준다. 그리고 특별한 메시지의 전달에 목적을 두는 대신, 그저 즐기기 위해서 발화하는 경우도 있다. 유머나 위트의 구사가 가장 대표적인 경우일 것이고, 민담이나 음담패설을 경쟁적으로 말하고 듣는 경우도 많다. 그런데 만일 사설시조가 실제로 연행된 노래문학이라면, 그 생산과 향유의 실상을 이러한 세 가지 차원의 놀이성으로 해명할 수 있지 않을까 한다. 왜냐하면 사설시조의 향유도 일종의 언어활동으로 볼 수 있기 때문이다. 이제 세부적으로 그 타당성을 검토해 보기로 한다.

사설시조가 주로 유흥의 자리에서 향유되면서 '풀이'와 '놀이'의 기능을 수행했다는 선행 연구의 입론을 받아들인다면, 그 향유는 유흥에 참여한 사람들이 창자(唱者)와 청자(聽者)의 역할을 번갈아 가면서 노래를 주고받았을 개연성을 생각해 볼 수 있다. 주흥이 오르는 자리에서라면 에로티시즘적 성향의 노래가 더욱 알맞은 레퍼토리가 되었을 것이다. 이러한 추정이 타당하다면 유흥의 자리란 노래로써 우열과 승패를 가리는 시합장이고, 사설시조는 그 존재 방식 상 수작 시가(酬酌詩歌)로 규정해도 무리는 없어 보인다. 예컨대 다음과 같은 작품은 유사한 발상에 기초를 둔 작품군이 있다는 점에서 이러한 레퍼토리로 활용되었을 가능성이 매우 높다.51)

> 閣氏네 더위들 스시오 일른 더위 느즌 더위 여러 히포 묵은 더위
> 五六月 伏더위에 情의 님 만나이셔 달 밝은 平床우희 츤츤 감계 누엇다
> 가 무음 일 ㅎ엿던지 五臟이 煩熱ㅎ고 구슬쏨 흘니면서 헐쩍이넌 그 더
> 위와 동지쌀 긴긴밤의 고운님 다리고 다스훈 아름묵과 돗가온 니불 속
> 의 두 몸이 훈몸 되야 그리져리 ㅎ니 手足이 답답ㅎ며 목궁이 타올젹의
> 웃묵의 찬 숙용을 벌럿벌쩍 켜난 더위을 閣氏네 사려거든 소견티로 스
> 오시쇼
> 댱스야 네 더위 여럿 中의 님 만나는 두 더위야 뉘 아니 조아ㅎ리 남의
> 게 파지 말고 너게 부티 파로시쇼

또한 사설시조의 향유층이 서민층에 국한되지 않고, 사설시조가 오히려 사대부들의 시가였다면, 그들의 그러한 시합은 다분히 연극성을 띠고 있었을 것으로 추정된다. 그들이 그러한 자리를 가지기 위해서는 사회적

가면(persona)을 필요로 하기 때문이다. 수기(修己)의 영역에서든 치인(治人)의 영역에서든 그들이 가져야 할 유학자적 긴장감은 비로소 가면을 쓰고서야 이완될 수 있었던 것이다. 긴장의 이완이라는 점에서 에로티시즘적인 사설시조는 더없이 적절한 레퍼토리였을 것이다. 왜냐하면 에로티시즘은 인간에게 있어서 가장 예각적인 감각이고 예각적인 만큼 즐거움의 효과는 컸을 터이기 때문이다.52) 위에서 인용한 시조가 장사치와 부녀자 간의 대화체로 구성되었다는 것은 화자가 가면을 쓰고 있다는 부동의 증거이다.53)

한편 사설시조가 오락이었다는 점은 다분히 즐거움을 주된 정서로 하고 있다는 사실과 연관된다. 시적 대상과 화자 자신을 희화화하거나 성적인 소재 등등의 요소들은 즐거움을 추구하는 주된 수단이었을 것이다. 단순한 언어유희는 물론 비유가 빈번히 등장한 것도 오락성의 극대화를 위한 요소가 필요했기 때문으로 볼 수 있다. 언어유희든 비유이든, 이질적인 것의 병치를 통해 얻게 되는 조화감이 주는 즐거움은 오늘날의 언어활동에서도 어렵지 않게 발견하는 현상이다.

이런 점에서 보면 에로티시즘적인 사설시조의 연행은 언어활동의 놀이성이 극대화된 한 양상임을 알 수 있다.

2.3. 시의 본질로서의 놀이성

시는 본질적으로 진지성과는 거리가 멀다. 시는 오히려 진지함 너머에, 즉 어린이, 동물, 미개인, 예언자가 속하는 보다 원시적이고 원초적인 수준, 꿈, 매혹, 엑스타시, 웃음의 영역에 존재한다. 이런 점에서 시인의 언어는 놀이의 언어이다(J. Huizinga, 김윤수 역, 1981 : 159-180). 문학 행위는 세상을 낯설게 보는 행위이고, 비일상적인 것을 추구하는 행위이다. 시인은 세계에 대한 관성화된 인식 체계에 반기를 들고 거기에 새로운 이름을 부여해 준다. 인간에게 있어 가장 예각적인 감각인 에로티시즘은 그러한 지향의 한 극단이라 볼 수 있다. 이런 점에서 에로티시즘에서 은유가 빈번하게 등장하는 이유를 짐작할 수 있게 된다.

은유는 전모를 직접적으로 전달하지 않고 대상의 일부를 은폐시킨다는 점에서 독자의 지적 노력을 요구하게 된다. 따라서 은유적 표현의 의미를 이해하게 되면 자연스럽게 표현의 효과는 증폭되게 마련이다. 에로티시즘의 범주로 묶일 수 있는 사설시조는 대부분 직설적이지 않고 은유적이다. 이 점이 사설시조의 해학성과 희극성을 드높이는 요소이다.

閣氏너 되오려 논이 물도 만코 걸다 ᄒ더
幷作을 듀려 ᄒ거든 燃匠 됴흔 날을 쥬쇼 아아 아아아 아하 아아
眞實로 쥬기곳 쥬량이면 ᄀ러 들고 삐디여 볼ᄀ가 ᄒ노라.

世上衣服 手品制度 針線高下 하도ᄒ다
凉縷緋 두올쓰기 上針ᄒ기 싹음질과 서발슈침 감침질과 半唐針 大올쓰
기 다 됫타 니르런니와
우리의 고은님 一等 才質 삿 쓰고 박금질이 第一인가 ᄒ노라.

위의 작품은 '논'과 '가래'를 남녀의 성기에, '병작'을 성행위에, '씨'를 자식에 각각 비유하여 구애를 하고 있는 노래이며, 아래 작품에서는 성행위를 '박음질'이라는 침선으로 비유하여 표현하고 있다. 전자의 경우 '아아~'라는 의성어는 해학성을 고조시키는 데 적절히 기능하고 있는 것으로 보이며, 후자에서는 침선과 관련된 여러 사물과 행위의 나열을 통해서 해학적인 효과를 높이고 있는 것으로 볼 수 있다. 다음에 인용될 <딕들에 나무들 사오 ~>라는 작품에서도 '나무(장작)'를 남성의 성기로 비유하고 있으면, 이러한 비유는 대부분의 에로티시즘 작품에서

보편적인 표현으로 구사된다.54)

대상의 전모를 직설적으로 드러내지 않고 일부를 숨기는 방법은 은유 혹은 비유 외에도 더 있다. 그것은 대동사를 구사하는 것이다.

> 半여든에 첫계집을 ᄒᆞ니 어렷두렷 우벅주벅
> 주글번 살번 ᄒᆞ다가 와당탕 드리ᄃᆞ라 이리져리 ᄒᆞ니 老都令의 ᄆᆞ음 ᄒᆞᆼ글항글
> 眞實로 이 滋味 아돗던들 겔적보터 홀랏다.

이 작품에서는 'ᄒᆞ다'라는 동사가 네 군데에서 각기 다르게 활용되고 있는데, 직접 드러내기 어려운 동사를 대신하여 누구나 쉽게 추리해 낼 수 있는 대동사를 구사한 것이다55). 뿐만 아니라, 직설적으로 묘사하기 어려운 세부적인 장면을 '이리져리'라는 말 한마디로 나타냄으로써 해학성은 더욱 증폭된다. 이러한 어휘의 구사는 마흔에 이르러서야 성에 눈뜬 늙은 도령의 성행위라는 진솔한 정서를 드러내는 데 효과적으로 기능하고 있는 것으로 보인다. 특히 이러한 어휘는 구체적인 장면을 환기하는 대신 오히려 은폐함으로써 장면에의 몰입을 촉구하는 효과를 얻고 있다는 점에서 은유가 발휘하는 효과와 유사하다 하겠다.

그러나 유희성이나 해학성은 언어유희(pun)를 통해 가장 잘 표현되는 것으로 보인다. 언어유희는 소리는 같거나 유사하지만, 뜻이 전혀 다른 말이나 단어 표기만 다를 뿐 발음과 뜻이 유사한 단어를 사용하는 놀이이다. <閣氏ᄂᆞ 되오려 논이~>에서 '鍊匠'으로 표기해야 할 것을 '燃匠'으로 표기하여 성애의 격렬성을 강조한 것이나, 'ᄀᆞ리'를 '가랭이'와 음이 유사한 점을 이용한 것은 대표적인 경우이다. 아래 작품에서 '삿 다혀'가 '사 때어'와 '삳 대어'의 중의성을 띠게 되는 것도 같은 맥락에서 이해할 수 있다. 뒤의 작품은 한자어를 반복적으로 배열함으로써 언

어유희의 효과를 얻고 있는 경우이다. '進進코 又退退'의 반복성을 최대한 살려 율독의 효과를 얻음과 동시에 언어유희에서 나오는 해학성을 높이고 있는 것이다.

> 뒥들에 나모들 사오 져 쟝스야 네 나모 갑시 언매 웨눈다 사쟈
> 뿌리 남게눈 흔말치고 검부남게눈 닷되를 쳐서 슴흐야 헤면 마닷되 밧
> 습니 삿 대혀 보으소 잘 붓슴ㄴ니
> 흔적곳 사 짜혀 보며눈 미양 사 짜히쟈 흐리라.

> 드립더 ㅂ득 안으니 셰 허리지 즈늑즈늑
> 紅裳을 거두치니 雪膚之豊肥흐고 擧脚 踡坐흐니 半開흔 紅牧丹이 發郁
> 於春風이로다
> 進進코 又退退흐니 茂林 山中에 水春聲인가 흐노라.

　이상의 고찰을 통해서 사설시조의 에로티시즘은 성행위를 명시적이고 직접적으로 제시하기보다는 암시적이고 우회적으로 표현하는 경향이 강함을 알 수 있다. 그리고 어조와 관련된 태도는 매우 해학적이고 희극적인 경향에 기울어져 있음도 드러났다. 물론 이러한 태도는 사실 사설시조의 전반적인 경향으로, 정감의 자유로운 발산이라는 질적 경향성과 매우 잘 부합하는 것으로 보인다.

　에로티시즘에 있어서 직접적이며 노골적인 표현을 피하고 완곡하고 간접적이며 암시적인 표현을 택하는 것은 어쩌면 필연적이라 할 수 있다. 그것은 교묘한 은유로서 유머러스하게 엮어진 것이 훨씬 흥미를 돋구고 미적 쾌감을 유발하는 데 효율적이기 때문만은 아니다. 은유는 일차적으로 대상에 대한 명명 행위이며, 낱말에 기초한 놀이이기 때문이기도 하다. 언어의 본질 중의 하나가 추상이라 할 때, 그 추상의 이면에는 항상 가장 대담한 은유들이 있게 마련이다. 결국 인간은 삶을 표현함으

로써 자연 세계 바깥에 시적인 제2의 세계를 창조하는 것이다(J. Huizinga, 1981 : 15).

음상사(音相似)를 이용한 언어유희가 이질적인 세계에 존재하는 상호 무관한 두 대상을 연결하는 행위인 점은 은유와 마찬가지이다. 다만 은유는 두 대상의 속성이나 본질이 가지는 유사성을 발견하는 행위인 반면, 언어유희는 발음의 유사성에 그 원리를 둔다는 점에서 차이를 갖는다. 기의만으로는 전혀 무관한 두 대상이 음성적 유사성을 근거로 연결되면서 창조되는 상상적 공간 또한 낯설음의 정도로서는 은유 이상의 효과를 가진다 하겠다. 이러한 일련의 양상은 기의의 작용보다는 기표의 존재 자체를 즐기는 언어활동의 한 측면을 보여준다.56)

3. 문학과 언어의 놀이성

앞에서 살펴 본 사설시조의 에로티시즘적 경향은 대체적으로 부정적인 평가를 받아왔다. 취락과 유흥에의 탐닉으로 인해 역사의 뒤편으로 사라져 가게 되었다는 지적(고미숙, 1995)이나, 일종의 도색문학으로서 실패한 문학이라는 규정(박노준, 1998)이 대표적이다. 이러한 평가는 윤리적 준거를 적용한 결과이며, 그러한 준거에서라면 부정적인 평가는 정당한 것으로 볼 수 있겠다. 우리가 문학을 윤리성과 연관 짓는 일은 문학 행위의 정당성을 묻는 행위이기도 하다. 이 글의 관심으로 축소시켜 말하자면, 은밀하게 감추어져 있는, 혹은 감추어져 있어야 마땅한 성의 세계를 유희적인 태도로 표면화하는 문학 행위는 정당한가 하는 질문으로 표현될 수 있다.

그런데 미적 판단은 도덕적 판단이 아니고, 미적 대상으로서의 예술 작품의 가치는 독자들을 훈육하거나 그들의 도덕적 성격을 개선하는 효과에 있지 않다(김문환, 1989 : 312). 어떤 예술 작품을 접하고 난 후 그 작품에 대한 호오의 기준은 도덕적 효과의 여부에 있는 것이 아니다. 물론 우리는 특별히 이러한 효과를 노리고 있는 작품군과 장르를 별도로 두고 있으며, 문학 작품을 통해서 도덕적 교훈을 가르칠 수 있다는 점은 충분히 인정된다. 풍자 문학은 그러한 일례가 될 것이고, 우리 문학사의 무수한 교술 문학이 이를 증명한다. 그러나 문학은 도덕적 설교가 아니며, 우리는 그러한 도덕적 진리를 발견하고자 문학을 접하지 않는다. 더군다나 독자는 일상생활에서는 좀처럼 획득하기 어려운 거리두기(distancination)를 문학 독서를 통해 얻을 수도 있다. 이런 점에서 우리가 모든 문학, 모든 예술을 통해 얻고자 하는 것은 유익한 경험이 아니라 유쾌한 경험이라 할 것이다.

그렇다면, 우리가 지금까지 다루어 온 사설시조의 에로티시즘, 즉 성과 관련된 대상을 유희적이고 희극적인 미적 감각에 의존하고 있는 작품들은 어떠한가. 이에 대해서는 이 작품들이 보여주고 있는 희극적인 태도(attitude)의 의미를 밝힘으로써 답을 구할 수 있을 것이다.

앞에서 밝힌 대로 시인의 언어는 놀이의 언어이다. 여기에 필수적으로 요구되는 매개가 상상력이다. 현실 원칙을 거부하는, 승화되지 않은 형태의 환상은 꿈, 백일몽, 놀이, 의식의 흐름과 같은 하부(下部) 현실적이고 초현실적인 과정에서 더욱 익숙하게 되며(H. Marcuse, 김인환 역, 1996 : 150), 놀이할 수 있는 자유를 행사하는 정신의 능력은 상상력이다(H. Marcuse, 김인환 역, 1996 : 189). 특히 에로스는 일상적인 현실 공간에서는 억압되는 것이 일반적이고, 그것은 상상의 공간에서만 구성 가능한 상상적 경험인 것이다. 사설시조의 에로티시즘은 현실 원칙에 의해 억압받는 욕망이 상상의 공간에서 최대한으로 활성화되었던 양상을 보여주고 있을 뿐이다. 이른바 '놀이 충동'이 차원을 이동하여 '놀이 정신'으로 변화해 갔음을 여기에서 감지하게 된다. 사설시조의 에로티시즘은 놀이 정신이 양식으로 굳어진 모습이라 하겠다.

이러한 진단은 문학이 자족적인 언어 구성물이라는 원론적인 공리와도 일치한다. 우리는 송강의 <관동별곡>을 금강산 기행의 여정을 확인하기 위한 기록으로 보아 넘기지 않으며, 현진건의 <운수 좋은 날>을 김 첨지의 인력거 운행 일지로 읽지는 않는다. 우리가 이러한 문학 작품을 읽을 때 그 내용이 사실로 존재하는지의 여부를 묻지 않는 것은, 기표와 기의가 정확하게 결합했는가 하는 질문과는 질이 다른 것이다. 문학은 그 자체로 완결된 하나의 세계이며, 현실 세계와의 일치 여부는 문제시되지 않기 때문이다. 그것은 한 국가의 대표 선수들끼리 벌이는 스포츠 경기가 현실적인 공간에서의 힘의 우열을 판가름하지 못하는 것과 마찬가지이다. 이를 우리는 문학의 자족성이라 하거니와, 문학의 언어가 지니는 이러한 성격은 언어 자체가 가지는 놀이적 성격에 그 뿌리를 두고 있는 것으로 보인다.

언어는 항상 실재 세계만을 지시하지는 않는다. 언어는 언어 자체의 세계 내에서만 움직이기도 하는 것이다. 이는 예시한 작품들이 수치심을 유발하고, 나아가 성행위를 추한 일로 믿게 하는 설득력과는 전혀 무관하다는 점과도 연관된다. 여기에서 우리는 시적 화자의 어조가 왜 그렇게 해학적이었는지, 그리고 우아의 희극적 표출이 왜 사설시조의 주된 미적 경향을 이루게 되었는지를 이해할 수 있게 된다. 사설시조의 에로티시즘을 윤리와 직접 연관지을 수 없는 근거가 여기에 있다. 언어 기호가 실재 세계를 지시하지 않는 한, 그것을 현실 공간의 상황으로 받아들일 수는 없는 일이기 때문이다. 놀이는 윤리를 떠난 공간에서 존재하고 있으며, 사설시조의 에로티시즘을 일방적으로 윤리적 규범으로 재단하기 어려운 이유를 여기에서 찾을 수 있다. 주목할 것은 언어가 놀이의 수단이 아니라 그 자체가 놀이의 한 형식이라는 점이다.

호이징하는 놀이라는 형식의 특성을 다음과 같이 종합한 바 있는데, 우리는 여기에서 언어 자체가 본질적으로 놀이성을 가질 수 있음을 짐작할 수 있다.

> 그것[놀이]은 어떤 자유로운 행위라고도 말할 수 있는데, 이 행위는 진심에서 그렇게 하는 것은 아니지만, 어쨌든 일상 생활 밖에서 행해지고 있으며 그럼에도 불구하고 놀이하는 사람을 강렬하게 그리고 완전히 사로잡을 수 있다. 이 자유로운 행위는 어떤 물질적인 이해 관계도 없고, 어떠한 이익도 얻을 수 없으며, 또한 그 행위는 질서 정연한 어떤 고유의 고정된 법칙에 따라 고유의 고정된 시간과 공간 속에서 이루어진다. 그리고 놀이라는 자유로운 행위는 사회적 단체의 형성을 촉진시키는데, 그러한 단체는 어떤 비밀로써 자신을 감추려고 하고 또 변장과 다른 수단을 동원하여 일상 세계와 그들 사이의 다른 점을 강조하려는 경향을 갖고 있다(J. Huizinga, 김윤수 역, 1981 : 26).

사설시조의 에로티시즘을 바로 이러한 관점의 연장선에서 파악하게 되면 왜 굳이 윤리적 평가를 초월하게 되는지를 이해하게 된다. 놀이는 지혜로움과 어리석음, 참과 거짓, 선과 악의 대립을 벗어나 있기 때문이다(J. Huizinga, 김윤수 역, 1981 : 18). 인간이 세계에 대해서 가지는 태도를 가르는 방법 중에는 '진지한 태도'와 '놀이적 태도'로 양분하는 방법이 있다. 여기에서 유의할 것은 놀이적 태도는 진지성에서 실패한 결과가 아니라, 인간이 적극적으로 추구하는 중요한 지향점 중의 하나로 보아야 한다는 것이다. 따라서 놀이란 인간의 삶의 한 형식이며, 이러한 관점에서라면 사설시조의 에로티시즘적 경향에 대한 일방적인 부정적 평가는 재고의 여지를 남기게 된다. 사설시조의 에로티시즘은 다만 인간의 놀이적 태도가 극단적으로 활성화된 결과일 따름인 것이다.

4. 놀이로서의 문학

그리블(J. Gribble)은 그의 저서 『문학교육론』(Literary Education : A Re-valuation)의 마지막 장에서 문학과 도덕, 검열의 관계를 논하면서 그 끝을 다음과 같이 맺고 있다.

> 문학은 「인간의 담화」 중 문학 자체의 독특한 목소리를 갖고 있는데, 문학이 경험을 예증하는 방법을 다른 규율이나 형식의 담화의 방법으로 환원시킨다면, 우리는 문학의 그 독특한 목소리를 들을 수가 없게 된다. 문학교육의 핵심적인 작업은 학생들에게 이러한 발화 양식의 독특한 성격을 주지시키는 일일 것이다(James Gribble, 나병철 역, 1987 : 281).

수영장에서는 비키니 수영복을 입고 여유롭게 거니는 모습이 지극히 정상적이다. 만일 정장을 입고 수영장 내에 들어가는 사람이 있다면 그는 비정상적인 것으로 간주될 것이다. 그러나 종로 3가에서 비키니 수영복을 입고 배회한다면, 그는 경범죄로 처벌을 받거나 사람들로부터 오는 따가운 눈초리를 감수해야 한다. 이러한 사례는 '일탈'을 보는 한 가지 시각에 대한 시사점을 제공한다. 즉, 일탈이란 상대적인 것이라는 점이다. 문학어가 일상 언어와 구별되는 지점이 있다면, 문학에서의 에로티시즘은 이러한 관점의 연장선상에서 파악할 수 있을 것이다. 문학어와 일상어는 그 자체로서 구별되는 것이 아니라, 각각이 지닌 고유의 문법 체계 속에 들어있음으로 해서 변별된다. 가령, 텔레비전을 시청하더라도 뉴스에 나오는 사건을 우리는 역사적인 시간과 공간을 가진 일종의 사실(事實; 史實)로 간주하지만, 드라마에서 벌어지는 사건을 사실로 받아들이지는 않는다. 살인을 저지른 고등학생에 대한 사건 보도를 접하면서 느끼는 분노는, 극중 인물이 어느 애국자를 살해하는 장면을 보면서 느끼는 분노와는 다르다.

에로티시즘적인 사설시조에서 성을 제재로 삼는다든지, 또 그것을 희화화시킨다든지 하는 것은 사설시조라는 장르의 향유 조건과 일치하는 현상이다. 사설시조가 대체로 연회의 현장에서 흥을 돋우는 노래로 불리어졌다는 점을 감안하면 그 장난스러움의 시선은 노래의 기능을 매우 효과적으로 만드는 구실을 했을 것으로 짐작되는 것이다. 문학에서 '성'은 문학이라는 가상 또는 허구의 질서를 전제로 소통되는 것이다. 따라서 동일한 상황에 대한 표현이라 하더라도, 가능하면 객관적으로 드러내려고 하는 비문학 장르에서의 독자의 반응은 달라질 수밖에 없다. 이러한 점은 문학의 허구성이 사실과의 일치 여부에 의해서가 아니라, 마치 스포츠 경기장에서 적용되는 규칙과 같은 고유한 문법 체계에 의해서 생성됨을 말한다.

물론 에로티시즘의 희극적 태도의 극단에는 문학이 적극적으로 경계해야 할 요소가 도사리고 있음도 기억해야 한다. 유희적 태도가 극단화되고 활성화될 경우, 그것은 기괴성을 낳게 되거나 퇴폐의 늪에 빠지게 될 것임을 문학사는 말해 주고 있다. <변강쇠가>가 창을 잃어버린 이유가 다름 아닌 기괴미의 추구에 있었고, 사설시조가 역사의 뒤편으로 사라진 이유가 취락과 유흥에의 과도한 탐닉에 있었다는 점은 문학사의 교훈으로 읽어도 좋을 듯하다.

제4장

개화기 시조의 전통성과 근대성
-구술 문화와 기록 문화의 긴장-

1. 개화기 시조의 정체성에 관한 의문

우리 역사에서 개화기는 격변기, 과도기 등으로 그 성격이 규정되곤 한다. 그만큼 이 시기는 국내외적으로 혼란한 정세에 처해 있었고, 이러한 사회적 분위기는 문학 창작에도 거의 절대적인 영향을 미치게 된다. 이 시기에 창작된 문학은 대체로 주체(主體)와 진보(進步)의 갈등57) 속에서 항일 의식을 비롯하여 당대에 요구되었던 다양한 사회적 메시지를 담고 있다. 한편 개화기에는 전통적인 장르인 시조나 가사가 그대로 지속되는가 하면58), 이들 장르가 새로운 형태로 변모하기도 하고, 일본 음악이나 서양 음악의 영향으로 새로운 장르가 탄생하는 등 가히 모색기라는 이름에 부합하는 실상을 보여준다. 그러나 이러한 대부분의 작품에 대해서는, 문학의 사회적 기능에 충실한 나머지 주제 의식만 앞서고 문학적 형상화의 측면에서는 성공하지 못했다는 평가가 내려지고 있다[59]. 개화기에 창작된 시조에 대해서도 이러한 평가는 온당한 것으로 보인다.

그러나 이 글의 관심은 이러한 문학사적 평가에 있지 않다. 일차적인 관심은 시조라는 한 역사적 장르가 시대 상황과 관련하여 어떠한 변모를 겪고 있으며, 그러한 변모의 기저에서 작용하는 자질은 무엇인가 하는 점이다.

발생 시기에 대한 논란이 여전히 남아 있지만, 시조는 약 600년에 이르는 세월 동안 존속되고 있는 장르이다. 특히 중세 문화적 질서에서 생성되고 향유된 한 역사적 장르가, 삶의 문법을 달리하고 있는 현대에 이르러서도 꾸준히 그 생명력을 유지한다는 점에서 문제성은 더욱 가중된다. 이 문제는 한 장르의 존속에만 국한되지 않는다. 그것은 근대를 기점으로 우리가 문학의 존재 방식의 변화를 겪었다는 문학사적 사실로 확장된다. 그 변화는 한마디로 '시가(詩歌)'에서 '시(詩)'로의 변화이다. 이것은 '부르는 문학'에서 '읽는 문학' 또는 '읊는 문학'으로의 변화인 것이다.

이 글은 이 같은 존재 방식의 변화를 단적으로 보여주는 개화기 시조의 양식적인 특질에 주목하고자 한다. 이전의 시조에서 발견되지 않는 개화기 시조의 변별적인 요소에 주목함으로써, 문학의 존재 방식의 변화를 구체적으로 증명해 주는 단서를 발견할 수 있을 것이다. 그러나 이전 시조와의 변별성에만 관심을 두지는 않는다. 전대 시조의 문학사적 사실을 고려하여 지속성도 충분히 존중할 것이다. 어떠한 문학 장르도 갑자기 탄생할 수는 없다는 점을 문학사는 말해 주고 있기 때문이다.

개화기 시조를 독립적인 하나의 역사적 장르로 인정할 수 있을 것인가? 개화기 시조의 전통성과 변화성을 파악하는 것은 실상 위와 같은 질문의 답을 찾는 일과 다르지 않다. 이 질문은 다시 개화기 시조가 조선조 문학인 시조의 연장선상에 놓여 있는 것인가, 아니면 새롭게 성립된 독자적인 장르인가 하는 선택 의문문으로 바뀌어질 수 있다. 이러한 질문은 개화기 시조라는 장르명이, 특정한 역사적 시대를 나타내는 개화기라는 수식어와, 장르를 가리키는 시조라는 피수식어를 결합시켜 만든 말이라는 점에 대한 문제 제기이다. 이는 또다시 '개화기'라는 시대적 특수성에 주목할 것인가, 아니면 시조의 양식적 보편성에 주목할 것인가 하는 이분법적 문제로 환원될 수 있다.

장르란 일반적으로 일정한 군집의 작품들이 공유하는 문학적 관습의 체계이며, 개별 작품의 존재를 지탱하는 초개인적 준거의 모형이다. 그러나 갈래는 일정 범위의 작품들을 완전무결하게 귀일시키는 특성이나 원리의 조직체라기보다는 '친족적 유사성'을 지닌 다수의 작품에서 추출되는 범례적 일반형이라고 말할 수 있다. 개별 작품은 이러한 일반형에 정확히 부합하기도 하고 다소 어긋나기도 하지만, 범례적 일반형으로서의 갈래는 그 어긋남이나 변형의 정도 및 방식을 파악하게 해 주는 준거가 될 수 있다(김흥규, 1986 : 30-31). 이런 점에서 이 글은 개화기 시조의 성격을 고찰함에 있어, '문학적 관습'의 지표가 될 수 있는 정형시로서의 형식적 요건과 현실 인식 태도로 대별하여 접근하고자 한다.

개화기 시조는 여러 지면을 통해서 확인할 수 있는바, 여기서는 논의의 편의상 「대한매일신보」의 '詞藻'난에 실린 작품에 국한하고자 한다. 이는 이 난에 수록된 작품들이 대체로 내용과 형식 양면에서 균질성을 보여주고 있기 때문이다.

2. 개화기 시조의 양식적·주제적 특성

음악적인 입장에서 본다면, 전근대의 문학은 사실 노랫말에 지나지 않는다. 예외적인 경우가 없지는 않지만, 멀리 상고 시가로부터 향가나 고려 속요는 물론, 시조나 가사까지도 모두 가락에 얹어서 부르는 노랫말이었다. 그런데 이러한 일반적인 문학의 존재 방식은 개화기에 이르러 비로소 전환을 맞게 된다. 그 결과 문학은 음악과 분리되고 독자적으로 존립하게 된 것이다.

개화기 시조의 두드러진 특징은 먼저 개별 작품들이 제목을 갖는다는 점에서 찾을 수 있다. 제목은 개별 작품들의 고유성을 보장하는 하나의 지표라 할 수 있다. 개화기 시조의 경우 제목은 내용에서 가장 핵심적인 구절을 따서 붙이거나 내용을 한자어로 조합하여 붙이는 것이 일반적이었다. 시조가 제목을 갖게 되었다는 것은 일단 근대적 성격의 문학으로 바뀐 하나의 징표로 읽어도 좋을 듯하다.

개화기 이전의 시조는 가곡창이나 시조창으로 연행된 문학이었다. 몇몇 곡조가 정해져 있고, 여기에 시조 작품이 개별적으로 대응되는 방식이었다. 이때에는 시조 작품 그 자체보다 가락과 곡조가 더 중요한 요소로 작용할 수밖에 없었을 것이다.[60] 이런 상황에서라면 시조의 개별적인 고유성은 그리 큰 문제가 아니었을 것으로 추정된다. 따라서 개화기의 시조가 각각의 작품마다 고유한 제목을 가진 사정은 '시'에서 '가'가 분리되어 나간 결과인 것으로 볼 수 있겠다. 다시 말하면, 개화기의 시조는 더 이상 특정한 몇몇 곡조와 결합되어 불리어진 노랫말이 아니라, 개별적으로 읽혀진 독서물로 전환해간 것이다. 개별 작품의 제목은 그 고유성을 증명해주는 표지로 기능한 것이라고 볼 수 있는 것이다.

개화기 시조의 형태상의 특징은 또한 종장 마지막 마디의 생략 현상에서 찾을 수 있다. 기존의 연구 결과는 종장 마지막 마디의 생략을 조선조 시조창의 전통을 이은 결과로 보는 것이 일반적이다(조동일, 1986 : 278-285 ; 김영철, 1984, 542-547).[61] 이러한 생략 현상이 조선조 후기의 가집인 『南薰太平歌』에 게재된 시조의 종장 처리 방식과 동일하다는 것이다.

> 北風은 나무 끚헤 불고 明月은 눈 속에 찬데
> 七尺 長劍 썩여 들고 혼 거름에 내다르니
> 도처에 수업는 敵兵들 쥐 숨 듯이.(雪上劍, 1909. 1. 13)

> 늄을 밋을 것가 못 밋을 손 늄이로다
> 밋을 만훈 四時節도 줃혀 밋들 못ᄒ거니
> ᄒ믈며 狡詐人心 이 世上에 엇지 늄을.(勿恃人, 1909. 2. 3)

> 곱흔 비 치우라면 山茱野蔬 엇더ᄒ며
> 쓰러진 집 닐으킬 제 큰 材木만 所用되랴
> 아마도 男女老少 壹心되면 無所不爲.(合衆力, 1909. 7. 15)

물론 대부분의 경우에는 생략된 부분에 올 만한 말이 무엇인지를 문맥을 통해 짐작해 볼 수 있다. 위의 작품들에서도 각각 'ᄒ는구나', '밋을소냐', 'ᄒ리라'가 생략된 것으로 추리해 낼 수 있다. 위의 예에서처럼 대부분의 작품들은 완결되지 않은 채 끝맺는다. 그러나 네 마디만 채우면 마지막 마디의 문장 성분이 무엇이든 상관없이 생략되는 현상은 앞서 지적한 시가의 시화(詩化) 현상과 모순될 수밖에 없다. 이미 노래하는 시에서 읽는 시로 본질을 이전한 상태에서 굳이 시조창의 관습을 존중하고 계승할 이유는 없는 것으로 보이기 때문이다.

시조는 본래 '가곡'으로 불리어진 노래다. 조선조 후기에 와서 시조라는 새로운 창의 관습이 생겨났다. 그러나 가곡과 시조는 단지 노랫말만 같을 뿐, 그 체계나 곡조는 대단히 이질적이다. 종장의 마지막 마디가 생략되는 것은 그 이질성을 가시적으로 보여준다. 시조는 '북전(北殿)'이라는 창법의 영향을 받은 것으로 알려져 있다. 북전창의 형식이 시조의 노랫말을 다 용해시키지 못한 데서 마지막 마디가 생략되었다는 것이다(황준연, 1986). 일반적으로는 가곡은 시조에 비해 훨씬 높은 격조를 가진 것으로 인정되어 왔다. 시조집으로 널리 알려져 있는 조선조 후기의 『청구영언』, 『해동가요』, 『가곡원류』 등은 사실은 가곡집으로서62), 작품의 종장 마지막 마디가 완전히 표기되어 있다. 반면에 『남훈태평가』와 이세보의 『풍아』에는 이것이 생략된 것이 일반적이다. 『가곡원류』 발문에서 박효관은 창이 타락함을 개탄하면서, 이에 대한 대응으로 가곡집을 엮는다고 했는데63), 여기에서 타락한 창은 바로 시조창을 일컫는 것으로 추정해 볼 수 있다.

또한 오늘날에 시조창으로 불리어지는 노랫말이 고시조 작품이라는 데도 주목할 필요가 있다. 이것은 개화기의 시조가 시조창의 관습에 따라 종장 마지막 마디를 생략한 채로 표기한 것은 사실이지만, 실제로 창으로는 불리어지지 않았음을 뜻하는 것이다. 시조창의 경우 약 1분 정도의 시간에 한 장을 부르는 것이 일반적인데, 이러한 창법으로는 사회적인 메시지가 강하게 담긴 개화기 시조 작품을 소화하기 어려웠을 것임은 쉽게 짐작할 수 있다64). 요컨대 개화기 시조에서 종장의 마지막 마디가 생략된 것은 가창을 전제로 창작되었기 때문이 아니라, 표기법 자체의 관습을 존중한 결과로 이해할 수 있다.

표기 방식에서 시각적인 효과를 고려하여 분행을 하고 구두점을 표기한 점은 특기할 만한 사항이다. 시조를 세 줄로 나누어 적고, 처음 두 줄에는 반 줄이 끝날 때, 마지막 줄에서는 첫 토막 및 반 줄이 끝날 때 쉼표를 찍었으며, 한 줄이 끝날 때에는 마침표를 찍었다.

간밤에 비오더니, 봄 소식이 완연하다.
無靈ᄒ 花柳들도, 째롤 짜러 뮈엿ᄂ더.
엇지타, 二千萬의 뎌 人衆은, 잠깰줄을.(花柳節, 1909. 4. 4)

세상사롬들아, 小路로 가지마라.
當當ᄒ 너른 길이, 녜로부터 잇것마는.
어지타, 時俗人心은, 小路로만.(大路行, 1909. 7. 1)

이는 율격의 짜임새를 명학하게 인식한 증거라 하겠다(조동일, 1986 : 278). 이러한 배려는 신문 독자가 글을 읽는 데 필요한 요소들이지, 노랫말을 일정한 가락에 맞추어 부르는 데 필요한 것은 아니다. 텍스트 속에 있는 문자에는 음성적 자질이 결여되어 있다. 구술하는 말에는 반드시 이러저러한 억양이나 목소리의 어조가 있다. 아무런 억양도 없이 목소리로 말할 수는 없다. 문자화된 텍스트에서 구두법은 목소리의 어조를 지시하기 위한 표시이다(월터 J. 옹, 이기우·임명진 역, 1995 : 157).

이밖에도 4행이라는 파격을 보이는 작품이 있는가 하면, 오늘날의 형태시와 유사한 행배열을 보이는 작품도 있어, 개화기의 시조가 독서물로 전환해 갔다는 점을 확실히 증명하고 있다.

한편 개화기 시조는 형태상의 변모와 함께 현실을 인식하는 태도에서도 전대 시조와는 확연한 차이를 보여준다. 시조의 본류는 역시 사대부의 그것에 있다. 사대부의 시조는 가사 및 한시와 더불어 그들만의 세계를 확인하고 발견하는 글쓰기 행위였다. 그러나 가사는 일정한 곡조에 얹어서 부르기에는 지나친 장형이었고, 한시는 구어와 문어의 불일치로 인해 창작과 향유에서 다소 어려움이 있었다. 반면에 시조는 짓고 부르기에 가장 적절한 시형을 가지고 있었으며, 동시에 '소리'의 묘운을 살릴 수 있는 조건을 갖추고 있었다.

사대부 문학은 공적인 성격과 사적인 성격을 동시에 구유하고 있었다.

‘사대부(士大夫)’라는 말 자체가 이미 ‘사’와 ‘대부’라는 두 가지 성격의 삶을 내포한 합성어이듯이, 그들의 문학 또한 이에서 평행하게 두 가지 성격을 갖는 것으로 이해할 수 있다. 그 성격이란 다름 아닌 수기(修己)와 치인(治人)의 영역이며, 시조는 이 두 가지 영역에 동시에 관여하고 있는 것이다. ‘사’로서의 삶에 관심이 있을 때는 합일화의 시조로, ‘대부’로서의 삶에 관심이 있을 때는 객관화의 시조로 귀결되는 것이 일반적이다(김대행, 1986 : 161-162).

그런데 이 두 가지 지향이 모순적이지 않고, 상보적인 관계를 형성하고 있다는 것은 주지의 사실이다. 이러한 사실을 가장 적실하게 보여주고 있는 작품이 ‘亦君恩이샷다’와 같은 표현이다. 이러한 작품은 사대부들이 강호한정(江湖閑情)의 한쪽 세계에서도 다른 한쪽을 끊임없이 의식하고 지향했음을 단적으로 보여준다. 이 경우 대부분은 주자학적 체제에 대한 주자학적 세계관의 대응으로 순응적인 태도를 보인다. 고려 말엽이나 조선 후기에 나타나는 일군의 작품들이 우국충정의 주제 의식을 보여주는 경우에도 그 순응적인 태도는 마찬가지이다. 중세적 가치 체계 속에서 체제에 대한 비판이란 곧 ‘방외인’으로의 전락과 다를 바가 없는 것이다.

그런데 대한매일신보의 시조에는 현실 비판과 저항 의식이 3백여 편에 이르는 거의 모든 작품에 공통적으로 드러나고 있다.

消火丹
胸中에 불이 나셔 五臟이 다 탓 간다
黃惠庵을 쑴에 맛나 불 쯜 藥을 무러보니
憂國으로 난 불이니 復國ᄒ면(1890. 1. 9)

韓半島
韓半島 錦繡江山 禮儀之邦 分明ᄒ다

神聖호시 檀君끠셔 셰웟셔라 이 나라롤
뉘라셔 감히 侵犯호리 堂堂 帝國(1908. 12. 2)

　山雪野雨
北天이 막다커놀 雨裝 업시 길을 나니
山村에 눈이 오고 들에는 비가 온다
아마도 準備 곧 업스면 處處逢敗(1910. 2. 22)

　각각의 작품에 제목이 붙어 있는 것도 주목을 끌지만, 복국이라는 주제 의식의 측면에서는 대동소이한 작품들이다. <消火丹>은 나라를 빼앗기게 된 울분을 과장을 통하여 표출하면서 동시에 복국에 대한 염원을 간절히 드러내고 있으며, <韓半島>는 한민족으로서의 자부심을 강조하면서 이 나라가 절대 침범당할 수 없다는 당위를 부각시키고 있다. <山雪野雨>는 임제의 고시조를 패러디하여 앞날에 대비할 것을 주장하고 있다. 실로 다양한 방법으로 형상화된 목소리는 한결같이 우국지정으로 귀결되는 것이다.

　이 시기의 문학이 전반적으로 이러한 경향을 보이는 것은, 당시가 역사적 격동기로서 일제에 의한 국가적 위기를 절실하게 체험하고 있었던 엄중한 시기였기 때문일 것이다. 그리고 이러한 시대적 특수성이 「대한매일신보」라는 매체의 특성과 결합한 결과일 것이다.

3. 개화기 시조의 전통성과 근대성

　이상에서 살펴본 바대로, 개화기 시조는 전대 시조와 확연히 구별되는 변별적 특징을 지니고 있음을 알 수 있다. 그 특징은 존재 조건의 측면에서는 시가에서 시로, 부르는 문학에서 읽는 문학으로, 가창물에서 독서물로, 구술성(orality)에서 문자성(literacy)으로의 변화로 나타났다. 그리고 현실을 인식하는 데 있어서도 순응적인 태도를 버리고 비판적인 태도로 전환되었다.

그렇다면 이러한 특징이 개화기라는 시대가 낳은 직접적인 산물인지를 검토해 볼 필요가 있다. 어떤 특정의 문학이 인위적으로 가공되어 갑자기 세상에 나오는 경우란 찾아보기 어렵기 때문이다. 따라서 개화기 이전의 시조에서 이와 같은 경향의 작품이 최소한 단서로나마 존재했을 것으로 짐작해 볼 수 있을 것이다.

이러한 단서를 보여주는 작품은 일단 조선조 후기의 시조의 전반적인 경향상의 변모에서 찾아볼 수 있을 것이다. 조선 후기에 들어 작자층이 확대되고 작품 세계도 분화되면서 드디어 현실 사회를 비판적으로 바라볼 수 있는 여건이 생기게 되었다. 거기에는 주자학적 가치 체계가 점점 현실과 모순을 일으키게 되었고, 그리하여 현실 세계의 변화가 그들의 의식을 스스로 변화시켰기 때문일 것이다. 물론 이러한 양상이 전면적이지는 않았으나, 그 단초가 나타난다는 점은 문학사적으로 매우 중요하게 취급되어야 할 것이다. 사설시조의 풍자적·해학적 경향도 이와 같은 맥락에서 볼 수 있을 것이다. 그러나 사설시조의 이러한 경향은 개화기 시조의 성격과 연결될 수 있는 일관성을 보장해 주지 않을 뿐더러, 그 양식상의 상이함도 높은 장벽으로 작용하게 된다. 따라서 사회성을 강하게 내포한 일군의 평시조 작품으로 자연스럽게 관심은 옮겨갈 수밖에 없다.

여기에서 우리는 과연 조선조 후기의 시인 하나를 만날 수 있다. 바로 이세보(李世輔, 1832~1895)라고 하는 사대부 시인이다. 그는 철종과 6촌 사이인 왕족이었다. 안동 김씨 정권 하에서 1860년 11월부터 1863년 12

월까지 3년간 전라도 강진에서 귀양살이를 했다. 그 후 공조 판서와 형
조 판서를 지내고 64세이던 1895년 을미년에 민비가 피살되자 이에 울
분을 품고 있다가 병사했다고 한다. 그의 시조집 『風雅』에는 약 460수
의 작품이 수록되어 있는바,[65] 여기에서 현실 비판적 인식이 뚜렷하게
나타나고 있다.

> 져 빅셩의 거동 보쇼 지고 싯고 드러와셔
> 한 셤 쏠를 밧치랴면 두 셤 쏠리 부둑이라
> 약간 농스 지엿슨들 그 무엇슬 먹즈 ᄒ리.
>
> 우리 셩이 드러 보소 샨의 올나 샨젼 파고
> 들의 나려 슈답 가러 풍한셔습 지은 농스
> 지금의 동증니증은 무샴일고

이 시조는 당시 삼정의 문란으로 인해 가혹한 수탈에 시달리는 농민
상을 다양한 목소리를 동원하여 그려내고 있다. 첫째 작품은 환곡의 부
정을 관찰자의 목소리로, 둘째 작품은 전정(田政)의 횡포를 농민의 목소
리로 고발하고 있는 것이다. 정약용의 한시에서 발견할 수 있는 궁핍한
세태 묘사와 닮아 있음을 알 수 있다.

그의 이러한 시적 경향[66]은 동시대의 가객이었던 박효관이나 안민영
과도 분명히 구별된다. 개화기 시조에서 광범위하게 형상화되는 현실 비
판이나 현실 저항적인 주제 의식은 이러한 사회시의 계보로 이해할 필
요가 있겠다.

이 글에서 그를 주목하는 것은 다음과 같은 기록 때문이기도 하다.

세지임슐지계츄ᄒ한(歲在壬戌之季秋下澣)의 신지도 복ᄉ중 ᄉ년 격긱(薪
智島鵬舍中四年謫客)으로 년부년월부월(年復年月復月)의 병근(病根)은 날노

더ᄒ고 슈회(愁懷)난 만단(萬端)ᄒ여 세월(歲月)를 잇고져 혹 글도 읽으며
시쒸(詩句)도 지으며 쇼셜(小說)도 보다가 ᄯ 노릭를 지어 기록(記錄)ᄒ나
쟝단고져(長短高低)를 분명(分明)이 춫지 못ᄒ엿스니 보난 스룸이 짐쟉ᄒ
여 볼가 ᄒ노라(『風雅(大)』의 끝부분)(강조 : 인용자)

이 기록에서는 이미 '본다'는 점을 분명히 하고 있다. 물론 이 인용문
에서는 '노래'를 '짓'는다는 점도 나타내고 있지만, 문자로 기록한다는
점을 분명히 밝히고 있으며, 읽는 사람들로 하여금 짐작하여 '볼' 것을
권유하고 있다는 점에 주목할 필요가 있다. 이는 『歌曲源流』 소재의 '부
르는 문학'의 한편에서는 '읽는 문학'이 등장하여 소통되었음을 증명해
주는 단서라 할 만하다.

이상의 고찰을 통해 개화기 시조의 등장은 갑작스럽게 인위적으로 이
루어진 일이 아님을 알 수 있다. 이세보는 현실 비판의 시조를 통해서
현실주의적 전형과 묘사를 드러낼 수 있었고, 부르는 문학이 아닌 읽는
문학으로 이행하는 과도기적 특성에 힘입어 문학의 중세적 존립 조건을
해체하고 근대적 문학의 존립 조건을 형성하는 데 기여한 것으로 평가
될 수 있는 것이다.

그렇다면 이 지점에서 우리는 다음과 같은 질문을 던져 볼 수 있다.
시가에서 시로의 존재 이전과 현실 비판 의식 사이에는 어떤 관계가 있
지 않을까 하는 질문이 그것이다. 이러한 질문에 대해서는 전통적인 두
시가관을 살펴봄으로써 그 답을 얻을 수 있을 것이다. 공자의 악론(樂論)
의 요체인 '사무사(思無邪)'는 음악이 성정을 가다듬는 데 기여한다는 것
이다.67) 반면 『시경(詩經)』 이후 시의 효용으로 내세워지는 시의 효용은
풍간(諷諫)이다.

옛날의 군자는 글을 익힘에 있어 먼저 시를 노래하게 하였으니, 사람으

로 하여금 음영(吟咏)으로 그 심지를 감동케 하고 차탄(嗟歎)함으로써 그 성정을 키우게 하였으며, 억양을 반복함으로써 선을 사랑하고 악을 멀리 하는 마음을 일으키게 하여 스스로 더러움을 씻지 못하더라도 정대한 것으로 이루어 나가도록 하는 것이다. 그런즉 옛사람들이 노래의 가치를 중대하게 여긴 것이다. -『花源樂譜』序

공자는 산시(刪詩)하면서 정풍 위풍을 버리지 않았으니, 이로써 선과 악을 갖추어 권계(勸戒)하고자 한 것이다. 시가 어찌 반드시 주남관저(周南關雎)라야 하며, 노래가 어찌 반드시 순임금 때의 갱재(賡載)라야 하겠는가? 다만 성정을 떠나지 않으면 되는 것이다. 시는 風雅 이래로 시대를 내려오면서 나날이 옛것과 멀어졌고, 한위(漢魏) 이후로는 시를 배우는 자들이 다만 말을 꾸미는 데만 몰두하는 것을 해박하다고 여기고 경물(景物)을 아름답게 수놓는 것을 솜씨 있다고 여겨서, 심하게는 성률(聲律)을 까다로이 따지고 자구(字句)나 연마하는 법이 나오기에 이르렀으니, 그래서 성정(性情)은 숨었다. 이러한 폐단은 우리나라에 와서 더욱 심했다. 오직 가요의 한 가닥만이 우뚝히 풍인(風人)의 남긴 뜻에 거의 가까워서, 정으로부터 솟아나는 것을 우리말로써 표현하여 읊조리는 사이에 우연히 사람을 감동시킨다. 길거리의 노래에 이르러서는 강조(腔調)가 비록 바르게 다듬어지지 못하였으나 무릇 그 유일(愉佚), 원탄(怨歎), 창광(猖狂), 조망(粗莽)하는 모습과 태깔은 각기 자연의 진기(眞機)로부터 나온 것이다. -磨嶽老樵,『靑丘永言』後跋

위의 두 인용문은 각각 '사무사(思無邪)'와 '풍간(諷諫)'으로 대별되는 시가관을 대표적으로 드러내 보이는 글이다[68]. 전자의 입장은 시가 성정의 표현이며 따라서 풍교(風敎)의 도구가 된다는 주장이며, 이는 사람은 시를 읽음으로써 성정의 바름[性情之正]을 도모할 수 있다는 주장으로 이어진다. 이와는 달리 후자는 시가가 시대의 반영임을 인정하고 "자연의 진기"를 시의 요체로 파악한다. 자연의 진기란 일체의 인위적인 장식이나 조작이 가해지지 않은, 사람의 본원적 심성을 뜻하는 것이다(김홍규, 1982 : 161). 이 입장의 연장선에 서면 사설시조를 포함하여 인간의 자유

로운 정의 발산을 추구한 시조 작품들이 당대의 여러 비평에서 높은 가
치를 부여받은 이유를 알 수 있다.

그런데 이세보의 현실 비판 시조는 이 중 어느 곳에도 귀속되기 어려
운 면이 있다. '사무사'로 귀속되기 위해서는 인간의 성정을 바르게 할
수 있는 도덕론적 효용을 갖추었어야 하고, '풍간'으로 귀속되기 위해서
는 자유로운 '정(情)'의 감발이 있어야 했다. 전자의 논리로는 현실 순응
적이고 교훈적인 내용의 전달과 감화가, 후자의 논리로는 개인적 서정의
세계에 대한 몰입이 시조 본연의 임무였으나, 이세보는 개인의 내면 세
계를 벗어나 사회적인 현실에 눈을 돌린 동시에 그 현실을 비판적으로
바라보았던 것이다. 이런 점에서 이세보는 시학의 한 계보를 새롭게 창
출한 것으로 이해할 수 있다.

아무래도 음악성을 강하게 동반할 때 현실 비판의식이 시로 형상화되
기란 쉽지 않다(나정순, 1988 : 162). 판소리에서는 노래를 통해 통렬한 비
판을 실행하는 경우가 흔하지만, 이 경우는 '풍자'라는 놀이의 한 방식
이 대상의 희화화에 결정적으로 기여할 수 있기 때문에 가능한 것이다.
그러나 풍자의 태도가 사라졌거나 있다고 하더라도 미미한 경우, 다시
말해서 현실을 비판하는 방식이 더 직접적이고 그 태도가 진지할 경우
에는 노래가 적절한 그릇이 되기 어렵다는 것이다. 이는 조선조 후기 문
학의 현실주의적 경향이 시조에서보다는 여타의 장르, 즉 한문학이나 산
문 문학에서 더 융성할 수밖에 없었던 사정을 짐작케 해준다(진재교, 1995
참조).

한편 개화기 문학이 활자화된 독서물이라는 점도 현실 비판적 태도와
무관하지 않다. 구술적인 말하기에서 '씌어진 말하기'의 이행은 본질적
으로 청각에서 시각 공간으로의 이행이다. 구술적인 말하기란 언제나 연
행을 전제로 성립하게 마련이고 따라서 거기에는 상호작용적인 성격이

강할 수밖에 없다. 구술적인 말하기가 주로 개인적인 내면 세계에 침잠하거나, 현실에 관심을 갖는다 하더라도 그것이 놀이적 태도인 풍자의 방식을 취하는 것은 청자와의 유대감과 공감을 염두에 둔 결과로 보인다. 그러나 인쇄된 텍스트에는 음성적 자질을 부분적으로 실현하기가 어렵다. 다만 구두 표기가 음성적 자질을 실현할 뿐이지만, 그것은 흔적에 지나지 않는다. 따라서 쓰는 사람의 입장에서는 연행되는 상황에 의존하는 정도가 미약해질 것이고, 그 결과 시적 대상과의 거리두기를 가능하게 된다. 인쇄는 이처럼 구술적인 말하기보다 대상을 더 객관적으로 볼 수 있는 계기를 마련해 주는 것으로 볼 수 있다.

활자화된 독서물로서의 개화기 시조가 현실 비판적 태도의 형성과는 또 다른 차원에서 문학의 근대적 성격을 정향지었다는 점은 새삼스럽게 주목할 필요가 있다. 인쇄는 폐쇄의 감각을 부추긴다. 즉 텍스트 속에서 발견되는 것이 어떤 식으로든 마무리되고 어떤 완성의 상태에 이르게 된다는 감각을 부추기는 것이다. 이 감각은 문학 창작뿐만 아니라 분석적·철학적 저작이나 과학적 저작에도 영향을 준다. 인쇄는 텍스트가 자기 자신 이외의 어느 것과도 관련성을 갖지 않는, 말하자면 그 자체로 만족스러운 것, 완전한 것으로 제시한다. 인쇄된 텍스트는 저자의 말을 결정적인 혹은 최종적인 형태로 나타낸다. 그리하여 인쇄는 한층 더 견고하게 폐쇄된 언어 예술의 형태를 만들어낸다. 문학 이론에서 인쇄는 궁극적으로 언어로 된 각 예술 작품이 그 자체의 세계 속에 갇혀져 있다는 확신으로 해서 형식주의와 신비평을 낳았다. 인쇄 문화는 ‘독자성’과 ‘창조성’이라는 낭만주의적 개념을 낳았다. 같은 맥락에서 ‘표절’의 문제도 제기하였다(월터 J. 옹, 이기우·임명진 역, 1995 : 199-202). 개화기 문학이 이러한 인쇄 문화적 특성을 완전히 실현한 것은 아니지만[69], 식민지 시대를 거치면서 형성된 우리 근대 문학의 한 계기인 것만은 분명하다. 이 점 개화기 문학의 문학사적 의의로 크게 강조될 필요가 있다.

이상의 논의를 통해서 개화기 시조, 특히 대한매일신보 소재의 시조는 '노래'라는 전통적 영역은 창가를 비롯한 동시대 다른 장르의 소관으로 넘기면서[70] '문학'이라는 독서물의 영역을 고수한 것으로 결론지을 수 있다[71]. 여기에서 우리는 서두에서 제기한 문제, 즉 개화기 시조를 독립적인 하나의 장르로 인정할 수 있을 것인가 하는 질문에 답할 수 있게 되었다. 요컨대 개화기 시조는 개화기라는 시대적 특수성에 대응하여 이전의 시조의 존재 조건과 구별되는 새로운 존재 조건 속에서 고유한 시학을 성취하고 있는 점에서 일단 독립적인 장르로 인정할 수 있을 것이다.

4. 문학교육에 주는 시사

이상에서 이 글은 개화기 시조가 현실 비판적 태도를 가진 시문학이었음을 밝혔다. 이러한 규정 속에는 더 이상 시조가 시가가 아니라는 의미가 포함되어 있다. 개화기 시조는 독서물이었으며 활자화된 인쇄물인 것이다. 이러한 성격은 개화기 시조뿐만 아니라 신문이라는 매체를 통해 소통된 개화기 문학 전반에 해당하는 것이다. 다만 애국가나 독립가 등의 창가는 서양식 곡조의 도입으로 부르는 문학으로 존재했을 것이다. 개화기 시조는 '부르기'의 영역을 새롭게 생성된 이러한 장르에 넘기고, '읽기'의 영역으로 자신의 존재를 이전시켜 간 것이다.

이러한 문학사적 사실은 문학교육의 현장에서 그리 중요하게 취급되지 못하고 있는 듯하다. 고전문학, 특히 조선조 문학을 교육하는 국면에서 그 연상의 관습성과 자동성에 주목한 결과, 문학으로서의 가치를 폄

하하는 예는 흔하다. 그리고 이러한 태도는 황진이의 시조로 대표되는 참신성과 독창성에 대한 주목으로 이어진다. 그러나 구술문화적 전통에서 황진이의 시조는 오히려 예외적인 경우에 불과하다는 점을 망각하곤 한다. 그 시대에는 작품의 상호텍스트성이 매우 자연스러운 일이었고, 구두로 유포되었던 공통어구나 테마를 차용·공유함으로써 다른 텍스트로부터 새로운 텍스트를 만들어냈던 것이다.

물론 문학에서 독창성이나 참신성 등의 미덕은 아무리 강조해도 지나치지 않다. 그러나 그것이 문학적 관습에 대한 평가 절하로 곧바로 이어져서는 곤란한 것이다. 특히 시조의 경우 원본과 파생본의 정체는 모호하고, 작품마다 동일한 어구나 상투어가 빈번히 등장한다. 이러한 점을 들어 시조를 상투적인 관습에 매몰된 몰개성의 장르로 폄하할 수는 없다. 그것은 시조가 애초에 관습시로서 존재했다는 점을 망각한 결과이기 때문이다. 교육의 국면에서 중요시되어야 할 점은 바로 시조가 왜 관습시로 존재했던가 하는 질문을 이끌어내고 이에 답할 수 있도록 하는 것이다. 또한 시조가 같은 작품이라도 전하는 문헌마다 약간씩 표기를 달리하는 현상에 대해서도 마찬가지의 관점이 적용될 수 있다. 그것은 시조가 연행된 문학이라는 점, 실재하는 청자에게 들려주거나 적어도 실재 청자를 상정한 문학이라는 점을 고려해야 한다는 당위를 알려주고 있는 것이다.

같은 맥락에서 현대문학을 교육하는 장면에서도 이러한 점은 끊임없이 상기될 필요가 있다. 우리가 노래와 시가 분리된 세계 속에서 살아간다는 사실을 상기한다는 것은 새삼스럽다. 노래를 잃어버린 시는 청자가 아닌 독자를 상정할 수밖에 없는 것이고, 이러한 조건은 직접적인 소통이 아닌 책을 매개로 한 간접적인 소통을 야기했고, 즉각적인 공감의 실현이 아닌 시인과 작품에 대한 신비화를 초래하기 쉬웠던 것이다. 비유컨대 화자와 청자의 관계망 속에서 성립되는 노래가 '레고Lego' 조립 장난감에 가깝다면, 작가와 독자의 관계망 속에 존재하는 시는 '키트kit'와 닮은 것이다. 레고 조립 장난감은 온갖 종류의 형태들을 만들 수 있는 반면에, 키트는 조립상의 어떠한 자유도 주어지지 않고 최소한의 실수도 치명적인 것이 되고 마는 것이다[72].

또한 문학의 독창성과 개성이라는 개념이 존재 조건상의 근대적 특수성에 기인한다는 점은 특히 강조되어야 하며, 그것이 근대적 개아(個我) 의식과 무관하지 않다는 점도 각인되어야 할 것이다. 월터 옹의 지적대로 현대에 들어와서 상호텍스트성을 말하는 여러 이론들이 낭만적인 인쇄문화의 고립주의적 미학을 공격했을 때, 그것이 충격으로 받아들여진 것은 일종의 아이러니라 하겠다.

제5장

〈관동별곡〉의 교재사적 맥락
- 고전시가의 교재론적 구도 -

1. 〈관동별곡〉의 수용사와 국어 교과서

송강 정철(鄭澈, 1536~1593)의 <관동별곡>은 그의 여타 작품들과 함께 생존 당대에서부터 조선시대가 종말을 고할 때까지 약 300년의 세월 동안 우리 문학사에서 가장 지속적이면서도 가장 폭넓게 향유된 시가이다. '동방의 이소(離騷)'라 했던 김만중(金萬重, 1637~1692)의 찬사와 '狀物之妙 造語之奇'라 했던 홍만종(洪萬宗, 1643~1725)의 평어가 대표하는 <관동별곡>의 문학적 우수성은, 일상적인 구술 향유와 함께 몇 차례에 걸친 한역의 이유를 충분히 말해준다 할 것이다.73)

뿐만 아니라, 근대 공교육이 시행된 이후 몇 차례에 걸친 교육과정의 개편과 교과서의 편찬 과정에서도 <관동별곡>은 가장 줄기차게 선택된 레퍼토리로서, 국정 교과서에서 부동의 고전으로 군림하고 있는 작품이다. 그렇다면 <관동별곡>의 수용사는 19세기로 마무리되는 것이 아니라 20세기를 거쳐 21세기까지 지속된다고 보는 것이 마땅하다.

그런 면에서 <관동별곡>은 문학교육의 목표, 혹은 범위를 더 넓혀 국어교육의 목표를 기준으로 한 모델 중에서 문화의 계승을 추구하는 '문화 모델'에 가장 잘 부합하는 작품이라 할 것이다. 이 모델에서는 누대에 걸쳐 전승되면서 살아남은 문화유산은 곧 그 자체로 검증된 교육적 가치를 가진 고급 문화로 승인한다. 학생들에게 문학을 가르치는 것은 곧 한 개인이 그가 속한 문화에 대한 지식을 익히고, 이 지식이 한 개인에게 전통에 대한 감각과 문화 유산을 제공해 주고, 자신의 문화 내적 위치를 제시해 주며, 전통으로부터 배우고 그 전통의 장단점을 이해할 수 있는 능력을 제공해 준다고 보는 입장에 서 있다(John F. Ennis, 1994). 그 결과는 한 공동체에 속한 구성원들이 문학 작품에 대한 지식을 통해 상호간의 동질성을 확인하게 되고 유대감을 형성하는 것으로 나타나게 될 것이다. 특히 지속적인 문화적 배경의 변화에도 불구하고 문화유산인 문학의 공유를 통해 세대 간 간극도 좁혀질 것이다. <관동별곡>은 이 점에서, 세세한 감수성의 차이에도 불구하고 세대를 초월한 공동의 문화적 유산임이 분명하다. 만일 우리에게 세대를 초월하여 함께 공유할 만한 문화유산으로서 <관동별곡>과 같은 고전적 작품이 없었다면, 우리의 국어교육사는 물론 문화사 자체도 그만큼 빈곤하고 건조해졌을 것으로 보인다.

필자는 김병국(1972)에 밝힌 대로, 이 작품을 '실증적 문필'이 아니라 '인간 생명의 보편적 역정(歷程)에 대한 내적 체험의 기록'으로 접근한다면, 그 공감의 보편성은 충분하리라고 본다. 따라서 <관동별곡>이 과연 세대를 초월하여 공유될 만한 작품성을 지니고 있는가에 대한 회의는 없다. 대신에 이제 <관동별곡>이 고전은 고전이되, 교육과정의 변천에 따라 구성된 국어교과서에서 어떤 모습으로 학습자들에게 제시되었는가를 실증적으로 살펴보고자 한다.

이 과정에서 해결해 보고자 하는 문제는 다음과 같이 정리된다. 하나는 문학 교재사적 맥락에서, 각 시기별로 <관동별곡>의 무엇에 주목했는가 하는 점이다. <관동별곡>이 문학 작품인 한, 이에 대한 접근법은 고정된 어느 하나일 수 없다. 그것은 경우에 따라 사실적인 여정을 기록한 역사적 실체일 수도 있고, 모국어의 섬세한 결을 드러낸 언어예술일 수도 있다. 또한 충신이 군주를 연모하는 노래일 수도 있고, 인간의 갈등이 해소에 이르는 과정을 보여주는 시일 수도 있다. 이에 따라 교재를 구성한 주체들이 학습자에게 요구하는 것은 여정의 확인일 수도, 우수한 문학적 표현의 전범에 대한 승인일 수도 있으며, 주제 의식에 대한 공감일 수도, 갈등하는 인간이라는 유적 보편성의 자기화일 수도 있다. 이를 교재사적으로 검토하는 것은 곧 우리 문학교육사의 한 단면을 고스란히 보여주는 일이 될 것이다.

다음으로 관심을 두고 있는 것은, 주기적으로 이루어지는 교재 편찬에서 학습 활동의 내용으로서 문학 작품의 무엇을 어떻게 제시할 것인가에 대한 답을 얻는 일이다. 역사에 대한 모든 관심이 그러하듯이, 이 글 또한 교재에 대한 사적 검토를 통해 이후 우리가 수행하게 될 교재 구성 작업에 시사 받을 수 있는 점이 무엇인지를 알아보고자 하는 것이다. 한편 문학교육의 패러다임이 지속적으로 변화해 오는 것은 당연한 일이다. 그러나 그 과정에서 우리는 새로 생성된 요소에만 주목하면서 과거에 소중하게 여겨왔던 어떤 요소를 너무 쉽게 타기해 버린 것은 아닌가 하고 성찰해 볼 필요도 있다. 달리 말해, 특정 문학 제재의 교재 수록 양상에 대한 통시적 고찰 결과를 공시적인 축에 투사시켜 보겠다는 것이다.

국어교육이라는 연구 영역에서 교재사에 대한 관심은 근래에 수행된 조직적인 연구를 통해 비교적 활발하게 표출된 바 있다.74) 그런데 이들 연구는 실증에 치우치면서 일관되고 체계적인 분석과 해석의 틀을 확고하게 정립하지는 못한 것으로 보인다. 동시에 학습 활동을 학습 목표로 재단하고, 학습 목표는 다시 교육과정의 세부 항목으로 설명해내는 등 목표와 내용 간의 유기적인 관계에 초점을 둔, 비유컨대 '구조론적 방법'을 취함으로써, 필연적으로 순환론적 논리로 귀결되는 듯한 경향도 보여준다. 더욱이 교재의 전모를 소개하는 데 내용이 할애되면서 내적 연관마저도 면밀하게 밝혀내지 못한 것으로 보인다. 그럼에도 불구하고 이들 일련의 연구들이 과거의 교재를 실증적인, 그리고 한편으로는 통계적인 방법을 통해 교재에 수록된 제재의 역사적 실상을 드러낸 것은 매우 소중한 성과라 할 수 있다.

이 글에서는 이들 선행 연구의 성과를 이어받되, 국어교육의 내용 범주를 원용하여 분석의 틀을 설정함으로써 체계성을 도모하고자 한다. 교육과정은 통상적으로 목표와 내용, 방법을 두루 아우르고 있지만, 그 핵심은 교수-학습의 내용을 규정하는 것이고, 이는 다시 교재로 구체화된다. 교재는 '전개된 교육과정'을 가장 가시적으로 보여주는 것이다. 따라서 교재에 대한 접근법으로 내용 범주를 동원하는 것은 필연적이다.

국어교육의 내용 범주는 김대행(2003)에 의해 체계화된 지식, 경험, 수행, 태도의 네 가지를 수용하기로 한다. 이 중에서 중핵은 지식 범주와 경험 범주이다. <관동별곡>을 정전화된 문학 작품으로 접근할 경우, 지식은 다시 텍스트적 지식, 콘텍스트적 지식, 메타텍스트적 지식으로 구분될 수 있다(류수열, 2006b). 한편 경험 범주에는 문학의 내용 요소가 중심이 된다(류수열, 2006a).75) 여기에 더하여 문학관과 국어교육관의 패러다임을 주요한 준거로 삼을 것이다. 그리하여 각 시기별 교재의 단원 학습 목표와 학습 활동이 변이해 가는 양상을 이러한 범주 구분과 관점 변화를 염두에 두면서 정리하는 절차를 밟아 나가기로 하겠다.

2. 1차~7차 교과서의 〈관동별곡〉 수록 양상

1차에서 7차 교육과정의 변천에 따라 편찬된 교과서의 서지 사항은 다음과 같다.

교육과정 차수	서지 사항(간행 연도는 초판 발행 기준)	교육과정의 영역 구분
1차(1955~)	문교부, 고등학교 『국어』 Ⅲ, 대한교과서주식회사, 4287(단기)	4 영역 : 말하기, 듣기, 읽기, 쓰기
2차(1963~)	문교부, 인문계 고등학교 『국어』 Ⅲ, 대한교과서주식회사, 1968 문교부, 실업계 고등학교 『국어』 Ⅲ, 대한교과서주식회사, 1968	〃
3차(1973~)	문교부, 인문계 고등학교 『국어』 3, 대한교과서주식회사, 1975 문교부, 실업계 고등학교 『국어』 3, 대한교과서주식회사, 1975	4영역 : 말하기, 듣기, 읽기, 쓰기(글짓기, 글씨쓰기)
4차(1981~)	문교부, 한국교육개발원 편, 고등학교 『국어』 3, 대한교과서주식회사, 1986	3영역 : 표현·이해, 언어, 문학
5차(1987~)	교육부, 서울대학교 사범대학 1종 도서 연구 개발 위원회 편, 고등학교 『국어』 (하), 대한교과서주식회사, 1990	6영역 : 말하기, 듣기, 읽기, 쓰기, 언어, 문학
6차(1992~)	교육부, 서울대학교 사범대학 국어교육연구소 편, 고등학교 『국어』 (상), 대한교과서주식회사, 1996	〃

7차(1997~)	교육인적자원부, 서울대학교 사범대학 국어교육연구소 편, 고등학교『국어』(하), (주)두산, 2002	〃

※ 교육과정 차수의 연도는 처음 공포된 시점을 가리킴. 각 학교급별 시행 시기는 차이가 있음.

위 표에서 확인할 수 있듯이, 1차~3차 시기에는 편찬자가 별도로 표시되지 않았고, 4차는 한국교육개발원이, 5차 이후에는 서울대학교 사범대학 교수진을 중심으로 편찬 주체가 구성되어 왔다. 이는 동 대학에 대학원 과정이 개설되던 때를 전후하여 국어교육의 학문적 기초가 수립되던 상황적 맥락 속에서 이해되는 사항이다.

특기할 만한 사항으로는 2차와 3차 시기에 인문계와 실업계의 교과서가 별도로 편찬되었다는 점을 들 수 있다. 소속 단원이나 학습 활동의 항목에서 다른 점이 발견되므로, 이 점에 대해서도 주목해 둘 필요가 있다.

2.1. 소속 단원 및 독서 단서

먼저 각 시기별로 <관동별곡>이 소속된 단원을 개괄해 보기로 한다. 개별 문학 작품의 소속 단원은, 작품이 지니는 교육적 의의 중에서 어떠한 국면이 주목받았는가를 말해 주는 확고한 지남(指南)이다. 달리 말해 소속 단원은 개별 작품의 위상이나 정체성을 규정하는 역할을 하는 것이다.

경우에 따라 그것은 '단원의 길잡이'나 '학습 목표' 등 독서의 단서나 접근 방법을 안내하는 글에서 명시적으로 드러나기도 하지만, 어떠한 안내도 생략된 채 독립적으로 제시될 경우에는 단원의 명칭을 통해 짐작해 볼 수밖에 없다. 또한 동일 단원에 수록된 여타의 글도 작품의 정체성에 대한 간접적인 암시를 주므로 함께 밝혀 둔다. 단, 이 글에서는 장

황함을 덜기 위해 필요한 사항만을 간단하게 축약해서 제시하겠다.

교육과정 차수	소속 단원명	제시된 독서 단서	동일 단원 수록 작품
1차	우리의 고전 문학	없음	춘향전, 태평사, 상춘곡, 정과정
2차	[인문]고전 문학의 감상	〃	춘향전, 상춘곡, 정과정
	[실업]고전의 이해	〃	춘향전, 상춘곡, 정과정
3차	[인문]고전의 세계	〃	정과정, 춘향전, 학문(베이컨)
	[실업]고전의 이해	〃	춘향전, 정과정
4차	시가	-고전의 개념과 기능 -가사의 발달 과정 개괄	용비어천가, 두시 언해
5차	노래와 삶	-노래의 기능에 대한 소개 -노래에 담긴 삶의 모습과 정서, 공감의 요소 찾기 유도	제망매가, 청산별 곡, 유산가, 춘향가
6차	작자, 작품, 독자	-개성적·보편적 존재인 작자와 독자가 작품의 창작과 이해· 감상에 어떤 작용을 하게 되는 가를 아는 것을 목표로 설정	광야, 삼대, 춘향전, 안민가
7차	감동을 주는 언어	-상황에 따른 적절하고 가치 있 는 내용 생성의 의의 -문학의 아름다움의 범주와 가치 가 무엇인지를 아는 것을 목표 로 설정	간디의 물레 (김종철, 논설)

이 표를 통해 확인할 수 있듯이, <관동별곡>은 <춘향전> 및 <춘향가>과 함께 적어도 5차까지는 '고전(classic)'의 양대 산맥으로 자리하

고 있다.76) 특히 1차~3차 시기에는 단원명 자체가 '고전'을 포함하고 있을 뿐만 아니라 3차 인문계에서 베이컨의 논설이 같은 단원에 나란히 배치되어 있다는 점, 4차에서는 단원명에서 '고전'이 생략된 대신 독서 단서에서 '고전'의 개념을 별도로 밝히고 있다는 점에서, <관동별곡>이 가장 뚜렷한 고전의 봉우리로 규정되고 있었던 사정을 확인할 수 있다. 또한 5차의 단원명에는 '노래'라는 장르 개념이 들어가 있어 초점이 이동되는 조짐을 보여준다.77) 그렇기는 해도 이전 시기와 거의 같은 맥락에서 여전히 '고전'으로서의 위상은 존중되고 있었던 것으로 보인다. 동일 단원에 수록된 다른 작품들이 모두 '노래' 장르에 귀속되는 작품들이면서, 동시에 근대 이전에 노래로 생산되고 향유된 '시가' 작품들이기 때문이다. 즉, '고전'이라는 명시적 규정은 없지만, 전체 구도를 참조하면 '노래'라는 단원명의 내포는 결국 '고전 시가'임을 알 수 있는 것이다.

이에 비해 6차와 7차 시기에는 문학 작품을 언어 활동 일반의 층위에서 접근하는 방향으로 변화하는 양상을 보여준다. 6차에서는 '작자-작품-독자'라는 소통 구조를 단원명으로 내세움으로써, 문학을 의사소통의 일반적인 구도에 배치한다는 뜻을 비교적 분명하게 밝히고 있다. 7차에서는 미적 범주에 대한 이해를 목표로 설정하면서도, 한편으로는 교육과정의 내용 체계 중에서 말하기 및 쓰기 영역의 원리 범주에 속하는 '내용 생성' 단계를 염두에 두고 있음을 알 수 있다. 이는 문학을 언어 능력 향상이라는 국어교육의 일반적 목표의 구도 속에 배치한 결과라 하겠다.

2.2. 학습 활동

1차에서 7차에 이르는 시기에 <관동별곡>이 제재인 소단원의 학습 활동 항목은 다음과 같다. 여기에서도 학습 활동의 전모를 그대로 제시하지 않고 주요 학습 요소만을 간추려 제시하기로 하겠다.

교육 과정기 (항목 수)	학습 활동 명칭	학습 활동 요소
1차 (4)	익힘 문제	1. 문맥에서 여정 확인하기 2. 지도 펴 놓고 여정 확인하기 3. 〈사미인곡〉의 짜임새와 필치와 비교하기 4. '정 송강과 국문학'(정인보) 단원 읽은 후 다시 읽기
2차 (3/6)	[인문] 익힘 문제	1. 문맥에서 여정 확인하기 2. 지도 펴 놓고 여정 확인하기 3. 〈사미인곡〉의 짜임새와 필치와 비교하기
	[실업] 익힘 문제	1. 문맥에서 여정 확인하기 2. 지도 펴 놓고 여정 확인하기 3. 짜임새와 필치에 대해 설명하기 4. 송강의 모든 가사 작품에 대해 설명하기 5. 임금을 그리워하는 정이 어려 있는 곳 찾기 6. 안축의 〈관동별곡〉과의 비교(제작 연대, 표기법, 문학의 　형태, 내용, 수록된 문헌)
3차 (5/5)	[인문] 공부할 문제	1-1. 형식적 특징 알기 2-1. 문맥에서 여정 확인하기 2-2. 목민자로서의 뜻이 나타난 곳 찾기 2-3. 멋진 비유라고 생각되는 곳 찾기 3-1. 국토에 대한 애정에 관해 생각하기
	[실업] 익힘 문제	2차 [실업]과 동일하되, 6번 항목은 제외
4차 (10)	학습 문제 (대단원)	1-3. 다음 사항 설명하기 　(1) 가사의 발달 과정, (2) 작품의 국문학사상의 위치

		2-4. 작품에 대해 다음 사항 알아보기 (1) 제작 연대와 표기상의 특징, (2) 여정과 구성, (3) 형식과 운율, (4) 수사, (5) 자연 및 인생에 대한 작자의 태도, (6) 내포된 사상, (7) 고사와의 조화 3-3. 〈상춘곡〉과 비교하여 독후감 쓰기
5차 (7)	학습 활동	1. 훌륭한 표현 찾아 그 이유 밝히기 2. 산과 바다의 경치를 보고 떠오른 생각들과 관련하여 (1) 산과 바다의 경치를 보고 떠오른 생각들의 공통점 찾기 (2) 산과 바다의 이미지의 전개상 구실 알기 3. 인간의 심리적 양면성과 관련하여 (1) 심리적 양면성에서 비롯되는 갈등의 해소 방식 찾기 (2) 갈등의 해소라는 측면에서 문학의 효용 생각해 보기 4. 작품이 기행문 이상의 감동을 주는 까닭 찾기 5. 경치를 노래한 다른 가사와 비교하여 특색 알기
6차 (11)	학습 활동 (도움말 별도 제시됨)	1. 노래의 표현을 중심으로 (1) 훌륭한 표현 찾아 이유 밝히기 (2) '노래' 장르의 작품에서 표현이 쉽게 외워지는 까닭 알기 2. 산의 경치와 관련 (1) 산의 주된 색채 이미지 정리하기 (2) 산의 색채 이미지를 정신 상태로 유추하여, 특성 알기 (3) 심리 상태와 몇몇 세부 구절과의 관계 파악하기 (4) 이러한 생각들과 위정자로서의 작자의 관계를 바탕으로 작자와 작품의 관계 설명하기 3. 바다의 경치와 관련 (1) 바다를 묘사한 표현들에서 공통된 심리 상태 파악하기 (2) '仁者樂山 知者樂水'와 관련, 산과 바다에서 심리 상태가 다른 이유 추리하기 (3) 산과 바다에서의 심리 상태의 차이를 바탕으로, 화자와 작자의 관계 설명하기 4. 작품의 결말을 중심으로

		(1) 신하로서의 책임과 인간으로서의 욕구 사이의 갈등을 드러낸 표현 찾기 (2) 이러한 갈등 해결 방식이 동양적 전통으로 설명될 수 있겠는지 말해보기
7차 (11)	학습 활동 (텍스트의 중간 중간에 삽입)	(혼자 하기) 1. '됴궁王왕 大대 闕궐 터희 ~ 千천古고 興흥亡망을 아ᄂ다 몰ᄋᄂ다.'에서 날짐승인 '오작'에게 말을 건네는 행위가 자연과 인간의 어떤 관계를 바탕을 두고 있는가 말해 보기 (함께 하기) 2. 작품의 처음 ~ '形容도 그지업고 體톄勢세도 하도 할샤'에서 인간과 자연의 밀접한 관계를 표현한 대목 찾기 (함께 하기) '어와 녀여이고, 너 ᄀᆞ트니 ᄯᅩ 잇ᄂ가'에서 다음 사항에 대해 말하기 (1) '너'가 지칭하는 대상은? (2) '너'의 어떤 모습에 대한 표현인가? (3) '너'에 대한 '나'의 태도는? (4) 자연에 대해 '나'처럼 바라본 적이 있는가? (함께 하기) 1. '陰음崖애예 이온 플을 다 살와 내여ᄉ라.'를 중심으로 (1) 누가 무엇을 어떻게 하겠다는 뜻인지 말하기 (2) 이 구절의 앞부분('圓원通통골 ᄀᆞᄂ 길로 ~ 三삼日일雨우를 디련ᄂ다')에 나타난 자연에 대한 태도 파악하기 (3) (1)과 (2)를 종합하여 어떤 아름다움인지 파악하기 (혼자 하기) 2. '仙션槎사ᄅᆞᆯ 띄워 내여 ~ 丹단穴혈의 머므살가.'에서 알 수 있는 아름다움에 대해 글 쓰기

※ (   ) 속에 기재된 항목 수는 소항목을 기준으로 함

1~7차 교과서에 제시된 <관동별곡>의 학습 활동의 항목을 일단 양적으로 살펴보면, 대항목을 기준으로 했을 경우에는 편차가 거의 없으

나, 소항목을 기준으로 했을 경우에는 대체로 많아지는 경향을 보이고 있음을 알 수 있다. 특히 5차 이후에는 대항목과 소항목 사이의 위계가 매우 분명해지고 있다는 점을 확인할 수 있다.

한편 <관동별곡>의 학습 활동 구성의 초점은 2개의 뚜렷한 단층을 보여준다. 1~4차의 교과서가 작품의 내용을 확인하는 한편 서지를 비롯한 작품의 '실체'를 알도록 하는 데 초점을 맞추고 있다면, 5~6차 교과서에서는 산과 바다에 대한 화자의 태도를 바탕으로 인간 심리의 양면성에 주목하도록 유도하고 있다. 그리고 7차에서는 자연과 인간의 관계, 자연을 대하는 태도에 초점을 맞추고 있다.

이를 다시 지식과 경험을 중심으로 한 내용 범주를 동원하여 분류하면 변화의 경향성이 더욱 구체적으로 드러난다. 1~4차의 교과서에서는 텍스트의 내용 확인, 짜임과 필치, 형식적 특징, 작자의 태도, 주제 의식, 표현 등의 텍스트적 지식, 작자, 가사의 발달 과정 및 문학사적 위상 등의 콘텍스트적 지식, 비유 등의 메타텍스트적 지식이 두루 안배되어 있으면서, 동시에 '임금을 그리워하는 정'이나 '국토에 대한 애정'과 같은 경험적 요소에도 학습 활동을 부분적이나마 배려하고 있는 데서 알 수 있듯이, 그야말로 전방위적인 접근을 도모하고 있다. 그러다가 5차 교과서에서는 산과 바다에 대한 화자의 태도를 축으로 하는 갈등이라는 텍스트적 지식 및 내용 요소에 대한 경험이 주를 이루었고, 6차에서는 여기에 화자와 작자의 관계 파악을 유도하는 소통론적 관점이 부가된다. 그리고 7차에서는 작품의 전체적인 구성이나 전개보다는 세부적인 특정 구절을 중심으로 자연과 인간의 관계, 자연을 대하는 태도를 파악하도록 함으로써, 교수-학습 활동의 초점화 경향이 뚜렷하게 나타난다.

3. 〈관동별곡〉의 교재사적 맥락

이제 〈관동별곡〉의 교재 수록 양상을 사적으로 맥락화해 보기로 하겠다. 양상 자체에서 변화 추이를 어느 정도 감지할 수 있긴 하지만, 이를 구체적인 틀에 맞추어 재단해 봄으로써 〈관동별곡〉의 교재론적 구도를 체계적으로 파악할 수 있을 것이다. 이를 위해서는 분석의 준거가 요구되는 바, 여기에서는 문학관과 국어교육관을 커다란 준거로 활용하기로 한다.

3.1. 문학에 대한 관점의 변화

문학관이 문제가 되는 근본적인 이유는, 문학의 개념이 다면적이고 입체적이어서 단일한 정의가 통용되기 어렵기 때문이다. 문학은 관점에 따라 언어를 매체로 한 하나의 자료인가 하면 정교하게 빚어진 예술 작품이기도 하다. 그런가 하면 삶의 방식을 담은 역사적 기록이자 세련된 지적 유산이기도 하며, 창조적 언어 표현의 보고이기도 하다. 이러한 문학관은 결국 개별 작품의 가치를 밝히는 데에 결정적으로 영향을 미친다. 특정 작품이 무엇 때문에 가치가 있는가 하는 문제는 결국 문학을 무엇으로 보는가 하는 일반적인 관점의 문제가 구체화되고 실제화된 것이기 때문이다.

먼저 일반적인 차원의 문학관에 주목하기로 한다. 하나의 문학 작품을 교재로 구성하는 과정에서 문학관이 문제가 되는 것은, 문학에 대해 어떤 관점을 취하느냐에 따라 학습자들이 문학에 접근하는 통로가 달라지기 때문이다. 여기에서는 문학관을 실체 중심의 문학관, 속성 중심의 문학관, 활동 중심의 문학관으로 구별하는 방식(김대행 외, 2000 : 10-20)을 동원하기로 한다. 물론 이들 문학관은 얼마든지 겹쳐지고 혼합될 수 있으므로 분명한 경계선을 가진 것으로 보기는 어렵다.

이에 따르면, 실체 중심의 문학관에서는 작가와 작품을 문학사적 맥락에서 역사적 실체로 인식하거나, 작품을 장르적으로 접근하며, 문학과 비문학 사이에 분명한 경계선을 긋는다. 속성 중심의 문학관에서는 어원에 근거하여 문학의 본질을 설명하거나 문학의 요소와 맥락을 분석해 보임으로써 문학을 설명한다. 율격이나 이미지는 시의 요소이고, 인물이나 플롯은 이야기의 요소이며, 문학의 생성과 향수에 관여하는 요인이나 문학에서 보아야 하고 알아내야 할 것이 무엇인가에 대한 관심은 맥락이다. 활동 중심의 문학관에서는 문학을 언어 활동 중의 하나로 보면서 상상력을 통한 창조 행위로 간주한다. 이 관점에서는 이해라는 수렴적 활동과 표현이라는 발산적 활동을 강조하며, 이해, 감상, 표현 등의 행위적 개념으로 문학을 설명한다.

이러한 구별법을 기준으로 삼아 <관동별곡>의 교재사적 변이를 살펴보면, 1~4차에서는 실체 중심의 문학관이 절대적으로 작용하고 있는 가운데, 3차에서부터 속성 중심의 문학관이 부분적으로 부가되는 경향이 있음을 알 수 있다. 송강의 <사미인곡>, 안축의 <관동별곡>, 정극인의 <상춘곡>과의 비교를 요청하는 학습 활동은 문학사적 맥락을 고려한 결과이며, 제작 연대, 표기법, 수록 문헌 등은 실체 중심 문학관에서 전형적으로 초점화되는 관심사이다. 여기에 3차 [인문] 2-3의 비유, 4차의 2-4 중 형식과 운율, 수사 등 속성 중심 문학관의 소산이라 할 만한 항목들이 부가되어 있는 것이다. 3차 이후에 속성 중심의 문학관이 부분적으로나마 작용하게 된 교육사적 배경은 '학문 중심 교육과정'의 등장이며, 학문적 배경은 신비평의 도입이 될 것이다. 1973년에 공포된

3차 교육과정은 전체적으로 '학문 중심 교육과정'을 표방하고 있는 바, 문학교육에서는 신비평적 개념들이 대거 수용된 점이 특징이었던 것이다.

이에 비해 5차 이후 7차에 이르는 기간의 교재는 이해 및 감상 위주로 학습 활동을 구성하고 있다. 이는 두드러진 변화라 할 수 있다. 5차와 6차에서는 작품의 실체에 대한 관심은 배제되어 있거나 주변부로 밀려나 있고, 산과 바다의 이미지와 이와 관련된 심리 상태를 파악하는 것이 주된 학습 활동이다.[78] 7차에서는 세부적인 구절을 중심으로 인간과 자연의 관계를 파악하고 이를 바탕으로 문학에 나타난 미적 자질을 알아보는 데 초점이 놓인다. 문학 작품에 대한 공감 혹은 문학이 주는 감동으로 학습 활동의 초점이 이동하고 있는 것이다. 교재를 이해 및 감상에 초점을 두고 구성했다는 것은, 곧 활동 중심의 문학관에 기반하고 있음을 말해준다. 비록 표현하기라는 행위적 개념은 생략되어 있다 하더라도, 인간의 갈등과 그 해소 과정을 작품의 요체로 삼아 이를 이해하고 감상하는 행위를 요구하고 있기 때문이다.[79] 그러면서도 '훌륭한 표현 찾기'(5~6차)나 '노래 장르의 작품이 쉽게 외워지는 까닭 알기'(6차), 아름다움과 관련된 학습 활동(7차)이 배치된 것은 비유나 대구, 운율, 미와 같은 문학의 속성에 대한 배려가 지속되었던 결과라 할 수 있을 것이다.

이상에서 논의한 대로, 1차에서 7차에 이르는 시기의 <관동별곡> 교재사는 실체 중심의 문학관이 압도적인 영향력을 행사해 오다가 속성 중심의 문학관이 여기에 부가되었고, 이것이 활동 중심의 문학관으로 대체되는 변천 과정을 보여준다.[80]

이제 일반적인 차원의 문학관이 구체화되고 실제화된 국면이라 할 수 있는 개별 문학 작품의 가치에 대한 관점으로 층위를 옮겨가기로 한다. 개별 문학 작품이 지닌 가치는 단일한 하나의 항목으로 규정될 수는 없다. 특히 고전으로 인정되어 온 작품일수록 다양한 접근 방법을 허락하는 법이다. <관동별곡>이 7차례에 걸친 수록 과정에서 여러 가지 접근의 통로를 개설했다는 것은, 거꾸로 <관동별곡>이 그만큼 다면적이고 다각적인 접근이 허여되는 고전임을 말해준다.[81]

앞 절에서 우리는 <관동별곡>이 1~4차에서는 역사적 실체로서 접근되었고, 5차 이후에는 이해와 감상의 대상으로 자리를 잡아가고 있음을 확인하였다. 이와 보조를 맞추어, 이 작품의 가치를 바라보는 관점의 층위에서는 언어적 형상화의 개별성에 대한 관심에서 그 형상이 표상하는 인간의 보편성에 대한 관심으로 중심이 이동하고 있음이 발견된다.

1차~4차에 이르는 시기에 <관동별곡>의 학습 활동에서 빠지지 않는 것은, 여정을 확인하는 것이다. 문맥을 따라 여정을 확인하기도 하고, 지도를 펴놓고 확인하기도 한다. 이는 국어과 교육과정상의 용어를 빌면, '내용 확인'에 해당되고, 이해력의 견지에서 보면 '사실적 이해'에 해당된다. 이는 일단 이 시기의 교재가 <관동별곡>이 그려내고 있는 실제 세계를 학습자들이 추체험하도록 하는 데 관심을 두고 있었음을 말해준다.

또한 1~2차에서는 '필치'에 대한 학습 활동 항목이 등장한다. 3차 [인문]에서는 '멋진 비유'를 찾는 활동을 요구하고 있으며, 4차에서는 형식이나 운율, 수사, 고사와의 조화에 대한 탐구를 요구하고 있는데, 이들 역시 '필치'를 대체하는 항목으로 보인다. '필치(筆致)'의 사전적인 의미는 '글을 쓰는 솜씨' 혹은 '글의 운치'인데, 이를 확인할 수 있는 단서는 곧 율문으로서의 문체적 분위기나 대구와 비유와 같은 수사적 특성일 것이기 때문이다. 이는 아마도 "狀物之妙 造語之奇"의 통시적 변이라 할 것이다. 미세한 차이에도 불구하고 1차에서 4차에 이르는 시기의 <관동별곡>은 이처럼 작품 자체의 아우라(aura)를 접하도록 하는 방향으로 학습 활동이 구성되어 있다고 하겠다.[82]

그런데 5차에서부터는 작품이 형상화하고 있는 구체적이고 개별적인 문제를 '인간' 일반의 수준으로 상승시키는 경향이 뚜렷하다. 이는 물론 문학의 보편적 공감의 원리를 바탕에 깔고 있는 기획의 소산이라 할 것이다. 뿐만 아니라 5차에서 '갈등의 해소라는 측면에서 문학의 효용'을 생각해 보라는 요구가 등장하고, 6차에서 갈등 해결 방식의 동양적 전통을 운위한 데서 알 수 있듯이, 개별 작품을 동양 전통 혹은 문학 보편의 수준으로 일반화하는 면모도 발견된다. 7차에서는 시적 화자의 경험에 대한 공유 여부를 묻는 질문도 포함되어 있어, 작품과 독자의 '관계 맺음'(조희정, 2005a)에 대한 배려가 더욱 두드러진다. 이러한 변화는 학생들의 '공감'을 이끌어내는 이해와 감상 활동이 학습 활동의 전면에 포진하는 결과로 나타난다. 이는 물론 실체 및 속성 중심의 문학관에서 활동 중심의 문학관으로 변화되는 경향과 맞물려 있다.83) 활동 중심의 문학관이 필연적으로 문학의 탈신비화를 동반하게 됨을 다시 한번 확인하게 된다.

한편 이 점은 한 편의 고전문학 작품을 이해하고 감상하는 일반적인 절차와 구조적인 상동성을 갖는다는 점에 주목할 필요가 있다. 김흥규(2002, 309-310)에서는 독자인 학습자가 고전문학 작품을 수용하는 단계를 다음과 같이 설정한 바 있다.

<1> 텍스트에 관한 서지적 이해, 판단
<2> 텍스트 언어의 해독
<3> 장르적 관습, 장치, 특성의 이해
<4> 작품과 관련된 사회적·문화적 요인, 환경 및 작자에 관한 이해
<5> 작품에 대한 느낌, 심미적 반응의 형성
<6> 작품 해석
<7> 작품에 대한 소감, 평가

여기에서 <1>~<4>는 모두 실체 중심의 문학관에서 관심을 기울

이는 사항들이다. 반면에 활동 중심의 문학관에서 관심을 갖는 것은 <5>~<7>의 항목들이다. 이 절차에서는 속성 중심의 문학관에서 중시되는 문학의 요소나 맥락에 대한 학습 활동을 별도로 설정하지 않았으나, 가사의 운율이나 이미지와 같은 요소, 작품이 말해주는 것이 무엇인가 하는 맥락은 기실 기본적인 학습 사항으로 남겨진 것일 수도 있다. 즉 '의도된 교육과정'은 아니어도 '전개된 교육과정'이거나 '실현된 교육과정'에 포함될 수 있는 것이다. 이렇게 보면, 고전문학 작품에 대한 학습자의 이해·감상 활동과 교육과정의 변천이 거의 동일한 과정을 밟아 왔다고 할 수 있다. 이런 점에서 진화론을 뒷받침했던 '개체 발생은 계통 발생을 반복한다'는 헤켈(E. H. Haeckel)의 명제가 여기에서도 확인되고 있다 하겠는데, 이는 비상하게 흥미로운 대목이다.

3.2. 국어 학습 및 교재에 대한 관점의 변화

국어교육학계에 스키마, 문식성 등의 학문적 개념이 도입된 것은 1987년에 공포된 제5차 교육과정기였다. 학생 중심, 과정 중심의 교수-학습을 표방함과 동시에 스키마로 대표되는 언어 교육 이론이 본격적으로 수용된 시기였던 것이다. 물론 이들 이론이 인지심리학이라는 특정 분야에 근거를 두고 있다 하더라도, 적어도 '의도된 교육과정'에 관한 국어교육관에 미친 영향은 매우 지대한 것이었다. 4차와 5차 사이에 국어교육사적 시대 구분의 경계선을 그을 수 있다면, 바로 이러한 동향 변화가 그 강력한 근거가 될 것이다.

5차 이전과 이후의 두드러진 차이는 국어 학습에 대한 관점에서 드러난다.[84] 먼저 텍스트 중심에서 독자 중심으로 교수-학습 활동의 초점이 이동한 점을 들 수 있다. <관동별곡>이라는 텍스트가 내재적으로 지니는 사실적 지식과 명제적 지식을 이해하도록 유도하는 교수-학습 활동 구성의 경향이, 그것이 독자에게 어떻게 의미화되는가 하는 점에 초점을 맞추는 경향으로 변해 간 것이다. 4차 이전의 학습 활동 항목이 대체로 정해진 답을 목표 지점으로 삼아 그것을 찾아내도록 하는 것이었다면, 5차에서부터는 학습자 스스로 답을 조직화해 내도록 하는 배려가 점점 두드러진다.

이러한 변화는 지식관의 변화와도 궤를 공유한다. 그것은 객관주의적 지식관에서 구성주의적 지식관으로의 변화이다. 객관주의에서는 지식이 인간의 경험과 무관하게 객관적으로 형성되고 객관적으로 존재한다고 본다. 구성주의에서는, 몇 가지 스펙트럼이 있긴 하지만, 대체로 지식이 인간의 경험을 바탕으로 내적으로 창출되고 사회적인 환경의 영향을 받아 변화한다고 본다(L. P. Steffe & J.Gale, 1995/조연주 외 역, 1997). 이 같은 구분에 따르면, 4차 교육과정기까지는 객관주의 지식관의 지배를 받아 사실지와 명제지의 습득에 기울어져 있었고, 5차 이후 구성주의적 지식관의 영향력이 점점 커져 가고 있음을 알 수 있다. 5차 이전에서는 학습자들이 알아내고 설명해야 할 대상들이 대체로 객관화된 사실이거나 명제였고, 5차 이후에서는 학습자들이 발견의 과정을 거쳐 탐구해야 할 과제로 주어진 것이다.[85]

다음으로 주목되는 것은 국어 교재에 대한 관점의 변화이다. 국어교재관의 변화는 필연적으로 학습 활동의 도출 근거와 학습 활동의 구성 방식에 변화를 초래하게 마련이다. 따라서 학습 활동의 세부적인 내용과 그 구성 방식이 변화되었다면, 마땅히 그 근저에 작용하는 국어교재관의 변화가 무엇인지를 알아내는 일이 요구된다.

학습활동 요소를 추출하는 방식을 기준으로 삼는 경우, 국어교재관의 변화는 단적으로 '텍스트 중심 교재관'에서 '목표 중심 교재관'으로의 변화라 할 수 있다. 이는 내용 중심에서 학습자 중심으로 변화된 국어교육관과 축을 공유하고 있다. 즉 텍스트 중심 교재관이 가르쳐야 할 텍스트가 먼저 확정되면, 거기에서 가르쳐야 할 내용과 목표를 설정하는 절차를 거치는 반면에, 목표 중심 교재관은 학습자들이 도달해야 할 목표를 먼저 설정하고 이를 위해 요구되는 수행 과제를 선정하고, 다시 여기에 맞는 텍스트를 포착해서 교재화하는 절차를 따르게 된다.[86]

그런데 이러한 변화의 축이 서 있는 지점은 4차와 5차 사이가 아니라, 6차와 7차 사이라는 점에 주목될 필요가 있다. 4차까지의 <관동별곡> 교재 구성은 굳이 부연 설명할 필요도 없지만, 산과 바다의 이미지를 중심으로 학습 활동이 구성된 5차와 6차의 경우에는 논란의 여지가 많기 때문이다. <관동별곡>을 기행의 여정을 사실적으로 기록한 문헌으로 보지 않고 인간심리의 역동적 드라마로 접근하는 독법을 따르는 한, 산과 바다의 이미지에 투사된 화자의 심리적 양면성은 빠뜨릴 수 없는 내용 요소이다. 우리가 <관동별곡>을 20세기 이후에도 고전으로 대접하는 이유도 여기에 있을 것이다. 그렇다면 이를 학습 활동으로 삼는 근본적인 이유도 결국 이것이 텍스트 자체의 핵심적인 자질이기 때문이라는 추론이 가능하다. 달리 말해 학습자가 도달해야 할 목표의 추출 근거가 발달 단계와 같은 학습자 변인이나 건전한 시민 양성이라는 사회적 요구에 있는 것이 아니다. 따라서 5차와 6차의 학습 활동은 텍스트 자체의 자질에서 비롯된 것일 뿐, 이를 학습자 중심 혹은 과정 중심 교육관의 소산으로 보기는 어려운 것이다.

이에 비해 7차에서는 인간과 자연의 관계를 주된 학습 활동 내용으로 삼되, '아름다움[美]'이라는 예술의 가치와 생태주의적 사유라고 하는 사회적 의제를 결합시키고 있다. 이는 텍스트 자체가 내재적으로 지니고 있는 핵심이라기보다는 작품 외적 맥락을 준거로 해서 도출된 학습 활동이라 할 수 있다. 특히 미적 범주에 대한 설명이 학습 활동을 위한 안내 삼아 나란히 제시되어 있음에 주목하면 이 점은 더욱 뚜렷해진다. 따라서 교재관을 텍스트 중심과 목표 중심으로 구별하는 기준에 의하면, 그 단층은 6차와 7차 사이에 위치하게 된다고 할 수 있겠다.

이와 관련하여 또 한 가지 주목되는 사항은, 같은 텍스트 중심이라 하더라도 4차 이전과 5차~6차의 학습 활동 요소 도출 방식에는 차이가 있다는 점이다. 즉 4차 이전에 작품의 전모를 두루 알게 하기 위하여 작품의 텍스트 및 콘텍스트와 관련된 여러 가지 항목들을 전방위적으로 동원하는 데 비해, 5차와 6차에서는 작품의 한 자질을 전면에 내세워 초점화를 시도하고 있는 것이다.

그런데 학습 활동의 구성 방식을 기준으로 삼으면, 변화의 경계는 다시 5차가 된다. 4차까지의 학습 활동은 대항목과 소항목으로 나누어진 경우를 포함하더라도 단편적 요소의 단순 병렬이다. 단순 병렬이기 때문에, 그것은 언제든지 순서가 역전되어도 하등의 문제는 없다. 그러나 5차 이후에는 대항목과 소항목 사이의 위계를 존중하는 한편, 대항목과 대항목 사이, 소항목과 소항목 사이의 선후 관계가 치밀한 계산 아래 조직되어 있음을 알 수 있다. 순서를 달리하면 혼란스러워지는 배치인 것이다. 요컨대 학습 활동 항목의 변화는 단편적 요소의 단순 병렬에서 단계적 경로의 설정으로 정리될 수 있다.[87]

한편 국어교육의 네 가지 범주를 기준으로 학습 활동을 분류해 보면, 지식 중심에서 경험 중심으로의 변화가 뚜렷이 감지된다. 지식 범주는 작품에 대한 사실적·명제적 지식으로서, 학습자들이 습득해야 할 앎의 항목이다. 경험은 언어로 형상화된, 혹은 언어가 표상하는 세계를 만나고 이해하고 감상하는 것이다. 이러한 구분을 적용하면, 5차 이후의 학습 활동이 학습자들로 하여금 작품 속의 세계에 들어가도록 배려하고 있다는 점에서, 경험 범주가 중심축을 이루고 있다고 평가할 수 있다.

다만 이 경우에도 4차까지의 학습 활동에서 경험이 전적으로 배제되거나 5차 이후에 지식이 전적으로 배제되는 것은 아니라는 점을 간과할 수 없다. 4차 이전의 학습 활동에서 '임금을 그리워하는 정이 어려 있는 곳'을 찾게 하거나 '국토에 대한 애정'에 관해 생각해 보라는 항목은 지식이 아니라 경험 범주에 귀속된다. 또한 앞에서 5차 이후의 학습 활동이 구성주의적 지식관에 의거하고 있음을 설명했거니와, 경험 범주가 그 중심축이라는 것은 지식에 기반한 혹은 연계된 경험임을 뜻한다. 특히 7차 교과서에서는 미적 범주에 대한 설명 등 학습 활동을 하는 데 필요한 핵심 단서가 제시되고 있는 바, 이는 지식을 토대로 경험을 심화시키고 확장시키려는 의도에서 나온 배려로 파악된다. 요컨대 경험 범주의 학습 활동은 5차 이전 내용을 확인하는 단순 경험에서 자신의 경험과 결부시키는 경험의 자기화로 변화된다고 할 수 있겠다.[88]

이상에서 논의한 바 <관동별곡>의 교재사적 맥락을 정리하면 다음과 같다.

<table>
<tr><td>사적 변화의 준거</td><td>1차</td><td>2차</td><td>3차</td><td>4차</td><td>5차</td><td>6차</td><td>7차</td></tr>
<tr><td rowspan="2">단원 배치의 근거</td><td colspan="3" rowspan="2">고전</td><td rowspan="2"></td><td colspan="2" rowspan="2">시가
(노래)</td><td colspan="2" rowspan="2">언어 활동 자료</td></tr>
<tr></tr>
<tr><td rowspan="2">지배적 문학관</td><td colspan="4">실체   중심</td><td colspan="3">활동 중심</td></tr>
<tr><td></td><td></td><td colspan="5">속성 중심</td></tr>
<tr><td>작품의 가치</td><td colspan="4">작품의 개별적 특수성</td><td colspan="3">문학적 공감의 보편성</td></tr>
<tr><td>학습관/지식관</td><td colspan="4">텍스트 중심/객관주의</td><td colspan="3">독자 중심/구성주의</td></tr>
</table>

단원 배치의 근거에서 4차 칸에는 시가가 배치된다.

학 습 활 동 구 성	준거	텍스트 중심		목표 중심
	초점화	작품의 전모에 대한 포괄적 이해 도모		특정 핵심 요소에 집중
	배치	단편적 요소의 단순 병렬		위계화·단계화를 통한 절차 제시
중심 내용 범주		지식 중심		경험 중심(태도 부가)

4. 교재론적 질문 몇 가지

이상에서 살펴본 바, <관동별곡>의 교재사적 맥락은 문학 일반의 층위와 <관동별곡>이라는 개별 작품의 층위, 그리고 국어교육 일반의 층위와 학습자 및 교재의 층위 등등에 입체적으로 작용하는 교육 공동체 구성원들의 관점 변화의 역사이기도 하다. 따라서 특정 시기의 교재 구성 방식을 두고 옳다 그르다 판단하는 것은 역사적 맥락에서는 부당한 일이 될 수 있다. 역사적 실체에 대한 평가는 역사적 맥락 속에서 당대적 상황이 고려되어야 마땅한 일이기 때문이다.

그런데 <관동별곡>의 교재사적 변이 과정이 곧 선택되고 배제되는 학습 요소의 변화 과정이라면, 이전 시기에 선택되었다가 현재 시점으로 오면서 배제된 학습 요소의 의의에 대해서도 충분히 관심을 가져야 할 필요가 있다. 더군다나 배제된 학습 요소가 그 자체의 결함이나 오류 때문이 아니라, 교육과정의 본질상 수반되는 의도성과 계획성의 결과라면 그 필요성은 더욱 커진다.

가령 1차~4차 시기 학습 활동의 대부분을 차지했던 작품의 실체에 대한 지식은 의미가 없는 것일까, 그것이 당대에는 의의를 지니고 있었고 지금은 타기되어야 할 지식인가 하는 의문을 가져볼 수 있다. 공동체의 문화적 유산의 공유, 공동체 구성원 간 동질성의 확보, 교양적 자질의 확충 등등의 의의는 현재로서는 무화되어야 하는가 하는 것이다. 그런가 하면 산과 바다의 이미지로 대변되는 화자의 심리적 갈등과 그 해소 방식은 또 어떻게 배려할 것인가 하는 문제도 여전히 남는다. 이것이 인간 보편의 심리적 갈등으로서 이 작품이 지닌 핵심적인 공감의 요소라면,[89) 이것을 배제한 채 이루어지는 <관동별곡> 읽기는 어떤 교육적 가치를 지니는가 하는 것이다.

물론 이 의문들을 해소할 수 있는 논리적 근거가 없는 것은 아니다. 우선 교육과정의 개념을 넓게 잡아보는 것이다. 즉 이들 의문이 어디까지나 의도된 교육과정에 초점을 맞추었을 때 일어나는 것이라는 점, 그래서 전개된 교육과정에서는 얼마든지 이들 요소를 교육 내용으로 안배할 수 있다는 논리를 들 수 있다. 이른바 영(零)의 교육과정(null curriculum)이나 잠재적 교육과정으로 실현된다는 것이다. 그러나 여전히 의문은 남는다. 전개된 교육과정이나 실현된 교육과정이 의식적이든 무의식적이든 의도된 교육과정의 자장을 넘어서는 일이 쉽지 않기 때문이다.

다음으로 교육과정의 한 속성으로서 위계화를 근거로 삼을 수 있다. 국민기본공통교육과정에서 다루어야 할 학습 내용과 심화 과정에서 다루어야 할 내용을 상호보완적 관계의 구도 아래 배치하면서 이러한 요소들이 심화된 단계의 심급으로 옮겨간다는 것이다. 그러나 문학 교재의 학습 내용 요소가 수학과에서처럼 분명한 위계를 가지기 어렵다는 점에서 위계화에 근거한 설명 또한 보편적 설득력을 가질 수는 없다. 이들 문제는 앞으로 탐구해야 할 과제로 남는다.

이 글은 기본적으로 국어 교재에서 부동의 레퍼토리로 자리하고 있는

<관동별곡>이 교육과정과 교과서의 변천에 따라 어떠한 위상으로 학습자들에게 제시되었는가를 사적으로 탐색한 결과의 기록이다. 이를 통해 확인할 수 있었던 사실 중의 하나는, <관동별곡>이 명실상부한 고전으로서 문학의 언어교육적 위상과 가치에 충분히 답하고 있다는 점이다. 인간의 삶의 한 단면을 압축적으로 그려낸 작품의 가치는 물론이거니와, 언어적 미감을 극대화했다는 점에서 표현론적 위상 또한 중차대한 비중을 가진다.

그러나 <관동별곡>에 대한 온전한 교재사적 맥락이 완성되기 위해서는 교육과정사 일반 층위, 더 넓게는 교육사와의 연관성, 동일 단원 여타 제재와의 관련성, 학술 담론의 수용 양상 등에 대한 고려가 동반되어야 한다. 그리고 제재의 가독성과 관련된 한글과 한자의 표기 양상, 삽화의 배치, 주석의 배치 등등도 교재 구성의 관점에서는 소홀히 다룰 수 없다. 이를 포함한 여타 제재의 교재사적 연구가 뒤따르길 기대한다.

경험의 성장과 고전시가 교육

제1장

〈혜성가〉의 발상과 표현

-발상의 문화론-

1. 〈혜성가〉의 모와 순

이제 고전문학교육은 한때 문제점으로 지적되었던 '메마른 고증학과 지식주의'와 '신비평류의 정복주의'의 양극단적 편향(김흥규, 1992)에서 벗어나고 있는 경향을 보여주고 있다. 그러나 한편으로 고전문학 교육의 강력한 내용 항목으로 자리잡았던 메마른 고증학적 지식과 신비평적 개념들이 구심력을 잃어가면서 그것을 대체할 교육의 내용이 뚜렷하게 정립되지 못해, 지금은 다소 다원화된 방향으로 고전문학 교육이 이루어지고 있는 것으로 보인다. 물론 다원화는 교육의 자체적인 지향이기도 시대적 요청이기도 하므로, 그 자체를 문제 삼을 필요는 없을 것이다.

그러나 한편 교육에서 지식의 위치와 가치를 고려하면 이것이 무조건적으로 장려할 만한 경향은 아닌 것으로 보인다. 왜냐하면 가르칠 지식이 정립되지 않고서는 교육은 원초적으로 불가능하기 때문이다. 그것이 명제적 지식이든 절차적 혹은 방법적 지식이든, 교육이 성립되기 위해서는 가르칠 내용으로서의 지식이 반드시 먼저 정립되어 있어야 한다. 따라서 다원화 경향이 바람직스럽지 못한 방향으로 진행될 경우, 고전문학 교육의 공동화(空洞化) 현상이 초래될 우려도 없지 않다.

그렇다면 그 지식의 항목을 어떻게 구성할 것인가? 이에 대해서는 가장 원론적이고 당위론적인 차원에서 접근할 필요가 있다고 본다. 즉 공교육이 성립된 이래 국어교육과 관련된 논의에서나 국어과 교육과정에서 두드러지게 강조되고 있는 목표 혹은 의의에 밀착해 봄으로써 그 해답을 구할 수 있는 정당한 단서를 얻을 수 있으리라는 것이다. 원론적이고 당위론적인 목표나 의의는 그만큼 사회적인 합의를 거쳐 도출되었을 것이기에 보편성을 보장받을 수 있고, 비교적 오랜 시간 동안 존속되었기에 지속성을 보장받을 수 있을 것이기 때문이다.

이에 이 글에서는 일차적으로 '민족 문화'를 핵심적인 사안으로 삼아 그 지식의 항목을 도출해 보고자 한다. 공교육이 실시된 이래로 '민족문화의 계승과 창조'는, 약간의 수사적 변주는 있었을지언정 국어교육의 가장 보편적이고 지속적인 목표이자 의의로 인정받아 왔다. 그런 만큼 그것은 치밀한 논리에 앞서는 당위론적인 가치를 지니는 것으로 이해된다.[1] 그런데 국어교육적 관심에 국한한다 하더라도 민족문화는 민족적 정서의 정체성, 정서적 갈등의 해결 방법, 의도의 언어적 표현 방법, 대상에 대한 인식의 태도 등등 여러 각도에서 접근 가능할 것이다. 그러나 논의의 산만함을 피하기 위해 이 글에서는 전통적인 발상과 표현의 문제에 초점을 맞추기로 한다.

다행히 현재 고전문학 교육뿐 아니라 국어교육 전체적인 차원에서도 문화적 패러다임의 정당성은 설득력을 얻어가고 있다. 그럼에도 불구하고 새삼스럽게 이에 초점을 맞추는 것은, 그 패러다임을 뒷받침하는 구체적인 지식 항목이 결여될 경우, 그것은 여전히 선언적인 수준에서 추상화된 허구적인 수사로 전락할 우려가 있기 때문이다.

2. 〈혜성가〉에 대한 관심의 단서

향가의 문학적 존재 방식은 주로 주술성을 바탕으로 논의되어 왔다. 실제로 대부분의 향가 작품들은 설화 문맥을 통하여 가창의 상황만이 아니라 가창의 결과도 나란히 제시되어 있기에, 향가의 문학적 성격이 주술성과 밀접하게 연관되어 있음은 부인하기 어려운 사실로 굳어져 있다.『三國遺事』 소재 14편의 작품들이 한결같이 가창의 결과로 특정한 의도를 달성했다는 기사에 실려 전하고 있는바, 이러한 사실은 시가 혹은 노래의 주술적 효용을 입증하기에 충분하다고 본다.

물론 향가 일반이 모두 주술성을 가진다고는 하지만, 주술이 발현되고 작동되는 구체적인 모습이나 주술성이 드러나는 정도는 제각각이다. 설화 문맥을 전제하지 않고서는 주가적(呪歌的) 면모를 확인할 수 없는 작품들이 있는가 하면, 또 어떤 작품은 설화 문맥에 기댄다고 하더라도 여전히 순수한 서정시로 읽히기도 한다. 이러한 편차에도 불구하고 우리가 향가를 주술성에 초점을 맞추어 바라보고 있는 것은, 노래가 '감동천지귀신(感動天地鬼神)'2)과 같이 특정한 효용을 위하여 지어지고 불리어졌으며 또 실제로 처음에 의도한 효용을 십분 달성했다는 기록의 진실성을 믿기 때문일 것이다.

그러나 향가라는 장르를 전일적으로 주술의 논리로 몰아가게 되면, 필연적으로 개별 작품들 사이의 미세한 차이와 개별 작품들의 독창적 표현에 대한 관심은 상대적으로 약화될 수밖에 없게 된다. 이러한 문제 제기에는 향가의 보편적 속성에 대한 믿음이 개별 작품에 대한 관심을 지나치게 주술성으로 응집시켜 간 것은 아닌가 하는 의문이 깔려 있다.

실제로 향가보다 훨씬 후대에 향유된 고려 가요의 경우 몇 개의 어절 및 단락이 임의로 집합되어 있는 형태를 보여 주고 있고, 시조는 가창 장르로서 관습시적(慣習詩的) 요소와 속성을 강하게 지니고 있다. 그런데 적어도 언어에 대한 인식을 기준으로 볼 때 훨씬 원시적이라 할 향가에서 단일하고 순차적인 시상 전개를 확인할 수 있고, 또 개인 창작시로서의 독창적 특성이 강하게 나타난다는 것은 일견 모순이라 하지 않을 수 없다. 그렇다면 향가에서는 주술성 이외에 또 다른 어떤 속성들이 개별 향가 작품의 독창을 강화시켜 주고 있는가 하는 질문을 던져 볼 수 있을 것이다.3) 그리고 이 때 주술성과 여타의 속성은 어떻게 결합하고 공존하고 있는가 하는 질문도 연쇄적으로 나올 수 있다.

이와 같은 의문의 연장선상에서 <혜성가>에 나타난 개성적인 발상과 표현의 특질을 살피고자 하는 것이 이 글의 목적이다. 향가 작품군 중에서 굳이 <혜성가>를 택한 것은, 이 작품이 향가 일반의 장르적 성향을 강하게 보여주면서도, 여타의 작품이 지니지 못하는 고유한 발상과 표현법을 가지고 있다고 판단되기 때문이다.

향가 일반이 지닌 주가적 속성은 <혜성가>의 설화 문맥을 통해 쉽게 확인할 수 있다. 심대성(心大星)을 침범하는 혜성이 있어, 이 노래를 지어 불렀더니 변괴가 사라지고 일본병도 물러갔다는 기사가 이 노래의 주술성을 분명히 증거해 주고 있는 것이다. 이 같은 가창의 결과는 이 노래가 농도 짙은 주가적 속성을 드러내고 있는 대표적인 향가 작품임을 말해 주는 데는 부족함이 없다.

그런가 하면 주가가 일반적으로 취하고 있는 '요구'의 어법도 '호소'

의 어법도 아닌 단순 서술의 어법으로써 의도를 충분히 달성하고 있어, 일반적인 주가의 문법과는 어느 정도 거리가 있다는 점도 확인할 수 있다. 뿐만 아니라 언어 기호 자체에 주목하는 매우 독특한 발상도 보여주고 있기에 이 작품의 개성은 여타 작품에 비해 더욱 두드러진다. 여기에서 더 나아가면 이와 같은 특징이 <혜성가>를 주가가 아닌 다른 성격의 향가 작품으로 읽을 수 있는 가능성까지 제공하게 됨을 변증할 수도 있다. 이처럼 <혜성가>에는 향가 일반의 장르적 성향과 개별 작품으로서의 독창성이 모(矛)와 순(盾)으로 공존하고 있는 것이다.

3. 작품의 구조적 보편성

<혜성가>가 고유하게 가지는 발상적·표현적 특징을 본격적으로 논하기 위해서는 이 작품의 향가적 보편성을 먼저 살펴볼 필요가 있다. 한 작품의 특성은 보편적 성격에서 벗어난 일탈적인 요소에 기인하는 것이 아니고, 오히려 보편성의 범주가 보장해 주는 테두리 내에서 발현되기 때문이다. 이에 따라 <혜성가>의 시상 전개 과정을 향가의 형식 일반에 근거를 두어 살펴보고자 한다.

『均如傳』에서 최행귀가 언급한 '삼구육명(三句六名)'이라는 구절은 현재 향가의 형식을 말해주는 거의 유일한 기록이다. 이 형식이 특히 10구체 향가를 일컫는 사뇌가(詞腦歌)의 형식임은 물론이다. 그러나 이 구절은 아직도 그 구체적인 의미를 완전히 드러내지 않고 있다. 다만 이 글에서는 이 구절을 3단계의 시상 전개를 명시한 기록으로 보고자 한다. 분분한 논의 속에서도 현재까지 우리가 개별 향가 작품의 실상을 통해 분명히 확인할 수 있는 것은, 이것이 음절 수준에서나 음보 수준에서는 '삼'의

정체가 도무지 어울리지 않는다는 점과, 적어도 의미의 수준에서 세 개의 분절이 있다는 것뿐이기 때문이다.4)

이제 『三國遺事』의 융천사 도솔가조(融天師 彗星歌條)에 실려 있는 배경 설화와 함께 작품의 실상을 보면서 시상의 전개 과정을 보기로 한다.

제5 거열랑(居烈郎), 제6 실처랑(實處郎; 혹은 돌처랑突處郎), 제7 보동랑(寶同郎) 등 세 화랑의 무리가 풍악(風岳)에 놀러 가려고 하는데 혜성(彗星)이 심대성(心大星)을 범하였다. 낭도(郎徒)들은 이를 의아스럽게 생각하고 그 여행을 중지하려고 했다. 이때에 융천사(融天寺)가 노래를 지어 부르자 별의 괴변은 즉시 사라지고 일본(日本) 군사가 제 나라로 돌아가니 도리어 경사가 되었다. 임금이 기뻐하여 낭도(郎徒)들을 보내어 풍악에서 놀게 했으니, 노래는 이러하다.

舊理東尸汀叱 乾達婆矣	녜 싀ㅅ믌ㄱ 乾達婆익
遊烏隱城叱肹良望良古	노론 잣홀란 브라고
倭理叱軍置來叱多	예ㅅ 軍두 옷다
烽燒邪隱邊也藪耶	燧술얜 ㄱ 이슈라
三花矣岳音見賜烏尸聞古	三花익 오롬보샤올 듣고
月置八切爾數於將來尸波衣	돌두 브즈리 혀럴바애
道尸掃尸星利望良古	길 쓸 별 브라고
彗星也白反也人是有叱多	彗星여 술븐여 사ᄅ미 잇다
後句達阿羅浮去伊叱等邪	아으 둘 아래 뼈갯더라
此也友物北所音叱彗叱只有叱故	이 어우 므슴ㅅ 彗ㅅ기 이실꼬

(양주동 역)

이 노래의 의미를 완전하게 읽어내기란 쉽지 않다. 무엇보다 여타의 향가 작품에서와 마찬가지로 이 작품 또한 어석이 완결되지 못했기 때문이다. 심지어 이 노래의 행 구분마저도 논자에 따라 약간의 차이를 보여준다.5) 그러나 이른바 10구체 향가의 일반적 형식에 의거하여 의미를 이해하면 대과는 없으리라 본다.

그동안 축적된 연구사에서 확인할 수 있듯이, 만일 이 노래를 3분절의 형식으로 간주한다면, 첫 번째 분절은 1행부터 4행까지, 두 번째 분절은 5행부터 8행까지, 세 번째 분절은 9행과 10행으로 나눌 수 있다. 그리고 이러한 분절법은 무엇보다도 통사론적인 차원에서나 의미론적인 차원에서나 가장 자연스럽기도 하다. '이슈라'와 '잇다'와 '이실꼬'가 모두 종결 어미를 취하고 있다는 점에서 통사적 완결성을 보장받을 수 있고, 나아가 '有'의 뜻을 지닌 단어가 일정한 위치를 차지하고 있다는 점에서 고도로 계산된 시적 문법을 보여주고 있기 때문이다. 다만 '邊也藪耶'에 대한 논란이 여전히 남아 있어 '이슈라'만은 달리 볼 가능성도 있지만,6) 그렇다 하더라도 통사론적·의미론적 분절의 자연스러움까지 부인될 필요는 없다.

이제 각각의 분절이 한 편의 작품 속에서 어떠한 관계로 단계성을 이루고, 또 그 관계가 일관된 시상의 흐름 위에서 어떤 위치에 놓여 있는가를 살펴볼 차례이다.

배경 설화의 맥락을 고려하면 이 노래는 제1분절보다는 제2분절에 의미의 핵심이 놓여 있음을 알 수 있다. 일단 사건의 발단이 혜성이 출현하여 심대성을 범하려 한다는 데 있는 바, 이에 관한 내용이 제1분절에서는 전혀 언급되지 않았다. 제1분절에서는 어떤 역사적 사건만이 언급될 뿐이다. 제3분절에서는 사건의 전말이 압축적으로 제시되어 있는 제2분절의 함축적 의미를 명시적으로 드러냄으로써 시적 발화의 의도를 완성하고 있으나, 이는 의미의 과잉을 초래할 뿐이다.

다만 뒤에서 다시 상세히 논의하겠지만, 제3분절이 표면적으로는 단정적인 평서형 서법을 구사하고는 있지만, 이것이 실제로는 미래에 일어나기를 바라는 '소망형 어법'이라는 점만 확인하고 넘어가기로 한다. 요컨대 적어도 발화의 의도만을 고려하면 제2분절만으로도 내용 전달은 충분히 완성되는 셈이다.

그렇다면 전체적인 시상의 흐름을 파악하기 위해서는 제1분절과 제2분절의 관계, 그리고 제2분절과 제3분절의 관계에 초점을 맞출 필요가 있다. 그런데 제3분절은 앞에서 말한 대로 제2분절의 의미를 재강조하는 차원에서 시상을 완결시키는 역할을 맡고 있으므로, 제2분절과 제3분절의 관계는 위에서 언급한 정도로도 그 실상은 충분히 드러난 것으로 보인다. 따라서 제1분절과 제2분절의 관계를 중심으로 시상의 흐름을 살펴보기로 한다. 다만 제1분절에서 '舊里'의 해독이 여전히 논란을 안고 있어서[7] 이에 대한 접근이 쉽지 않으나, 이 부분은 전체적인 구조를 통해 역순으로 접근함으로써 이에 대한 해결도 가능하리라 본다.

<혜성가>가 주가로서 가지는 설득력은 제1분절과 제2분절의 유비 관계(analogy)에서 비롯된다는 점은 대부분의 논의에서 동의하고 있다(김승찬, 1985 ; 고혜경, 1990 ; 윤영옥, 1995). "세 화랑이 산을 보시려 함을 듣고 달도 부지런히 등불을 켜는데 길 쓸 별 바라보고 '혜성이여!' 하고 사뢴 사람이 있구나."로 풀이되는 제2분절이 제1분절과 유비적 관계에 있음을 전제로 하여, 제1분절의 의미를 읽어보기로 한다.

제2분절의 핵심적인 내용은 혜성의 출현이 흉조가 아니라 오히려 길조인 '길 쓸 별'이라는 인식으로 집중되고 있다. 즉 '길 쓸 별'을 두고 흉조인 혜성으로 오해하고 있음을 지적함으로써 현재의 위기감을 정서적인 차원에서 누그러뜨리고 있는 것이다. 그리고 설화 문맥을 통해 알 수 있는 바와 같이, 정서적인 차원을 벗어나 실제적인 차원에서 위기 상황을 극복하는 데까지 이르게 된다.

유비 구조에 입각하여 이를 제1분절에 적용하면, 이 분절은 봉화를 올릴 정도로 위기감을 초래했던 왜군이 실상은 '건달파가 놀던 성'이었다는 내용으로 요약된다. 여기에서 일본군이 물러갔다는 배경 설화의 내용을 고려하든 시의 내적 구조만을 보든, 제1단락이 과거에 일어난 일인지 현재의 일인지는 확정하기 어렵지만, 이 분절은 혜성을 흉조로 보는 것이 오해라는 제2분절의 인식이 타당함을 뒷받침하는 데 크게 기여하고 있다는 점만은 분명해 보인다.8) 요컨대 제1분절과 제2분절 사이에 형성된 유비적 유사성의 핵심에는 '오해' 혹은 '착각'이라는 인식적 오류가 놓여 있는 것이다.

이상과 같은 논의에서 <혜성가>는 3분절의 형식을 견고하게 유지하고 있음을 알 수 있다. 세 분절의 관계 양상이 각각의 작품에서는 달리 나타나지만, 이른바 10구체 향가가 세 개의 분절로 이루어져 있으면서, 각 분절이 전체 시상의 흐름 위에서 나름의 역할과 위상을 가진다는 점에서 <혜성가> 역시 이러한 형식적 보편성을 지니고 있음을 확인할 수 있는 것이다. <혜성가>에서는 각각의 분절이 '과거-현재-미래', 혹은 '현재1-현재2-미래'의 확고한 분절적 시상 구조 속에 위치하면서 전체적으로 3단계의 흐름을 유지하고 있는 것이다.

아직도 논란의 와중에 놓여 있는 어석 문제가 어떻게 판가름나든 간에, 이러한 유비 구조자체와 3단계의 시상 흐름은 흔들리지 않을 것으로 보인다. 그러나 여기에서 이러한 유비 구조를 수긍한다고 하더라도, 두 분절 사이의 유비 관계가 과연 전면적으로 완벽성을 가지고 있는가 하는 질문을 던져 볼 수 있다. 이 같은 질문은 첫째 제1분절과 제2분절의 사건이 등가적으로 병렬되지 않고, 제2분절의 핵심적인 의도를 강화하기 위해 과거의 사건을 제1분절에서 보조적으로 동원해 왔기 때문에 의미론적 유비 관계가 불완전할 수밖에 없었던 것이다. 요컨대 두 분절 사이의 유비 관계는 오직 통사론적인 차원에서만 타당할 뿐이며, 의미론적 차원의 유비 관계는 성립되지 못한 것으로 볼 수 있겠다.

그렇다면 의미론적 유비 관계의 불완전성을 초래하는 요인이 무엇인가 하는 점을 더욱 구체적으로 탐색해 볼 필요가 있다. 이 문제는 다시 두 가지 길로 나누어 접근해 볼 수 있겠다. 하나는 사실을 '판단'하는 진술과 사실을 '해석'하는 진술의 차이가 어떻게 드러나고 있는가 하는 점이고, 다른 하나는 각각에서 활용되고 있는 인식론적 방법이 무엇인가 하는 점이다.

4. 〈혜성가〉의 발상적·표현적 특징

4.1. 발상의 기제 : 관습의 해체와 복원

먼저 각각의 진술에서 구사된 발상의 인식론적 기제를 살펴보기로 한다. 이를 위해 제1분절과 제2분절의 통사론적 상동성을 먼저 확인해 보기로 한다. 제1분절에서는 '왜군'과 '건달파성'을, 제2분절에서는 '혜성'과 '길 쓸 별'을 각각 허상과 실상으로 간주하고 있으므로 다음과 같은 도식이 만들어진다.

분절	허상	실상
제1분절	왜군	건달파성
제2분절	혜성	길 쓸 별

이 표에서 '왜군'과 '혜성'은 있어서는 안 될 것이므로, 어떤 방법으로든 물리치거나 극복되어야 할 대상이다. 그런데 여기에서 '왜군'-'건

달파성'의 관계와 '혜성'-'길 쓸 별'의 관계가 동일하지 않다는 점이 주목된다.

제1분절의 사건은 과거에 일어났을 수도 있고, 현재 진행 중일 수도 있다. 그런데 만일 과거에 일어난 사건이라면 건달파성을 왜군으로 착각했다는 것은 사실에 조회하여 진위가 가려진 판단이다. 그렇지 않고 현재의 사건이라면 왕을 포함한 대중들의 우려를 불식시키기 위하여 왜군이 건달파성이라고 강변을 한 것이거나, 그러해야 한다는 소망을 반영하여 주술적 수사를 구사한 것으로 볼 수 있다. 그러나 어떠한 경우에도 왜군을 건달파성이라고 인식할 수 있는 근거는 전혀 찾아 볼 수 없다. 오직 왜군은 오지 않았다는 부정만 나타나고 있을 뿐이다.

반면에 혜성을 길 쓸 별이라고 하는 데는 언어 기호 자체에 대한 새로운 인식을 통하여 대상을 재명명(renaming)하는 절차를 거침으로써 훨씬 더 커다란 설득력을 얻고 있다. 시인은 '혜성'이라는 언어 기호에 '길 쓸별'이라는 새로운 기의를 부여함으로써 문제 상황의 언어적 해결을 도모하였고, 여기에서 더 나아가 종국적으로는 실제적 해결에 이르게 된다. 단 이 경우에도 부정되는 것이 혜성의 출현 자체인지 아니면 그것이 예시(豫示)하는 바 국가적 불행인지의 여부는 분명하지 않다.

그렇다면 이러한 재명명을 가능케 한 인식론적 발상은 무엇이었는가? 혜성이라는 말은 본디 대상의 모양을 형용하는 단어로서, 긴 꼬리를 비[彗]로 비유한 당대인의 인식이 숨어 있는 말이다. 그런데 이것이 단지 대상을 객관적으로 지칭하는 단어에 머물지 않고, 당대의 천지관에 의해 국가적인 흉조를 상징하는 단어로 관용화되었다. 그리하여 혜성은 국가적인 재난을 예시한다는 속신의 맥락 속에서 당대인들에게 인식되었다. <도솔가>의 배경 설화에 등장하는 이일병현(二日竝現) 현상처럼 본디 평상적이지 않은 천체 현상은 곧 국가적 불운의 예시였거니와, <혜성가>

의 설화에서도 세 화랑이 놀이를 멈춘 것은, 혜성의 출현이 위기 상황의 도래를 예언한다는 속신 때문이었다.

그런데 융천사는 어찌 보면 아주 단순한 발상을 통해 해결의 실마리를 찾았다. 그것은 언어 기호의 해체를 통한 재명명이었다. 다시 말해 본디 '비' 혹은 '쓸다'라는 의미를 포함한 '혜성'이라는 단어를 본래의 의미로 복원시킨 것이다.9) 국가적 불행이라는 관습적 코드를 보장해주는 '혜성'이라는 기표에 '길 쓸 별'이라는 새로운 기의를 부여함으로써 동일한 대상을 달리 보도록 유도하는 데 성공했던 것이다. 따라서 여기에서 부정되는 것은 혜성의 출현 자체가 아니라 혜성이 지닌 관습적 상징이라 할 것이다. 이런 점에서 이는 자연 현상을 인간사에 대응시켜 미래를 예언한 점복(占卜)이라 할 만하다.

이에 "관용구의 틀에 부조리한 생각을 삽입하면 희극적인 말이 된다."고 했던 베르그송의 설명에 주목할 필요가 있다. 관용적으로 쓰이고 있는 말은 사전적 의미와 어느 정도 거리가 있기 때문에, 그 모순을 없애려고 하는 것 자체가 희극적인 성격을 갖게 되는 것이다(Henri Bergson, 정연복 역, 1992 : 95). 만일 이 설명이 타당하다면, <혜성가>를 유희적 맥락 속에서 읽어 볼 수 있는 가능성이 생긴다.10) 물론 그렇다고 하더라도 제의적 맥락이 완전히 제거되는 것은 아니다. 왕의 거취와 직접 연관되어 있는 국가적 차원의 문제라는 상황의 규모로 보나 그것이 위기라는 상황의 심각성으로 보나 제의적 맥락은 여전히 부정될 수 없다. 이 글에서 제기하는 문제는 이러한 노래의 외적 조건으로 인해 <혜성가>를 지나치게 엄숙한 제의용 주술가로만 바라보았던 것은 아닌가 하는 것이다. 상황에 따라서는 그러한 외적 조건 자체가 <혜성가>가 유희적 분위기를 형성하는 데에는 오히려 더 유효할 수도 있는 것이다.

이러한 관점은 제의가 반드시 엄숙성을 전제로 하지 않는다는 사실과도 무관하지 않다. 세시 풍속과 관련된 모든 제의가 기본적으로 놀이판을 구성하는 데서 알 수 있듯이, 제의는 본래적으로 유희 혹은 오락의 맥락과 분리될 수 없는 속성을 지니고 있다.

이는 놀이라는 시의 본질적 측면에서도 이해 가능하다. 원초적 문화 창조 능력으로서의 놀이는 분명히 성스럽기도 하지만, 그럼에도 불구하고 거기에는 유희적 요소들이 배제되지는 않는다. 또한 시에서 시구의 전환, 주제의 전개, 분위기 표현 등 항상 놀이 요소가 작용하고 있음을 볼 때, 시와 놀이는 창조적 상상력의 구조면에서도 상당한 유사성을 갖는다. 더욱이 고대 문화에서는 시인들의 언어가 아직 문학적 열망의 충족보다 훨씬 더 광범하고 중요한 기능을 지닌 가장 효과적인 표현 수단이었다. 이 시의 언어는 제의를 말로 표현해 주고 사회적 관계의 조정자, 지혜, 정의, 도덕의 수단도 된다. 이 모든 것을 시인의 언어가 해낸다고 해서 놀이의 본질 자체가 손상되는 것은 아니다(J. Huizinga, 김윤수 역, 1981 : 159~179).

이러한 설명에 기대어 이해를 한다면 <혜성가>는 제의의 신성성 못지않게 유희적 맥락에 위치시켜 '진지한 유희'로 읽어 보는 일이 어색하지 않음을 알 수 있고, 우리에게는 또 그렇게 할 수 있는 자유가 있으리라 본다.

4.2. 진술의 특징 : 소망형 현재법

배경 설화에 나타나 있는 바, 이 노래가 지어지고 불려진 계기는 예기치 않은 혜성의 출현이다. 그리고 이 노래를 주가로 규정하는 데 주저함이 없는 것은, 배경 설화에 기록되어 있는 바 변괴의 소멸이라는 결과 때문이라 할 수 있다. 따라서 적어도 이 노래를 짓고 부른 시점에서 변괴의 소멸은 현재 진행 중인 사태가 아니라 미래에 일어나기를 바라는 소망스런 사태라 할 수 있다.

이러한 관점에서 보면 이 노래는 다소 특이한 진술법을 보여주고 있음을 알 수 있다. 먼저 제2분절에서 혜성을 '길 쓸 별'로 판정하고 단언할 수 없는 시점에서 미래의 소망을 투사함으로써 그렇게 했다는 점을 들 수 있다. 제1분절에서 '왜군'을 '건달파성'이라고 판정한 것은 과거 지사였기 때문이라고 양해를 한다 하더라도, 현재 일어나고 있는 사태에 대해서는 그 정확한 진상을 밝히기 어렵기 때문에 단정적인 어법을 구사하는 것은 이치에 닿지 않는 일이라 할 것이다.

여기에서 더 나아가 이러한 단정적 서술이 설의적 의문형을 구사하는 3분절의 어법에서 더욱 강화되고 있다는 점도 진술의 특이성이라 할 수 있다. 물론 이 분절의 문장은 문법적인 서법으로는 설의적 의문형이어서 실제로는 단정적 서술과 크게 다를 것은 없다. 중요한 것은 2분절의 특별한 진술법의 연장선상에서 이 대목 역시 미래에 일어날 사건을 현재화하여 표현하고 있다는 점이다.

이 노래를 주가적 범주에서 이해함으로써 이러한 어법의 특성을 고찰한 논의에서는 이와 관련하여 풍부한 시사를 준다(김열규, 1972 : 17~19). 이 분석에 따르면, 혜성의 출현이 성괴(星怪)가 아닌 별의 길조로 단언하는 제2분절의 어법은 성괴를 없애려는 주술적 의도가 있으며, 이것은 곧 "혜성이여 없어지라"는 명령법의 소극적 발동이라고 하였다. 여기에는 사실의 객관적 기술인 듯이 보이는 서술법이 사실은 명령법을 따라서 환기법을 숨겨 가지고 있다는 것이다. 마찬가지로 3분절은 "없다."라는 말로써 없어지기를 바라고 있다고 했다. 이러한 설명은 이 작품의 어법적 특성을 드러내는 데는 부족함이 없다.

그러나 이러한 해석은 작품을 해석하는 관점이 지나치게 주가적 성격에 강박되어 있다는 인상을 지울 수 없다. <혜성가>가 주가로서의 면모를 가진다는 점은 실상 작품 자체의 내적 특질에 근거하기보다는 배경 설화의 문맥이 전해 주는 바, 가창의 결과에 근거하여 밝혀진 성격이다. 따라서 이 작품을 배경 설화로부터 어느 정도 독립시켜 바라본다면 <혜성가>의 독자적인 성격이 더욱 분명해질 것이다.

이 글에서는 제2분절과 제3분절의 어법상 특성을, 미래에 일어나기를 바라는 소망스러운 사태를 현재 일어나고 있는 실제의 사태인 듯이 전환하여 표현하는 데서 찾고자 한다. 그것은 종국적으로 "없어져라."라고 하는 명령형의 서법일 수도 있고, "없어져야 한다."는 정책 명제일 수도 있다. 그러나 중요한 것은 이것이 아직 일어나지 않은 사태를 현재 일어나고 있는 듯이 표현하는 의사진술(擬似陳述)의 일종이라는 점이다. 이를 일러 '소망형 현재법'이라 규정하기로 하겠다.

이렇게 보면 '소망형 현재법'이란 문학 일반의 언어적 특성을 드러내 줄 수 있는 범위까지 확장될 수도 있다. 본래 문학의 언어가 객관적 사실을 전달하는 것이 아니라는 점을 표나게 드러내 주는 용어가 '의사 진술'이거니와, 이 소망형 현재법은 의사 진술의 일종으로서, 정서를 자극하여 심리적 상태를 조화롭게 안정시키는 데 목적을 두고 있는 것으로 간주할 수 있다.

이런 견지에서 보면 '실상'과 '허상'은 자리를 서로 맞바꾸어야 한다. 즉 실상은 '왜군'이요 '혜성'이지만 이들의 소망스런 형태는 '건달파성'과 '길 쓸 별'이 되는 것이다. 다만 이것을 허상으로 규정하는 것은 본의에 어긋나므로 이를 '이상태(理想態)'라 하고, 이에 짝을 맞추어 '왜군'과 '혜성'은 '현실태(現實態)'라 하는 것이 바람직하겠다. 그리하여 다음과 같은 새로운 구도의 도식이 정립될 수 있다.

분절	현실태	이상태
제1분절	왜군	건달파성
제2분절	혜성	길 쓸 별

5. '혜성가식 발상'의 교육적 가치

지금까지 <혜성가>의 시적 발상과 표현을 한편으로는 제의와, 또 한 편으로는 언어 기호의 속성과 연관지어 살폈다. 그런데 이 글은 이러한 시적 발상이 <혜성가>에 고유한 것이 아니라, 우리의 문화적 맥락에서도 가끔씩 발견되곤 하는 보편성을 지니고 있음에 주목한다. 특히 <혜성가>의 서사 맥락이 융천사의 점복(占卜) 행위에 초점을 맞추고 있는 것으로 보면, 그 보편성의 범주는 더욱 확연해진다. 이제 점복과 관련된 몇 가지 참조 사례를 통해 발상의 문화적 맥락을 구체적으로 들여다 보기로 한다.

자연 현상이나 동식물 등의 사물, 꿈을 근거로 앞으로의 사태를 짐작하는 것은 우리의 속신에서 매우 뿌리 깊은 역사를 지니고 있다. 『삼국유사』에 각종 해몽을 통하여 위대한 인물의 출생이나 커다란 역사적 변혁을 예고한 사례도 적지 않거니와, 이런 류의 설화들은 하나의 뚜렷한 유형을 이룰 정도로 양적으로 매우 많이 축적되어 있다. 심지어 오늘날에도 점복을 통해 앞일을 예측하고자 하는 시도는 끊임없이 이어지고 있는 실정이다.

이들 점복 중에서도 주목되는 것은 흉조로 짐작되는 문제적 사태를 오히려 길조로 해석하는 발상이 도처에서 발견된다는 점이다. 언제든지 불행이 닥칠 수 있을 것이라는 예상을 하면서 사는 것이 인지상정이기에, 인간은 그런 불행을 예언하는 흉조를 접하면 가급적 그것이 실현되지 않기를 염원하게 된다. 이를 위해 동원되는 하나의 방법이 의도적으로 흉조를 바람직한 상태를 예언하는 길조로 해석하는 것이다.

◆ 원성대왕이 각간으로 있을 때 꿈에 복두를 벗고 흰 갓을 쓰고 열두 줄 가야금을 들고 天官寺 우물 속으로 들어갔다. 사람을 시켜 점을 치게 하니, 복두를 벗은 것은 관직을 잃을 징조요, 가야금을 든 것은 목에 칼을 쓰게 될 징조요, 우물 속에 들어간 것은 옥에 갇힐 징조라 하였다. 왕은 이 말을 듣고 몹시 근심하여 두문불출하였다. 그러다가 아찬 餘三에게 해몽을 청하니, 복두를 벗은 것은 위에 앉는 이가 없음이요, 흰 갓을 쓴 것은 면류관을 쓸 징조요, 열두 줄 거문고를 든 것은 12대 자손이 대를 이을 징조요, 天官井에 들어간 것은 궁궐로 들어갈 瑞兆라 하였다.(『三國遺事』 卷2, 元聖大王條)

◆ 태조가 등극하기 전에 꿈에 부서진 집에 들어가 서까래 세 개를 짊어지고 나오는 꿈을 꾸었다. 무학 대사에게 물으니, 서까래 세 개를 짊어지고[負三椽] 있는 형상을 임금 '王'자와 결부시켜 태조의 등극을 예언했다.(『練藜室記述』 卷1, 太祖潛龍時事)

앞의 사례에서는 꿈속에 일어난 형상에 대한 두 개의 상반된 해석이 제시되었다. 적어도 표면적으로는 두 가지 해석 모두 개연성을 갖는다. 다만 처음 제시된 해석은 일반적이고 관습적인 인상에 의존을 하고 있고, 아찬의 해석은 이를 정반대로 뒤집고 있어 선명한 대비가 된다. 또한 두 번째 사례에서도 '부서진 집'의 일상적 이미지로 인해 흉조의 가능성을 부각시켰다가 이를 뒤집는 새로운 해석으로 반전을 도모하고 있다. 그 원리에서는 차이가 있다 하더라도, 두 사례 모두 일상적이고 관습적인 흉조를 정반대의 해석법을 통해 길조로 전환시켜 내고 있다는 점에서 공통된다. 이는 앞에서 살펴보았던 <혜성가>의 시적 발상과 크게 다를 바 없는 해석이다.

이처럼 개연성이 매우 높은 논리를 통해 바람직하고 소망스런 미래를 언어적으로 예측하는 속신의 사례는 설화류의 이야기에서만이 아니라, 소설에서도 자주 발견된다. 특히 <춘향전>에서는 옥중의 춘향이 꾼 꿈을 풀이하는 대목에서 이 이야기가 고스란히 재현되고 있어 주목을 끈다.

> "어듸 자싱이 말을 하소."
> "단장하든 체경이 씨져 보이고 창전의 잉도꼿시 쩌러져 보이고 문우의 허수이비 달여 뵈고 틱산이 문어지고 바디믈이 말나뵈인이 나 죽을 쑴 안이요."
> 봉사 이윽키 싱각다가 양구의 왈,
> "그 쑴 장이 좃타. 화락한이 능성실이요 파경한이 기무셩가. 능히 열민가 여러야 꼬치 쩌러지고 거울이 끼여질 쩌 소리가 업슬손가. 문상의 현우인한이 만인이 기앙시라. 문우의 허수이비 달여씌면 사람마닥 우러려 볼 거시요. 희갈흔이 용안견이요. 산붕헌이 지틱평이라. 바디가 말으면 용으 얼골을 능히 볼 거시요, 산이 문어지면 평지가 될거시라. 좃타 쌍가미 탈 쑴이로셰. 걱정 마소 머지 안네."
> 한참 이리 수작할 제 뜻박기 가막구가 옥담의 와 안쩐이 까옥까옥 울거늘 츈향이 손을 드러 후여 날이며,
> "방정마진 가막구야, 날을 자버 갈나거든 졸으기나 말여무나."
> 봉사가 이 말을 듯던이,
> "가만 잇소. 그 가막구가 가옥가옥 그르케 울제."
> "예, 그레요."
> "좃타, 좃타. 가쓰는 아름다울 가쓰요 옥쓰는 집 옥쓰라. 알음답고 길겁고 조흔 일이 불원간의 도라와셔 평싱으 민친 한을 풀 쩌신이 조금도 걱정마소. ……"(완판 84장본 <열녀춘향수절가>)

이 대목에서도 원성대왕 및 태조 이성계의 사례와 동일한 해몽의 원리가 나타나고 있다. 거울이 깨어지고 꽃이 떨어지며, 문 위에 허수아비가 달리고, 태산이 무너지고, 바닷물이 마르는 것은 일상적인 관념으로

는 매우 불길한 징조로 받아들여진다. 그러나 이를 완전히 상반된 방향으로 해석의 틀을 정하여, 머잖아 도래할 이어사와의 만남을 예시하는 꿈으로 탈바꿈시켰다.

또한 이 대목에서는 관습적으로 흉조로 받아들여지고 있는 까마귀의 울음소리 '까옥까옥'을, 음상사(音相似)의 원리에 기대어 '嘉屋嘉屋'으로 해석하여 해몽에 대한 신뢰도를 높이고 있다. 이런 발상 또한 관습적인 상징을 완전히 배반하고 정반대의 의미를 도출하는 사례로서, <혜성가>와 궤를 같이하고 있는 시적 발상이라 할 것이다.11)

이와 같이 반대 방향의 해석이 가능한 이유는 꿈이 직접적이거나 지시적이기보다는 암시적이고 상징적인 것이어서 길흉의 예조적인 양의성(兩意性)을 지니고 있기 때문이다(이재선, 1989 : 127).12) 그런데 꿈만이 그러한 것은 아니다. 인간이 경험하는 모든 사태가 실상 양의성 혹은 다의성을 지니고 있는 것이다. 두 가지 혹은 그 이상의 의미 중에서 바람직하고 소망스런 의미를 취하여 이를 자신의 삶의 맥락으로 가져오려는 태도가, 이른바 '혜성가식 발상'의 근저를 이루고 있다고 하겠다. 그런 만큼 '혜성가식 발상'은 삶의 방식을 뜻하는 '문화'의 하나라 할 수 있다. 더욱이 그것이 우리의 문화사에서도 두루 발견되고 있고, 현실적으로도 기층 문화의 한 국면을 이루고 있기에 더욱 의미 있는 전통이라 할 수 있겠다.

한편 여기에서 미래에 일어날 일을 현재의 사태인 듯이 서술하는 소망형 현재법이 바로 이러한 태도를 강력하게 표명하는 서법(敍法)으로 기능하고 있다는 점도 주목할 만하다. 소망형 현재법은 아직 실현되지는 않았으나 반드시 실현되어야 한다고 믿는 미래의 소망을, 마치 이미 실현되었거나 현재 실현 중인 것처럼 표현하는 것이다. 운동 경기에서 응원할 때의 구호나, 예절과 법도를 지키기를 바라는 소망을 반영하고 있는 "우리는 문화 시민입니다."와 같은 표현에서 그 흔적이 남아 있음을 본다. 이러한 표현은 일차적으로 언어의 영적 위력에 대한 믿음에 기대고 있다 하더라도, 미래에 실현될 소망을 현재형으로 표현하고 있다는 점에서 '혜성가식 발상'과 매우 적절히 부합하는 서법이라 하겠다.

그렇다면 이러한 발상은 고전문학 교육의 내용이 되는 지식 항목으로 등재될 수 있는 자격을 얻는 셈이 된다. 물론 엄밀한 자격의 기준이 정립되어 있지는 않다. 그러나 이것이 문화적 보편성과 지속성을 지니고 있다는 점을 고려하면, 이 발상의 민족 문화적 의의는 충분히 검증이 된 것으로 보인다. 이런 발상이 문학 작품에서 실현되었든 일상적인 생활상의 담화에서 실현되었든, 매우 오랜 연원을 지니고 있고, 삶의 현장에서 두루 발견되고 있음을 부인할 수 없다.[13]

더욱이 이것이 단순히 특별한 시적 발상에 그치는 것이 아니라 우리가 만들고 전수해 온 인식의 기제이자 삶의 지혜라는 점도 그 의의를 높이고 있다. 인간이라면 누구나 삶의 불행에 처할 것이라는 예조를 만날 수 있다. 이때 이를 현실적으로 타개해 나갈 수 있는 힘을 지니지 못했다면, 그 불행은 숙명으로 받아들일 수밖에 없다. 이러한 때에 인식의 힘으로 그 예조의 이면을 봄으로써 불행한 사태를 미리 대비하거나 스스로를 위로하는 태도를 보여주는 것이 '혜성가식 발상'이다.[14]

이러한 이유들은 '혜성가식 발상'이 고전문학 교육, 나아가 국어교육의 유의미한 내용 항목으로 자리할 수 있는 근거가 될 수 있으리라 본다. 요컨대 '혜성가식 발상'은 일상적인 생활상의 문제 해결을 도모하는 발상이 시적 발상으로 전이된 것인 만큼, 이것이 고전 자료에서 두루 발견될 뿐만 아니라, 그 내부에 삶의 태도가 함축되어 있는 것은 자연스러운 일이다.

6. 고전시가 교육의 '내용'을 위해서

'문학교육'은 문학을 교육하는 일이다. 문학교육을 왜 해야 하는가, 그리고 어떻게 교육할 것인가에 대한 대답도 준비되어 있다. 그러나 정작 무엇을 교육하는 것인가라는 질문에 대한 답은 빈약해 보인다. '내용'이 준비되어 있지 못한 상황에서 '방법'이 즐비한 것은 아이러니이다.

이제 '문학교육은 무엇을 교육하는가'라는 질문은 '문학교육은 문학의 무엇을 교육하는가'로 바꾸어 볼 필요가 있다. 다시 말해 개별 작품이든, 다수의 작품군이든, 혹은 각각의 장르이든 간에, 그로부터 유의미한 지식의 항목을 구체적으로 추출하여 교육적 처치를 내려야 한다는 것이다. 작품이 실체로서 존재하므로 가르칠 수 있다는 논리는 맹목에 가까운 모험으로 이어질 수 있다.

이 글은 이와 같은 맥락에서 시도된 하나의 시론에 불과하다. 그러나 한편으로 고전 자료가 그 근원성과 정태성, 역사성으로 인해 현대의 여타 언어 자료에 비해 이러한 내용 요소들을 발견하기에 적절하다는 점,[15] 그리고 일상의 언어와 문학의 언어가 결코 별개가 아니라는 점을 새삼스럽게 확인할 수 있었던 것은, 이 시론의 가능성을 현실성으로 전환할 수 있는 강력한 동력이 될 것으로 믿는다.

제2장

시조의 자연, 그 '말없음'의 의미론
- 상호텍스트적 독서 체험 -

1. 말로써 말없음을 상찬하기

시조에서 자연의 위상은 매우 각별하다. 자연을 소재로 한 작품의 편수 자체가 의미의 질량을 보증해 주는 것은 아니지만, 자연이 시조의 소재적 차원에서만이 아니라 시조 시인들의 실존과 관련해서도 매우 중차대한 위상을 지니고 있음을 부인할 수는 없다. 시조에서 자연은 세상사의 지배 원리이기도 하고, 미적 존재이기도 하며, 현실의 반대항에 위치해 있는 피안이기도 하다. 그런가 하면 극복 대상이 되기도 하는 등 시조에서 자연은 매우 넓은 가치의 스펙트럼을 가진다(김대행, 1986 : 242-258). 그러나 굳이 실증적인 계산에 기대지 않는다 하더라도, 자연을 대하는 시조 시인들의 태도가 대체로 상찬(賞讚)으로 수렴되고 있다는 점은 어렵지 않게 확인된다. 그것은 오히려 상투적일 정도로 보편화된 관습이다.

그런데 이들 시조들을 현대 사회의 특수성에 기반하고 있는 생태주의라는 이념에 기대어 분석하는 일은 단순하지 않다. 천인합일(天人合一)이나 물아일체(物我一體)의 사상이 담겨 있는 시조 작품이라고 해서 모두가 생태주의 문학이 되지는 않을 것이기 때문이다. 적어도 시조나 가사 등의 고전문학 작품에 구현되어 있는 이들 주제 의식은, 환경의 위기에서 벗어나기 위한 운동이자 이를 뒷받침하고 있는 이데올로기로서의 생태주의와는 기원을 달리하고 있다. 원론적 차원에서 접근하자면, 생태주의에서 자연의 반대항은 정치 현실이 아닌 문명이기 때문이다. 따라서 이 글에서 다루고 있는 자연의 말없음이 생태주의와 어떤 관련을 맺고 있는지를 언급하는 것은 섣부른 일일 수 있다.

그럼에도 불구하고 이런 부류의 시조 작품들로부터 생태적 사유를 발견해 내고 이를 음미해 보는 일은 매우 소중한 교육적 경험임을 부인할 수는 없다.16) 환경의 위기가 인간의 무한한 욕망과 유한한 자원 사이의 모순에서 발생하는 것이라면, 우리는 세속의 번잡한 언어와 자연의 말없음이 나란히 병치됨으로써 형성되는 긴장으로부터도 이 모순을 얼마간 감지할 수 있다. 따라서 얼마간의 차이와 이로 인한 오류를 너그럽게 포용할 수 있다면 자연의 말없음을 상찬하는 시조를 통해서도 생태적 사유의 일단을 읽어내는 일이 무망하지만은 않은 것이다.

특히 이들 시조가 지닌 생태적 사유의 가치가 정치한 논리에 의해 뒷받침될 수 있다면, 또 다른 위기에 놓인 고전문학을 전수해야 하는 필연성을 확보하게 될 것이다. 고전시가의 교육적 효용에 대한 회의가 교육공동체 내부에서 일고 있는 시점에, 문화유산을 과거의 박제화된 기념물로서가 아닌 현재적 삶에 대한 관심을 촉발하는 훌륭한 교육적 자산으로 받아들이는 쾌거를 이룰 수도 있다는 것이다.

이 글에서 주목하고 있는 자료는 자연을 상찬하는 근거를 자연의 '말 없음'에 두고 있는 일군의 작품들이다. 이에 주목하는 이유는 내재적인 모순 때문이다. 상찬은 언어를 동원하지 않고서는 불가능한 일인 바, 언어의 부재를 기리기 위해 언어를 동원하는 것은 모순이라 하지 않을 수 없는 것이다. 혹 그것이 진리로 성립되기 위해서는 적어도 모순의 이면에 숨어 있는 역리(逆理)가 발견되어야 할 것이다.

이 역리를 파악하기 위해서는 무엇보다 사대부 시조 시인들이 자연을 바라보는 관점과 이를 뒷받침하는 세계관 및 가치관의 정체가 밝혀져야 할 것이다. 그러나 자연관에 근거하여 시조에 나타난 자연의 의미를 파악하는 것은 지나치게 단선적인 논리로 흐르기 쉽다. 그것은 마치 짠 소금을 넣은 물에서 짠맛이 난다는 논리와 크게 다르지 않기 때문이다. 이 위험을 피하기 위해 이 글에서는 이와 상반되는 작품군을 대비함으로써, 구체적인 실상으로부터 결론을 이끌어내는 귀납적인 방법을 쓰기로 한다.

시조에는 말없는 자연을 상찬하는 시와는 달리 언어의 거짓됨을 역설하는 작품군이 형성되어 있다. 물론 거짓으로 규정되는 언어는 현실 사회 혹은 세속의 언어이다. 이 작품군에 속하는 개별 작품들에서 시적 관심의 주를 이루는 것은 허위와 진실이 겨루는 세상사이다. 당연히 시적 화자는 자신의 언어는 진실이고 타인의 언어는 허위임을 밝히는 데 시적 의도를 집중한다. 이 작품군은 자연의 말없음을 표나게 내세우는 작품군과 함께 메타언어적 작품군을 형성하고 있기 때문에, 비교의 대상으로는 매우 적절해 보인다.

이 연구는 좁게는 시조 시인들이 자신의 뜻을 밝히는 말하기 방식과 연관되며, 넓게는 인간관과 자연관, 그리고 인간과 자연의 관계에 대한 문제로 확장된다. 왜냐 하면 자연은 사대부들에게 단순한 관물(觀物)의 대상으로서가 아니라, 삶의 근저에서 실존적 가치 지향을 담고 있는 환경이자 조건으로 자리매김되어 있기 때문이다. 이 점에서 이 연구는 강호가도(江湖歌道)의 전통적 의미를 캐는 작업과 맞물려 있기도 하다.

2. 말없는 자연에 대한 인식 기반

먼저 어부가계 시가를 대상으로 하여 자연 인식의 다층성을 유가적 사유, 도가적 사유, 불가적 사유로 나누어 살핀 한 연구(이종은 외, 1998)를 통해 시조의 자연이 어떠한 인식적 틀에 기반하고 있는지를 확인해 보기로 한다. 이 연구에 의하면, 유가적 사유에 기반한 자연관은 연군(戀君)과 역군은(亦君恩)의 자연, 직조대시(直釣待時)의 자연, 유상적(遊賞的) 자연, 도학적(道學的) 자연으로 구체화되고, 도가적 사유에 기반한 자연관은 갈등서정(葛藤抒情)의 자연, 물외한적(物外閒寂)의 자연, 결신오세(潔身傲世)의 자연, 체법동경(體法憧憬)의 자연으로 실현된다고 한다.

그런데 '말 없는' 자연을 상찬하는 시조에 이러한 구분법을 적용하는 일이 결코 수월하지는 않다. 이는 물론 일차적으로 위의 구분이 시조를 넘어서서 한국문학 전반에 걸친 광범위한 연구의 결과로 도출된 것이기 때문이다. 그러나 이보다 더 중요한 이유는, 시조에서 자연이 순수한 물질적 공간의 의미보다는 정치적 의미를 더욱 강하게 지니고 있기 때문이다. 시조라는 장르와 이 장르의 향유에 참여한 사대부의 관계는 다른 장르의 문학과 그 향유 작가층의 관계와는 구별되는 매우 특별한 국면을 지니고 있는 것이다.

앞에서 간략하게 언급한 대로 시조에서 자연이 세상사의 지배 원리로서, 미적 존재로서, 현실의 반대항에 위치해 있는 피안으로서, 그리고 극복 대상으로서 자리 잡고 있다면, 메타언어로서의 시조 또한 자연에 대한 관심을 이 스펙트럼의 폭 안에서 드러내고 있을 것이다. 그러나 어떤 위상으로 자리하고 있든, 그것은 인간사에 대한 관심과 무관한 의미는 아닌 것으로 보인다.[17] 설혹 자연을 순수한 경물로 받아들인다 하더라도 그 이면에 인간사의 복잡다단한 사상을 숨기고 있다고 보아도 큰 오류는 아닐 것이다.

먼저 말없는 자연을 내세우고 있는 작품의 실상을 확인해 보기로 한다.

> 말 업슨 靑山이오 態 업슨 流水ㅣ로다
> 갑 업슨 淸風이오 님즈 업슨 明月이로다
> 이 중에 病 업슨 이 몸이 分別 업시 늘그리라. - 成渾

이 노래에서 청산의 미덕은 말없음, 즉 침묵이다. 유수가 고정된 태가 없고, 청풍은 너무 흔해서 값이 없고, 명월은 임자가 없다. 여기에서 청산과 유수, 청풍, 명월은 의미론적으로 등가를 이룬다. 따라서 형식적으로 자연의 세부 항목들이 각각의 고유한 자질을 지니고 있는 것처럼 '분별'하고 있지만, 태 없음과 값 없음, 임자 없음은 상호 간에 얼마든지 교환될 수 있는 자질들이다. 필연적인 선택의 과정을 거친 작시가 아니라, 자의적으로 결합된 시어의 조합인 것이다. 그러니까 말없음은 태 없음과 값 없음, 임자 없음과 등가를 이루는 셈이다.

말없는 자연에 대한 상찬을 보여주는 작품들이 무리를 이루어 나타나는 것은 무엇보다 관습시였던 시조의 구비적 연행 조건에 말미암을 것이다. 즉 자연의 말없음이라는 자질은 작시와 연행, 전승이 특정한 환경에서 말로 이루어지는 사정에 의해 관습적으로 굳어진 일종의 공식구였던 것이다. 자연의 말없음을 상찬하는 작품군을 고찰하는 과정에서 이 점이 간과되어서는 안 된다. 이 점을 고려하지 않고 자연의 말없음이 나타나는 작품을 개별적인 텍스트로 독립시켜 바라보게 되면 앞에서 언급한 대로 단선적인 줄긋기를 통해 시조의 철학적 사유 기반을 밝히게 되는 위험을 만나게 되기 때문이다.

이 점은 이와 유사한 발상에 근거하여 작시된 노래들이 순서가 뒤바뀐 채 유통되고 있었다는 점을 보여주는 다음 작품을 통해서도 그 정당성이 확인된다.

갑 업손 江山이요 말 업손 綠水로다
일 업손 淸風이요 실롬 업손 明月이라
아마도 病 업논 이 몸이 놀고 갈가 ᄒ노라.

위의 노래에서 쉽게 확인할 수 있듯이, 값, 일, 시름, 병은 말과 더불어 '이 몸'의 인생에서 만나지 말아야 할 장애 혹은 부담이다. 그리고 강산과 녹수, 청풍과 명월은 '이 몸'을 온전히 맡길 수 있는 공간으로 설정되어 있다. 이렇게 보면 침묵은 청산만의 미덕이 아니고 유수와 청풍, 그리고 명월의 미덕이기도 하며, 넓게는 자연 자체의 미덕이기도 하다.

따라서 현상적으로는 시조 시인들이 자연 속에서 자기만족적 세계를 마음껏 향유하고 있는 것으로 보인다. 자연은 시인들이 사리 판단을 할 필요가 없는 공간이며, 그들이 다만 놀고 가는 곳일 따름이다. 시조 시인들은 자연의 침묵을 자신들의 자족을 보장해 주는 매우 적정한 조건으로 인식하고 있는 것으로 보인다. 이런 점에서 보면 자연의 말없음은 '스스로 그러함'이라는 자연의 본래적 의미를 제대로 구현하고 있는 것으로 판단할 수 있다.

그런데 다음과 같이 전형적으로 결신오세(潔身傲世)의 태도를 보여주고 있는 작품은 오히려 더 자연의 침묵 이면에 자리하고 있는 인간사의 어떤 이치를 반어적으로 보여주고 있다.

功名과 富貴과란 世上 스룸 맛겨 두고
말 업슨 江山애 일 업시 누어시니
갑 업슨 淸風明月이 닉 벗인가 ᄒ노라.

功名도 富貴도 말고 이 몸이 閑暇ᄒ야
萬水 千山에 슬커시 노니다가
말 업슨 物外乾坤과 함ᄭᅴ 늙쟈 ᄒ노라.

위의 두 작품에서는 공명과 부귀에 대한 거부감이 드러나고, 동시에 말없음이라는 자연의 미덕이 칭송되고 있다. 이는 말[언어]이 항상 공명과 부귀의 추구와 관련되어 있음을 전제로 한 것이다. 또 이러한 진술은 침묵을 미덕으로 지니는 자연을 현실의 반대항으로 바라보는 시각의 필연적인 소산이라 할 것이다. 여기에서 자연은 공명을 포함한 번다한 세속적 욕망으로부터 벗어난 공간이다.

자연의 침묵이 그 이면에 인간사의 어떤 이치를 숨기고 있다면, 이러한 자연 예찬에는 역설적으로 인간사에 대한 비판이 잠재되어 있다고 볼 수 있다. 다시 말해 이 침묵이 세속에 거하는 인간들에게도 바람직한 삶의 태도 혹은 미덕이 되기를 바라는 화자의 소망이 배경으로 깔려 있다는 추론이 가능한 것이다. 시조 시인들은 자연의 말없음이라는 미덕을 부귀와 공명을 추구하는 세속의 악덕과 대비시킴으로써 그 의의를 확인하고, 이를 통해 자신을 위로하고 있는 셈이다.

그렇다면 세속의 악덕이란 구체적으로 어떠한 실상을 지니는가? 특히 자연의 말없음에 대비되는 세속의 언어적 사태는 무엇인가? 이에 대한 답은 언어를 직접적인 소재로 다루는 또 다른 유형의 메타언어적 작품들을 통해 추리해 볼 수밖에 없다.

이를 위해 먼저 의미론에서 의미자질을 분석하는 방법을 원용하여 대체적인 유형을 연역적으로 추리해 보면 다음과 같이 항목화된다.

① -세속/-언어 = 자연의 침묵
② +세속/-언어 = 세속의 침묵
③ * -세속/+언어 = 자연의 거짓
④ +세속/+언어 = 세속의 거짓

　①은 지금까지 살펴온 일련의 작품들에 해당된다. 세속도 언어도 부정한 결과로 도달하는 이상적인 경지이다. ②는 세속에 거하면서도 세상사의 시비를 초월하고자 하는 의지의 산물이다. ③은 추상적 논리로서는 성립될 수 있지만, 자연이 거짓이라는 명제는 선험적으로 부정되기 때문에 실제 작품으로 실현될 수 없다. ④는 소문이나 참소, 거짓으로 가득한 세속의 언어로서, 시적 화자가 부정하는 대상이다. 따라서 ①과 ④는 명제적으로 대우(對偶) 관계를 형성한다.[18] 이제 ③을 제외한 각 유형을 살펴보되, 논의의 흐름상 ④에 먼저 접근해 보고, 뒤이어 ②에 대해 논의해 보기로 한다.

3. 세속의 언어, 거짓말 혹은 소문

　말에 대해서 말하는 메타언어로서의 시조는 당연히 시적 화자 자신의 말이 진실임을 표나게 내세운다. 그것은 뒤집어 보면 화자는 자신의 말이 거짓으로 오해되고 있는 상황에 처해 있거나, 상식으로 보편화된 진리가 거짓임을 깨달은 상태에 놓여 있다는 뜻이 된다. 이들 작품을 일별해 보면, 전자의 경우 대체로 청자를 염두에 둔 대화적 어법으로 실현되고, 후자는 혼자만의 독백적 어법으로 드러나고 있음을 알 수 있다. 이러한 유형적 차이에도 불구하고 시적 발화의 의도가 진실을 밝히는 데 있음은 공통적이다. 그러니까 메타언어적 양상을 함축하고 있는 시조는 진실을 드러내는 두 가지 말하기 방식을 전형적으로 드러내 준다고 보아도 무방하다.

말에 대해 말하는 시조의 가장 전형적인 양상은 상식으로 보편화되어 있는 관념이 거짓됨을 밝히는 것이다. 이들 작품들은 기존의 상식이 지닌 허구를 지적하고 이를 근거로 현재 자신의 판단이 정당함을 말하는 절차를 밟고 있다. 다음의 시조는 이들 작품군을 대표할 만하다.

> 달이 님즈 업다터니 判然호 거진말이라
> 中天에 쩌 즐기다가 쪠이거다 一片雲의
> 빗춰되 못 비치믄 임재 새와 호노매라.

이 작품은 앞에서 제시된 성혼의 '말 업슨 靑山이오~'와 나란히 두고 감상해 볼 만하다. 달에 임자가 있다/없다의 판단이 서로 대조적이기 때문이다. 자연물로서의 달에 주인이 따로 있을 리 없다. 실제로 강호 자연을 노래한 대부분의 시조가 달을 가까이 할 수 있었던 이유로 주인이 없어 다툴 일이 없다는 조건을 내세운다. 그러나 이 시조에서는 이러한 관습적인 인식을 정면으로 뒤집어 이를 '거짓말'이라 단언한다. 하늘에 떠 있다가 한 조각 구름에 끼어들 때 그 빛이 없어지는 것이 주인의 시기 때문이라 하였다. 달에게 주인이 없다면 달빛은 시종여일하게 세상을 비춰야 마땅하다. 그러나 그 빛을 아끼는 주인의 시샘이 빛을 차단한다고 본 것이다.

그런데 이러한 판단을 내리는 과정은 시조의 3장 형식이 지닌 논리적 성격과는 다소 거리를 두고 있다. 시조의 3장 형식의 논리적 성격이란, 그 구성 원리가 초·중장이 병렬되고 이것이 종장에서 '접속-종결'되는 구조임을 말한다(김대행, 1986 : 159-168).[19] 그러나 이들 유형의 작품은 초장에서 대상에 대한 판단을 제시하고, 중장과 종장에서 그 근거를 덧붙이고 있는 것이다. 적어도 논리적 과정만은 시조의 보편적 형식과 반대로 되어 있는 형국이다. 이는 이런 유형에 속하는 작품들이 보편적으로 지니고 있는 논리적 형식이기도 하다.

> 冬至ㅅ둘 밤 기닷 말이 나는 니론 거즛말이
> 님 오신 날이면 하놀조차 무이 너녀
> 자논 둙 일찌와 울려 님 가시게 ᄒ논고.

동짓달의 밤이 긴 것은 자연의 이치이다. 물론 그 길이는 객관적 사실로 굳어져 있다. 그러나 시간이 인간사의 영역으로 귀속되는 순간 그 길이는 항상 상대적으로만 인식될 뿐이다. 특히 정분을 공유하고 있는 임을 변인으로 하고 있는 경우에는, 그 시간의 장단은 오직 주관적 인식에 의해 판정될 뿐이다. 임을 기다리는 시간과 임과 함께 어울리는 시간이 만일 물리적으로 같은 분량이라 하더라도, 그 주관적 길이는 물리적 기준을 초월하는 것이다.

이 노래는 시간의 장단이 주관적 인식에 의해 좌우됨을 매우 노골적으로 보여준다. 작품에서 노래하고 있는 것처럼, 임과 함께 하는 시간은 아무리 길어도 짧을 수밖에 없다. 더욱이 그 임이 일상적으로 같은 공간 내에 어울려 지내는 사람이 아니라, 간혹 방문하는 손과 같은 존재라면, 그 길이는 더 짧게 느껴질 수밖에 없다. 당연히 님 오신 날의 밤만 짧은 것이다.

이처럼 이 노래에는 객관적 실재와 주관적 인식의 괴리를 보여주고 있는 바, 그 괴리에 대해 '거짓말'이라는 시어로써 화자 자신을 설득한다. 동짓달 밤이 길다는 것은 객관화되어 굳어져 있는 사실이고, 그것이 결코 길지 않다는 것은 자신의 경험이 뒷받침하는 판단이다. 이때 화자에게 먼저 다가서는 것은 경험적 판단이다. 그러니 아무리 객관화된 사실이라도 화자로서는 수긍할 수 없고, 결국 그것이 거짓말이라는 판정으로 이어질 수밖에 없다.[20]

그런데 위의 두 작품은 비교적 소박한 일상의 깨달음을 표현한 것으로, 정치적 의미망으로 포섭되기 어렵다. 상식과 통념이 거짓임을 밝히면서도, 정치 현실이나 세속적 가치에 대한 혐오나 거부감으로 연결되지는 않고 있는 것이다. 예컨대 다음과 같이 이에 대한 시적 화자의 태도가 분명하게 표현된 작품을 근거로 삼지 않으면, 세속의 언어가 지닌 의미가 명확히 드러날 수 없다.

> 구룸이 無心툰 말이 아모도 虛浪ᄒ다
> 中天에 써 이셔 任意로 둔니면서
> 구틱야 光明훈 날빗츨 ᄯ라가며 덥ᄂ니. - 李存吾

구름은 자연물의 하나로서 무심함이 제격이다. 그러나 시인의 눈에는 구름이 스스로의 '뜻[任意]'에 따라 운동하고 있는 것으로 보인다. 스스로의 의도가 아니고서는 굳이 밝은 빛을 덮는 현상을 이해할 수 없었던 것이다. 따라서 구름이 무심하다는 말은 허랑(虛浪)하다고 판단할 수밖에 없었다.

주지하듯 이 시조는 우의적 표현을 통해 당대의 정치를 풍자한 작품이다. 역사적 맥락을 존중하는 독법을 따르면, 햇빛은 공민왕을, 구름은 신돈을 가리키는 것으로 이해된다. 우의(寓意)는 일반적으로 인위적 상황 설정을 통해 비판의 의도를 실현한다. 인간사의 이치를 자연의 섭리를 통해 밝히기 위해서는 이러한 가공 과정이 필연적이다. 이 작품에서는 간신이 임금의 귀를 어지럽히는 간행(奸行)을 비판하기 위해, 구름이 의식적으로 햇빛을 가린다는 상황을 설정하였다. 그러다 보니 불가피하게 구름이 무심하다는 당대의 일반적인 인식을 전복하게 된다.[21] 그 인식의 진실성을 믿지 못한다는 선언이자, 자신은 그 이면을 보고 있다는 자신감의 표명이다. 혹 정치적 맥락을 벗어난 독법이라 하더라도 이러한 논리적 과정이 부정되지는 않는다.

이 작품에서는 '거짓말'이라는 시어가 '허랑하다'는 시어로 변주되고 있지만, 전체적인 논리적 과정은 앞에 제시한 두 작품과 동일하다. 보편화된 상식, 관념, 가치를 뒤집는 발화가 설득력을 가지기 위해서는 강력한 근거가 될 수 있는 사례를 요구할 것이고, 이들 작품은 초장의 선언에 이어 중·종장의 사례 제시로 논리적 완결성을 확보한다. 이 사례는 자신의 경험이기에 구체성을 확보할 수 있다. 논리학의 공리로 말하자면 귀납적 추론의 과정을 밟고 있으며, 그만큼 경험적 진실의 이점을 활용할 수 있었던 것이다.

여기에서 판단의 근거로서 제시된 이들 사례들은 개인의 주관적 경험이다. 그들은 모두 공존하고 있어야 할 대상들과 분리되어 있고, 온전한 질서로부터 벗어나 있는 사람들로서 정서적 결핍을 겪고 있다. 그래서 이들 작품들은 선명하지는 않다 하더라도 어느 정도 비관주의적 시선을 함축하고 있는 것으로 보인다. 그들의 경험은 널리 인정받는 상식 너머에 자리하고 있다. 그런 점에서 세상사의 이면(裏面)이라 할 만하다. 이면은 잘 드러나지 않는다. 대신 이면은 사회적 소수자나 소외자, 혹은 고난에 처한 자들의 시선을 기다려서 그 정체를 드러내는 경우가 많다. 이처럼 주관적 경험에 기대어 중심부를 향해 시비를 걸고, 중심부의 논리가 허위에 불과하다고 선언하는 것이 그들이 진실을 말하는 방식의 하나임을 확인할 수 있다.

물론 선행 발화를 거짓으로 규정하려는 이러한 시도가 반드시 비관주의적 세계 인식에 근거하고 있는 것은 아니다. 이를 가장 전형적으로 보여주는 것은 퇴계의 다음 시조이다.

> 淳風이 죽다 ᄒ니 眞實로 거즛말이
> 人性이 어지다 ᄒ니 眞實로 올흔 말이
> 天下에 許多 英才를 속여 말솜 ᄒ리요. - 李滉

퇴계가 이별(李鼈)의 '六歌'와 같은 노래들이 지닌 '완세불공(玩世不恭)'의 뜻을 비판하고 '온유돈후(溫柔敦厚)'의 가치를 표방하면서 지은 노래가 「陶山十二曲」이라는 점은 그 발문에서 분명히 드러난다. 그런데 여기에서 '온유돈후'와 '완세불공'을 기준으로 위의 노래들을 대비해 보면, 앞의 세 작품과 퇴계의 시조는 여기에 정확히 대응된다는 점이 주목된다. 즉 앞의 세 작품에서 '완세불공'의 기미를 파악할 수 있다면, 퇴계의 시조는 '온유돈후'의 실현태가 어떠한지를 전형적으로 보여주고 있는 것이다(이민홍, 1985, 173-178). 그렇다면 이면을 볼 수 있는 안목이 반드시 비관주의적 세계관과 맞물려 있는 것은 아니라 할 수 있다. 따라서 그것은 중심부에서 주변부를 바라볼 때도 여전히 유효하다는 논리가 성립된다.

그러나 한편으로 퇴계의 작품이 순풍은 죽고 인성은 사악하다고 하는 당대의 '영재'들에 대한 반박과 설득의 의도를 품고 있다면, 이면을 먼저 파악한 것은 '영재'들이다. 퇴계는 중심부에 서서 '영재'들에게 중심부의 안목을 회복할 것을 촉구하고 있는 것이다. 중심부의 안목이란 결국 '영재'들에 의해 거부된 질서를 옹호하는 데 집중되게 마련이다. 그렇기 때문에 퇴계 시조의 '거짓말'이라는 시어는 이면을 보는 안목에 의해 뒷받침되지 않는다. 이는 앞의 세 시조가 개인의 경험에 근거한 귀납적 논리의 형식을 따르고 있는 것과 달리, 퇴계의 시조에는 자신의 판단을 떠받치는 근거가 생략된 사실과도 무관하지 않을 것이다. 따라서 이면을 볼 수 있는 안목이란 중심부에서 주변부를 향하는 경우보다 그 반대 방향으로 움직일 때 훨씬 효과적으로 드러난다고 보는 편이 실상에 가깝다 하겠다.

한편 주변부에 서서 중심부를 향하는 시선이 이면을 보는 안목과 맞물린다는 점과 함께 주목되는 것은, 판단의 근거로 동원되는 경험들이 어디까지나 개별적이고, 그나마 주관적 인식의 틀 내에서만 의미화되고 있다는 점이다. 이 사실은 이들 노래의 어조가 다분히 독백적이라는 점과 양면을 이룬다. 독백이란 외부의 청자를 상정하지 않는다. 내면으로 침잠해 들어갔을 때 취하는 어법이다. 이와 같은 어조의 선택에는 필시 개인적 경험의 보편성에 대한 대사회적 자신감의 결여가 영향을 미쳤을 것으로 추정된다. 이는 퇴계의 시조가 강한 자신감과 자긍심을 담고 있는 점과도 대비된다 하겠다.

그러나 여기에서 거짓말로 규정하고 있는 상식은 언젠가는 정당하게 자리를 잡아야 할 상식들이다. 구름은 무심해야 하며, 동짓달 밤은 길어야 하고, 달에는 임자가 없어야 하는 것이다. 이것이 시적 화자가 궁극적으로 소망하는 이상적이고 바람직한 세상사의 이치이다. 달리 말하면 '거짓말'이라는 기술(description)의 이면에는 그것이 '진실'이어야 한다는 선험적 규정(prescription)이 나란히 자리하고 있는 것이다.

이제 자신의 진실을 입증하려는 의지를 다소 적극적으로 표명하는 태도를 담고 있는 작품군을 살펴보기로 한다. 이 작품군에 속해 있는 노래들은 대체로 '님'이라는 표면적인 청자를 설정해 두고 있어, 대화체적 양식을 그대로 드러내주고 있는 점이 특징적이다. 이때 '님'은 대체로 자신보다 더 존귀하고 더 우월한 지위를 가진 존재로 드러난다. '님'은 화자의 입장에서 보아 하소연의 대상인 것이다.

> 됴고만 실비암이 龍의 초리 듬북이 물고
> 高峯 峻嶺을 넘단 말이 잇셔이다

원놈이 원말을 하여도 님이 짐작 ᄒ시소.

이 작품은 종장 "원놈이 원말을 하여도 님이 짐작하소서"라는 구절이 일종의 공식구(公式句)로 굳어 있을 정도로 유형화를 이루고 있다. 뿐만 아니라 이 노래가 실려 있는 『근화악부(槿花樂府)』에 명기되어 있는 바, 노래의 유래를 알 수 있는 『高麗史』 악지(樂志)의 기록22)은 이런 유형의 노래가 통시적으로도 매우 보편화되어 있었음을 확인해 준다.

이 작품에서 '원놈'이 하는 '원말'이란 출처가 불분명한 소문이라 하겠으며, 정치적인 의미가 부가되면 참소(讒訴)라 할 것이다. 시적 화자의 관심은 자신과 관련된 온갖 소문 혹은 모함이 허황된 날조에 불과하다는 것을 밝히고, 이를 통해 임과의 관계를 회복하는 데 있다.

이를 위해 동원된 수사는 이야기의 병치이다. 그 이야기는 자신과 관련된 추문과 직접적인 관련이 없다. 다만 그 추문과 동격을 이룰 만한 이야기를 제시함으로써 해명을 위한 노력은 완성된다. 조그만 실뱀이 용의 꼬리를 담뿍 물고 고봉준령을 넘어가는 일이 불가능한 일인 것처럼, 자신이 저질렀다는 언행도 있을 수 없는 일이라는 논리가 성립되는 것이다.23) 이러한 과장에도 불구하고 시적 화자가 처한 형편의 심각성 때문인지, 이 작품에서는 장시조 특유의 해학이 분명하게 드러나지 않고 잠복되어 있을 뿐이다.

이러한 의도를 관철하기 위해 화자가 자신의 억울함에 대한 직접적인 호소를 생략하고 있는 점도 주목된다. 즉 다른 사람들이 자신을 모함한 말이 구체적으로 어떤 내용인지, 그리고 그 말이 왜 사실과 어긋나는지에 대한 언급이 아예 없다. 만일 그렇게 했다면 화자의 말은 적극적인 해명으로 흘렀을 터이고, 이는 경우에 따라서 반성 없는 변명으로 곡해될 우려도 있다. 시적 화자는 자신의 이야기를 최대한 감추고 대신 다른 이야기를 병치시킴으로써 발화 의도를 완수하고자 하는 것이다. 이 점은 유사한 동기를 지닌 전대(前代)의 문학 <원가>나 <정과정>과도 구별되는 특징이다. 이들 작품에는 억울함에 대한 호소가 명시적으로 드러나고 있기 때문이다.

흥미로운 것은 '왼놈'과 '왼말'이 중의적으로 구사되고 있다는 점이다. '왼놈'은 '온갖[萬/全] 사람'으로도 '그른[誤/惡] 사람'으로도 동시에 해석 가능하며, '왼말' 또한 이에 준해서 '온갖 사설'과 '그른 사설'이라는 이중의 의미를 갖는다. 이는 단순히 하나의 시어가 중의적이라는 사실에 머무르지 않는다. 각각의 의미가 별개의 통사론적 맥락을 따라 독립적으로 형성되지 않고, '온갖 사람'은 '그른 사람'이요, '온갖 사설'은 '그른 사설'이라는 의미론적 등식을 성립시킨다. 이와 같은 중의적 시어 구사는 '자아 : 타자 = 진실 : 거짓'이라는 이항 대립으로 확장된다. 그리하여 시적 화자는 거짓의 거짓됨만을 말함으로써 진실의 진실됨을 우회적으로 드러내려는 궁극적인 의도를 완성하고 있는 것이다.

이상에서 살핀 두 유형의 작품군은 그 어조도 다르고 의도를 드러내는 방식도 판이하게 다르다. 전자가 독백체의 어조 속에 자신의 경험을 논리적 근거로 내세우고 있는 반면, 후자는 대화체의 어조로 시적 청자에게 우회적으로 자신의 억울함을 호소하고 있다. 그리하여 전자가 논리적 설득력을 높여 진실의 논리적 확정을 도모하고 있다면, 후자는 우화를 제시함으로써 최종적인 판단을 상대방에게 이양하고 있다. 전자가 논리적 완결성을 추구한다면, 후자는 논리적 공백을 최대화하려고 하는 것이다.

이런 차이에도 불구하고 두 작품군은 자신을 둘러싼 세계의 언어에 대해 강한 부정을 표명하고 있다는 점에서는 동질적이라 할 수 있다. 이 동질성은 의도의 측면에서만이 아니라 자아와 세계를 파악하는 시선의

측면에서도 나타난다. 이들 작품의 화자에게 자아와 세계, 즉 나의 말과
남의 말은 각각 진실과 허위라는 이항 대립적 가치로 의미화되고 있는
것이다. 여기에서 남의 말, 세계의 언어는 환원하면 세속의 언어이다. 시
비와 곡직, 진위를 따져야 하는 이유가 무엇보다 대사회적 인간관계의
산물이기 때문이다. 그렇다면 이러한 세속의 언어에 대한 부정은 그 반
대편에 있는 다른 가치에 대한 긍정으로 이어지는 것이 자연스럽다. 그
것은 곧 자연과 침묵이다.

4. 말없음의 역리

앞에서 살핀 대로 말없음이라는 자연의 미덕은 세속의 언어를 부정할
때 필연적으로 관심을 갖게 되는 자연의 속성이다. 그러나 한편 이러한
관심사의 이동은 비약적이라 할 만하다. 다시 말해 세속과 언어 둘 중의
어느 하나만을 부정함으로써 이에 대한 거부감을 해소할 수도 있기 때
문이다. 이는 세속의 언어를 피해 곧장 자연으로 삶의 공간을 옮기는 것
보다 쉬운 일이기도 하다. 우리는 과연 그런 지향을 보이고 있는 몇몇
작품들을 만나 볼 수 있다.

> 말 ᄒ기 죠타 ᄒ고 눔의 말을 마롤 거시
> 눔의 말 내 ᄒ면 눔도 내 말 ᄒ는 거시
> 말로셔 말이 만ᄒ니 말 마롬이 죠해라.

> 드른 말 卽時 닛고 본 일도 못 본 드시
> 내 人事 이러홈애 남의 是非 모를노다
> 다만지 손이 셩ᄒ니 盞 잡기만 ᄒ노라. - 宋　寅

이들 작품은 세속에서의 침묵을 선택함으로써 시비를 초월하고자 하는 심리적 지향을 보이고 있다. 들은 말과 본 일을 모두 무시하면 세상사의 시비에 휘말릴 이유가 없다는 논리이다. 물론 표면적으로는 침묵 혹은 말없음을 표방하지는 않았지만, 세상사에 대해 아무런 말도 하지 않겠다는 의지가 숨어 있다고 보아야 한다. 그러나 그것은 의지의 문제가 아님을 두 번째 작품의 화자가 스스로 고백하고 있다. 세속에서의 침묵이란 결국 인위적인 전략에 의해 가능한 처세가 아니라, 술의 힘을 빌어야만 가능한 경지였던 것이다.

이와 같이 세속에서의 침묵을 삶의 자세로 표방하는 작품을 염두에 두면, 자연의 침묵이 애초부터 선험적으로 찬양의 대상으로 자리를 잡고 있었던 것이 아님을 알 수 있다. 시비와 곡직을 따지는 세속의 언어 너머를 탐색하다, 세속도 부정하고 언어도 부정한 뒤에 발견된 가치가 자연의 침묵이었다. 그러한 탐색의 여정에서 세속에서의 침묵이라는 가치를 발견하지만, 그것은 외부적인 힘을 빌어야 비로소 도달할 수 있었던 만큼 불완전하기 짝이 없었다. 자연은 자연대로, 침묵은 침묵대로 미덕을 지니고 있었으나, 공교롭게도 별도로 존립해 있던 두 미덕이 결합된 것이다. 따라서 자연의 침묵은 본래부터 하나의 의미장(意味場)을 이루고 있는 단일 개념이 아니라, 속세와 언어라는 두 개의 의미 자질이 제각각 반대 방향으로 기호화된 복합 개념인 셈이다.

그렇다면 자연의 침묵에 대한 거의 자동적인 반응은 세속의 진실에 대한 갈구의 소산이라 할 것이다. 그것이 적극적인 태도에 의해 뒷받침되지는 않는다 하더라도, 의도적인 모함도 없고 오해도 없으며, 진리가 진리로 통용되는 세상에 대한 소망이 전제되어 있다 할 것이다. 이들 시적 화자들은 세속이 진실을 회복하면 언제든지 회귀할 준비를 갖춘 사람들이다. 이는 '사(士)'와 '대부(大夫)'라는 이중적 가면을 지니고 '수기(修

理)’와 ‘치인(治人)’의 이중적 역할을 수행하며 살아가야 하는 사람들의 필연적인 숙명이다.

이 점은 강호가도의 전통적 의식 지향에 대한 논의에 의해서도 뒷받침된다. 즉 조선조 선비들의 이념(理念)은 경국제민의 현실에 가 있는 반면, 동경(憧憬)은 귀거래(歸去來)의 강호에 가 있으며, 그들의 귀거래적 충동은 이념과 동경 사이에 낀 분신(分身) 상태에서 일어나는 것이다(최진원, 1977 : 23-24). 또한 강호 자연과 정치 현실의 함수 관계를 기준으로 살피면, 이들 작품군은 맹사성의 「강호사시가」가 아닌, 이현보의 「어부가」 계열로 귀속된다는 점도 확인할 수 있다.[24] 시인 혹은 시적 화자들은 끊임없이 자연에 묻혀서도 현실 세계에 대한 관심을 놓치지 않고 있으며, 그 관심은 현실 정치에 대해서 지극히 비관적인 인식을 바탕으로 하고 있기 때문이다. 거짓말과 오해의 언어에 대한 시적 진술이 비관주의적 세계 인식에 기반하고 있을 수밖에 없는 필연적인 이유를 여기에서 다시 확인할 수 있다.

자연의 말없음을 미덕으로 예찬하는 것은 세속의 언어가 지니는 허위성에 대한 반대급부이다. 이는 세속과 언어를 동시에 부정함으로써 도달하게 되는 필연적인 귀결인 것이다. 세속은 인간의 이해관계가 상충하는 삶의 공간으로서, 이런 곳에서 시비와 곡직을 따지는 것은 필연적이다. 이런 점에서 적어도 메타언어로서의 시조에서는 자연이 삶의 원리로서가 아니라 현실의 반대항으로 자리하고 있다고 보는 편이 타당할 것이다.

이들이 주목하는 자연의 침묵이라는 미덕은 ‘도가도비상도(道可道非常道)’나 ‘지자불언 언자부지(知者不言 言者不知)’라는 도가적 진리 추구 방식과도 무관하지 않을 것이다. 이는 언어가 진리를 온전히 드러내기에는 불완전하기 짝이 없는 도구에 불과함을 역설한 것이다.[25] 그러나 두 부류의 작품군을 대조적으로 살펴 보면, 자연의 말없음에 대한 상찬은 시비와 곡직의 초월이라는 현실적 욕망에 견인된 결과로 보는 것이 옳을 것이다. 그러나 그 어떤 경우이든, 적어도 시조 시인들에게 자연은 순수한 경물이 아니었다. 그 어느 영역에서든 자연은 인간과 분리되지 않았고, 도덕의 자연화와 자연의 도덕화가 동시적으로 구조화되었기 때문이다.26)

요컨대 사대부들에게 자연의 침묵이란 세속의 진실과 대우 명제를 이루며, 참/거짓의 판정을 공유한다. 그런 점에서 자연의 침묵은 세속의 진실에 대한 소망이 역설적으로 투사된 한 경지라 함이 옳을 것이다. 따라서 사대부의 시조에서 자연의 침묵은 어디까지나 역리로서만 성립하는 미덕이라 하겠다.

제3장

이별 시조의 배경 중화 현상
- 이별 노래에서 인간 읽기 -

1. 시의 이야기성

<황조가>에서 우리는 암수 꾀꼬리 한 쌍의 정다운 의존에 자신의 처지를 투영시킴으로써 자신의 외로움을 발견하는 시인을 발견할 수 있다. 이처럼 외부 세계의 충격에 대한 유기체로서의 반응은 지극히 당연한 인간의 존재 양식이다. 시인은 단순히 반사적인 반응에 그치지 않고 이를 자기가 소망하는 세계로 변용시켜 자아와 세계의 교감을 기록해 내기도 한다. 범박하긴 하지만, 우리는 이를 서정 장르를 '세계의 자아화'로 설명하는 논리의 한 단면으로 이해해도 좋을 것이다.

또 다른 장르론적 설명에 의하면, 시는 사물의 순간적 파악, 시인 자신의 순간적 사상·감정을 표현한 것으로 정의된다. 그러나 사건이나 감정의 포착이나 표현이 순간적이라고 해서 시를 이야기와 무관한 장르

로 볼 수는 없다. 넓게 보아, 사건의 연속적 전개를 바탕으로 하는 서사시는 물론이고, 순간성을 본질로 하는 서정시에도 이야기는 담겨 있게 마련이다. 물론 이 경우에 이야기는 시작과 종결이라는 구조를 갖춘 담화라는 일상적 차원의 의미로 이해되어야 할 것이다. 가령 "어름 우희 댓닙 자리 보와/ 님과 나와 어러주글만뎡/ 어름 우희 댓닙 자리 보와/ 님과 나와 어러주글만뎡/ 情둔 오넔밤 더듸 새오시라 더듸 새오시라."(<만전춘별사> 1연)에서, 우리는 조만간 이별을 해야 하는 사랑하는 임과 함께 밤을 보내는 연인의 안타까운 목소리를 듣는다. 얼마 남지 않은 시간 동안이라도 최대한의 육체적인 밀착을 통해 사랑을 확인하고 승화시키고자 하는 욕구를 담은 이야기인 셈이다.

시가 이야기인 이상, 시에도 사건과 배경이 있을 수 있다. 물론 시에서 사건은 물리적 시간과 공간을 존재 조건으로 삼아 연속적으로 전개되지는 않는다. 시에서 사건이란 시적 화자의 정서가 촉발되는 상황을 가리키는 것으로 이해할 수 있다. 그러므로 이는 심리적 사건이라 하겠다. 자연스럽게 시에서 배경이란 정서를 직접적으로 촉발하는 심리적 사건의 물리적 환경에 해당된다. 여기에서 물리적 환경은 시간적·공간적 환경은 물론이고 이를 구성하는 세부적인 제재나 소재들을 포함한다.

서정 장르를 '세계의 자아화'로 설명하는 논리에 기댄다면, 배경은 '세계'의 일부로 이해될 수 있다. 예컨대 "耿耿孤枕上애 어느 ᄌᆞ미 오리오/ 西窓을 여러ᄒᆞ니 桃花ㅣ 發ᄒᆞ두다/ 桃花ᄂᆞᆫ 시름 업서 笑春風ᄒᆞᄂᆞ다 笑春風ᄒᆞᄂᆞ다."(<滿殿春別詞> 2연)에서, '도화'와 '봄바람'의 교감은 화자와 임의 단절을 부조(浮彫)시키는 기능을 맡고 있는 바, 그 교감은 화자에 의해 주관화된 상태로 제시된 세계이다. 이처럼 특정한 시간적·공간적 환경을 배경으로 세계를 구성하는 제재 및 소재가 시적 자아와 관계를 맺는 상황을 통칭해서 '시적 정황'이라 할 수 있겠다. 위의 구절에서 누군가를 그리워하는 것이 심리적 사건에 해당되고, '도화'가 피어 있는 '달' 밝은 '밤'이 배경에 해당된다면, 심리적 사건과 배경이 어우러진 상황 전체를 시적 정황이라 할 수 있을 것이다. 특히 이 글에서는 1일 단위의 낮과 밤, 1년 단위의 봄·여름·가을·겨울 등의 계절, 그리고 이런 시간을 간접적으로 알려주는 표지로서 자연물과 자연 현상을 배경의 주요한 구성 요소로 간주하겠다.

그런데 모든 시에서 배경이 필수적인 요소인 것은 아니다. 예를 들어 "넉시라도 님을 ᄒᆞᆫ디 녀닛景 너기다니/ 넉시라도 님을 ᄒᆞᆫ디 녀닛景 너기다니/ 벼기더시니 뉘러시니잇가 뉘러시니잇가."(<滿殿春別詞> 3연)에는, 약속을 어긴 임을 원망하고 있는 심리적 사건이 제시되어 있되, 그 사건이 발생된 상황 혹은 환경은 생략되어 있다. 생략되어 있다고 해서 우리가 이를 불완전한 이야기로 볼 수는 없다. 일단 사물의 순간적 파악, 시인 자신의 순간적 사상·감정을 표현한 것이라는 시의 정의에는 충실하기 때문이다. 더욱이 위의 구절이 <정과정>과 공유하고 있는 사설이라는 사실은 자체적인 완결성을 입증해 준다. 이것이 서사에서의 배경과 서정시에서의 배경이 가지는 차이점이다.

이 글은 일차적으로 이별 시조에서 배경이 필수적인 요소도 아니면서, 단순히 사건의 물리적 환경에 머물지 않고 심리적 사건의 원인으로 작용하는 경우가 많다는 점에 주목한다. 가령 달 밝은 밤에 사랑하는 사람을 그리워하는 사건이 있다고 가정해 보자. 서사의 플롯 개념을 적용시켜 이를 이해하자면, 그것은 임과의 이별이라는 선행 사건이 원인이다. 그러나 그리움이라는 정서는 '달 밝은 밤'이라는 시간적 배경에 의해 촉발된 것이다. 그러므로 이 둘 사이에서도 인과 관계는 성립된다. 이 경우 배경은 시적 진술의 핵심적인 대상은 아니면서도 필연적인 요소인 것처럼 보인다. 이를 달리 말하면, 다분히 장식적 요소로 떨어질 가능성을 지닌 배경이 화자의 정서에 직접적으로 작용하는 필연적인 요소로 기능하는 현상이다.

그러나 더욱 더 문제적인 것은 배경으로 제시된 소재들이 분위기나 이미지는 상반되면서도, 시적 화자의 특정한 정서를 촉발시키는 동일한 역할을 맡고 있다는 점이다. 가령 꽃이 피는 봄에는 꽃이 피어서 외롭고, 낙엽이 지는 가을엔 낙엽이 날려서 외롭다는 것이 이별 시조에 형상화된 화자의 탄식이다. 외로움의 정서를 부조시킨다는 점에서 동일한 기능을 맡고 있지만, 그 배경의 분위기는 전혀 상반된 경우라 하겠다. 상반된 분위기를 가진 배경이 동일한 정서를 촉발시킨다면, 인간과 세계의 교감은 과연 무엇인가 하는 질문이 나서게 되는 것이다. 그렇다면 과연 이별 시조에서 시적 화자는 세계의 충격에 대해 유기체적으로 반응하고 그 결과를 시적으로 표현하고 있는가, 아니면 독립적인 항수로서 특정한 정서를 포착한 상태에서 세계의 충격을 선험적으로 연결시키고 있는 것인가 하는 문제를 제기해 볼 수 있다. 이 글의 일차적인 관심은 여기에 있다.

나아가 이 관심은 이별 시조 작품군을 통해 우리가 인간의 어떤 본질을 깨달을 수 있는가 하는 효용론적 관심으로 이어진다. 문학을 읽는 일이 궁극적으로 인간의 정신적 성장에 기여한다는 점은 세세한 논거를 들 필요도 없이 자명하다. 문학이 인간의 성장에 기여하는 것은, 대체로 다양한 인간사를 접하는 경험의 확장을 통해 가능하다(김대행 외, 2000, 44-49). 그럴 경우 문학이 형상화하고 있는 인간의 삶이 인간의 어떤 본성에 근거하고 있는가 하는 점을 깨닫는 일은, 정신적 성장의 한 요체라 할 것이다. 고전문학을 읽는 즐거움도 여기에서 예외일 수는 없다. 따라서 학습자들이 시조 작품을 읽으면서 그러한 종착점에 도달할 수 있도록 경로를 설정해 주는 일은, 선언적 수사에 머무르고 있는 고전의 가치를 현재화(顯在化)하는 한 방법이 될 것이다. 그러므로 이 글은 문학교육이 궁극적으로 인문 교육으로 귀결되어야 한다는 논리를 전제로 삼고 있다고 보아도 무방하다.

이별 시가는 이러한 목적에 제대로 부합하는 장르라 하겠다. 이별 시가란 이별과 관련된 다양한 사건이나 모티프, 정서를 담고 있는 작품군을 가리키는 다소 편의적인 범칭이나, 이 글에서는 특별히 이별로 인해 사랑하는 연인을 그리워하는 정서나 그를 기다리는 모티프를 담고 있는 시조 작품을 중심으로 논의를 펼쳐가기로 하겠다. 또 이 글이 역사주의적 독법에 기댄 진술이 아니고 시학적 원론에 관한 논의이므로, 여기에 군신 관계를 남녀 관계로 치환한 작품들도 포함시키기로 하겠다. 남녀 간의 정이야말로 인간 성정의 가장 예민한 감각이 작동하는 지점으로서, 인간의 진실을 가장 전형적으로 보여준다.27) 더욱이 그것은 그 절실함으로 인해 순간성이라는 서정시의 본질에 가장 잘 부합하리라고 본다.28)

2. 배경과 시적 화자의 관련 양상

이제 시적 화자가 배경과 맺게 되는 관련 양상을 몇 가지로 나누어 보기로 하겠다. 이는 자아와 세계의 관계에 대한 서정 장르의 특수성을 감안한 것이다. 여기에서는 일단 논의의 편의를 위해 그 관련성을 다음의 세 가지로 나눈다. 첫째, 배경을 주관적으로 변형하는 경우, 둘째, 배경의 분위기에 시적 자아의 정서가 동화되는 경우, 셋째, 배경이 시적 자아와 반면(反面)이 되는 경우이다.29) 배경의 주관적 변형이란 세계의 객관적 질서를 주관에 따라 재구성하는 것을 뜻하고, 배경과 시적 자아의 동화는 자아가 미적 대상으로서의 세계와 심리적·정서적으로 일체화되는 것을 뜻한다. 그리고 시적 자아에 대한 배경의 반면화는 자아가 세계와 상반된 성격을 지닌 채 자아의 심리적 상황이 부조되는 것을 의미한다.

2.1. 배경의 주관적 변형

자아와 세계가 대립과 갈등의 관계에 놓여 있을 때, 이를 해소하는 한 방식은 세계를 자신의 소망에 따라 상상적으로 변형시키는 것이다. 물론 원론적으로는 모든 서정시가 세계의 주관적 변형이라는 과정을 거치게 된다. 그러나 여기에서 말한 변형이란 객관적 질서를 무시하고 자아의 의지에 의해 세계가 초논리적이고 초합리적으로 가공되는 것을 뜻한다. 그 예를 우리는 아래 노래에서 확인할 수 있다.

> 冬至ㅅ둘 기나긴 바믈 한허리를 버혀 내여
> 春風 니블 아래 서리서리 너헛다가
> 어론님 오신 날 밤이여든 구뷔구뷔 펴리라. - 황진이

임이 부재한 동짓달 밤이 길다는 점과 임이 오신 봄날의 밤이 짧다는 점은 자아와 세계가 대립의 관계에 놓이게 되는 결정적인 이유이다. 그리하여 화자는 현재 임의 부재로 인한 외로움을 전면에 놓고, 이와 동시에 미래에 임과 재회할 때 겪게 될 아쉬움을 배면에 놓은 채, 내면적으로 이중의 갈등을 겪게 된다. 그러나 이 이중의 갈등은 마치 톱니바퀴처럼 맞물려 있음으로 해서, 하나의 갈등을 해결하면 다른 갈등도 자연스럽게 해결되는 양상을 보여준다. 임이 부재한 동짓달 밤을 잘라 내서 짧게 줄이고, 잘라 낸 그 시간을 임과 재회한 봄밤에 이어 붙여 길게 늘이는 방법을 상상해 낸 것이다.

여기에서 주목되는 것은, 기나긴 동짓달의 밤이라는 객관적인 자연
현상이 화자의 외로움을 둘러싼 시간적 환경일 뿐만 아니라, 그 외로움
의 정서를 촉발하는 직접적인 자극이기도 하다는 점이다. 그러므로 '동
짓달 기나긴 밤'은 확실히 배경이 된다. 물론 서사적인 논리에 서면, 임
의 부재가 화자의 외로움이라는 심리적 사건의 선행 사건이다. 그러나
임의 부재가 선행 사건이라고 해서 화자의 외로움이라는 정서를 직접적
으로 촉발시켰다고 보기는 어렵다. 밤이 길다는 사실이 전면에 진술된
점으로 미루어 볼 때, 그 외로움은 일단 밤이 되었기 때문에 촉발된 것
으로 이해되어야 마땅하다. '이링공 뎌링공'(<청산별곡>) 해서라도 시간
을 보낼 수 있는 낮을 맞이하기 위해서는 현재 화자를 감싸고 있는 짧
지 않은 밤을 흘려 보내야 한다는 점을 깨닫고 있었다고 보아야 하기
때문이다.

이처럼 자아와 대립되는 세계를 화자의 주관에 의해 상상적으로 재가
공함으로써 내적 갈등을 해소하는 발상은, 기본적으로 세계의 자아화라
는 서정 장르의 원리를 전형적으로 제시해 준다.[30] 그런 만큼 세계에 대
해 자아가 압도적인 우위에 서서 세계를 직접적으로 통어하고 있다는
점을 일단 기억해 두기로 한다.

2.2. 배경과 시적 자아의 동화

앞에서 잠깐 언급한 대로, 세계와 자아가 동화된다는 것은 감정이입
을 통해 세계 속에서 자아를 발견한다는 뜻이다. 대상에 감정을 이입한
다는 것은 넓게 보아 투사의 한 양태로 간주할 수 있으며, 이 과정에서
필연적으로 세계는 변형될 수밖에 없다. 그러나 여기에서의 변형은 시적
대상이 합리적 질서를 초월하면서까지 물리적으로 가공되는 경우는 앞

의 절에서 다루었으므로 배제한다. 대상의 의미나 가치가 화자의 주관에 따라 발견되어 전면화되는 경우에 국한된다.

> 空山에 우는 뎝동 너는 어이 우지는다
> 너도 날과 갓치 무음 離別 ᄒ엿ᄂ냐
> 아무리 피나게 운들 對答이나 ᄒ더냐. - 朴孝寬

이 노래에서 심리적 사건은 임과 이별한 후의 안타까움이거나 외로움이다. 역시 임의 부재가 선행 사건이라 할 수 있다. 임은 아무리 애타게 불러도 대답이 없고, 기다려도 오지 않는다. 때마침 들려오는 접동새 울음 소리는 화자의 울음과 자연스럽게 일체화된다. 접동새의 울음이 상실감으로 인한 것이라는 점은 화자와 일체화될 수 있는 근거가 된다. 결국 접동새의 울음에서 자신을 발견하는 것이다.

> 시벽 둘 외기러기 洞庭 瀟湘 어듸 두고
> 旅舘 寒燈에 줌 든 날 찌오ᄂ다
> 千里에 님 離別ᄒ고 줌 못 드러 ᄒ노라.

> 귓도리 뎌 귓도리 어엿부다 뎌 귓도리
> 어인 귓도리 지는 달 ᄉᆞ는 밤에 긴 소리 져른 소리 節節이 슬흔 소리
> 제 홈쟈 우러네여 紗窓 여읜 줌을 술쓰리도 찌오는 제고
> 두어라 제 비록 微物이나 無人 洞房에 닉 뜻 알니는 뎌 뿐인가 ᄒ노라.

두 노래는 갈래는 다르면서도 아주 유사한 발상을 보여준다. 앞의 노래에서는 기러기와, 뒤의 노래에서는 귀뚜라미가 화자의 정서와 일체화되고 있음을 확인할 수 있다. 여기에서도 일체화의 단서는 역시 임을 잃은 외로움이다. 앞의 시에서 자신의 본향 '동정 소상'을 떠난 '외기러기' 임이 직접적으로 제시되어 있거니와, 뒤의 노래에서 '귀뚜라미'도 이와

유사한 정황에 놓여 있는 존재로 보는 것이 옳겠다. 자신의 뜻을 알아줄 미물로 설정된 귀뚜라미는, 표면상으로 화자의 불면을 자극하는 객체이지만, 결국에는 귀뚜라미에서 자신을 발견하게 된다.

그런데 위의 세 작품에 각각 등장하는 접동새, 기러기, 귀뚜라미가 특정한 계절적 표지임이 간과되어서는 안 된다. 접동새는 봄과, 기러기와 귀뚜라미는 가을과 각각 연합된 표상으로 제시된다. 이 중에서 접동새와 기러기는 관습시적 성격이 강한 시조에서 두루 나타나는 공식적 이미지로서, 피 맺힌 한과 소식을 환기하고 있음이 특징적이다(최재남, 1983). 민요에도 가끔 등장하는 귀뚜라미 또한 접동새나 기러기 정도는 아니라 하더라도 이에 준하는 시적 표상을 지니고 있다. 말하자면 이들 자연물은 시적 화자의 내면 정서를 감각적으로 환기시켜 주는 '객관적 상관물'인 것이다.

또 하나 특기할 것은 세 노래가 계절에 관계 없이 모두 밤을 시간적 배경으로 삼고 있다는 점이다. 뒤의 두 노래에서는 밤을 나타내는 표지들이 직·간접적으로 제시되어 있으므로 굳이 말할 필요도 없지만, 박효관의 작품에서도 피 맺힌 울음을 우는 시간은 밤으로 보는 것이 자연스럽다. 대부분의 이별 시가에서 임을 그리워한 결과가 불면으로 나타나는 점을 통해 보더라도, 반드시 그러한 것은 아니지만, 대체로는 시간적 배경이 밤이어야 자연스럽다.

> 머귀 닙 디거야 알와다 ᄀ올힌 줄을
> 細雨 淸江이 서늘럽다 밤 긔운이야
> 千里의 님 니별ᄒ고 줌 못 드러 ᄒ노라. - 鄭澈

위의 노래에서도 가을이라는 계절적 배경은, 밤의 이미지와 연합하여 처량한 시적 분위기를 배가시키는 기능을 효과적으로 수행한다.

밤을 시간적 배경으로 삼는 경향이 강한 것은, 일단 밤이 무의식이 지배하는 시간으로서 임에 대한 그리움이 촉발되기 쉬운 환경이기 때문일 것이다. 이런 조건이 접동새와 기러기, 귀뚜라미의 울음과 자연스럽게 연합한 결과이다. 특히 뒤의 두 노래에서는 이 조건이 각각 여관과 공방이라는 공간적 배경과 결합하여 외로움의 정조를 배가시키게 된다. 전체적으로 계절적 배경과 시간적 배경, 그리고 공식적 이미지들은 환유적인 상상력의 동선을 따라 배치된다. 그리하여 봄이나 가을, 밤 등의 시간적 배경과 여관이나 공방 등의 공간적 배경은 시적 화자가 특정한 대상에 동화될 수 있는 물리적 환경으로 작용하게 된다.

2.3. 시적 자아에 대한 배경의 반면화

이화는 모든 것이 충족된 조화로운 세계와 무엇인가가 결핍된 자아가 나란히 병치되는 경우에 해당된다. 따라서 자아와 세계가 정확하게 대비되는 구도를 지니고 있다. 자아는 임의 부재를 결핍의 요소로 안고 있는데, 자신을 둘러싼 배경이 자신의 결핍을 확실하게 일깨워준다. 이를 일러 '반면 충동(反面衝動)'이라 했거니와(김대행, 2003), 이 개념에서도 대비의 구도가 존중되고 있음을 본다. 그래서 화자의 외로운 정서를 드러내는 부조의 효과가 다른 유형에 비해 더욱 두드러진다.

> 곳 보고 춤추는 나뷔와 나뷔 보고 당싯 웃는 곳과
> 져 둘의 스랑은 節節이 오건마는
> 엇더타 우리의 스랑은 가고 아니 오느니.

> 寒食 비온 밤에 봄빗치 다 퍼졌다
> 無情흔 花柳도 쩌롤 아라 픠엿거든

엇더타 우리 님은 가고 아니 오시는고 - 申欽

앞의 노래에서는 꽃과 나비가 어울린 세계와 임이 부재한 자아가 선연한 모순을 이루고 있다. 즉 충족과 결핍의 대비이다. 또 여기에 연속성과 일회성의 대비도 중첩되어 나란히 병치된다. 뒤의 노래에서도 한식이 지난 봄철에 피어 있는 화류와 임의 부재가 대비되어 있음은 마찬가지이다. 그런데 이런 대비는 매우 역설적이다. 문면상으로 시적 화자가 자신의 결핍을 깨닫는 계기가 바로 충족된 세계이기 때문이다. 처음부터 임의 부재로 인해 외로웠던 것이 아니라, 꽃과 나비가 서로 마주 보고 웃고 춤추는 광경을 접하는 순간, 혹은 비가 내린 다음날 피어 있는 화류를 본 순간에 임의 부재가 확인되고 이로 인해 외로워진 것이다.

그런데 이런 반면충동적 발상은 <황조가> 이래 장르와 시대를 불문하고 매우 보편적인 양상을 보여준다. 그것은 아마도 이런 발상이 인간의 통성에 기반을 두고 있었기 때문일 수 있다. 달리 말하면, 인간이 본래 역설적인 존재이며, 시적 상황이란 역설적 상황에서 출발한다는 점을 말해 준다(김대행, 1986 : 203 각주 8 참조). 이 점은 반면충동적 발상이 나타난 노래들이 대체로 봄을 계절적 배경으로 삼고 있다는 사실과도 무관하지 않을 것이다. 봄이 일반적으로 지닌 이미지들, 즉 생명의 활기, 새로운 출발, 밝고 화려한 색채감 등이 역설적으로 임의 부재를 일깨워주는 환경으로 작용하고 있는 것이다.[31]

이런 부류의 작품들도 상상력의 동선은 환유적이다. 봄이라는 특정한 계절과 관련된 몇 가지 공식적 심상들, 가령 꽃, 새, 나비 등이 제시되고, 그 심상들이 환기하는 밝고 활기찬 감각을 임의 부재로 인한 화자 자신의 외로움과 대비시키는 시적 구도를 형성한다.

그런데 위의 시 중에서 <곳 보고 춤추는 나뷔와~>가 배경으로 삼

고 있는 시간이 밤보다는 낮으로 보는 것이 더 자연스럽다는 점에 주목
해 볼 필요가 있다. 달밤을 배경으로 삼은 경우를 상정해 볼 수도 있겠
지만, 꽃과 나비가 어울리고 있는 장면을 목격하는 상황을 고려하면 밤
보다는 낮이 자연스럽다. 이는 당연히 상기한 바 봄의 이미지는 밤보다
는 낮과 더 잘 어울리기 때문일 것이다.

그럼에도 불구하고 배경의 분위기와 시적 자아의 정서가 대조되는 부
류의 작품들이 한결같이 낮을 배경으로 삼고 있는 것은 아니다.

> 梨花에 月白ᄒ고 銀漢이 三更인 제
> 一枝 春心을 子規야 알냐마는
> 多情도 病이냥 ᄒ여 좀 못 드러 ᄒ노라. - 李兆年

이 노래에서는 확실히 밤이 배경이다. 다만 월광을 받은 채로 활짝 피
어 있는 이화가 시적 자아의 불면을 자극하는 중핵적인 기능을 맡고 있
다. 월광을 배경으로 만개한 꽃을 반면으로 삼아 화자는 누군가의 부재
로 인한 외로움을 깨닫게 되는 것이다. 그러니까 결국 화자의 외로움이
라는 정서에 관한 한, 1일 단위의 시간 표지 중 그 물리적 배경이 낮이
냐 밤이냐 하는 점은 특별한 변별성을 지니지 못한다는 설명도 가능하
다. 오직 그 배경의 분위기가 더욱 결정적인 기능을 발휘한다고 보아야
하는 것이다.

이 점은 앞에 제시된 정철의 <머귀 닙 디거야~>와 비교해 보면 더
욱 분명해진다. 두 노래는 공히 한밤을 구체적인 시간적 배경으로 삼고
있다. 그러나 각각 봄과 가을을 계절적 배경으로 삼고 있고 그 분위기도
전혀 다르다. 전자가 달이 밝게 빛나고 그 달빛이 꽃에 비치는 백색의
분위기라면, 후자의 밤은 비가 내리고 있는 흑색의 분위기이다. 바로 이
점이 배경과 시적 화자의 관계가 맺고 있는 차이를 결정하는 요소이다.

시적 화자가 배경에 동화되느냐 아니면 배경이 시적 화자의 반면이 되느냐를 결정하는 것은, 그것이 특정한 삼고 있는 배경의 물리적 속성 그 자체라기보다는 그 배경이 형성하고 있는 분위기인 것이다.

3. 배경의 중화 현상

언어학적 개념 중에 중화(中和, neutralization)가 있다. 별개의 음소가 어떤 특정한 환경에서는 그 차이나 대립이 없어지고 한 음소처럼 되어 버리는 현상을 일컫는다. 가령 'ㅂ'과 'ㅍ'이, 'ㄷ'과 'ㅅ'과 'ㅈ'과 'ㅊ'이 받침에 놓이는 경우 그 각각의 변별적 자질이 사라져 버리는 것이 그 예이다. 이제 이 개념을 원용하여 지금까지 살핀 논의를 수렴해 보기로 한다.

이별 시조에서 모든 화자들은 항상 임이 계시는 '거기'를 지향한다. 임은 언제나 '천만리'나 떨어진 곳에 있고, '나'가 있는 '여기'는 언제나 부정적으로 인식된다. 이는 대체로 시적 정신이 갈등에서부터 출발하며 그 갈등을 해소하는 과정에서 정서가 형성된다는 기본적 원리와 관계가 깊다(김대행, 1986 : 201). 이별 시조는 그 갈등을 해소하는 과정을 보여주는 이야기인 셈이다.

임이 부재한 사람은 모두 외롭다. 낮에도 밤에도 외롭고, 봄에도 가을에도 외롭다. 방에서도 외롭고 들에서도 외롭다. 그런 만큼 이별 시조의 모든 주제는 외로움으로 수렴된다고 해도 지나치지는 않을 것이다. 그러니까 임의 부재와 이로 인한 외로움이라는 심리적 사건은 부동(不動)의 자리를 지키고 있는 셈이고, 이를 형상화하는 모든 배경들은 끝없이 부동(浮動)한다고 할 수 있다.

그렇다면 최초에 제기했던 의문, 즉 과연 시적 화자는 세계의 충격에 대해 유기체적으로 반응하고 그 결과를 시적으로 표현하고 있는가, 아니면 독립적인 항수로서 특정한 정서를 선험적으로 포착한 상태에서 세계의 충격을 주관적으로 연결시키고 있는 것인가 하는 의문에 대한 답은 어느 정도 윤곽이 드러난 셈이 된다.

봄날에 임이 오신다면 외로움은 해소되겠지만, 그것은 임의 출현으로 인한 해소일 뿐이다. 그러므로 동짓달 밤의 한 마디를 봄밤에 이어 붙인다고 해도, 임이 부재한다면 여전히 외로움은 해소될 수 없다. 그렇게 되면 봄밤도 여전히 길 수밖에 없다.[32] 거기에 접동새마저 울면 외로움은 증폭된다. 임의 부재라는 상황이 지속된다면, '자고 니러'(<청산별곡>)나서 화려한 꽃이 흐드러지게 피어난 풍경을 보면서도 여전히 '우니'(<청산별곡>)게 될 것이다. 그렇다면 겨울과 봄과 가을이라는 계절적 배경과, 낮과 밤이라는 시간적 배경, 접동새나 기러기나 귀뚜라미와 같은 소재적 배경은, 세세한 차이에도 불구하고 화자의 외로움을 부각시킨다는 점에서는 동일한 역할을 맡고 있다고 할 수 있다.

이렇게 본다면 시적 화자가 배경에 동화되는 양상을 보여주는 작품군의 경우, 동화의 대상은 일차적으로 상실감을 표상하는 여러 가지 동물들이지만, 궁극적으로는 각 계절과 밤이라는 시간적 배경에 동화된 것으로 추리해 볼 수도 있겠다. 봄철에는 봄철 고유의 애상이 있고, 가을철에는 또 가을철 고유의 애상이 있는 바, 각각의 계절이 밤이라는 시간적 배경과 연합하여 자아내는 애상적 정조에 동화된 것은 아닌가 하는 것이다. 달리 말해, 문면으로는 시적 화자가 임의 부재로 인해 외로움을 느끼는 것으로 진술되어 있지만, 실제로는 선험적으로 주어진 계절적 정조에 시적 화자가 임의 부재를 단서로 삼아 동화된 것으로 이해되는 것이다. 접동새나 기러기, 귀뚜라미가 울지 않는 적막한 밤이었어도 시적 화자는 여전히 잠을 이루지 못했을 것이기 때문이다. 이들은 다만 이를 효과적으로 부각시키기 위해 동원된 공식적 이미지였을 따름인 것이다.

시적으로 묘사된 다른 배경들도 이와 동일한 맥락에서 이해될 수 있다. 달이 밝은 날이든 어둠이 모든 풍경을 삼킨 날이든, 혹은 비가 오든 눈이 오든 바람이 불든, 임을 그리다 잠 못 드는 밤은 쓸쓸하기 짝이 없다. 꽃잎이 흐드러지게 피어 있는 봄날의 한낮에도, 낙엽이 하염없이 떨어지는 가을밤에도 외로운 심사는 다르지 않을 것이고, 어두운 방에 홀로 있든 가랑비 내리는 강가를 거닐든 여전히 외로울 것이다. 오직 임이 없다는 사실만이 외로움의 유일한 원인이기 때문이다.[33]

이를 더욱 분명하게 이해하기 위해 다음과 같이 가정적인 경우를 설정해 보기로 한다. 즉 원래의 시에 제시된 배경을 인위적으로 바꾸어 보는 것이다.

> 梨花雨 훗날닐 제 울며 줍고 離別혼 님
> 秋風 落葉에 져도 날 싱각는가
> 千里에 외로온 꿈만 오락 가락 ᄒ괘라. - 桂娘

이 시에서 제시된 이별의 시점은 이화가 비처럼 내려앉는 봄철이다. 그리고 현재의 발화 시점은 낙엽이 떨어지는 가을이다. 그러니까 이 시의 화자는 봄철에 사랑하는 임과 이별을 한 뒤 가을이 지나도록 재회를 하지 못한 셈이다. 이 시의 '이화우'를 바람에 흩날리며 떨어지는 이화를 비유적으로 표현한 시어로 볼 경우, 이는 이별의 순간에 흘리는 눈물과 어울려 하강의 이미지를 증폭시킨다. 그런데 이 두 시점을 서로 뒤바꾸어 적어보면 다음과 같다. 단 표기는 편의상 현대어로 하기로 한다.

> 추풍 낙엽에 울며 잡고 이별한 임

> 이화우 흩날릴 제 저도 날 생각는가
> 천리에 외로운 꿈만 오락가락 하여라.

이렇게 바꾸어 놓고 보더라도 사실 이별에서 오는 쓸쓸함과 그리움의 기본적 정조는 크게 다르지 않다. 이 노래에서도 눈물은 여전히 낙엽과 함께 하강의 이미지를 고스란히 간직하고 있으며, 두 계절이라는 시간의 경과도 변함은 없기 때문이다. 혹 이 시조가 다소 어색하다면, 그것은 단지 우리에게 익숙하지 않은 데서 오는 낯섦 때문일 것이다. 그렇다면 이별 시조에서 시적 화자의 외로움, 쓸쓸함, 그리움 등의 정서는, 그것을 자극하는 시간적 배경과는 어느 정도 거리를 두고 있다고 해도 될 것이다. 즉 시간적 배경이 변수라면, 이별이라는 상황을 겪는(혹은 겪은) 화자의 정서는 상수적인 성격이 강한 요소라 해도 될 것이다.

이런 현상을 이 글에서는 배경의 중화 현상이라 일컫고자 한다. 별개의 음소가 특정한 환경에서는 그 차이나 대립이 없어지고 한 음소처럼 되어 버리듯이, 이들 각각의 배경들은 기능상으로 동일해지는 것이다. 그러니까 배경의 중화 현상이란 '봄:여름:가을:겨울'의 차이나 '밤:낮' 혹은 '어둠:광명'의 대립, '꽃:낙엽'의 차이, '동물:식물'의 대립이 임의 부재로 인한 외로움과 그리움이라는 특정한 정서적 환경에서 무화됨을 가리키는 것이다.

4. 배경 중화 현상의 의미

그렇다면 이런 현상이 의미하는 바는 무엇인가? 이 질문은 두 가지 각도에서 접근할 수 있겠다. 시적 화자가 시적 정황을 구성하는 배경을 어떻게 받아들였는가 하는 것이 그 하나이고, 이를 통해 세계를 인식하는 우리 인간은 어떤 존재인가 하는, 다소 추상도가 높은 질문이 다른 하나이다. 그러나 둘은 결국 계단처럼 이어진 연속적 질문이므로 순차적으로 해결될 수 있을 것이다.

이에 대한 대답의 단서는 아무래도 인간이 세계를 인식하는 태도에서 찾을 수 있겠다. 아래 인용문은 우리의 의문을 해소하는 데 요긴한 징검다리가 된다.

추상 충동이 강한 동양인은 객체가 살아 있어 활동한다는 것을 전제로 하고 그의 영향으로부터 물러나려고 애쓴다. 동양인이 예술 속에서 추구한 즐거움은 외계의 사물에다가 자신을 침투시키고 거기서 쾌락을 발견하는 데 있지 않았으며, 개개의 사물을 유위전변(有爲轉變)하는 현상계의 실존으로부터 뽑아내어 그것을 추상적인 형태로 환산함으로써 불멸화한다고도 한다. … <중략> …
한국 문학의 경우, 국문학상의 자연미 의식에 대한 조윤제의 다음과 같은 진술도 동양 미학의 원리인 추상 충동과 관련되는 말일 것이다. 곧, "국문학은 꽃, 버러지, 새 등의 그 하나하나의 미에 대하여는 감각이 둔하였"고, 국문학에 나타난 자연의 미는 "꽃이요 나무라는 그 개개의 특정한 미가 아니라 꽃 일반, 나무 일반에 대한 미"였으며, "개별적인 하나하나의 자연은, 모두 대자연이라는 하나에 흡수되어 이미 그 독자적인 존재의 가치를 잃어버리고 그 여럿이 모여 된 새로운 큰 미에 조화된다."고 한 것이 그것이다.(김병국, 1995 : 25-26)

이 설명은 동서양의 미의식의 차이를 추상 충동과 감정이입으로 구별하는 과정에서 나온 것으로, 우리의 관심사와는 다른 맥락을 가지고 있다. 그러나 여기에서 우리는 배경의 중화 현상이 나타나게 되는 인식론적 근원을 추리해 볼 수 있다.

이 설명에 기대면, 이별 시조의 시인들은 개개의 배경적 요소가 지니는 변별적 자질보다는, 화자의 외로움이라는 심리적 사건에 관심을 집중시켰다고 할 수 있다. 외로움이라는 사건 앞에서, 그 시간이 봄이냐 가을이냐 하는 것은 그다지 중요하지 않았고, 낮이냐 밤이냐 하는 것도 중요하지 않았으며, 피어 있는 꽃이 이화인가 도화인가도 사실은 중요한 문제가 아니었던 것이다. 달리 말해, 외로움을 겪고 있는 화자로서, 물리적 배경을 구성하는 자연물들이 최소한 생물 분류학적으로 어디에 귀속되고 그 개개의 속성이 무엇인가에 대해 관심을 기울이지 않은 것이다.

그것은 화자가 지니고 있는 정서의 구심력이 세계를 구성하는 사상(事象)에 대해 그만큼 확고하게 압도적이었기 때문이었다고 생각해 볼 수 있다. 이별을 당한 사람이나 그로 인해 임의 부재를 절절하게 깨닫고 있는 사람에게, 세상의 모든 사상은 오직 자신을 떠난 임과의 관련 속에서만 인식되는 것이다. 인간은 그만큼 자기 주관적 성격이 강한 존재인 것이다. 이것이 바로 배경의 중화 현상이 지닌 인간론적 의미라 하겠다.

물론 그렇다고 해서 이들 배경적 요소를 개별 작품에서 무의미한 장식에 불과한 것으로 보는 것은 불필요한 오해이다. 무엇보다 이들 요소들은 개개의 작품에서 시적 화자의 특정한 정서가 촉발될 수 있는 계기를 제공해 줌으로써, 그 정서의 필연성을 보장해 준다. 다시 예를 들어, 달 밝은 밤에 사랑하는 사람을 그리워하는 사건이 있다고 가정해 보자. 여기에서 그리움이라는 정서가 '달 밝은 밤'이라는 시간적 배경에 의해 촉발된 것이므로 이 둘 사이에 인과 관계가 성립된다는 점은 서두에서도 말한 바 있다. 그런데 임의 부재로 인해 외로운 사람의 경우, 달 밝은 밤이라는 배경은 그리움의 정서를 촉발시키고야 마는 충분조건이 되는 것이다. 이것이 필요충분조건이 되지 않는 것은, 동일한 배경이라 하더라도 사람에 따라, 또 처해 있는 상황에 따라 그것은 달리 인식될 수밖에 없기 때문이다.

　다만 우리는 시조가 오늘날의 현대시와는 다른 문학 제도 속에서 창작되고 향유되었다는 점은 염두에 두어야 한다. 개인의 번뜩이는 창의력에 의해 만들어지고, 그렇기 때문에 그 개인의 저작권을 인정할 수밖에 없는 오늘날의 시와 달리, 시조는 어느 정도 동질성을 확보한 사람들끼리 소통의 즐거움을 위해 연행된 장르였다는 점을 고려할 필요가 있다. 달리 말하면 이별 시조의 시인들이 모두 자신들이 직접 경험한 이별과 그로 인한 실제적인 감정을 노래했다고 볼 수는 없다는 것이다. 이 점은 오늘날 우리가 향유하고 있는 대중가요의 가사가 생산되고 유통되는 현장을 참조하면 쉽게 납득될 수 있다. 요컨대 배경의 중화 현상은 시조의 관습시적 성격과 구술문화적 자질 등 시조가 연행되고 향유된 당대의 문학 환경이 만들어낸 산물이라 할 수 있겠다.

제4장

꽃의 시적 표상과 그 계보

─ 주제론적 접근의 가능성 모색 ─

1. 경험의 성장을 위하여

문학교육이 전체적으로 그러하기도 하지만, 고전문학교육은 일종의 딜레마에 빠져 있다. 문자 표기가 오늘날과 확연히 달라 학습자들에게 낯선 것은 물론이고, 고전문학 작품의 인물이나 화자가 지니고 있는 삶의 태도와 사고방식, 그리고 그 고색창연한 생활 경험 자체가 오늘날의 학습자들로서는 도무지 이해할 수 없는 경우가 허다하기 때문이다. 물론 이런 현상이 오늘날 갑자기 나타난 것은 아니지만, 현란한 영상 문화의 비주얼 이미지에 친숙한 현재의 학습자들에게는 고전문학에 대한 거리 감이 유례없이 클 것으로 보인다. 적어도 현재로서는 학습자들에게 고전문학은 즐김의 대상이기보다는 앎의 대상으로 자리하고 있다. 이것이 딜레마인 이유는 여전히 우리의 문화유산인 고전문학을 전수하는 것이 제도화된 학교교육의 주요한 임무 중의 하나이지만, 그것이 즐길 수 있는 대상이 아닌 한은 전승력은 반감될 것이기 때문이다.34)

그런데 굳이 현재의 학습자들이 느끼는 거리감을 기준으로 따지자면, 같은 고전문학이라 하더라도 서사 장르보다는 시가 장르가 더 먼 것으로 보인다. 이들에게 친숙한 컴퓨터와 인터넷의 콘텐츠가 기본적으로 서사적 원리를 원용하고 있기 때문에 고전서사 문학은 그나마도 쉽게 다가설 수 있는 자질을 확보하고 있는 셈이다. 반면에 고전시가 장르는 이른바 정전(正典)으로 알려진 몇몇 작품을 제외하면, 학습자와의 거리를 좁히기가 쉽지 않다. 무엇보다 시가 장르에서는 서사 문학에서와는 달리 언어의 기표적 차원이 작품의 해석과 가치 판단에 결정적으로 작용하기 때문이다. 어석 자체가 여전히 불확정적인 데다, 원문의 문자 표기가 현대적 통용 수준에 맞추어 번역되는 경우, 기호의 원형이 함축하고 있는 아우라(aura)도 손상되기 십상인 것이다.

그렇다면 이 아우라는 손상 없이 보존되어야 하는가? 반드시 그럴 필요는 없으리라 본다. 중요한 것은 그것이 후대로 전수되어야 하는 이유에 대한 근본적인 문제 의식이다. 문화유산의 전수는 그 자체로도 유의미한 일이지만, 그 결과로 나타나게 될 새로운 창조의 국면에 초점을 맞출 때 더욱 가치로운 일이 될 수 있다. 문화 창조로 귀결되지 못하는 문화 유산 전수란 박제화된 사실적 지식의 일방적인 전달에 그칠 위험이 있는 것이다.

고전시가 교육에서 문학주제론의 가능성을 믿을 수 있는 단서는 여기에 있다. 문학적 주제론이 시대를 통한 지속을 강조하면서 문학 작품의 예기치 않은 차원을 노출하고 고형의 신화나 이미지들이 어떻게 현대성을 발휘하는지의 현상을 확인하는 연구 방법이고, 또 테마·모티프(motif)·소재·이미지·상징 들이 어떻게 살아 있는 것으로 반사되고 또 지속적인 것으로서 포착되는가를 보여주는 방법이라면(이재선, 1989 : 7), 우리의 전면에서 문제 상황으로 펼쳐지고 있는 고전시가 교육의 방법론으로서, 문학적 주제론의 의의는 크게 두 가지 측면에서 유의미하다고 본다.

먼저 문학적 주제론이 지속과 변화라는 역사적 연속성에 관심을 두는 이상, 그 자체가 문화 전통의 전승과 창조라는 양면을 동시에 보여주는 교육 방법론임을 꼽을 수 있다. 물론 연속성이라고 해서 가시적으로 확인되는 동질성의 지속만을 뜻하는 것이 아니다. 거기에는 이른바 '문제적 연속성'(김흥규, 1986 : 198~205)이라 하여 전대에서 전승되는 관습과 전통을 전복시키는 경우도 없지 않을 것이다. 그러나 오히려 이것이 문화 전승과 창조의 양면으로 이해될 수 있다면, 이는 문학교육의 궁극적인 목표와 맞물릴 수 있는 근거가 된다.

또한 이는 교육의 본질적 내용을 '경험'에서 찾는 입장에서 더욱 유의미한 방법론으로 활용될 수 있다. '경험'은 '지식'과 함께 교육 내용의 근간을 이루는 범주이다. 듀이(J. Dewey)에 의하면, 학교란 활발한 성장이 균형과 통합을 기하면서 영속적으로 이루어질 수 있도록 하는 바탕을 제공하는 체계적인 경험의 장이다(이돈희, 1993 : 60~71). 여기에서 경험의 체계성에 주목한다면, 교육적 경험의 확장이라는 대의를 실현시킬 수 있는 가능성을 주제론적 교육 방법이 안고 있음을 추정해 볼 수 있다. 이 방법은 개별 문학 작품에 대한 감상과 이해를 끊임없이 상호텍스트적으로 연결해 나감으로써 경험의 양적 확장과 질적 심화를 도모할 수 있고, 이를 통해 개인은 정신적으로 성장하게 되고 문화공동체는 언어적 자산을 풍성하게 만들 수 있기 때문이다.

결과적으로 주제론적 교육 방법에 기대어 시간적 연속성의 줄기 위에 위치하고 있는 문학적 표지(標識)들을 확인하는 과정을 통해 학습자들에게 언어적·문화적 경험을 확충하는 즐거움을 부여할 수 있을 것으로 본다. 그리하여 그들은 고전문학을 앎의 대상에서 즐김의 대상으로 전환시켜, 살아 있는 언어문화로 접근할 수 있게 될 것이다. 고전문학의 학습자들이 지니고 있는 궁극적인 관심은 결국 '지금-여기'일 것이고, 주제론에 의한 상호텍스트적 독서 체험의 종착점도 '지금-여기'로 귀결될 것이기 때문이다.

이러한 기대를 바탕에 깔고 본 연구는 '꽃'을 제재로 한 시가 작품을 연구 대상으로 삼아 우리 시가사에서 꽃의 시적 표상이 어떻게 연속되고 있는지를 밝히는 데 일차적인 목적을 둔다. 꽃을 주제론의 핵심어로 삼는 이유는, 동서와 고금을 막론하고 가장 보편적인 시적 소재로 활용되어 왔기 때문이고, 또 그만큼 화자와의 관계에서나 의미론적 변주에서나 매우 폭넓은 스펙트럼을 보여주기 때문이다.35) 물론 다양한 의미를 단순하게 나열하는 방식은 실체들의 군집을 무미건조하게 배열함으로써 학습자들로 하여금 일회적 박람(博覽)의 경험에 만족하고 말도록 할 위험이 있다. 따라서 변주의 과정에서 구심점으로 역할하고 있는 시적 표상의 핵심을 찾는 과제도 병행함으로써 이 함정을 피해가기로 하겠다.

2. 매혹 혹은 마술 : 〈헌화가〉에 대한 두 시각

박두진은 꽃을 "먼 별에서 별에로의 / 길섶 위에 떨궈진 / 다시는 못 돌이킬 / 엇갈림의 핏방울"(〈꽃〉)이라 했다. '핏방울'이 환기하는 이미지는 생성의 고통이고, 이는 곧바로 생명의 아름다움과 고귀함을 연상시킨다. 아마도 이 시는 꽃이 함축하고 있는 이미지를 가장 압축적으로 보여주는 표현이라 하겠다.

시 또는 시가 작품에서 꽃은 소재적 보편성에서 여타의 소재를 단연

앞선다. 일상적 경험의 차원에서, 그것은 일차적으로 인간의 시각을 매혹시키는 강렬한 색채감 때문일 것으로 판단된다. 또한 전체적으로 조화를 이룬 형상도 시각적 매혹의 핵심적인 이유가 될 것이다. 여기에 더해 후각적 요소인 향기까지 고려한다면, 꽃의 매혹이 인간만이 아니라 곤충들에게도 유효한 이유도 충분히 수긍할 만하다. 개화가 심리적 흥분을 불러일으키고, 낙화가 상실감을 초래하는 것이 인지상정인 이유도 같은 맥락에서 이해될 수 있겠다.

이제 꽃이 지닌 표상의 구체상을 확인하기 위해, 우리 시가사에서 처음으로 꽃을 만날 수 있는 작품, 『삼국유사』 기이편(紀異篇) 소재 <헌화가>와 그 배경 기사를 먼저 보기로 한다. 이를 먼저 보는 것은 <헌화가> 자체의 중요성 때문이 아니라, 이에 대한 선행 연구로부터 꽃의 시적 표상에 대한 단서를 얻기 위해서이다.

성덕왕대에 순정공이 강릉 태수로 부임하던 도중 바닷가에 당도해서 점심을 먹고 있었다. 옆에는 돌산이 병풍처럼 바다를 둘러서 그 높이 천 길이나 되는데 맨 꼭대기에 진달래꽃이 흠뻑 피었다. 공의 부인 수로가 꽃을 보고서 좌우에 있는 사람들더러 이르기를 "꽃을 꺾어다가 날 줄 사람이 그래 아무도 없느냐?" 여러 사람이 말하기를 "사람이 올라 갈 데가 못 됩니다." 모두들 못 하겠다고 하는데 새끼 밴 암소를 끌고 지나가던 늙은이가 옆에 있다가 부인의 말을 듣고 그 꽃을 꺾어 오고 또 노래를 지어 드렸다. 그 늙은이는 어떤 사람인지 모른다. 그 뒤 편안하게 이틀을 가다가 또 임해정(臨海亭)에서 점심을 먹는데 갑자기 바다에서 용이 나타나더니 부인을 끌고 바다 속으로 들어갔다. 공이 땅에 넘어지면서 발을 굴렀으나 어찌 할 수가 없었다. 또 한 노인이 나타나더니 말한다. "옛 사람의 말에, 여러 사람의 말은 쇠도 녹인다 했으니 이제 바다 속의 용인들 어찌 여러 사람의 입을 두려워하지 않겠습니까. 마땅히 경내(境內)의 백성들을 모아 노래를 지어 부르면서 지팡이로 강 언덕을 치면 부인을 만나 볼 수가 있을 것입니다." 공이 그대로 하였더니 용이 부인을 모시고 나와 도로 바쳤다. 공이 바다 속에 들어갔던 일을 부인에게 물으니 부인이 말한다. "칠보궁전(七寶宮殿)에 음식은 맛있고 향기롭게 깨끗한 것이 인간의 연화(煙火)가 아니었습니다." 부인의 옷에서 나는 이상한 향기는 이 세상의 것이 아니었다. 수로부인은 아름다운 용모가 세상에 뛰어나 깊은 산이나 큰 못을 지날 때마다 여러 차례 신물(神物)에게 붙들려 갔다. …<중략>… 노인이 부른 헌화가는 이러하다.

紫布岩乎邊希	딛배 바회 ᄀᆞᆺ힌
執音乎手母牛放敎遣	자ᄇᆞ온손 암쇼 노힌시고
吾肹不喩慚肹伊賜等	나ᄒᆞᆯ 안디 붓ᄒᆞ리샤ᄃᆞᆫ
花肹折叱可獻乎理音如	곶ᄒᆞᆯ 것가 받ᄌᆞᆸ오리이다.

<헌화가>가 포함되어 있는 배경 설화에서 사건의 가장 핵심적인 발단은 신물(神物)들이 여러 차례 잡아갈 정도로 뛰어난 수로의 용모와 자색이다. 그리고 이는 이 이야기가 포함되어 있는 '紀異篇' 전체를 일관하는 신이성(神異性)의 한 표지라 할 만하다. 여기에 천길 절벽에 피어 있는 꽃을 꺾는 견우 노옹, 수로부인을 납치한 용의 존재도 신이성을 더한다. 따라서 <헌화가> 연구사에서 수로부인, 견우 노옹, 용 등 동물성 존재의 정체에 대한 관심이 주류를 이루고 있는 것은 자연스럽다.

이와 같은 동물성 존재에 대한 관심에 비해, 꽃의 의미에 대해서는 상대적으로 무관심했던 것이 사실이다. 그러나 이에 대한 선행 연구가 전혀 없지는 않으므로, 이를 바탕으로 꽃의 표상을 정리해 보기로 하겠다. 여기에서 꽃의 정체는 동물성 존재로부터 독립되어 있지 않고, 맥락적으로 하나의 연결선상에 놓여 있음은 물론이다.

<헌화가>를 포함한 수로부인설화에 등장하는 진달래꽃의 정체에 대한 시각은, 단순화의 위험을 무릅쓰면 크게 두 갈래로 나눌 수 있겠다. 하나는 세속적인 의미에서 충만한 아름다움을 함축하고 있는 자연물로 보는 관점이고, 다른 하나는 신화적인 차원의 성스러운 존재로 보는 관

점이다.36)

전자의 관점에서 진달래꽃은 비범한 용모와 자색을 자랑하는 수로부인의 마음을 빼앗는 존재로서, 이 사건은 결국 아름다움을 지닌 존재끼리의 만남이 된다(박노준, 1982 : 206~207). 이는 물론 <헌화가>를 성스럽거나 신격인 존재(견우 노옹)와 인간인 수로부인과의 관계에서 생산된 노래가 아니라, 무명의 평범한 촌로와 귀부인과의 만남에서 만들어진 노래로 보는 일관된 관점의 소산이다.

이에 비해 후자의 입장에서는 신화적 혹은 종교적 맥락에서, 꽃을 신성성을 지닌 매개자나 메신저로 본다. 수로부인설화를 산신과 수로부인이 화합하는 굿의 맥락에서 보면, 꽃은 주술적인 매개체가 된다.37) 또 꽃이 피어 있는 높은 절벽이라는 공간이 접근 불가능성을 속성으로 하고 있다면 이는 곧 성(聖)의 공간이고, 꽃은 성스러운 보살이 신의 의지를 실현시키려는 인간의 아름다운 부인에게 내리는 축복이 된다(이도흠, 1992 : 104).

이 두 시각의 차이점은 분명하다. 그것은 배경 기사와 노래를 어떤 맥락 속에 두고 있느냐이다. 꽃을 아름다운 자연물의 하나로 보는 시각은 수로부인설화를 일상적인 체험의 기록이라는 맥락 속에서 접근하는 것이고, 꽃을 신성한 매개자로 보는 시각은 제의적 혹은 종교적 맥락에서 수로부인설화의 의미를 파악하는 것이다. 전자의 시각에서 꽃은 인간을 매혹시키는 객체이고, 후자의 시각에서는 신과 인간의 의사소통을 중개하는 마술적 매체이다. 이 두 가지는 <헌화가>의 꽃이 지니는 다면적인 표상을 그대로 드러내준다. 동일한 논리의 연장선상에서 전자는 <헌화가>가 서정시의 일반적 특성을 가진 작품으로 간주하고, 후자는 신화 속에 삽입된 일종의 의식요로 간주하게 된다. 나아가 전자가 꽃의 핵심적인 자질을 미(美)로 보는 것이라면, 후자는 성(聖)으로 본다는 논리도 성립된다.

이처럼 심대한 차이에도 불구하고, 두 시각은 공통된 전제를 앞세우고 있는 것으로 보인다. 그것은 서사 문맥에서 명시적으로 드러내고 있는 바대로 수로부인의 아름다움이 비범하다는 점이다. 이 공통 전제를 염두에 두면, 결국 두 시각이 모순이 아닐 가능성을 가늠해 볼 만하다.

이 가능성을 점검하기 위해 서사 맥락을 다시 정리하면 다음과 같다. 배경 서사의 후반부에 나타나는 대로, 수로부인은 과연 '신물'인 용에게 납치된다. 이 사건에서 수로부인은 용을 매혹시키는 '자용절대(姿容絶代)'의 비범한 인물이다. 용의 정체가 다소 초월적이라면, 수로부인의 용모와 자색 또한 초인적이라 보는 편이 설득력이 높다. 전반부의 사건 구조도 탈취를 핵심 모티프로 삼고 있는 후반부 사건의 구조와 동일하다. 즉 꽃은 수로부인으로부터 탈취당한 것이다. 결과적으로 수로부인설화는, 꽃이 수로부인에 의해 탈취를 당하고, 수로부인은 용에 의해 탈취를 당하는 두 개의 사건이 서사 맥락의 중핵인 이야기로 단순화된다.

이 두 개의 사건을 신이를 중심 고리로 하여 엮으면, 꽃은 수로부인 및 용과 동일한 반열에 위치하는 비범하고 초월적인 존재가 된다. 설혹 꽃이 그렇지 않다고 하더라도, 적어도 우리가 일상적으로 경험하는 꽃의 아름다움이 아니라는 점은 분명해진다. 그러나 꽃의 초월적 아름다움은 수로부인설화를 반드시 제의적 맥락 속에서 읽을 때에만 성립되는 이미지가 아니다. 꽃을 아름다움이 충만한 지상의 한 자연물로 보는 관점에서 본다고 하더라도, 그것이 천 길 낭떠러지에 피어 있어 범인(凡人)으로서는 접근하기 어려웠다는 조건을 동시에 고려하면, 그 비범성과 초월성을 충분히 인정할 수 있기 때문이다. 이렇게 보면 두 가지 시각은 순차적이고 점진적인 관계에 놓이게 된다. 다시 말해, 꽃은 인간을 매혹시키는 자질인 미를 바탕으로 마술적인 성의 속성을 부여받은 것으로 볼 수 있다는 것이다.

<헌화가>에 대한 두 가지 시각과, 이에 따른 미와 성이라는 두 가지 꽃의 속성의 관계가 이와 같이 규정될 수 있다면, 이는 이후의 시가 문학에 나타나는 꽃의 시적 표상과 그 계보를 이해하는 데 매우 견고한 틀로 작용할 수 있다고 본다. 결론부터 말하자면 시가사에 등장하는 꽃은 미와 성, 이 두 가지 자질 범주를 크게 벗어나지 않는다는 것이다.

3. 꽃의 시적 표상

3.1. 꽃의 미 표상

화용월태(花容月態)라는 말로 아름다운 얼굴과 고운 자태를 가리키는 데서 알 수 있듯이, 꽃은 가장 기본적으로 미를 표상한다. 기생을 두고 노류장화(路柳墻花)나 해어화(解語花)라 부르는 경우도 이와 동일한 이치이다.

일상적으로 경험하는 바이지만, 꽃은 확실히 안정된 조화감을 지니고 있으며, 여기에 아름다움의 한 근원이 있다. 꽃의 형상에 대한 식물학적 혹은 수학적·물리학적 설명에 따르면, 해바라기는 21개, 34개, 55개, 89개의 씨로 이루어져 있는데, 간혹 144개의 씨가 소용돌이 모양을 만든다고 한다. 또한 거의 모든 꽃잎은 3장, 5장, 8장, 13장…으로 되어 있다. 백합은 3장, 채송화는 5장, 코스모스는 8장, 금잔화는 13장, 에스터는 21장, 질경이는 34장, 쑥부쟁이는 종류에 따라 55장과 89장이다. 각각의 수는 앞 선 두 수의 합이다. 이런 패턴은 솔잎이나 연체 동물의 등딱지, 앵무새의 부리, 나선형 성운에서도 나타나며, 각각의 수를 그 바로 앞의 수로 나누게 되면, 모두 길이-너비의 황금비가 된다고 한다. 이 황금비는 피라미드, 파르테논 신전, 그리고 수많은 미술과 음악의 기반이 되는 '비율이라고 한다(Sharman A. Russell, 석기용 역, 2003 : 19 ; 김병소, 2003 참조).

그러나 이는 꽃이 아름다운 이유에 대한 과학적 설명은 될지언정, 인간론적 해답은 될 수 없다. 여기에서 인간론적 해답이란 우리가 꽃의 피고 짐에 대해 매우 민감한 정서적 촉수를 들이대는 이유를 가리킨다. 이 이유를 밝히기 위해 우선 꽃에서 아름다움을 느끼고 이를 통해 시적 자아의 정서를 드러내는 방식을 몇 가지로 유형화해 보기로 하겠다.

첫째, 꽃의 형상 그 자체에서 아름다움을 느끼고 이를 흥취로 연결하는 경우로서, 즉물적인 성격이 강하다. 시조를 중심으로 보면 꽃노래에 나타난 일반적인 상상력의 동선은, 꽃이 달빛을 받아 아름답다, 꽃이 피고 새가 노래하고 나비가 날아오니 즐겁다, 여기에 벗이 오고 술이 있으니 흥겹다 등이다.[38) 여기에서 달, 새, 나비, 벗, 술 등은 거의 자동적으로 연상되는 즉물적인 환유적 심상들이다. 주연에서 자주 향유되었던 <한림별곡>의 5연에서 꽃을 다루고 있다는 사실도 이와 무관하지 않을 것이다. 이 부류의 노래들은 대체로 흥취를 즐기는 화자의 목소리를 담고 있기 때문에 봄날의 화창한 분위기와 맞물려 조화를 이룬다. 가사 <상춘곡>과 잡가 <유산가>에서 보듯이, 꽃은 계절의 표지이면서 동시에 정신을 아득하게 만드는 풍경이며, 그래서 놀이를 통해 얻고자 하는 충일한 즐거움을 고스란히 준비해 주고 보존해 줄 수 있는 가장 적절한 배경이자 소도구가 된다.

둘째, 낙화에 초점을 맞추어 화자 자신의 개인적 삶이나 인간의 보편적 삶을 투사하여 인생관을 드러내는 경우로, 비관적 어조와 퇴폐적 분위기가 결합하는 양상을 보여준다. 판소리 단가 <이 산 저 산>에서 확인할 수 있듯이, 꽃이 지면 빈 가지만 남듯이 우리 인생도 그러하니 지금 마음껏 즐기자, 젊음과 아름다움은 꽃처럼 한 순간에 지나지 않으니 자랑하지 말라 등의 주제 의식이 나타난다.[39) 여기에서 상상력의 동선은 당연히 은유적이다.

그리고 이와는 약간 다른 층위에서, 개화가 환기하는 봄의 도래, 개화한 상태의 화려함 등 일상적인 꽃의 관념을 반면(反面)으로 삼아 자신의 상실감을 토로하는 경우가 있다. 이때는 대비를 통한 자아 성찰이나 상대방에 대한 원망이 주조를 이룬다.[40) 봄은 다시 왔건만 님은 어찌 아니 오는가, 이렇게 좋은 시절에 나만 어찌 안타까운가 하는 식이다.[41) 이는 '새'와의 대비를 통해 '나'를 인식하는 <황조가> 이래 매우 보편화된 상상력의 동선을 따르고 있다. 이 동선을 따라가면, 해석에서 약간의 논란이 있는 <만전춘별사> 2연의 "桃花눈 시름업서 笑春風ᄒ눈다"라는 구절도, '도화는 시름이 없어서 소춘풍할 수 있지만, 님을 떠나 보낸 나는 시름 때문에 잠마저 이루지 못한다'는 뜻으로 이해된다.

물론 위의 세 부류는 엄격한 기준을 적용한 분류의 결과가 아니다. 따라서 개별 작품에서 독립적으로 구현되는 경우도 있지만, 동시적으로 공존하기도 한다. 가령 환유적 심상과 은유적 심상이 만나면, 님과 내가 나비와 꽃처럼 어우러져 노니는 에로티시즘이 연출되기도 하고,[42) '知音' 고사를 떠올리는 인간 관계의 메타포가 만들어지기도 한다.[43) 또 환유적 심상과 상실감이 만나는 경우도 있다.[44)

그렇다면 꽃을 아름답다고 여기고 또 그 아름다움에서 이러한 정서적 반향을 일으키는 인간론적 이유는 무엇이겠는가? 앞서 언급한 대로 주제론적 연구가 문학 작품의 예기치 않은 차원을 드러내야 한다면, 이에 대해 충분한 대답을 할 수 있어야 할 것이다. 특히 문학교육이라는 장을 상정한다면, 학습자들이 관습화된 사고에 대해 새로운 시각으로 볼 수 있는 안목을 마련할 수 있도록 한다는 차원에서도 매우 중요한 과제이다.

그런데 이에 대한 해답은 수로부인설화에서 어느 정도 암시되어 있다고 본다. 수로부인이 천 길 절벽 위에 피어 있는 진달래꽃에 매혹을 느낀 이유를 군집을 이루고 있는 진달래꽃 자체의 화려한 아름다움에서 찾는다면 그것은 소박하다. 봄이라면 가장 흔하게 볼 수 있는 꽃이 바로 진달래(혹은 철쭉)이기 때문이다. 그렇다면 그 진정한 이유는 너무 멀리 있기에 그것을 가지기 어렵다는 사실, 혹은 가질 수 없다는 사실에 있지 않았을까 하는 것이다. 즉 공간적 단절감이 오히려 소유의 욕망을 부추긴 것으로 볼 수 있다는 뜻이다.

만일 이 점이 승인된다면, 꽃노래에 등장하는 꽃의 아름다움도 동일한 논리로 해명될 수 있을 것으로 보인다. 그러나 막상 공간적 단절감을 매혹의 이유로 적용할 만한 노래가 많지는 않다. 이는 수로부인설화가 구체적인 배경을 가진 서사물인 반면, 서정 장르의 시가 문학은 순간적인 장면이나 심리 위주의 노래이기 때문일 것이다. 따라서 '공간적 단절감'이라는 거리 개념을 시간의 축에 투사시키는 것이 보편성과 설득력을 높이는 길이다. 아래 제시된 시조를 통해 그 이유를 추리해 볼 수 있다.

> 綠楊이 千萬絲ㄴ들 가는 春風 잡아 미며
> 探花 蜂蝶인들 지는 곳을 어이 흐리
> 아모리 스랑이 重훈들 가는 님을 어이리. -李元翼

이 시조에서는 임과의 이별이 봄이 가고 꽃이 지는 일과 동일한 차원의 섭리임을 말하고 있다. 자연의 섭리를 통해 인간사의 섭리를 밝히는 시조의 전형적인 사고 과정을 그대로 따르고 있다. 그런데 이 시조를 꽃을 중심에 두고 읽으면, 꽃은 결국 '춘풍' 및 '임'과 동일하게, 운명적으로 소멸하게 될 존재로 이해된다. 만일 위의 종장을 '사랑이 중하다 해도 가는 님을 잡을 수 없다'라는 문면 그대로의 의미보다 '가는 임은 잡을 수 없기 때문에 사랑이 중하다'로 뒤집어 읽기가 가능하다면, 중장에 대해서도 동일한 독법을 적용해 볼 수 있다. 그렇게 되면 '지는 꽃을 막을 수 없기에 벌과 나비가 꽃을 탐한다'는 의미가 된다. 이는 이른바 '花無十日紅'이라는 상투어가 지닌 일말의 진실성이기도 하다.

그리하여 이제 수로부인이 꽃에 매혹당한 이유인 '공간적 단절감' 대신에, 인간이 보편적으로 꽃의 매혹에 대해 민감한 이유로서 '시간적 유한성'을 발견하게 된다. 즉 꽃에서 아름다운 매혹을 느끼는 이유는, 개화에 필연적으로 잇따르는 낙화, 즉 개화의 일시성 혹은 순간성에 있다 하겠다. 이 점은 뒤에서 살필 신성 표상과의 대비를 위해서 특별히 기억해 둘 만하다.

앞에서 제시한 바 심상의 다양한 결합 양상을 하나로 엮을 수 있는 고리도 시간의 유한성이다. 꽃이 아름다운 것은 그것이 오래 가지 못하기 때문이고, 그래서 꽃이 피어 있는 동안 흥취를 추구할 수밖에 없으며, 인간의 삶도 꽃처럼 유한하기 때문에 안타깝다는 것이 이들 꽃노래의 총괄적인 주제 의식이다. 강호가도가 인생시일지언정 자연시는 못 된다는 단언도 있거니와(정병욱, 1988 : 417~418), 이들 꽃노래 또한 자연시가 아니라 인생시인 것이다.

3.2. 꽃의 신성 표상

엘리아데(M. Eliade)에 따르면, 종교 체험의 눈으로 볼 때 돌이나 식물 같은 일상적인 객체의 존재 양식은 시간을 초월한, 생성에 의해서 침투될 수 없는 절대적 존재의 본질을 인간에게 계시한다고 한다. 또 종교적 인간에게 초자연적인 것은 자연적인 것과 불가분하게 연결되어 있으며,

종교적 인간은 세계의 자연적인 면을 통해서 '초자연'을 파악한다. 따라서 성스러운 돌이 존경받는 이유는 그것이 신성하기 때문이지 돌 그 자체 때문이 아니다. 돌의 진정한 본질을 계시하는 것은 돌의 존재 양식 안에 나타난 신성성이다(M. Eliadde, 이은봉 역, 1998 : 122;150).

위의 설명에서 '돌'의 위치에 '꽃'을 대입해도 이 논리가 그대로 성립된다면, 이에 가장 어울리는 작품으로 <도솔가(兜率歌)>를 떠올리게 된다. 이는 물론 <도솔가>가 종교적 제의의 맥락 안에서 지어졌다는 사실과 무관하지 않을 것이다.

> 경덕왕 19년 병자 4월 초하루에 두 개의 해가 나타나서 10일이 되도록 없어지지 않았다. 일관이 아뢰기를 "인연이 있는 스님을 청하여 散花功德을 지으면 재앙을 물리치리이다."라고 하였다. 그래서 제단을 조원선에 깨끗이 꾸며 놓고 임금이 창양루에 나가 앉아서 인연이 있는 스님이 지나가기를 기다렸다. 마침 월명사가 언덕 남쪽 길로 가고 있었다. 임금이 그를 부르라 하여 제단을 열고 의식을 시작하게 하니, 월명사가 아뢰기를 "저는 다만 화랑의 무리에 속하여 있기 때문에 오직 향가만 알 뿐이고 범패노래는 아직 못합니다" 했다. 임금이 말하기를 이미 인연 있는 스님이 되었으니 향가를 쓰더라도 무방하다고 하였다. 이에 월명사가 도솔가를 지어 바쳤는데 가사는 이러하다.

今日此矣散花唱良	오늘 이에 散花 블어
巴寶白乎隱花良汝隱	쌘쑬본 고자 너는
直等隱心音矣命叱使以惡只	고든 ᄆᅀᄆᆝ 命ㅅ 브리ᇢ디
彌勒座主陪立羅良	彌勒座主 뫼셔롸.

배경 기사에 따르면, 이 노래는 이일병현(二日竝現)이라는 이상(異狀)을 해결하기 위해 지어진 것이다. 주목되는 것은 전체적인 의사소통 구조에서 꽃이 매개가 된다는 점이다. 즉 신적인 존재를 향한 발원이 꽃을 통

해 전달되는 것이다. 결과적으로 시적 화자의 명령은 수행되었고, 이일병현의 괴변은 사라졌다. 이 노래에서 또 하나 주목되는 점은 꽃이 의인화(personification)되어 있다는 점이다. '꽃'은 시적 화자에 의해 호명되고 시적 화자의 명령을 받는다. 이는 궁극적으로 물활론 혹은 애니미즘이라는 고대적 사유 방식의 소산이라 할 수 있다. 이 사유 방식에서는 언어가 인간들 사이의 의사소통 수단일 뿐만 아니라 인간과 자연 사이의 의사소통을 매개하는 기능을 맡고 있는 것으로 본다. 단 여기에서 꽃이 의사소통의 구조상으로는 인간과 신의 매체이지만, 문장 구조상으로는 주체로 표현되어 있다는 점을 일단 확인해 두기로 한다.

이런 표현법 자체와 그 관련 기록은 <도솔가>를 주가(呪歌)로 규정하는 관점의 강력한 근거가 된다. 물활론적(物活論的) 사고를 표현 방식의 하나로 한정하지 않고 세계를 인식하는 태도나 사고의 형식으로 보면, 이는 언어의 주술적 기능과 일맥상통하며, 주술이란 언어가 세계를 움직인다고 보는 믿음에서 출발하기 때문이다.45)

주술의 맥락에서 <도솔가>의 '꽃'은 미륵좌주를 모셔서 일괴(日怪)를 없애고 천체의 정상적인 운행을 도모해야 하는 임무를 부여받은 존재이다. 꽃은 인간과 부처의 매개체이며, 동시에 지상과 천상을 매개하는 존재로 설정되어 있는 것이다. 꽃이 완수해야 하는 임무는 일차적으로 자연의 질서를 회복하는 것이며, 궁극적으로는 인간 세계의 안녕을 도모하는 것이다.46) 우리는 <도솔가>를 통해 인간이 자신의 공동체가 혼란과 혼돈에 빠져들지 않고 안정된 질서 속에서 운영되기를 염원하는 '기원의 언어'를 경험할 수 있다. 결론적으로 <도솔가>의 꽃은 신비로운 정도를 넘어 초월적인 영력(靈力)을 지닌 존재로 그려지고 있음을 확인할 수 있다.

이상의 분석을 다시 엘리아드의 논리에 따라 재구성하면, 향가 시대에 꽃이 존경받았던 이유는 꽃 그 자체 때문이 아니라, 그것이 신성했기 때문이었다는 결론에 도달하게 된다. 여기에서 신성성을 부여하는 주체는 인간이다. 그런데 그 신성성이 국가 공동체 차원의 목적을 위해 동원되는 것이라면, 신성한 존재는 이념적 매개물일 가능성이 높다. 자연의 질서 회복과 인간 세계의 안녕을 도모하는 것이 <도솔가> 제작의 목적이고, 이 노래의 의도를 완성시키는 매체가 꽃이라면, 꽃은 이념적인 색채를 지닐 수밖에 없다.47)

이 점에 착안하면, 조선조 사대부들이 시적 소재로 즐겨 활용했던 사군자가 자연스럽게 연상된다. 사군자는 동양의 이상적 인간형인 君子의 덕목을 표상하는 식물로서, '사군자'라는 말 자체에 이념적 지향을 고스란히 내포하고 있다. 다시 한번 위의 논리에 따르면, 조선조 시조에서 매화나 국화가 존경받았던 이유는, 꽃 그 자체 때문이 아니라 그것이 신성했기 때문이다. 물론 그 신성성은 그들에 의해 부여된 것이다. '오상고절(傲霜孤節)'이나 '아취고절(雅趣高節)'은 그 신성성의 다른 이름인 것이다.

> 白雪이 즈자진 골에 구루미 머흐레라
> 반가온 梅花는 어니 곳이 퓌엿는고
> 夕陽에 홀로 셔 이셔 갈 곳 몰나 ᄒᆞ노라. -李　穡

> 모첨의 둘이 진 제 첫 줌을 얼픗 찌여
> 반벽 잔등을 □□아 누어시니
> 일야 미화ㅣ 발ᄒᆞ니 님이신가 ᄒᆞ노라. -權　燁

> 菊花야 너는 어이 三月 東風 다 보너고
> 落木 寒天에 네 홀노 퓌엿는다
> 아마도 傲霜孤節은 너 쑨인가 ᄒᆞ노라. -李鼎輔

> 菊花야 너는 어이 三月 東風 슬허 ᄒᆞᆫ다

셩긘 울 찬 비 뒤에 츌하리 얼지언정
반드시 群花로 더부러 훈 봄 말려 흐노라. -安玟英

  앞의 두 작품은 역사적 배경을 뚜렷하게 지니고 있는 바, 이색의 시조
는 고국의 패망에 임하여 영웅적인 군왕 혹은 절사(節士)를 앙망하는 뜻
을 매화에 투영하고 있으며, 권섭의 시조는 영조 임금을 매화에 비유한
것으로 알려져 있다. 뒤의 두 작품에서는 표면적으로 특정한 이미지를
국화에 비겨 표현하지는 않았으나, 오상고절과 같은 덕목이 인간이 추구
해야 하는 자질이라는 점에서 이상적인 인간상이 투영되어 있음은 자명
하다.

  식물 자체의 자연발생적인 속성에 근거하여 유교의 윤리도덕을 표현
하는 데 집중하는 것이 사군자시 일반의 창작 관습이다. 그리하여 매화
와 국화를 비롯한 사군자를 통해 드러내고자 하는 것은 신선, 미인, 절
사, 은인(隱人), 열사, 충신 등이다(강재철, 1987 : 81).[48] 이들은 모두 일상적
인 범인의 수준을 넘어선 다소 초인적인 이미지의 인간형이다. 사군자시
도 역시 자연시가 아니라 인생시인 것이다.

  상기 네 편의 시조에서 특히 주목되는 것은 예찬의 어조이다. 뒤의 두
편에서는 예찬의 어조가 가시적으로 발현되고, 앞의 두 작품에서도 탄식
과 기대의 어조에 기저로 깔려 있는 예찬의 목소리가 감지된다. 단 이
부류의 작품에서 예찬의 대상이 꽃의 아름다움 그 자체보다는 개화 시
기나 향기 등 꽃의 생태적 요소에 확연하게 기울어져 있음이 특징적이
라는 점은 기억되어야 한다.

  그런데 이 예찬의 어조는 <도솔가>를 지배했던 기원의 언어가 변주
된 것으로 볼 수 있다.[49] 이들 시조가 자연시가 아니라 인생시인 이상은
극도의 추상과 관념을 품고 있으며, 이는 곧 이념의 언어이기 때문이다.
다만 <도솔가>가 종교적 제의의 맥락에서 발휘했던 이념이 이들 작품

에서는 사회적·관습적 표상으로 발산되고 있다는 차이가 있을 뿐이다. 이념(ideology)의 언어는 곧 이상(idea)의 언어이기도 하다. 따라서 사대부 시조의 꽃은 신성 표상의 계보를 잇고 있다고 할 수 있겠다. 송강이 <관동별곡>에서 달을 두고 사뭇 장엄하고 경건한 목소리로 "白빅蓮년花화 훈 가지롤 뉘라셔 보내신고"라며 감동하는 대목이 이를 확실히 입증해 준다.

사대부들은 주자학적 사유의 틀 속에서 인간사와 관련되지 않은 순수한 물질적 자연에는 관심이 없었다고 함이 옳다. 그들은 우주적 질서와 사회적 질서를 동일시하는 세계관을 바탕으로, 인간 본성의 규범적 실천 형태인 삼강오륜 등을 만들어냈다(노진철, 2000 : 149). 이를 뒤집어 말하면, 그들은 모든 자연사를 인간사를 이해하는 하나의 전범으로 읽어내는 데 능숙했다고 할 수 있다. 매화와 국화가 그들이 추구하는 규범을 체화한 이상적인 인간상의 신성 표상이 되는 이유가 여기에 있다. 예찬의 방향이 꽃의 아름다움 자체보다 개화 시기 등의 생태적 요소에 집중되는 이유도 이 때문이다.

그러나 꽃의 신성 표상을 가장 확실하게 확인할 수 있는 곳은 전형적인 의식요인 무가에서이다. 무가에서 꽃은 생명을 소생시키는 주물로 나타난다. <이공본풀이>에서는 '서천꽃밭'이라는 곳에 뼈를 소생시키는 꽃, 살을 소생시키는 꽃, 환생꽃, 생불꽃을 가꾼다고 하고, <삼승할망본풀이>에서는 산산(産神)이 이 환생꽃을 손에 들고 돌아다니며 잉태를 준다고 하며, <세경본풀이>에는 이 환생꽃을 시체 위에 뿌려 사람을 살려내는 대목이 있다(현용준, 1982 : 109~110 ; 현승환, 1997 : 16~21). 이는 일괴를 없애는 <도솔가>의 꽃과 맞먹는 영력이다. 또 안성을 비롯한 여러 지역의 <제석본풀이>에는 당금애기 집의 정원을 묘사하는 대목이 있는데, 여기에서 꽃은 신성 공간의 표지로 작용한다. 무가가 신과 인간의 접촉이고 대화라는 점에서, 제의의 맥락에서 꽃의 주술적 기능이 두드러지는 것은 지극히 자연스럽다.

그렇다면 꽃이 미를 표상하는 이유를 시간적 유한성 혹은 낙화에서 찾은 것처럼, 여기에서 꽃이 신성을 표상하는 까닭도 밝혀볼 필요가 있다. 다소 역설적이지만 꽃의 신성 표상은 미 표상을 바탕으로 하면서도 동시에 미 표상과 상반되는 요소를 지니고 있음이 주목된다. 즉 꽃이 신성을 표상할 수 있었던 것은 낙화 후에 반드시 다시 개화하기 때문인 것이다. 사대부들의 사군자시가 환경적 시련에 맞서 개화하는 꽃을 예찬하고, 무가에서 꽃이 생명을 부활시키는 주물로 나타나는 이유도 여기에 있다. 이는 꽃의 미 표상이 낙화의 국면에 중심을 두고 있는 점과 정확하게 대비된다.

4. 주제론적 시가 교육의 가능성

주제론적 시가 교육이 학습자들의 독서 체험을 상호텍스트적으로 확장해 나가는 데 기여할 수 있다면, 그 과정에서 두 차원의 문제가 제기된다. 하나는 이 글에서 꽃의 시적 표상을 유형화하는 데 단서를 제공했던 <헌화가>에서처럼 해석의 다양성이라는 문제와 만나게 된다. 상당수의 문학 텍스트는 다의적으로 해석되는 시어 혹은 시구를 가진다. 하나의 작품을 다른 작품과 대비하여 같고 다름을 판단하기 위해서는 그 다면적인 시적 표상을 읽어내는 해석의 과정이 필수적이다. 여기에서 독자들은 해석의 다양성이라는 문학 언어 본래의 자질을 경험하게 되는 것이다. 다른 하나는 '지금-여기'에 대한 학습자들의 관심에 의해, 고전 작품 속의 주제론적 표지들이 지속되고 변화되는 국면이 자연스럽게 부상된다는 점이다. 그러니까 근대 이후의 시에서 그 주제론적 표지들이 어떻게 계승되고 있으며, 또 굴절되고 있는가를 확인할 필요가 있는 것이다.

전자는 표상의 유형화가 주관적인 판단에 의해 이루어질 수 있는 점과 관련되면서, 동시에 고전 시가 장르들의 장르적·역사적 성격에 기대어 해결될 수 있을 것이다. <헌화가>의 꽃에 대해서도 그러했지만, 어떤 맥락 속에 꽃을 자리잡게 하느냐에 따라 그 의미가 달라지기 때문이다. 이는 문학 언어의 중의성과도 무관하지 않은 바, 특히 꽃이 '님'과 결합되어 제시되는 경우, 그 중에서도 꽃이 '님' 그 자체의 메타포로 나타나는 경우에 의미의 내포가 증폭된다. <동동>의 삼월령은 '님'이 명시적으로 드러나지는 않지만, 이 경우에 해당된다.

> 삼월 나며 개혼
> 아으 滿春 달욋고지여
> 느미 브롤 즈슬
> 디녀 나샷다
> 아으 動動다리

속요가 민요 혹은 민간 가요에서 태생되어 후에 궁중악으로 편입된 경로를 존중한다면, 이 사실 자체가 신성 표상과 미 표상이 이중으로 중첩될 가능성을 보여준다. 다시 말해 순수한 미 표상을 신성 표상으로 견인할 수 있었기 때문에, 궁중악 편입이 가능했다는 것이다. 위 노래의 경우 민간 가요로 향유될 때는 '달욋곶'이 사랑하는 이성을 표상하다가,50) 궁중악으로 편입되면서 임금을 표상하게 되었다는 논리가 성립된다. 여기에서도 예찬의 목소리는 표나게 드러나고 있다. <동동>을 비롯한 고려 속요가 비리지사(鄙俚之詞)도 되고 송도지사(頌禱之詞)도 되는 이

유도 여기에 있을 것이다. 꽃을 소재로 한 사대부 시조에서 '님'이 임금을 가리킬 수 있는 경우에도 이런 중의적 독법이 가능할 것이다.

두 번째 문제인 지속과 변화의 문제는 다소 범위가 넓다. 다만 꽃의 경우 수로부인이 벼랑에 핀 꽃에 매혹당한 꼭 같은 이유로 오늘날의 시인들도 꽃에 매혹당하고 있기 때문에, 근대 이후의 시에서 다양한 이미지로 변주되고 있는 꽃을 만나기란 어렵지 않다. 이제 그 지속과 변화의 양상을 보이는 대표적인 작품을 예로 들면서 이에 접근해 보기로 한다.

> 꽃아, 아침마다 開闢하는 꽃아.
> 네가 좋기는 제일 좋아도,
> 물낯바닥에 얼굴이나 비취는
> 헤엄도 모르는 아이와 같이
> 나는 네 닫힌 門에 기대 섰을 뿐이다.
> 門 열어라 꽃아. 門 열어라 꽃아.
> 벼락과 海溢만이 길일지라도
> 門 열어라 꽃아. 문 열어라 꽃아." - 서정주, <꽃밭의 독백> 일부

위의 시는 <도솔가>의 꽃이 지닌 신성 표상과 매우 밀접한 연관을 가진 것으로 보인다. 일단 물활론적 세계 인식의 전통을 고스란히 잇고 있는 바, 꽃을 부르는 호명의 방식이 단지 수사적 표현법에 머무르지 않고, 이상적인 세계에 대한 기원의 언어와 결합되어 있는 점은 <도솔가>와 동일하다. 서정주의 시가 불교 정신과 밀접한 연관이 있음은 주지의 사실이거니와, 이를 특별히 고려하지 않더라도 어조와 어법, 그리고 발상의 측면에서 <도솔가>와 매우 닮아 있음은 특별히 주목할 만하다. 이는 꽃을 님과 결합시키고 있는 만해의 <님의 침묵>과 함께 신성 표상의 계보를 잇고 있는 것으로 보인다.[51]

그런데 전통적인 표상의 계보를 잇는 작품 못지 않게 주목을 끄는 것

은 근대 이후 새로운 변화의 표지를 안고 있는 작품들이다. 그 변화의 방향은 다양하겠지만, 그 중의 하나로 꽃의 식물학적 생태를 시적 발상의 모티프로 활용하는 경우를 들 수 있겠다.

> 더욱 값진 것으로
> 드리라 하올 제,
>
> 나의 가장 나중 지니인 것도 오직 이뿐!
> 아름다운 나무의 꽃이 시듦을 보시고
> 열매를 맺게 하신 당신은,
>
> 나의 웃음을 만드신 후에
> 새로이 나의 눈물을 지어 주시다. - 김현승, <눈물> 일부

이형기의 <낙화>에서와 마찬가지로, 이 작품은 계절의 순환에 따라 꽃이 피고 지는 수준을 넘어 꽃과 열매의 식물학적 상관성에 착안하여 인간사의 이치를 노래하고 있다. 이 작품에서는 과학적 사실이 시적 인식과 형상화의 계기로 작용하고 있음을 확인할 수 있다. 이는 근대 이후 개화한 과학적 지식이 상상력에 의해 시적 발상의 단서로 변주된 한 경우라 하겠으며, 꽃의 표상과 관련된 문학사적 변화의 한 단층을 적절히 보여주고 있다. 오늘날의 학습자로서는 바로 이러한 지절들에 깊은 관심을 지니고 있을 것이기에, 이와 같은 변화의 단층을 확인하는 일은 시가 교육에서 여러 모로 주요한 과제로 나선다.

5. 주제론적 접근의 득과 실

이 글은 고전시가교육의 한 방법론을 모색하는 과정에서 기획되었다. 이 기획은 서론에서 밝힌 대로, 고전시가교육이 주제론적 방법을 통해 개인의 문화적 경험을 확충케 함으로써 개인의 문화적 성장을 도모하고 민족 문화의 계승과 창조에 기여하도록 하는 구도를 상정하고 있다.

주제론적 접근에서 시가 작품에 동원되는 개별 소재들이 지닌 시적 표상을 맥락에 맞추어 이해하기 위해서는 각 작품의 장르적 · 역사적 성격을 외면할 수 없고, 이 이해를 바탕으로 다른 장르, 다른 작품과 대비하는 과정을 거치게 된다. 따라서 고전문학을 메마른 고증학과 지식주의의 압도로부터 벗어나게 하는 것, 그러면서도 고전문학의 역사성이 학습자의 문학 이해와 성장에 의미 있는 요소로 체험되도록 하는 것, 이 두 가지 요구 사이에 고전문학 교육의 핵심적 과제가 있다면(김흥규, 2002 : 308). 이와 같은 주제론적 방법이야말로 여기에 가장 효율적으로 부합할 수 있을 것이다. 이 점에서 고전문학과 대중과의 소통에 기여할 수 있는 주제론적 접근의 특장에 주목할 충분한 이유가 있다고 본다.

물론 이 글에서는 시가 작품의 역사적 위상에 밀착되기보다는 종적 · 횡적으로 다소 자유로운 연결 고리들을 찾아 나가는 궤적을 그렸다. 고전 작품에 대한 올바른 이해에 도달하기 위해서는 역사적 위상을 외면할 수도 없지만, 그것이 지나친 밀착으로 편향될 경우 오히려 작품을 쇄말적인 사실의 기록으로 보게 될 위험이 없지 않다. 그 결과가 독서 대중과의 소통 단절로 이어지게 될 우려도 있다. 주제론적 접근이 고전 문학을 대상으로 하는 한, 역사적 실체에 대한 꼼꼼하고 실증적인 천착은 다소 누그러뜨릴 필요도 있겠다.

제 3 부

수행 능력의 신장과 고전시가 교육

제1장

향가 형식론의 행방과 글쓰기 교육의 한 방향
- 글의 형식과 문화적 문식성 -

1. 향가의 형식에 주목하는 이유

1.1. 문제의식의 출발점

논술을 가르치다 보면 서론, 본론, 결론을 나누어서 개요 짜는 법에 대한 설명을 피해갈 수 없다. 서론에서는 문제를 제기하고, 본론에서는 본격적인 자신의 주장을 밝히는 논의를 전개하고, 결론에서는 본론의 논의를 요약하거나 부족한 점을 보완하는 법이라고 가르친다. 대부분의 논술문은 적어도 서론, 본론, 결론의 형식은 충실히 준수하는 편이다. 그러나 보통은 그야말로 '천편일률적'인 글이 대부분임을 확인하고는 채점에 싫증을 내고 만다. 학생이 작성한 논술문을 평가할 때는, 서론, 본론, 결론이 제대로 분할되었는가 하는 점보다는 내용을 얼마나 창의적으로 표현했는가 하는 점에 초점을 맞춘 탓일 것이다.

여기에서 형식이 내용과 별개의 것인가, 그렇다면 형식은 최소한의 규범에 불과하므로, 글에 대한 평가는 내용의 창의성에 초점을 두어야 하는가 하는 질문을 던져 볼 수 있다. 그러나 이것은 우문이다. 내용과 형식이 별개가 아니라는 것은 상식이며, 그 두 가지 측면을 나누어 평가하는 것은 불가능에 가깝기 때문이다. 그렇다면 다음과 같은 문제의식으로 전환해 볼 필요가 있다. 글의 형식에 대한 숙지가 '좋은 글'이 되기 위한 내용 생성의 기제로 작용하도록 배려할 수 있는 방법은 무엇이겠는가 하는 것이다.

한편 고전문학을 전공으로 가르치다 보면 가끔씩 받는 질문이 있다. 국문학자들은 고전문학을 왜 그렇게 평생을 바치면서 연구하느냐는 질문이 그것이다. 학생들의 눈에는 이미 죽어버린 말로만 보이고, 재미도 감동도 느낄 수 없는 고전문학 작품이 왜 우리 시대에도 살아 있는 듯이 가르치고 배우느냐 하는 항변 섞인 질문이었다. 전공과목의 고전문학이 그러하다면, 교양으로 배우는 고전문학은 말할 것도 없고 중등학교에서 국어과의 한 영역 혹은 내용으로 배우는 고전문학은 오죽하겠는가? 더욱이 외국어를 읽는 듯한 생경한 느낌의 고어를 접하고 심지어 어석마저도 완결되지 못한 작품을 읽어가는 고통을 이해하기란 어렵지 않다. 그렇다면 오늘날 고전문학을 가르치고 배우는 일은 과연 어떤 의미를 가지겠는가?

이러한 두 질문이 만나 이루어낸 문제는 이런 것이다. 고전문학을 오늘날의 글쓰기 교육을 위한 전범적인 사례로 활용할 수는 없겠는가? 물론 이러한 질문 방식은 고전문학 교육이 본격적으로 논의되기 시작한 이래로 숱하게 제기되어 왔고, 여기에서 출발한 다수의 연구 성과가 없었던 것은 아니다. 따라서 이러한 문제 설정은 새삼스럽기조차 하다. 그러나 고전문학은 여전히 문헌학적 관심의 대상이거나, 아우라를 뿜어내는 미적 구조물로 대접받고 있는 것이 실상이다.

이 연구는 이러한 문제의식의 연장선상에서 향가의 형식이 글쓰기에서 발상 혹은 내용 생성의 기제로 작용할 수 있는 가능성을 탐색해 보는 데 목적을 둔다. 이것이 고전문학의 이용후생이 가능한 한 방향이면서, 동시에 고전문학의 외연을 확장하는 일이기도 하다고 본다. 이런 점에서 이 연구는 넓게 보아 고전표현론(김대행, 1995)의 영역 내에서 이루어질 것임을 밝힌다.

1.2. 향가를 문제 삼는 까닭

주지하듯 향가는 한국의 시가문학사에서 가장 고태적(古態的)인 역사적 장르이다. 이전의 상고시가 몇 편이 시가문학사의 출발점을 차지하고 있지만, 하나의 개별 장르로 형성되어 향유되었던 것은 향가가 처음이다. 현대의 독자를 중심으로 삼는다면, '역사적 이해의 원근법'을 발휘하기조차 힘들 정도로 가장 큰 시간적 간극을 가지고 있는 것이다.

왜냐하면 향가는 '감동천지귀신(感動天地鬼神)'[1]으로 대표되는 특정한 효용을 겨냥하여 지어지고 불리어졌다는 기록으로 인해 주가적(呪歌的) 색채를 강하고 띠고 있는 점을 무시할 수 없기 때문이다. 물론 그것이 일반적인 시가의 존재 방식과 모순을 이루는 것은 결코 아니라 하더라도, 현대의 독자가 이에 접근하기 위해서는 다소 특별한 시야를 갖추도록 요구한다. 따라서 향가의 이러한 고태성은 시간적인 차원에서만이 아니라 문학의 존재 조건이라는 측면에서도 작품과 독자 사이의 간극을 더 넓히는 요소가 된다.

그런데도 왜 굳이 향가인가? 그것은 역설적이게도 가장 멀리 있기 때문에 그 접근의 결과가 가장 원형적인 양태를 보여줄 수 있으리라는 기대 때문이다. 이 점은 고전표현론이 성립될 수 있는 근거이자 전제로서도 설명될 수 있다. 즉 향가는 우리말의 뿌리에 가까이 있어 보다 단순한 모습을 보여 줄 것이라는 점에서 근원성을 지니고 있고, 이미 굳어 있는 상태이기에 관찰과 분석이 용이한 정태성(靜態性)을 갖는다는 것이다. 그리하여 우리말의 정체성을 함축하고 있는 표현의 기본적 골격을 체계화할 수 있는 것이다.[2]

그러나 굳이 향가를 논의의 중심에 두는 것이 이러한 이유 때문만은 아니다. 무엇보다도 향가의 형식에 관한 일련의 논의가 글의 형식에 대한 기존의 좁은 개념을 벗어날 수 있는 시야를 마련해 주는 이점이 있기 때문이다. 본론에서 구체적으로 밝혀지겠지만, 글의 형식이 텍스트를 구성하는 요소나 장치에 국한되지 않음을 보여주고 있는 것이다. 향가의 형식에 대한 해석이 분분했던 것은 이에 대한 최초의 언급이 지니는 모호성 때문이라 하겠는데, 바로 그 모호성으로 인해 향가 형식에 관한 일련의 논의가 오히려 논의의 폭을 넓혀감으로써 텍스트 구성의 요소나 장치를 벗어나 발상 혹은 시상의 구조 차원으로 형식 개념을 확장했던 것은 역설적이라 하겠다. 따라서 이 글에서 향가의 형식과 관련하여 던지는 질문은 향가 장르의 정체성이 아니라, 글쓰기의 전 과정에서 차지하는 발상의 의의에 밀착되어 있다는 점을 밝힌다.

2. 향가 형식론의 행방

향가의 형식에 관한 일련의 논의는 『均如傳』 서문에서 최행귀(崔行歸)가 밝힌 "詩構唐辭磨琢於五言七字　歌排鄕語切磋於三句六名"(최철·안대회 역주, 1986 : 58)이라는 구절에 대한 해석에서 출발한다. 이 구절은 향가를 한시와 비교하여 향가의 어떤 문법을 규정한 것으로, 향가의 형식론에 핵심적인 논점을 제공해 주고 있다. 이 구절은 한시가 오언칠자로 이루어지듯이 향가는 삼구육명으로 이루어진다는 뜻으로, 그 표면적인 의미는 쉽게 알 수 있다.

그러나 향가 작품의 실상을 대입해 보면 매우 모호한 진술임을 알 수 있는바, 그것은 정작 '오언칠자'와 '삼구육명'이 가리키는 바가 형식인가 아니면 작시법인가 하는 문제조차도 명확하게 해결되지 못한 형편이다. 여기에서 더 나아가 삼구육명에서 '삼'과 '육'이라는 숫자, '구'와 '명'이라는 단위가 각각 무엇을 가리키는가 하는 문제도 파생된다. 이 문제에 대해서는 삼구와 육명의 관계를 중심으로 하여, 삼구와 육명을 별개의 것으로 간주하는 한 방향과 함수 관계로 풀이하려는 한 방향으로 대별할 수 있다. 전자는 '삼구육명'이 '오언칠자'와 대구를 이룬다는 점에 근거를 두어 이 말이 오언시와 칠언시를 각각 가리키듯이 삼구와 육명도 향가의 개별 형식을 일컫는다고 간주해 왔고, 후자는 '삼'과 '육'이 배수 관계에 있다는 점에 착안하여 삼구와 육명을 향가 형식을 설명하는 틀로 규정하는 경향이 있다. 여기에 더하여 '句'와 '名'이 무엇을 가리키는 단위인지에 대한 논의도 무성하다.

그러나 현재 명확한 합의에 도달된 답도 없거니와, 앞으로도 이 말의 구체적인 뜻은 파악할 가능성이 거의 없다고 본다.[3) 다만 이 글의 목적이 삼구육명의 정체성을 실증적으로 밝혀내는 데 있지 않으므로, 해석상의 갈래를 간단하게 제시하는 선에서 분분한 논의의 경개(梗槪)를 확인해 보기로 한다.

1. 三句와 六名을 관련 체계로 보는 견해
  ① 句는 곧 名이다.

② 6名이 1句를 이룬다.
③ 6名이 3句를 이룬다.
 2. 三句와 六名을 별개 체계로 보는 견해
① 句와 名은 嗟辭를 가리킨다.
② 三句와 六名은 별개의 시형이다.
③ 三句는 형식, 六名은 해석을 가리킨다.[4]

이렇게 보면 크게 여섯 가지 입장이 있음을 알 수 있는데, 다소의 예외와 차이, 그리고 논지의 다양성에도 불구하고 이들 논의들은 다음과 같은 점에서 공통된 입지를 지니고 있는 듯하다. 그것은 논리의 정합성을 입증하기 위해 작품의 실상을 검토하는 과정에서 동원되는 것은 이른바 10구체 향가[5]라는 점이다. 이는 '삼구육명'이 언급된 『균여전』에 수록된 균여의 <보현십원가>가 모두 10행 향가라는 사실과 직접적인 관련이 있으며, 10행 향가가 발전 단계에서 가장 나중에 형성된 유형이라는 점, 그리고 대체로 가장 높은 예술적 완성도를 지니고 있다는 점과도 무관하지 않다. 형식적인 차원에서나 작시법의 차원에서나 그 문법을 하나의 규정으로 포괄하기 위해서는 이들 작품들이 견고하게 고정된 형태를 지니고 있어야 하고, 또 구조적으로도 높은 완성도를 지니고 있어야 했던 것이다. 여기에서 더 나아가 이들 10행의 사뇌격 향가의 형식적 특성이 3聯[分節]이라는 점은 거의 부인할 수 없는 사실로 굳어져 있다.[6] 6명과의 관계는 별도의 확인 과정이 필요하겠지만, 적어도 '삼구'란 3개의 의미 단락을 뜻하는 것으로 대체적인 중지가 모아지고 있는 것이다.

또한 매우 특별한 주목을 요하는 것은, 설혹 삼구육명을 형식 개념이 아니라 작시법으로 볼 경우에도, 결론이 도출되는 과정은 다르지만 10행 향가의 구조에 관한 한 형식 개념으로 파악한 논의와 크게 다를 바 없다는 점이다. 이것은 한시의 오언과 칠언이 형식 개념일 수도 있고 작시법일 수도 있다는 점을 고려하면 매우 자연스러운 귀결이라 할 수 있다.

'오언칠자'와의 관련성을 염두에 두고 이루어진 삼구육명의 정체 논의에서 특히 주목되어야 할 점은, '오언'과 '칠언'이 글자 수를 나타내는 한시와는 달리, 적어도 '삼'과 '육'이 우리 말의 음절 수를 나타내는 것은 아니라는 점이다. 우리 시가의 전통을 통털어도 음절 수의 규칙이 작시의 원리로 작용하는 사례가 없기도 하거니와, 향가의 다양한 행 배열과 길이는 적어도 향가의 운율이 음절의 수로 파악될 수 있는 성질의 것이 아님을 보여주었다.

이제 이러한 사정을 전제로 하여 일련의 향가 형식 논의에서 시사 받을 수 있는 사항을 추출해 보기로 한다.

첫째, 형식과 작시법이 결국 동일한 귀결점을 향해 나아갔다는 것은 형식이 결코 내용의 조직 원리와 동떨어진 요건이 아님을 말해 준다. 물론 작시법이란 음절 단위와 단어 단위에서도 작용할 수 있고, 구나 문장과 같은 통사론적 층위에서도 작용할 수 있으며, 단락(연) 단위와 같은 의미론적 층위에서도 작용할 수 있다. 그러나 어떠한 층위에서 작용한다 하더라도, 그것이 형식이 보장해주는 범위 내에서 작용되는 것이지, 형식과 무관하게 혹은 형식을 넘어서서 작용되는 것은 아님을 확인할 수 있다. 작시법은 궁극적으로 내용의 조직 혹은 배열 원리라 할 수 있겠는데, 이것은 향가의 형식을 향가의 작시 문법이 실현되는 구체적인 틀이라 규정할 수 있는 근거가 된다.

여기에서 한 걸음 더 나아가면, 형식이 결국 내용 생성 혹은 발상의 기본적인 기제로 기능할 수 있는 근거를 마련할 수도 있다. 다음 절에서 다시 상세한 거론이 있겠지만, 3분절 형식의 틀은 개별 향가 작품들의 시상이 3단계로 전개되는 과정을 고스란히 보여준다. 이는 서론에서 제시했던 최초의 문제의식, '글의 형식에 대한 숙지가 '좋은 글'이 되기 위한 내용 생성의 기제로 작용하도록 배려할 수 있는 방법'을 마련할 수 있는 단서가 될 수 있을 것이다.

둘째, 3분절 형식이 3단계의 시상 전개와 무관하지 않다면, 이것은 우리말의 전통을 보여주는 뿌리 깊은 근원이 될 수 있는 가능성을 보여준다. 실제로 많은 논자들이 '3구'의 의미를 해석할 때는 개별 향가 작품뿐만 아니라 우리의 시가사적 전통을 적극적으로 염두에 두었던 바, '3구'를 3분절의 통사론적·의미론적 단락으로 간주하는 데는 시조의 3장 구조가 강력한 근거로 활용되었던 것이다. 이는 물론 시조의 3장 구조가 정체가 불분명한 향가의 '3구'에 대한 해석에 일종의 강박 관념으로 작용했을 가능성을 보여 주기도 하지만, 적어도 그 유연성(有緣性)만은 인정될 필요가 있다.7) 이렇게 보면 향가의 3분절 형식은 우리의 전통적인 내용 생성 원리로서, '근원성'이라는 고전 자료의 미덕을 고스란히 안고 있다고 보아도 무방할 것이다.

3. 조응 형식의 근원성과 보편성

3.1. 향가의 실상을 통해 본 조응의 형식

이제 구체적인 10행 향가 작품을 들어 3분절 형식의 실상을 보기로 한다. <普賢十願歌>는 11수의 10행 향가로 이루어져 있으나, 모두 균여라는 한 개인의 창작시이기 때문에 비교적 균일한 질서를 지닌 것으로 짐작된다. 따라서 개별 작품들이 지니는 다채로운 양상을 확인하기에는 여러 작가들이 짓고 부른 『삼국유사』 소재 작품들을 보는 편이 좋을 듯하다. 『삼국유사』에 전하는 10행 향가는 모두 8수이다. 이들 중 적어도 형식면에서 3분절이 가장 뚜렷하다고 판단되는 <혜성가>와 <제망매가>를 차례대로 살펴보기로 하겠다.

舊理東尸汀叱 乾達婆矣	녜 시ㅅ믌곳 乾達婆이
遊烏隱城叱肹良望良古	노론 잣훌란 브라고
倭理叱軍置來叱多	예ㅅ 軍두 옷다
烽燒邪隱邊也藪耶	燧술얀 곳 이슈라
三花矣岳音見賜烏尸聞古	三花이 오롬보샤올 듣고
月置八切爾數於將來尸波衣	돌두 브즈리 혀렬바애
道尸掃尸星利望良古	길 쓸 별 브라고
彗星也白反也人是有叱多	彗星여 술븐여 사ᄅ미 잇다
後句 達阿羅浮去伊叱等邪	아으 둘 아래 뻐갯더라
此也友物北所音叱彗叱只有叱故	이 어우 므슴ㅅ 彗ㅅ기 이실꼬[8])

- 양주동 역

10행 향가의 일반적인 분절법이 그러하듯이, 이 노래도 1행부터 4행, 5행부터 8행, 그리고 9행과 10행을 각각의 분절로 나눠볼 수 있다. 특히 이 작품에서는 이러한 분절법이 통사론적인 차원에서나 의미론적인 차원에서나 가장 자연스럽기도 하다. 배경 설화의 문맥을 대입해 보면, 적어도 수사적인 관점에서는 이 노래의 핵심이 제1분절보다는 제2분절에 놓여 있음을 알 수 있다. 혜성이 출현하여 심대성을 범하려 한다는 사건의 핵심이 2분절에서 언급되고 있기 때문이다. 이에 비해 제1분절에서는 과거의 사건만이 언급될 뿐이다. 그리고 제3분절에서는 제2분절의 함축적 의미를 명시적으로 드러냄으로써 시적 발화의 의도를 강화하고 있다.

여기에서 제1분절과 제2분절은 수사적으로는 대구의 관계에 있으면서, 인식론적인 차원에서는 유비 관계(analogy)에 있다(김승찬, 1985 ; 고혜경,

1990). 제2분절은 "세 화랑이 산을 보시려 함을 듣고 달도 부지런히 등불을 켜는데 길 쓸 별 바라보고 '혜성이여!' 하고 사뢴 사람이 있구나."로 풀이된다. 이는 혜성이 국가적 차원의 재난을 예고하는 흉조(凶兆)가 아니라 오히려 길조(吉兆)라는 선언적 명제를 사실적인 명제로 전환한 표현이다. 그렇다 하더라도 흉조인 혜성이 실제로 길조로 바뀔 수는 없다. 다만 지극한 소망을 현재화하여 표현한 것이다. 1분절에 '건달파성'을 '왜군'으로 오인했던 과거지사를 앞세웠던 것은 이러한 언술이 설득력을 얻기 위해서라 할 수 있다. 그리고 제2분절의 현재형 서술법이 제3분절에서는 사실상 명령형의 진술이 설의적 의문형으로 전환 표현되는 가운데 미래 사태에 대한 소망이 더욱 강화되면서 전체 시상이 완결된다. 이처럼 10행 향가의 보편적 형식이 <혜성가>에서는 '과거-현재-미래'9)의 확고한 분절적 시상 구조로 나타나면서 전체적으로 3단계의 흐름을 유지하고 있는 것이다.10)

이제 <제망매가>의 3분절 형식을 살펴보기로 한다.

生死路隱
此矣有阿米次盻伊遣
吾隱去內如辭叱都
毛如云遣去內尼叱古
於內秋察早隱風未
此矣彼矣浮良落尸葉如
一等隱枝良出古
去奴隱處毛冬乎丁
阿也 彌陀刹良逢乎吾
道修良待是古如

生死路는
예 이샤매 저히고
나는 가느다 말ㅅ도
몯다 닏고 가느닛고
어느 ㄱ술 이른 ㅂㄹ매
이에 저에 뻐딜 닙다이
ㅎ든 가재 나고
가논 곧 모드온뎌
아으 彌陀刹애 맛보올 내
道닷가 기드리고다11)

- 양주동 역

<혜성가>와 마찬가지로 <제망매가> 또한 세 개의 분절은 일단 통

사론적 차원에서 확연하게 드러난다. 1행부터 4행까지는 의문형 종결 어미가, 5행부터 8행까지는 감탄형 종결 어미가 각각 한 문장의 종지를 이룬다. 10행의 '待是古如'는 희망을 표현하는 종지법을 취하면서 9행과 10행이 또 하나의 완결된 문장으로 성립되도록 한다. 이처럼 <제망매가>는 세 개의 문장이 3분절의 통사론적 완결성을 보장해 주고 있음을 알 수 있다.

이러한 통사론적 분절은 의미론적인 층위로도 자연스럽게 연장된다. 먼저 제1분절에서는 시적 화자가 접한 객관적 실체가 제시되어 있다. 배경 설화를 고려하면 그것은 누이의 죽음이다. 시적 화자는 육친과의 이별이라는 비감한 상황에 처해 있는 것이다. 그러나 여기에서는 비감한 분위기가 드러나지는 않는다. 단지 결코 바라지 않던 상황이 일어났음을 알려줄 뿐이다. 비감한 분위기는 제2분절에 와서야 드러난다. 누이가 죽어서 어디로 가는지도 모르는 상황에 처한 시적 화자의 심정이 표백되고 있는 것이다. 제1분절과 제2분절은 '객관적 상황'과 '주관적 술회'로 확연하게 갈라지는 것이다. 이 점은 제1분절의 서술어 '가ᄂᆞ닛고'의 주어가 '누이'라는 시적 대상이고, 제2분절의 서술어 '모ᄃᆞ온뎌'의 주어가 '나'라는 시적 화자임을 고려하면 더욱 분명해진다. 제3분절은 앞 분절에서 제시된 시적 화자의 비감이 재회에 대한 약속으로 승화되면서 전체 시상을 완결시키는 부분이다.

이처럼 <제망매가>는 통사론적 층위에서나 의미론적 층위에서나 완전한 3분절 형식을 취하고 있음을 알 수 있다. <혜성가>의 제1분절과 제2분절이 과거와 현재의 유추 관계로 이루어졌다면, <제망매가>에서는 두 분절이 '세계'와 '자아'의 조응 관계에 놓여 있다 할 수 있겠다. 그리고 제3분절은 <혜성가>에서와 마찬가지로 시적 화자가 소망하는 바람직한 사태를 제시하면서 전체 시상을 완결시키고 있는 셈이다.

<혜성가>와 <제망매가>에 나타난 3분절의 시상 전개 과정에서 우리가 간과할 수 없는 것은, 두 편 모두 핵심적인 정보를 처음에 내세우지 않는다는 점이다. <혜성가>에서 제1분절의 내용이 제2분절의 설득력을 높이기 위해 제시된 것이라면,[12] <제망매가>에서 제1분절은 시적 화자가 지닌 현재의 심정이 형상화된 제2분절의 정황을 구체화하는 데 기여한다고 할 수 있다.

그러나 이보다 더 중요한 사실은 제1분절과 제2분절이 짝을 맞추고 있다는 점이다. <혜성가>에서 과거와 현재가, <제망매가>에서 세계와 자아가 각각 조응하면서 짝을 이루고 있었다는 것을 확인할 수 있었던 바, 이를 '조응의 형식'이라 부르기로 하겠다. 이러한 조응적인 형식이 다양한 작품에서 두루 나타나는 보편적 특성이라면, 이는 최소한 개별 작품의 수사적 발화 전략은 아니었을 것으로 보인다. 그렇다면 여기에는 세계 인식의 틀, 혹은 사고의 체계가 반영되어 있을 가능성이 높다.[13]

3.2. 조응 형식의 전통과 문화적 문식성

앞에서 <혜성가>와 <제망매가>의 3분절 형식을 개관해 본 것은 향가의 정체성에 대한 관심 때문이 아니라, 3분절 형식이 지닌 근원성 때문이었다. 만일 조응으로 특성화되는 3분절 형식이 우리 말 혹은 글에서 어떤 근원성을 지니고 있다면 향가 이후의 글을 통해 이를 실증적으로 확인해 볼 필요도 있다. 그러나 이러한 작업은 특히 시가사적 전통의 견지에서 선행 연구를 통해 충분히 이루어진 바 있다. 따라서 여기에서는 현대의 언어 자료를 통해 그 지속성의 한 단면을 확인해 보기로 하겠다.

먼저 근대시 중에서 20년대 작인 만해의 <님의 침묵>을 보기로 한다.

　님은 갔습니다 아아 사랑하는 나의 님은 갔습니다
　푸른 산빛을 깨치고 단풍나무 숲을 향하여 난 작은 길을 걸어서 참어 떨치고 갔습니다
　황금의 꽃같이 굳고 빛나던 옛맹세는 차디찬 티끌이 되어서 한숨의 미풍에 날아갔습니다
　날카로운 첫 키스의 추억은 나의 운명의 지침을 돌려 놓고 뒷걸음쳐서 사라졌습니다
　나는 향기로운 님의 말소리에 귀먹고 꽃다운 님의 얼굴에 눈멀었습니다
　사랑도 사람의 일이라 만날 때에 미리 떠날 것을 염려하고 경계하지 아니한 것은 아니지만 이별은 뜻밖의 일이 되고 놀란 가슴은 새로운 슬픔에 터집니다
　그러나 이별을 쓸데없는 눈물의 원천을 만들고 마는 것은 스스로 사랑을 깨치는 것인 줄 아는 까닭에 걷잡을 수 없는 슬픔의 힘을 옮겨서 새 희망의 정수박이에 들어부었습니다
　우리는 만날 때에 떠날 것을 염려하는 것과 같이 떠날 때에 다시 만날 것을 믿습니다
　아아 님은 갔지마는 나는 님을 보내지 아니하였습니다
　제 곡조를 못 이기는 사랑의 노래는 님의 침묵을 휩싸고 돕니다

이 작품은 향가의 전통에서 이해될 수 있는 다양한 표지를 안고 있다. 먼저 전편이 10행으로 이루어졌다는 점과 9행에 '아아'라는 감탄사가 배치되었다는 점은 가시적으로 확인할 수 있는 가장 두드러진 표지이다. 특히 <제망매가>와 관련지어 말하자면 이 작품은 매우 두드러진 근원적 유사성을 가지고 있다. 이별이라는 시작 동기와 만남에 대한 기원이, 현상과 본질, 소멸과 생성, 생과 사의 차원으로 연결되고 있는 점(김재홍, 1982 : 150-151 ; 232-234)은 두 작품 사이의 친연성을 결정적으로 뒷받침

해 준다.

그러나 이보다 더 주목되는 것은 3분절의 형식적 장치이다. 시상의 흐름상 1행부터 4행은 '님'의 행적을 묘사하고 있고, 5행부터 8행까지는 임의 부재에 대한 '나'의 감회를 읊고 있으며, 9행과 10행에서는 이 모든 심리적 정황을 미래에 투영하면서 시상을 완결하고 있다. 제1분절의 서술어는 모두 '님'을 주어로 삼고 있고, 제2분절의 서술어는 모두 '나'를 주어로 삼고 있다. 이는 <제망매가>의 시상 구조에 정확히 일치한다(고운기, 1995). 시행의 수까지 일치하는 것은 우연이라 간주하더라도, 적어도 시상의 3분절 구조가 정확한 닮은꼴이라는 점은 3분절 형식의 근원성이 매우 깊은 뿌리를 지니고 있음을 직접적으로 입증해 주는 사례라 할 만하다.

물론 만해의 개인사적 사실은 이 작품의 발상과 시상이 향가와 무관하지 않을 것이라는 암시를 주기에 충분하다. 주지하듯 만해는 승려였기 때문에 의식적으로든 혹은 무의식적으로든 불교적 사유의 자장을 벗어나기는 어려웠을 것이다. 그렇다고 해서 향가의 형식이 불교적 사유와 직접적인 연관성을 지닌다는 뜻은 아니지만, 사뇌가의 작품 세계를 불교적 세계관이 향도하는 점은 분명해 보이기 때문이다. 적어도 이런 점에서라면 <님의 침묵>은 향가의 3분절 형식이 지닌 근원성을 증명해 줄 자료로서는 다소 특별한 작품이라고도 할 수 있다. 만해의 생애를 근거로 하여 만해의 시가 지닌 근원성을 불교문학적 요소가 강한 향가로부터 찾는 것은 한편으로 의도의 오류가 될 수도 있겠다는 의미이다.

그러나 다음과 같은 글은 불교적 자장으로부터 자유로우면서도 우리가 일상적으로 매우 친숙하게 접할 수 있는 형식을 취하고 있다는 점에서 특히 주목할 필요가 있다.

『삼국지』뒷 부분에 '죽은 공명이 산 중달을 몰아냈다(死孔明走生仲達)'
는 대목이 있다. 제갈량이 위나라 군대와 대치중에 죽자 하늘에 큰 별이
지는 것을 보고 제갈량의 죽음을 확신한 사마의가 기세 좋게 쳐들어갔다.
그런데 죽은줄 알았던 제갈량이 수레 위에 앉아 학익선을 부치고 있는
것이 아닌가. 죽음을 예견한 제갈량이 나무 인형을 만들어 대비한 것이었
지만 사마의가 놀라 달아나는 덕에 촉나라 군대가 무사히 철수할 수 있
었다. 옛날 어느 고을에 모자라는 실력으로 억지 훈장 노릇을 하던 이가
이 대목을 '죽은 공명이 달아나다가 중달을 낳았다'고 해석하였다. 그러
자 똘똘한 아이 하나가 대뜸 '죽은 사람이 어찌 달아나며 남자가 어떻게
중달을 낳습니까?'하고 따졌다. 답변이 궁한 훈장이 '이 녀석아 그러니까
제갈공명이지'라고 했다던가.

죽은 제갈량이 산 중달을 쫓은 대단한 지략도 일시적 속임수에 불과하
며, 잘못을 따지는 아이를 윽박지른 어설픈 훈장의 억지는 서푼 가치도
없는 일이다. 그런데 지금 우리 현실은 죽은 박정희를 내세워 살아 숨쉬
는 역사를 속이려는 어리석은 일이 벌어지고 있다. 월드컵 경기장 부지에
박정희기념도서관을 짓는 명목으로 서울시가 땅을 내놓기로 하였고, 작년
국회에서 이미 국고지원 105억이 결정되었다. 또한 이번 국회에서 100억
이 추가 결의될 예정이며, 국무회의에서는 국민모금 500억이 결정된 상태
이다. 박정희기념관 건립을 주장하는 중심 논리는 경제발전의 공이다. 하
지만 그런다고 해서 일본군 장교를 지낸 반민족 행위나 5·16구테타로
민주주의를 압살하고 유신을 통해 종신대통령을 꿈꾸던 죄가 없어지는
것은 아니다.

이미 649명의 교수가 반대서명을 하였고 민주교수협을 비롯한 247개
단체가 국민연대를 결성하였다. 그런데도 이 일을 추진하는 세력들은 과
거 뿐 아니라 오늘날도 여전히 박정희 덕을 보고있는 사람들이며, 그들의
주장 또한 서당 훈장같은 단순 무식의 논리일 뿐이다. 다만 다행스러운
것은 국회 예산결산특별위원회 소속 의원들 대다수가 국고지원을 반대하
고 있는 점이다. 역사는 언제나 바른 방향으로 흐르는 법이다. 오늘 이 논
의에 앞장서 있는 사람들까지 뒷날 역사가 그 어리석음과 야욕을 반드시
포폄할 것이다.[14)]

이 글은 가시적인 단락 구분에서도 3분절을 취하고 있지만, 내용적으

로도 3분절로 나누어짐을 충분히 수긍할 수 있다. 1분절에서 『삼국지』
에 전하는 고사와 이에 관한 후대의 일화가 소개되고, 2분절에서는 현재
시점에서 필자가 다루고 있는 핵심적인 화제와 이에 대한 필자의 입장
이 등장한다. 3분절에서는 2분절의 연장선상에서 새로운 근거를 추가하
여 필자의 주장을 강화하면서 글을 마무리한다.

특히 이 글에서는 제1분절과 제2분절이 유비 관계에 놓여 있음이 눈
에 띈다. 두 분절의 이러한 관계에 의해 박정희기념관을 추진하는 사람
들은 죽은 제갈량이 산 중달을 쫓은 '일시적 속임수'를 쓰고 있거나, 잘
못을 따지는 아이를 윽박지른 어설픈 훈장처럼 '억지'를 부리는 사람들
로 비판되고 있다. <혜성가>에서 현재의 사태에 대한 해석에 타당성과
설득력을 부여하기 위해 과거의 사태를 배치하였듯이, 이 글 또한 동일
한 목적으로 『삼국지』의 고사와 이와 관련된 훈장 이야기를 동원한 것
이다. 이는 연설의 수사로 본다면 '간접적 서론'이라 할 것이다.

이로써 3분절 형식이 반드시 불교적인 논리로 설명될 필요가 없다는
점을 확인한 셈이다. 그리고 그것이 시 혹은 시가의 발상에 국한된 것이
아님도 확인할 수 있었다. 일일이 예거할 필요도 없이, 적어도 우리의
글쓰기 전통에서는 고금을 막론하고, 장르를 불문하고 두루 나타나고 있
음을 확인할 수 있기 때문이다. 민요의 병렬적 작시 원리에서, 시조의
'ORM' 구조에서, 한시의 對句에서, 說과 疏, 記와 論 등의 한문 양식에
서는 물론, 현대의 수필이나 칼럼류의 글 등에서 두루 나타나는 형식이
라 할 수 있다.15)

사정이 이러하다면 우리는 이러한 글쓰기 형식에 대한 앎과 친숙성을
일러 문화적 문식성(cultural literacy)이라 불러도 좋을 것이다. 더욱이 이것
이 아리스토텔레스식 논리의 영향으로 연역적 패턴을 이루는 것이 보통
인 영어 해설형 담화와 대조되는 한국어 해설형 담화의 한 특징이기도

하다면(황적륜, 1990), 이와 같은 형식이 지니는 문화로서의 성격은 더욱 짙어진다 하겠다.

4. 글의 형식과 글쓰기 교육의 한 방향

지금까지 향가가 취하고 있는 조응의 형식은 우리의 글쓰기 전통에서 통시적인 근원성과 공시적인 보편성을 가진 것임을 확인하였다. 그런데 무릇 무엇인가가 오랜 시간 동안 전승되어 왔다는 것은 그것이 어떤 미덕을 지녔음을 뜻한다. 조응의 형식 또한 그러하다면, 그 미덕은 무엇이겠는가?

이 글은 그 미덕이 인식의 체계성에 있다고 본다. <혜성가>에서 현재를 말하기 전에 과거지사를 먼저 말하는 것을, 설득력을 높이기 위한 수사적 전략으로 볼 수도 있다. <제망매가>에서 자아의 심정을 표현하기 전에 세계의 정황을 말하는 데 대해서도 동일한 논리를 적용할 수 있다. 그러나 한편 그것이 하나의 수사적 전략에서 나온 것이라면 그러한 틀의 근원성과 보편성을 설명해낼 수 없게 된다. 수사적 전략이란 항상 구체적인 상황과 조건에 근거하여 수립되는 것이기 때문이다. 따라서 이는 수사적 전략을 넘어선 인식의 틀이거나 사고의 체계로 볼 필요가 있겠다.

정보의 중요성만을 기준으로 본다면 현재가 아닌 과거의 일이나 자아가 아닌 세계의 정황은 의미의 과잉을 초래하는 수사에 불과하다. 그러나 여기에서 중요한 것은 정보의 경중이 아니다. 정보의 경중에 대한 판단은 특별히 정보 지향적인 글에서는 주요한 전략적 고려의 대상이 될 수도 있겠으나, 기실 오로지 정보 지향적인 글은 흔하지 않다. 특히 수

신자를 지향하는 명령적 기능의 글이나 발신자를 지향하는 표현적 기능의 글에서는 정보의 다과나 경중은 부차적인 문제가 된다. 따라서 적어도 특별히 주술적 기능을 가진 시가로 위치하고 있는 향가에 관한 한 핵심적 정보가 아니라고 해서 이를 수사적 전략의 차원에서 평가할 수는 없다. 이런 점에서도 과거와 현재의 조응, 자아와 세계의 조응은 인식의 틀이나 사고의 체계로 볼 필요가 있다.

그렇다면 조응적 관계를 인식의 틀이나 사고의 체계로 본다는 것은 어떤 의미인가? 그것은 단적으로 그 형식 자체가 내용을 생성하는 인식적 기제라는 의미이다. '오늘-여기-나(우리)'가 모든 사고와 인식의 출발점이라면, 이는 다시 어제가 아니면 오늘을 볼 수 없고, 저기가 아니면 여기를 볼 수 없으며, '너'가 없으면 '나'를 볼 수 없다는 점을 전제로 하고 있는 사고 방식이라 할 수도 있다.

이로써 우리는 오늘날의 글쓰기 교육에서 형식이 어떠한 위상을 지녀야 하는지에 대한 시사를 받을 수 있다. 글쓰기 교육에서 형식에 대한 강조는 내용과 별개로 이루어질 수 없음은 물론이거니와 내용을 생성하는 인식적 기제로서 교수-학습되어야 한다는 것이다. 여기에는 특정 장르의 형식에 대한 교육이 실제로는 표면적으로 가시화되는 외적인 요소를 알려주는 데 그치고 있다는 반성이 전제되어 있다. 이 때 조응의 형식은 매우 유력한 인식적 기제가 될 수 있을 것으로 보인다. 오랫동안 굳어져 전수되어 왔다는 점에서나, 양식을 불문하고 두루 편재하고 있다는 점에서나 조응의 형식은 글쓰기 교육, 나아가 표현 교육 일반의 층위에서도 전이도가 높은 효과를 발휘할 수 있을 것이다. 그리고 이 정도의 위상을 지니는 형식이라면 궁극적으로는 이를 숙지하도록 배려할 필요가 있다.

글쓰기에서 글의 형식을 숙지한다는 것은 과연 어떠한 의미인가? 여기에 대한 답은 쉽지 않다. 다만 글의 형식은 인식의 틀 혹은 사고의 체계로 자리를 잡지 않고서는 글쓰기의 가능성을 실현하도록 해 주는 유의미한 요소가 될 수 없음은 분명해 보인다. 눈[雪]을 지칭하는 단어가 그 종류에 따라 각각 다른 에스키모인들의 언어를 근거로 언어가 사고를 지배한다고 본 것은 언어가 일종의 인지 체계라는 규정과 통한다. 그런데 이 인지 체계는 단어 단위에서만 그러한 것이 아니라 문장의 통사 구조, 경어법의 체계 등에서도 두루 나타난다. 향가에 나타난 조응의 형식은 여기에서 더 나아가 언어적 발화 이전의 사고와 인식 층위에서도 인지 체계적 특성은 반영되어 있음을 보여준다. 인지 체계가 문화를 보는 하나의 관점이라면, 그런 점에서 조응의 형식은 문화적 층위에서도 매우 중대한 시사점을 안고 있다. 그것은 글의 형식을 숙지하는 것이 궁극적으로는 문화적으로 형성된 글의 형식에 깊이 침잠되는 일이라는 점에서 글쓰기 교육은 문화적 문식성을 계발하는 길로 나아가야 한다는 점이다.

제2장

화응형 시조를 통해 본 반응적 글쓰기
-죽은 말 살리기와 DIY형 글쓰기-

1. 죽은 말 살리기로서의 고전문학 교육

시조는 죽은 말[馬/語]인가? 이것은 물론 우문이다. 죽은 말로 보는 사람에게는 죽은 말이고, 살아 있는 말로 보는 사람에게는 살아 있는 말이기 때문이다. 이 질문을 다음과 같이 예각화한다고 해도 그것이 우문의 범위를 벗어나지는 못한다. 즉, 시조를 '살아 움직이는 역동태'(염창권, 2004 : 362)라 했을 때, 이는 과연 사실 명제인가, 아니면 정책 명제인가?

그렇다면 질문을 바꾸어 본다. 시조는 과연 우리 문화인가? 이 질문에 대한 답도 양자 택일로서 결정될 것이다. 그러나 그 결정은 관점에 의해 이루어지는 앞의 경우와 달리, '우리'라는 말의 함축에 따라 이루어지게 될 것이다. 다시 말해 '우리'를 오늘날을 살아가는 세대적인 의미로 이해한다면 시조를 우리 문화로 보기 어려울 것이고, '우리'라는 말에 지난 과거의 역사를 일구어 온 선인들을 시간적 연속성을 전제로 하여 포함한다면 당연히 시조를 우리 문화로 인정하게 될 것이다.

그런데 현대시조의 정체성은 두 가지 질문에 대한 답을 결정하는 데 공히 관여하는 것으로 보인다. 명백히 오늘날의 시조는 조선조를 관통하면서 면면하게 이어져 온 역사적 장르로서의 시조와는 존재 방식을 달리하고 있다. 일단은 창을 잃어버렸고, 발상의 과정이나 표현, 시어 등등이 전혀 다른 장르라 할 수 있다. 다만 현대시조에서도 굳건하게 유지되고 있는 것은 시조의 정체성을 가시적으로 입증해주고 있는 율격적 정형성이 유일하다.16)

그러나 현대시조의 정체성이 두 가지 질문에 대한 답을 직접적으로 결정해 주지는 못한다. 이는 특히 역사적 장르인 시조를 고전문학 일반의 층위에 두고 그 교육적 가치를 따져볼 때 더욱 분명해진다. 우리가 고전문학인 시조를 가르치는 일의 정당성이 오늘날에도 그것이 여전히 창작되고 있는 살아 있는 장르라는 점에 있는 것은 아니기 때문이다. 고전문학의 교육은 그 장르의 현재적 지속성과는 무관하게 그 자체의 역사적 의의와 문화적 질량에 근거하여 이루어지는 것이다. 우리가 향가나 고려 속요, 경기체가 등을 여전히 가르치고 배우는 이유도 여기에 있다.

만일 특정 장르나 개별 작품의 역사적 의의와 문화적 질량을 용인하지 않는다면, 그것은 아주 오래된 과거의 유물에 불과한 '죽은 말'일 것이고, 그 반대라면 여전히 '살아 움직이는 역동태'가 될 것이다. 그런데 무엇인가에 대한 지식은 그것을 먼저 발견한 사람이 설득적 정열을 발휘함으로써 다른 사람에게 전파되고 전수된다(Michael Polanyi, 표재명 · 김봉미 역, 2001 : 222-249 참조). 이것은 교육의 기본적 구조이자 교육의 기본적 기능인 문화 전수의 방식이다. 특정 장르 및 개별 작품의 역사적 의의와 문화적 질량에 대한 앎도 여기에서 예외는 아니다.

이 경우 시조 장르는 우리의 고전문학 중에서도 매우 특별한 위상을 가진다. 편수가 많다는 점만이 아니라, 작가층의 포괄성 면에서도 여타 장르에 비해 두드러진다. 이와 더불어 그 역사적 지속성이 보장해 주는 장르적 생명력은 시조가 고전문학 교육의 장에서도 비교적 높은 위상을 확보하게 된 근거가 된다.[17] 시조는 그 장르에 속해 있는 탁월한 몇몇 작품이 정전의 반열에 올라 있기도 하지만, 어떤 면에서 시조는 장르 자체가 하나의 거대한 정전일 수 있다.

물론 우리가 궁극적으로 주목해야 하는 것은 이러한 정량적 수치만이 아니라 이것을 가능하게 한 시조의 장르적 자질이어야 할 것이다. 이 글에서는 그 자질의 핵심이 시조의 정련된 정형성에 있다고 본다. 그러나 이 글의 관심은 이를 정치하게 입증하는 데 있는 것이 아니라 이를 이용후생적 견지에서 문학교육, 특히 문학적 글쓰기 교육, 그 중에서도 반응적 글쓰기 교육에 활용될 수 있는 가능성을 모색하는 데 있다. 문학 작품은 어떤 방식으로든 그것을 읽는 독자에게 자극을 주고, 독자는 거기에 반응하게 마련이다. 그 반응이 독자에 의해 자신의 언어로 구성되어 표현되는 경우를 우리는 반응적 글쓰기라 할 수 있을 것이다.[18] 물론 시조의 문학적인 속성이나 자질은 그 자체로 존중되어야 마땅하지만, 그것은 일단 시조 교육의 여러 가지 층위 중의 하나로 돌리기로 한다.

이에 우선 그 정련된 정형성이 지닌 교육적 의의를 다음과 같이 규정하고 본격적인 논의를 펼쳐가기로 하겠다.[19]

첫째, 양적으로 풍부하고 질적으로 정련되어 있다는 점은 오늘날의 학습자가 참조할 만한 모델로서의 가능성을 보여준다. 우선 양적으로 풍부하다는 점은 그 자체의 의미도 있지만, 특별히 주목되는 것은 다수의 시조 작품[20]들이 상호텍스트성을 뚜렷이 보여주고 있다는 점이다. 또 질적인 정련성에 주목하면 시상의 전개 과정, 수사적 표현 등등의 차원에서 섭렵할 만한 이상적인 시적 요소를 두루 가지고 있음을 확인할 수 있다. 이런 특성은 특히 모방을 통해 창조로 나아가는 교육의 일반적 경과를 존중할 때 주목되는 점이다. 시조의 이러한 특장도 물론 근원적으로 정련된 정형시라는 사실에서 비롯된다 하겠다. 물론 이 과정에서 과거와 현재의 시간적 상거로 인한 발상 및 작시법의 낙차를 고려해야 할 것이다.

둘째, 시조는 향유 방식상 작품들이 대화적인 관계를 맺고 있는 경우가 많다. 시조가 본래 창으로 존재했던 예술 장르의 창사였음은 주지의 사실이다. 둘 이상의 사람들이 모인 연회 등에서 서로 주고받으며 연행되었음을 보여주는 기록을 통해 보건대, 시조는 정치적인 담론과 일상 생활적인 담론을 대화적으로 소통시킨 장르였다. 그리하여 필연적으로 하나의 작품에 대한 응답의 형식으로 짓고 부른 노래가 나올 수밖에 없었다. 서경덕의 <마음이 어린 後ㅣ니~>와 황진이의 <내 언제 無信ㅎ여~>, 임제의 <北天이 맑다커늘~>과 한우의 <어이 얼어자리~>, 정철의 <玉이 玉이라커늘~>과 진옥의 <鐵이 鐵이라커늘~> 등의 수작 시조는 이러한 연행 방식을 토대로 생산된 전형적인 레퍼토리일 것이다. <하여가>와 <단심가>의 짝도 마찬가지이다.[21] 이 점 또한 시조가 정련된 정형의 노래였다는 사실과 무관하지 않을 것이다. 공식구나 공식구적 표현 등이 대표적으로 보여주는 바대로, 작시의 용이성, 기억의 경제성을 보장한 시적 구성을 통해서도 이 점을 충분히 추리할 수 있다. 이 사실은 우리의 관심사인 반응적 글쓰기에 관한 한 시조가 훌륭한 전범이 될 수 있으리라는 기대를 품게 한다.

셋째, 정형성이 창작 및 구성에 대한 부담을 대폭 줄여줄 수 있다는 점이다. 시조의 정형에 맞추어 시를 지어보거나 시조 작품을 패러디하며 유희하는 것은, 역사적 실체로서의 시조에 대한 이해를 깊어지게 할 수 없을지언정 일종의 언어 놀이를 수행하는 듯한 즐거움을 제공해 준다(염은열, 2004 : 148). 비유컨대 정형시를 짓는 일은 키트식의 놀이라 할 수 있다. 키트식의 조립식 장난감은 주어진 매뉴얼에 제시된 과정에 따라 조각들을 맞추어 가면서 하나의 조형을 완성해 낸다. 게이머들은 특정한 규칙에 완전하게 맞추어 무엇인가를 완성해 내는 데서 오는 즐거움을 추구한다. 여기에서 매뉴얼은 게이머들의 자율성을 억압하지만, 그 대신에 선택의 고민을 줄여주는 역할을 한다. 이는 레고식의 장난감이 무한한 창조의 가능성 때문에 오히려 게이머들이 부담을 가질 수 있는 것과는 정확히 반대된다. 이 점에서도 시조의 정형성을 활용한 글쓰기 교육은 DIY(Do It Yourself)형 문학교육[22]의 한 전형을 보여 줄 수 있을 것으로 기대된다.

'향가 짓기'나 '고려 속요 짓기'는 어색한 말이다. 일찍이 이런 교수-학습 활동이 없었기 때문일 것이다. 그것이 없었다는 것은 단지 시도하지 못했다는 뜻이고, 근원적으로는 시도의 단초를 아예 마련하기 어려웠다는 뜻이다. 그 이유 중의 하나는 이들 역사적 장르가 가진 형식적 요소가 분명하게 정립되지 못했기 때문이다. 이에 비해 우리가 '시조 짓기'나 '가사 짓기'라는 말을 우리에게 익숙하거나, 교수-학습 활동으로 시도해 본 적이 있는 것은, 시조나 가사가 향가나 고려 속요에 비해 훨씬 더 정제된 가시적인 형식을 지니고 있기 때문이다. 이처럼 학교 현장에서 어느 정도 수행되어 왔다는 점도 이 글에서 시조의 정형성을 활용한 반응적 글쓰기 교육에 관심을 가지는 이유이다.

이를 위해 반응적 글쓰기의 가능성을 집약적으로 보여주는 몇 편의 작품을 짝지어서 검토하게 될 것이다. 시인들이 의도했는지는 알 수 없으나, 짝이 되는 두 작품 사이에서는 상호텍스트적 연관이 발견되며, 이들은 반응적 글쓰기의 모범적인 모델로 활용될 수 있다. 다음 장에서 상론하겠지만, 이 글에서는 이들 작품군을 '화응형 시조'로 규정하고 논의를 펼쳐가고자 한다. 이를 통해 우리는 구체적인 반응적 글쓰기의 양상을 확인하고, 이를 교수-학습 방법의 일반 층위로 이끌어 올려 구조화할 수 있을 것으로 기대한다.

2. 화응형 시조의 개념 규정

박목월이 지은 <나그네>에는 원래 '술 익는 강 마을의 저녁 노을이여―지훈'이라는 부제가 붙어 있다. 이는 조지훈의 <완화삼(玩花衫)>에 대한 화답시임을 분명하게 드러내는 표지이다. 이처럼 한 시인이 다른 시인의 작품을 읽고 이에 대해 화답을 하는 일은 흔한 일이다. 이 때 <나그네>와 <완화삼>은 대화적 긴장 관계를 맺게 된다. 목월과 지훈은 물론 개인적인 친분을 맺고 있어 작품을 통한 대화가 비교적 직접적이라 할 것이다.

이와는 달리 후대의 시인이 전대의 시인이 지은 작품에 답을 하는 경우도 있다. 다음의 시가 그러하다.

그대가 밤마다
이곳 문전까지 왔다가 가는
그 엷은 발자국 소리를
내 어찌 모를 수 있으리

술 취하여
그대 무릎 베개 삼아
잠들고 싶은 날

꿈길 어디메쯤
마주칠 수도 있으련만
너무 눈부신 달빛 만리에 내려 쌓여
눈먼 그리움
저 혼자서 떠돌다가
돌아올 뿐

그동안
돌길은 반쯤이나 모래가 되고
또 작은 모래가 되어
흔적조차 사라져

이젠 내 간절한 목마름
땅에 묻고
다시 목마름에 싹 돋아
꽃필 날 기다려야 하리.

- 이가림, <목마름 - 옥봉(玉峰)에게>(전문)

　이 시는 자체적으로 완결성을 지니고 있다. 그러나 부제에서 밝힌 '옥봉'의 존재와 그의 시에 대한 이해가 선행되면 더욱 완전한 이해에 도달하게 될 것이다. 옥봉은 이봉이라는 사람의 얼녀(孽女)로서, 雲江 趙瑗(1544~?)의 첩이 되었다가 뒷날 버림을 받았다고 한다. 천출(賤出)로서 사대부에게 사랑을 받쳤다가 이별을 당한 후에 그는 <贈雲江>이라는 헌시를 짓는다.

近來安否問如何	요즘 어떻게 지내시는지 안부를 묻사오니
月到紗窓妾恨多	달빛 받은 사창에 소첩의 한 깊사옵니다.
若使夢魂行有跡	꿈꾸는 내 영혼에 만일 자취 있었다면
門前石路半成沙	문 앞 돌길이 반쯤은 모래가 되었겠지요.

이 한시를 염두에 두고 <목마름 - 옥봉에게>를 읽으면, 이 작품이 '운강'을 시적 화자로 내세워 옥봉의 한시에 응답한 것임을 쉽게 감지할 수 있다. 시 속에서 운강은 자신과 옥봉의 관계가 자신의 일방적인 결단에 의해 파탄에 이른 것이 아님을 암시하고 있으며, 이와 동시에 이후에 두 사람의 인연이 이어질 수 있으리라는 기대감을 표현하고 있는 것이다.

목월의 <나그네 - 술 익는 강 마을의 저녁 노을이여—지훈>이나 이가림의 <목마름 - 옥봉에게>는 공히 부제를 통해 시적 발언의 청자를 밝히고 있음도 특징적이다. 두 시에서 '지훈'과 '옥봉'은 시적 수신자이기도 하지만, 동시에 시인에게 시적 발상을 자극한 발신자이기도 하다. 이처럼 한 시인이 다른 시인의 작품에 대한 응답 형식으로 쓴 작품을 우리는 '화답시(和答詩)'의 범주로 귀속시킬 수 있다. 물론 이가림의 시는 목월의 시와는 달리 실제적인 친분이 소통의 변인이 아니기는 하지만, 이 범주에 귀속시키는 일이 큰 오류는 아닐 것이다.

그런데 이와는 달리 시조에서는 화답시적 성격이 나타남에도 불구하고, 그것을 명시적으로 드러내는 표지가 아예 없는 경우가 많다. 이는 제목이 없는 것이 상례이기 때문이기도 하지만, 본질적으로는 대화적 관계를 맺을 수밖에 없는 시조의 향유 방식에서 기인한 것으로 보인다. 앞에서 잠깐 언급한 대로, 수작 시조의 존재를 통해 분명히 알 수 있는 것처럼 시조는 하나의 현장에서 서로 주고받는 방식으로 연행되었다. 그리고 연행의 주체가 반드시 창작의 주체가 아닌 경우도 많았다. 자신이 지은 노래만을 창으로 부른 것이 아니고, 선대로부터 내려오는 주요 레퍼토리를 두루 불렀다는 것은 각종 기록을 통해 확인되는 바이다. 그 결과 시조 작품 중에는 다음 절에서 다루는 몇몇 작품에서처럼 선행 텍스트의 흔적이 보이기는 하되, 그것이 화답시(가)인지 여부를 확인할 수 없는 경우가 많다.

따라서 이런 경우 두 텍스트 사이의 상호텍스트성을 임의적으로 판단해서 짝을 지을 수밖에 없다. 혹 그것이 역사적 실체와 다르다고 할지라도 독서 경험의 확장과 심화라는 교육적 배려의 차원에서는 그것이 가능할 것이다. 이처럼 특정한 작품이 선행하는 작품에 대한 직접적인 '대답'이었는지를 명백한 사실로 확인할 수 없는 경우에도 '화답시(가)' 범주에 귀속시키는 데에는 무리가 따른다.

그렇다면 화답시적 성격을 수렴하면서도 좀 더 넓은 외연을 가진 개념이 요구된다. 이 글에서는 이런 부류의 시(가) 텍스트를 일컬어 일단 잠정적으로 '화응형 시가(和應形 詩歌)'라고 일러두기로 한다. '화응'이라는 단어는 사전적으로 '화합하여 함께 느낌, 또는 화답하여 응함'이라는 의미를 지니고 있는 바, '화답'이라는 말에 대하여 변별적인 의미 자질을 가지지는 않는 것으로 보인다. 그러나 위에서처럼 조작적으로 정의를 내리면, '화답시'가 지니고 있는 관례적 의미 자질을 그대로 수용하면서도, 직접적이지 않은 화답 형식의 작품까지를 두루 통괄하는 데 큰 문제가 없을 것으로 보인다.23) 여기에 '-형'이라는 접사를 첨가하여 그 외연을 넓힘으로써 선후 텍스트간의 관계에 대한 규정을 다소 완화한다면, 현재의 실천적 구도에서 요구되는 텍스트를 모두 포괄할 수 있다는 이점이 있다. 요컨대 특정 시조 텍스트에 대하여 대화적 긴장 관계의 구도를 형성할 수 있는 시가 텍스트를 통칭하여 '화응형 시가'라 할 수 있다는 것이다. 달리 말해 화답시(가)가 하나의 실체로서 '존재'하는 것만을 지칭한다면, 화응형 시가는 특정한 목적을 위해 '구성'되는 경우까지를 모두 포괄하는 개념이 되는 것이다. 당연히 화응형 시조는 화응형 시가의 하위 갈래가 된다.

3. 화응형 시조를 통해 본 반응적 글쓰기의 양상

이제 몇몇 시조 텍스트를 통해 반응적 글쓰기의 구체적인 양상을 확인해 보기로 하겠다. 주의할 것은 이 절의 논의가 텍스트의 문학사적 의미를 따지는 일이 아니라는 점이다. 이 논의의 관심은 반응적 글쓰기의 결과로 구성된 텍스트의 시인들이 자신이 읽은 텍스트에 대해 어떻게 반응하는가와, 그 반응이 어떻게 구상화되었는가 하는 데 있다. 그리하여 결국 선행 텍스트와 어떤 대화적 연관을 맺고 있는가 하는 문제로 이어진다. 그러므로 후대의 시인이 지었다는 판단이 임의적일 수 있으며, 이는 곧 선행-후행 관계가 교수-학습의 구도 아래 편의적으로 구성된 것일 수도 있음을 뜻한다. 단 아래 소개하는 세 쌍의 텍스트들은 모두 특정 소재에 대해 상반된 시적 인식을 보여주고 있다는 점을 미리 첨언해 둔다.

3.1. 공식적 표현을 이용한 반응적 글쓰기

① 동지ㅅ돌 기나 긴 밤을 한 허리를 버혀 내어
　春風 니불 아리 서리 서리 너헛다가
　어론님 오신 날 밤이여든 구뷔 구뷔 펴리라. - 黃眞伊

② 冬至ㅅ돌 밤 기닷 말이 나는 니론 거즌말이
　님 오신 날이면 하놀조차 무이 너녀
　자는 둙 일씌와 울려 님 가시게 ᄒᆞᄂᆞᆫ고

②는 ①에 대한 반응으로 산출된 작품일 개연성이 있다. 혹 그것이 사실이 아니라 하더라도, 이런 구도로 접근하면 유의미한 독서 경험을

제공해 줄 수 있을 뿐 아니라, 반응적 글쓰기의 한 유형을 전형적으로 보여주는 이점이 있다. '동짓달 기나 긴 밤'에 대한 인식이 대조적으로 표현되어 있기 때문이다.

①에서 화자와 임은 '여기 / 저기'의 대립 구도를 이루고 있는데, 여기에 동짓달(겨울)과 봄의 대립 구도가 병치되어 있다. 동짓달은 현재의 시공간이고 봄은 미래의 시공간이다. 각각은 다시 결핍과 충족의 대립 구도로 이어진다(조세형, 1992). ①의 목소리는 임의 부재로 인해 기나긴 밤을 홀로 보내야 하는 외로움에 젖은 화자의 것이다.

이에 비해 ②에서 '동짓달 밤'은 짧기만 한 밤이다. 물리적 시간의 길이는 어디에서도 동일하다. 그러나 심리적 시간의 길이는 화자의 처한 상황에 따라 달리 느껴질 수밖에 없다. 두 시조에서 화자가 느끼는 그 길이가 다른 것은, 임의 不在와 임의 現存이라는 상황의 차이 때문이다. 그리고 그것은 곧 결핍의 시간이냐 충족의 시간이냐 하는 변수의 작용이다. 임이 없어 홀로 지내는 밤은 길 수밖에 없다. 반대로 임과 함께 보내는 밤은 짧을 수밖에 없다. 더욱이 그 임이 아침 일찍 집을 나서야 하는 상황이라면, 그 길이는 더 짧아지게 될 것이다. 그러므로 ②의 시인의 입장에서는 동짓달 밤이 길다고 한 ①의 시인은 '거짓말'을 한 셈이 되는 것이다.

그런데 여기에서 주목되는 공식적 표현(formulaic phrase)이 활용되었다는 점이다. 이는 본래 구비문학의 작시 과정에서 연행자의 기억을 돕고 작시를 용이하게 하는 특정한 구절을 가리킨다. 물론 시조가 명실상부한 구비문학은 아니므로 본래의 개념을 충실하게 적용하여 특정 구절을 공식적 표현으로 규정하기는 어렵다. 그러나 작시-연행-전승의 과정에서 구술 혹은 구연의 개입이 있었기에 이러한 요소는 필연적인 것이었음은 부인할 수 없다(최재남, 1983).

위의 시조에 나타난 공식적 표현은 초장의 두 번째 구절 '~라는 말이 거짓말'이라는 표현이다. 이 구절은 여러 시조 텍스트에서 빈번하게 발견되고 있는데, 이 구절이 포함된 텍스트들이 선행 텍스트에 대해 대화적 긴장 관계를 형성하는 데 적절한 역할을 한다(본서 2부 3장 참조). 동짓달 밤이 길다는 것은 이미 보편적으로 인정된 사실이고, 그것이 결코 길지 않다는 것은 자신의 경험이 뒷받침하는 판단이다. 화자에게 먼저 다가서는 것은 경험적 판단이다. 그러니 아무리 객관화된 사실이라도 화자로서는 수긍할 수 없고, 결국 그것이 거짓말이라는 판정으로 이어질 수밖에 없었던 것이다. 이 구절은 이와 같이 자신의 경험에 의해 기존의 상식이나 고정 관념이 부인될 때 흔히 동원되는 공식적 표현이다.[24]

3.2. 통사적 변형을 통한 반응적 글쓰기

③ 가마귀 싸호논 골에 白鷺ㅣ야 가지 마라
　성낸 가마귀 흰빗츨 새올셰라
　淸江에 잇것 시슨 몸을 더러일가 ᄒ노라. - 작자 미상(정몽주 모친)

④ 가마귀 검다 ᄒ고 白鷺ㅣ야 웃지 마라
　것치 거믄들 속조차 거믈소냐
　아마도 것 희고 속 검을슨 너쑨인가 ᄒ노라. - 李 穡

③과 ④를 대비시켜 보면, 두 작품 모두 각각에 대한 화응형 시조로 볼 수도 있다. 그러나 통상적인 관념이 앞서고 이를 새로운 시각으로 인식하는 일이 뒤에 오는 것이 대화적 긴장감을 불러일으키기 쉬우므로, ④를 ③의 화응형 시조로 보는 편이 더 자연스럽다. ③에서는 '까마귀 : 백로'를 '악 : 선'으로 대립시켜 백로로 하여금 까마귀의 악을 경계하라고 주문하고 있다. 이에 비해 ④에서는 '악 : 선'의 대립 구도에 '외형적

색깔 : 내면적 본성'의 대립 구도를 중첩시켜 내면과 외형이 서로 일치하지 않을 수 있음을 강변한다. 결국 까마귀와 백로의 통상적 이미지를 전체적으로 전복시키는 효과를 거두고 있다.

만일 이 두 노래를 역사주의적 독법으로 읽는다고 해도 이러한 대립 구도는 그대로 유지된다. 고려말에 예문관제학(藝文館提學)을 지낸 이직은, 조선의 개국 공신으로서 이조판서를 거쳐 태종 때에는 영의정을 지낸 인물이다. 두 왕조를 섬긴 그의 입장에서 자신을 비롯한 조선 왕조의 개국 세력을 까마귀로 표상하여, 주자학적 명분을 앞세워 고려 왕조에 대한 충절을 지킨 일군의 신하들을 위선자 혹은 표리부동한 인물로 비판(이동철, 1997 : 143)하는 것은 충분한 필연성을 지닌다.

④에서 주목되는 요소는 '白鷺ㅣ야 웃지 마라'는 구절이다. 이 구절은 ③의 '白鷺ㅣ야 가지 마라'를 변형시킨 표현이다.[25] 시인은 통사적 구조를 그대로 유지하되, 부분적인 변개를 가하여 패러디적 표지를 남긴다. 이 구절로 인하여 ④는 ③에 대한 화응형 시조임이 더욱 선명하게 드러난다. 이 두 구절은 백로를 바라보는 두 시인의 상반된 시각을 대표한다. ③의 시인에게 백로는 그 본성을 존중받고 보호받아야 할 존재이지만, ④의 시인에게는 위선자나 표리부동한 인물로 비판받아야 할 존재들인 것이다. 그것이 각각 가지 말라는 부탁의 화행과 웃지 말라는 힐난의 화행으로 구현되었다는 점이, 두 시조의 대화적 긴장 관계를 형성하고 유지하는 바탕이 된다.

3.3. 표현 제약 없는 반응적 글쓰기

⑤ 首陽山 브라보며 夷齊를 恨ᄒ노라
　　주려 주글진들 採薇도 ᄒᄂ 것가
　　아모리 푸새엣 거신들 긔 뉘 짜히 낫더니. ―成三問

⑥ 주려 주그려 ᄒ고 首陽山에 드럿거니
　현마 고사리를 머그려 키야시랴
　物性이 구븐 줄 애다라 펴 보려고 키미라. -朱義植

　⑤와 ⑥은 시간적 상거가 뚜렷하다. 숙종 때의 시인이 세조 때의 시인에게 말을 건네고 있는 셈이다. ⑤의 시인은 구차하게 살지 않고 차라리 의로운 죽음을 택하겠다는 의지를 천명하기 위해, 백이와 숙제가 굶어 죽더라도 수양산에 난 고사리는 먹지 않았어야 했다고 질책한다. 반면에 ⑥의 시인은 백이와 숙제가 고사리를 캔 것은 먹기 위해서가 아니라 물성이 굽은 것을 안타까워한 나머지 한번 펴 보려고 캤을 따름이었다고 옹호한다. 질책과 변호라는 상반된 시각이 그대로 투영된 것이다. 이런 점에서 ⑥은 정확히 ⑤와 대화적 긴장 관계를 형성하고 있는 화응형 시조라 할 수 있겠다.26)

　그런데 ⑥에서는 그것이 ⑤와 맺고 있는 관계를 감지하게 하는 특별한 표현적 표지가 발견되지 않는다. '수양산'이라는 배경과 고사리를 캐는 행위만을 공유하고 있을 뿐이다. 오히려 평가 대상이 되는 사건의 주체인 '이제'라는 인물은 언급을 하지 않고 있다. 이것은 마치 상황 의존성이 강한 구어적 담화의 성격을 강화하는 효과를 낳는다. 그 결과 두 텍스트간의 대화는 더 직접적인 관계를 형성한다. 요컨대 ⑥에서는 동일한 사건 혹은 모티프에 대한 상이한 시각의 차이만 발견될 뿐이다. 그러므로 ⑥은 ②와 ④의 경우와 비교해 시인이 특정한 표현 제약 없이 자유롭게 자신의 반응을 술회했다고 할 수 있다.

　이상에서 살핀 세 가지 화응의 양상은 층위가 제각각 다르다. ②는 공식적 표현과 같이 시조의 내적 자질에 근거하여 이루어진 화응이고, ④는 통사적 변형을 통한 패러디로서, 일반론적 차원의 작시법에 근거한 화응이다. 그런가 하면 ⑥은 대상에 대한 시각의 차이만을 바탕으로 하여 비교적 자유롭게 구성한 화응형 시조이다.

4. 반응적 글쓰기의 의의와 가능성

생산자(producer)와 소비자(consumer)의 합성어인 프로슈머(prosumer)는 생산자인 동시에 소비자이고, 소비자이면서 생산을 하기도 하는 사람들을 일컫는다. 원래 프로슈머라는 용어는 앨빈 토플러가 그의 저서 『제3의 물결』에서 사용한 것으로서, 소비는 물론 제품 개발과 유통 과정에도 직접 참여하는 생산적 소비자를 뜻하는 마케팅 용어이다. 소비자가 단순히 물건을 구입하는 데 그치지 않고 다양한 방식으로 생산에 참여하는 것이다. 생산자는 소비자들의 아이디어를 수용하여 제품을 개선하거나 새로운 제품을 생산하게 된다.

그러나 이제는 그 외연이 확장되어, 이전에는 고도의 전문적인 기술과 값비싼 기기를 가져야만 생산할 수 있었던 제품을 스스로 만들어내는 일반적인 경우까지를 포괄하는 의미역을 가진다. 특히 웹을 기반으로 한 인터넷상의 상당수 다양한 디지털 컨텐츠들은 비전문적인 애호가들에 의해 생산되어 유통되는 경우가 많다. 사진, 플래쉬 애니메이션, 포스터들이 패러디의 방식으로 자가 증식되는 사례가 대표적이다. 그리하여 디지털 미디어 환경은 오직 수동적이기만 했던 소비자를 능동적인 소비자로 변화시키고, 능동적 소비자를 다시 생산자로 자리매김하고 있다. 이런 점에서 프로슈머의 존재는 DIY의 가치를 충분히 입증하고도 남는다.

지식 정보에 대한 프로슈머로서의 자질은 정보와 지식이 중심이 되는 디지털 시대를 살아가는 데 요구되는 필수조건이 될 것이다. 그것은 단지 생존에 필요한 능력이기 때문이 아니다. 정보의 쌍방향 통행을 수행하는 능력이 개인적으로는 자아를 실현하는 바탕이 되며, 사회적으로는 정보민주주의 혹은 디지털민주주의를 이루는 필수요건이기 때문이다.

이 같은 변화는 오늘날 우리의 국어 교육이 지향해야 할 바를 시사한다. 가령 언어활동을 '문제 해결 과정'으로 보는 관점은 여전히 우리의 국어교육을 관통하고 있는 바, 이는 소비자를 오직 소비자로만 여기는 기존의 마케팅 관점과 다를 바 없다. 새로운 패러다임에 맞추어 본다면, 언어활동을 문제 해결 과정으로 규정하기 전에 문제 발견 과정으로 볼 수 있어야 한다. 자신이 불의에 만난 문제를 해결하는 일은 누구나 당연히 해내야 하는 것이지만, 고급한 능력을 가진 사람은 스스로 문제를 발견하는 안목을 가지고 있는 것이다. 같은 맥락에서 우리는 정보를 기계적으로 '처리'하는 능력보다 정보를 '생산'하는 능력이 더 가치 있음도 충분히 수긍할 수 있다.

이런 입장에 서면 우리는 언어활동 중에서 이해보다는 표현 영역에 관심을 기울이게 될 것이다. 그 중에서도 우리의 관심은 필연적으로 문학적 글쓰기로 나아가게 될 것이다. 왜냐하면 비교적 접근하기 쉬웠던 이른바 '실용문'이나 '생활글' 짓기는 이전에도 교육의 장에서 두루두루 다루어져 왔기 때문이다. 글쓰기 교육의 구도가 이러했던 것은, 문학이라는 말에 예술적 아우라와 신비감, 천재적 창조성의 표지들을 포진시킨 낭만주의적 문학관의 지배력이 만만치 않았기 때문이다.

이런 점에서 7차 교육과정기에서부터 '쓰기' 영역과는 별도로 '문학' 영역에 '창작' 항목이 새롭게 설정되어 있는 점은 상당히 고무적이다. 물론 이러한 변화에는 학습자가 스스로 글을 생산하는 활동에 대한 가치를 충분히 논증하고 있는 입론이 배경에 깔려 있다. 나아가 쓰기와 창작이 통합을 지향해야 하는 당위도 구체적으로 입증되고 있으며, 그 구체적인 방법까지도 다양하게 구안되었다.[27] 이러한 일련의 학문적 성과는 문학을 신비한 능력에 의해 창조된 특별한 언어 예술로 보는 시각이 수정된 결과일 것이다.

글쓰기와 창작의 경계를 허무는 일이 요구되는 것도 이와 같은 맥락에서이다. 전자 제품의 사용 설명서와 같은 아주 특별한 예외를 제외하면, 모든 글쓰기는 세계를 구성하는 활동이고 거기에는 얼마간 창조의 기미가 반드시 덧붙어 있게 마련이다. 어떤 면에서 글쓰기와 창작의 경계는 애초부터 없었는지 모른다. 이 글에서 문학적 글쓰기, 특히 반응적 글쓰기에 주목하는 이유도 이러한 사정 때문이다.

선행 연구에서 이미 지적한 대로, 반응적 글쓰기는 우선 읽기 활동과 쓰기 활동이 통합되는 지점에 위치해 있다는 점에서 교육적 의의를 갖는다. 학문적인 관심으로서는 읽기와 쓰기의 분할이 당연할 수 있다. 그러나 듣고 말하고 읽고 쓰는 인간의 언어 활동이 분절적으로 이루어지지 않는다는 상식에 근거하더라도, 교수-학습 활동의 장에서는 읽기와 쓰기 활동은 통합적으로 이루어질 필요가 있다. 반응적 글쓰기는 이러한 방향에 전적으로 부합하는 학습 활동이라 하겠다.

또한 반응적 글쓰기는 창작이라는 말이 주는 부담을 최소화할 수 있다. 아무리 조작적으로 정의한다 하더라도, 창작이라는 말의 어감에서 오는 부담감을 완전히 떨쳐버리기는 어렵다. 말의 어감이란 조작적인 정의를 통해서도 쉽게 변하지 않기 때문이다. 가령 '창작'의 개념을 '창조적인 언어활동 전반'으로 보는 규정(우한용, 1998)에 쉽게 동의할 수 있다. 그러나 이런 개념이 보편화되기 위해서는 얼마간의 시간적 경과와 담화 공동체의 폭넓은 동의가 요구되는 바, 그렇지 않다면 창작이라는 말에 포진되어 있는 예술적 아우라와 비범한 창조 능력 등의 의미 자질은 여전히 유효할 것이다. 이 점에서도 반응적 글쓰기의 실천적 의의는 특기해 둘 필요가 있겠다.

여기에 더하여 반응적 글쓰기는 비판적인 안목과 주체적인 태도의 형성이라는 문학교육의 목표(김대행 외, 2000 : 54~56)를 성취할 수 있는 유력한 교수-학습 방법이 될 수 있다는 점도 중요한 의의이다. 능동적인 독자는 문학 작품을 접하게 되면 인물이나 화자의 지향이나 삶의 방식 등등을 진실에 조회하고 가치를 평가하는 과정을 거쳐 자신만의 주체적인 가치 판단을 내리게 된다. 문학 작품에 대한 반응을 자신의 언어로 재구성해 나가는 반응적 글쓰기의 과정은 필연적으로 진실 조회와 가치 평가를 요구하게 되므로, 문학교육의 목표에도 전적으로 부합하는 활동 양식이 된다.

이상과 같은 의의는 문학교육을 포함한 국어교육이 궁극적으로 추구하는 바와 일치한다. 문학교육이 고급 독자를 길러내기 위해서도, 글쓰기 교육이 고급 필자를 길러내기 위해서도 이들은 반드시 갖추어져야 할 요건이기도 하다. 이러한 구도를 설정하는 데 시조 장르가 하나의 모델이 될 수 있다는 것은 다행스러운 일이라 하겠다.

물론 앞에서 소개했던 세 가지 양상의 반응적 글쓰기는 전체 시조 중에서 지극히 일부에 불과하다. 그러므로 자료를 통해 얼마든지 더 많은 양상이 발견될 수 있다. 그 모든 양상이 모두 다 활용될 수는 없겠지만, 표현 방식의 정치한 탐색과 귀납적인 유형화를 통해 학습자들에게 글쓰기의 모델을 제공해 줄 수 있을 것이다.

5. '쓸 수 있는 텍스트'를 향하여

독자가 글을 읽으면서 글을 '쓴다'는 점을 강조한 사람으로 롤랑 바르트(Roland Barthes)를 들 수 있다. 그는 제한된 의미만을 가지고 있는 고전적인 '닫혀진' 텍스트와 정반대인 이상적인 텍스트에 대해서 말한다. 그에 의하면, 이 텍스트에는 시작이 없다. 중간이든 어디든 여러 입구를 통해서 텍스트에 들어 갈 수 있으며 그렇다고 해서 그 어떤 입구도 주통로라고 할 수 없다. 이 텍스트에서는 주사위를 던져보든지 하지 않고는 그 의미를 결정할 수 없을 정도로 의미의 체계가 열려 있다. 또한 그는 문학작품의 목표는 독자로 하여금 더 이상 텍스트의 '소비자'가 아니라 '생산자'가 되게 하는 것이라고 말한다. 다시 말해서 이상적인 텍스트의 독자는 의미의 생산자가 된다는 것이다. 이러한 이상적인 텍스트를 그는 '쓸 수 있는' 텍스트라 부른다(레이먼 셀든, 현대문학이론연구회 역, 1987).

시조의 교육적 가능성 중의 하나는 여기에 근거해서 찾을 수 있다. 우선 시조는 전형적인 '쓸 수 있는 텍스트'로서, 독자로 하여금 소비자가 아닌 생산자가 되게 할 수 있는 자질을 갖추고 있는 장르이다. 그리고 시조라는 매우 정련된 정형시를 자신의 문화로 향유했던 당대의 시인들이 우리에게 하나의 교육적 모델이 되어 준다.

그러나 우리가 주의해야 할 것은 정형이 단지 음절 수나 마디 수와 같은 가시적인 형식적 자질만을 가리키는 것이 아니라는 점이다. 거기에는 앞에서 확인한 공식적 표현 외에 aaba식 표현(김대행, 1981), <정석가>식 표현(이규호, 1984), 병렬 구성(김수경, 2003) 등 담화 공동체가 공유하고 있는 수사적 표현, 그리고 ORM과 같은 시의 전체적인 구조를 지탱해 주는 발상 및 사유의 과정(김대행, 2000 :121~144)이 포함되어 있다. 오히려 시조 교육의 위계를 설정한다면, 전자에서 후자의 방향으로 단계적으로 진행될 필요가 있다. 다만 이 글은 이러한 포괄적인 작업의 단초를 마련하는 데 초점을 맞추고 있으므로, 구체적이 논의는 다음 기회로 미루기로 하겠다.

더불어 이 연구가 교수-학습의 원리와 방향에 대해 기술하는 데 초점

을 둔 결과, 실제적인 교수-학습의 결과물을 미처 확인하지 못하고 있다
는 점도 후속 논의가 요청되는 또 하나의 이유이다. 실제의 활동 결과물
이 풍부하게 확보된다면, 좀 더 실질적이고 세부적인 반응적 글쓰기 활
동의 유형을 확립할 수 있으리라 본다.

제3장

애정 시조 스토리텔링을 위한 구상
- 디지털 시대의 시가 교육 방법 -

1. 시조 스토리텔링을 말하는 까닭

시조 장르의 성립 시기를 고려 말엽으로 잡는다면, 시조가 우리의 문학 생활에 자리를 잡은 지도 거의 700여년의 세월이 흐른 셈이다. 20세기 이후에 접어들어서도 현대의 새로운 감수성을 바탕으로 지속적으로 창작되고 있는 시조의 장구한 생명력은 지극히 짧은 단형의 정형시로서 창작과 연행의 용이성에 의해 크게 뒷받침되었을 것이다.

그런데 여전히 우리가 오늘날 시조를 향유한다고 할 때, 그 중심은 근대 이전에 창작되어 전승되는 시조를 감상하는 데 있다. 전문적인 작가에 의한 창작이라는 시조 향유의 한 흐름이 존재하는 것은 엄연한 사실이지만, 시조는 이미 폭넓은 공감대를 바탕으로 하여 소통되는 장르는 아니라고 본다.

이 점을 승인한다면 가장 계획적으로 시조 향유가 이루어지는 공간은 역시 문학 교실이라는 점도 승인할 수 있을 것이다. 초·중·고의 국어 수업에서 언어 자료로 다루어지든 문학사적 실체로 다루어지든, 시조 독자의 주류는 역시 학생임을 부인할 수 없다. 교육의 중요한 목적 중 하나가 문화유산의 전수라는 점을 고려하면, 이는 지극히 온당한 일이라 할 것이다.

그러나 시조를 다루는 문학 교실에 대한 비관적인 시선들이 도처에서 산견된다. 형해화(形骸化)된 지식의 전수로 일관한다거나, 시적 정서에 대한 접근을 도외시한 채 교훈용 자료로 취급한다거나 하는 비판도 있다. 그런가 하면 진취적이지 못하고 고루하기 짝이 없는 전통 사상에 대해 비판적 거리를 유지하지 못한다거나, 거꾸로 전통 사상의 현재적 가치를 몰각한 채 과거의 유물로 접근한다는 우려도 있다. 이러한 비관적 시선들이 전혀 사실 무근은 아니겠고 따라서 그만큼 주목할 가치도 있겠지만,28) 정작 중요한 것은 시조가 감성과 감각의 시대를 살아가고 있는 학생들로부터 점점 멀어지고 있다는 사실이다.

물론 이는 시조 교실에 대한 비관적 시선에 의해 지적되고 있는 사항들과 인과 관계에 놓여 있다. 따라서 이러한 문제점들이 극복되면 시조와 학생들의 거리도 좁혀질 수 있을 것이다. 그러나 이는 역사적으로 누적되어 온 문학교육의 관습에 의해 구축된 강고한 장벽이기에 그 극복이란 지난한 과제가 아닐 수 없다. 그렇다면 이러한 문제점 극복이란 과제는 과제대로 남긴 채, 시조에 대한 흥미를 자극할 수 있는 시조 학습의 새로운 돌파구를 찾는 것도 난관을 벗어날 수 있는 한 길이라 판단된다.

이 글에서는 그 돌파구를 스토리텔링으로 상정하고 그 가능성을 모색해 보고자 한다. 스토리텔링은 오늘날 연극, 영화, 애니메이션 등과 같은 전통적인 서사성 장르나 광고, 게임 등과 같이 친서사적인 장르에서만이 아니라, 대중 강연과 같은 설득적·설명적 담화에서도 활용되고 있다. 그것은 스토리텔링이 독자나 관객에 대해 발휘하는 강력한 흡인력 때문이다. 구체적이고 개별적인 인물이 일으키는 어떤 사건의 전개 과정을 통해 감동을 주고 이를 통해 설득력도 높이는 것이다.29)

교육은 현재 스토리텔링이 가장 적극적이고 광범위하게 활용되는 분야이다. 스토리텔링이 교육 분야에서 활용될 때는 곧잘 에듀테인먼트(edutainment) 개념과 만나게 된다. 에듀테인먼트는 '교육(education)'과 '흥미(entertainment)'의 합성어로서, 교수-학습에서 오락적 요소를 최대한 활용하여 교육의 효과를 높이는 데 목적을 둔다. 스토리텔링은 에듀테인먼트의 실현에서, 기술적 요소까지를 고려하더라도 가장 적극적이고 빈번하게 활용되는 장치 혹은 수법이다.30)

이렇게 본다면 어떤 면에서 우리는 이미 시조 교실에서도 스토리텔링을 활용해왔던 셈이다. 시조 작품을 대하면서 시적 화자가 놓여 있는 상황과 그 상황에 대해 취하는 태도가 무엇인지를 파악하는 한 방법으로 시조를 산문적으로 혹은 서사적으로 진술하는 활동을 해 보는 것이 대표적이다. 다만 우리는 그것이 스토리텔링임을 적극적으로 전제하지 못했고 명시적으로 의식하지 못했을 따름이다. 기왕에 실행되어 왔던 시조 스토리텔링을 바탕으로 그 체계화를 도모하면서 동시에 시조 스토리텔링의 또 다른 가능성을 모색해 봄으로써 시조 스토리텔링의 외연을 확장할 필요가 이 점에서 확인된다.

2. 시조 스토리텔링의 개념과 방법

다소 느슨하긴 하지만 스토리텔링을 '사건, 인물, 배경을 시작-중간-끝의 시간적 흐름에 따라 진술하는 것'으로 정의해 두기로 한다. 그렇다면 스토리텔링은 인류의 가장 오래된 문화 행위라 보아도 무방할 것이다. 한 가족 내에서 부모가 자녀에게 전설이나 민담과 같은 이야기를 들려주는 행위가 스토리텔링의 원형적인 모습이라면, 문자 발명 이전 시기에 이루어진 모든 교육 행위는 가히 스토리텔링 그 자체였다고 할 수도 있다. 한 종족이나 민족의 공동체적 기억을 담은 신화의 전수 또한 스토리텔링의 방식을 취했음은 당연할 것이다.

문학사적으로 본다면 이야기 문학은 구술문화 시대의 구비서사시(epic)에서부터 문자문화 시대의 소설(novel)을 거쳐 디지털 시대의 하이퍼픽션(hyper-fiction)으로 진화해 왔다. 최근의 하이퍼픽션은 스토리텔링이 디지털 방식으로 전개되면서, 그 생태가 이전 시대에 비해 훨씬 더 입체적이고 다면적인 양상을 띠고 있다. 이처럼 구술문화 시대에서부터 디지털 시대의 이야기 양식, 즉 구비서사시와 소설, 하이퍼픽션을 하나로 엮어주는 핵심적인 장치가 바로 스토리텔링인 것이다.[31]

그런데 우리가 굳이 '이야기(story)' 대신에 '이야기하기(storytelling)'이라는 쓰는 이유는 무엇인가? 그 이유의 단서는 단일어 명사가 복합어 동사로 형성되면서 확보하게 된 행위적 속성에서 찾을 수 있다. '이야기'는 단일어 명사이다. 여기에는 행위와 그 주체의 존재가 상정되지 않는다. 이야기라고 하는 고정된 대상만이 부각될 뿐이다. 반면 '이야기하기'라는 명사형에는 행위와 그 주체의 존재가 상정되며, 더하여 객체라 할 만한 청자의 존재까지도 고려된다. 그만큼 역동적 의미망을 가지는 말이다. 그리하여 스토리텔링이라는 말에는 스토리를 구성하는 이와 그것을 수용하는 이의 주체적 선택 가능성과 그로 인한 스토리 자체의 가변성이 함축된다.

이와 같은 배경에서 시조 스토리텔링의 개념을 확정해 보기로 한다. 시조 스토리텔링이란 한마디로 시조를 활용한 스토리텔링을 말한다. 달리 말해 시조를 이야기로 만드는 것이다. 여기에는 두 가지 가능성을 상정해 볼 수 있다. 하나는 시조 자체의 이야기성을 바탕으로 하여 서사적 텍스트로 치환하는 방법이고, 다른 하나는 시조에 담긴 서사적 모티프를 더 큰 서사의 맥락에 삽입하여 이해하는 방법이 포함된다.

전자는 서두에서 잠깐 언급한 대로 시조 작품 자체가 하나의 이야기이므로 이를 서사적인 텍스트로 풀어내는 것을 말한다. 물론 시조가 하나의 이야기라고 해서 이것이 반드시 시간적 흐름을 바탕으로 처음-중간-끝의 구조를 가진다는 뜻은 아니다. 그 구조는 경우에 따라 정서적 흐름의 경과일 수도, 심리적 변화의 추이일 수도 있다. 그러나 작중 화자의 현재적 상황을 단서로 삼아 전후 맥락을 재구성해내는 것은 얼마든지 가능한 일이다.

후자는 하나의 큰 서사적 구조를 염두에 두고 특정 모티프를 포함하고 있는 시조 작품을 서사의 곳곳에 배치하는 것을 말한다. 판소리 서사는 이러한 방법의 구체적인 사례를 보여준다. 판소리 서사는 현실의 모방이나 사실성의 구현이라는 서사의 중요한 특성을 포기하면서까지 다양한 당대의 시가 작품들을 받아들임으로써 새로운 생명력을 획득했던 것이다(정병헌, 1997 : 170-172). 판소리 서사만이 아니라 여러 문장체 소설 중에서도 삽입 시가를 차용한 서사물을 만나는 것은 어려운 일이 아니다. 이처럼 커다란 서사적 맥락 속에서 등장인물이 처한 상황에 따라 생성되는 다양한 심리를 담아내는 데 시조를 활용하는 것이다.

이 두 가지 방법은 별도로 구현될 수도 있지만, 한 가지로 결합되어 구현될 수도 있다. 하나의 서사적 맥락을 상정해 두고 사건의 정황과 인물의 심리적 동향을 동시에 고려하면서 시조 작품 자체의 이야기적 자질을 활성화시키는 것이다. 달리 말해, 개별 작품이 지닌 이야기성을 바탕으로 상황과 사건을 풀어내고 이를 더 큰 서사적 맥락 속에 배치한다는 것이다. 이 글에서 시험적으로 구현하고자 하는 방법도 이것이다. 여기에 더하여 다양한 스토리라인을 상정하면 스토리텔링의 입체성과 복합성을 높일 수 있다. 이는 몇 개의 선택적 서사 전개가 가능한 하이퍼픽션(hyperfiction)에서 독자의 자율성이 높아지는 것과 같은 효과를 낳는다. 즉 탐색적 하이퍼텍스트의 구조를 취함으로써 독자가 자신의 임의적인 선택에 따라 전체 서사를 스스로 구성해내도록 배려하는 것이다.32) 단일한 흐름을 지닌 선조적(線條的) 이야기보다 모티프와 에피소드의 다양성을 추구하는 다중적인 플롯이, 적어도 시조의 교육적 체험을 위해서는 더 바람직할 것이다.

이 글에서는 남녀 간의 만남, 열정적인 사랑, 이별, 그리움, 재회 등을 모티프로 삼고 있는 애정 시조를 대상으로 삼기로 하겠다. 그것은 애정 시조가 일단 편수가 가장 많고 편폭도 가장 넓으며 다양한 모티프를 거느리고 있어, 서사적 역동성을 가장 잘 드러낼 수 있을 것으로 판단하기 때문이다.

3. 애정 시조 스토리텔링의 서사적 구도

먼저 한 사람과 다른 사람이 만나 사랑을 시작하고 이별로 사랑이 마무리되는 과정을 스토리라인으로 구성해 보기로 한다. 거기에는 필히 누구나 겪을 법한 사건들과 모티프가 있고, 누구나 경험할 만한 감정의 동선들이 있을 것이다. 사랑의 모험이라는 서사는 대체로 만남, 호기심, 고백의 세 단계로 정리될 수 있다.[33) 그것은 다시 만남, 탐색, 열정적인 사랑, 이별, 그리움, 재회로 세분될 수 있다.

남과 여 두 사람이 만난다. 우연적이든 의도적이든 두 사람이 만나게 되면, 호기심을 앞세워 탐색의 시간이 필요하다. 그래서 말을 주고받는다. 수작을 하는 것이다. 정을 나눌 만한 사람이다 싶으면 사랑을 시작한다. 드디어 고백의 단계로 접어드는 것이다. 이 단계에서는 만남이 수시로 이루어진다. 사랑이 지속되는 동안에는 황홀에 빠진다. 사랑의 황홀이 영원히 지속되기를 바랄 것이다. 그러나 황홀은 헛된 망상에 빠져들게 만들기도 한다. 사랑의 파탄을 염려하는 것이다. 이는 영원한 사랑에 대한 갈망과 동전의 양면을 이룬다. 그러나 사랑이란 평화와 화목만은 아니어서, 다투기도 하고 싸우기도 한다. 그러다가 다시 화해하고 육체적 결합으로 사랑을 확인하기도 한다. 그 과정에서 서로의 속마음을 묻고 확인하며 이에 응답하는 의사소통이 이루어진다. 그것은 일종의 게임이다.

당연히 헤어지는 순간도 있을 것이다. 아주 짧은 이별이 있는가 하면, 만날 기약이 없는 이별도 있을 테고, 아예 재회 가능성이 없는 이별도 있겠다. 어떤 이별이든 다시 만날 때까지는 심리적 고통을 겪는다. 다시 만날 기약을 할 때에는 정표를 교환하기도 한다. 그러나 헤어진 시간이 오래되면 그리움은 간절해진다. 내 소식을 전하고도 싶고 임의 소식도 듣고 싶어진다. 여기에서 망상이 생겨난다. 새가 되어 날아갈까, 달빛이 되어 임 계신 곳을 비출까, 꿈속에서라도 만나볼 수 없을까 하는 생각이 일어나는 것이다. 불망은 불면을 부른다. 꿈조차 꿀 수 없게 하는 그리움. 꽃이 피어나면 그 조화와 충만감 때문에 서글퍼지고, 새가 울면 함께 울고 싶어진다. 사랑의 정체에 대한 의문도 일어난다. 고대하던 임이 오지 않으면 핑계를 억지로 만들어 스스로 위안도 해 본다. 또 임을 잃었거나 임을 떠나보내고 홀로 남은 자신의 처량한 신세를 오히려 희화화하기도 한다.

이별과 그리움, 기다림은 모두 고백의 단계에 속한다. 이 단계는 한마디로 상대방에 대한 소유의 욕망을 드러내는 과정이다(권택영, 1995 참조). 그런데 특기할 만한 것은 우리 시조 작품 중에서 대부분은 이별 상황과 그 상황에서 일어나는 그리움과 기다림, 원한 등을 형상화하고 있다는 점이다.[34] 만일 사랑의 모험이 지속되는 단계 중 고백의 단계를 자신의 욕망을 드러내 상대방을 소유하고 싶어하는 단계로 규정할 경우, 대부분의 시조가 여기에 해당되는 것이다. 따라서 두 사람이 우연히 만나는 단계나 상대방에 대한 호기심을 바탕으로 관계를 형성하는 단계의 스토리텔링은, 적어도 시조를 활용할 경우 매우 빈약해질 수 있다.

그러나 사랑의 서사가 반드시 만남에서 시작하여 관계의 파탄에 이르는 전 과정을 모두 포괄해야 하는 것은 아니다. 그 중의 어느 한 대목이나 장면만으로도 서사는 성립될 수 있다. 더욱이 이 글은 시조 스토리텔링의 가능성을 모색하는 데 목적이 있으므로, 전체 서사 중 본격적인 사랑이 전개되면서 겪게 되는 몇 가지 상황에 초점을 맞추어도 대과 없으리라 판단된다.

이제 이러한 상황을 전제로 대략적인 서사 단락과 모티프[35]를 정리해 보면 다음과 같다.

단계	서사 단락	주요 모티프
만남 단계 : 두 사람이 만나다(서사 단락 및 주요 모티프는 생략)		
호기심 단계 : 상대방을 탐색하다(서사 단락 및 주요 모티프는 생략)		

고백 단계: 상대방을 소유하고자 하는 욕망을 드러내다	사랑의 황홀에 빠지다	임의 사랑에 흡족해하다	절대적인 사랑을 맹세하다	육체적인 사랑을 나누다	영원한 사랑을 꿈꾸다	사랑의 종말을 염려하다		……
	사랑싸움을 벌이다	사랑싸움 끝에 임을 보내고 후회하다	사랑싸움 끝에 화해를 하다	오해에 대해 변명을 하다	진실을 따지다			……
	이별의 순간을 맞이하다	몸부림치며 저항하다	슬픔에 겨워 울다	이별을 연기하고자 하다	정표를 건네다	이별의 운명에 순응하다		……
	간절하게 기다리다	제삼자를 탓하다	꿈속에서 만나다	변신을 꿈꾸다	환각에 빠지다	후일의 귀환을 기약하다	불면의 밤을 보내다	……
	외로움을 한탄하다	꽃 보고 울다	새 울음소리에 울다	거리감을 절감하다	임을 원망하다			……
	재회하다	어색하게 재회의 정을 나누다		임과 더불어 밤을 지새우다				……
	⋮	……						

4. 애정 시조 스토리텔링의 구성

4.1. 서사적 구도에 따른 애정 시조의 배치

이제 개별 작품을 각각의 서사 단락과 모티프에 배치해 보기로 하겠다. 하나의 모티프에는 복수의 작품이 배치될 수 있다. 그러나 지면의 제약과 논의의 편의상 유사한 모티프를 지닌 작품군 중에서 대표적인 작품을 선별하여 배치하기로 하겠다.[36) 첨언해 둘 것은, 작품 선정에서 창작 배경과 같은 콘텍스트는 고려하지 않았다는 점이다. 가령 洪瑞鳳의 <離別ᄒ던 날에~>(다음의 서사 단락3에 배치)와 같은 작품은 창작 배경을 고려하면 군신 관계를 바탕으로 창작된 노래임이 분명하나, 콘텍스트를 제거하면 충분히 애정 시조에 귀속시킬 수 있다. 이와 같이 작품 선정과 배치에서는 텍스트의 내적 완결성을 존중하여 남녀 간 애정과 관련된 주제를 안고 있다면 애정 시조로 간주하겠다는 것이다.

(가) 서사 단락1 : 사랑의 황홀에 빠지다

모티프	작품
임의 사랑에 흡족해하다	ᄉ랑 ᄉ랑 고고이 밋친 ᄉ랑 웬 ᄇ다흘 두루 덥는 그물 것치 밋친 ᄉ랑 /往+뽀라 踏+뽀라 춤의 넛츌 水박 넛츌 얽어지고 트러져셔 골골이 벗어 가는 ᄉ랑 /아마도 이 님의 ᄉ랑은 ᄉᆞᆺ 간 듸를 몰ᄂᆞ라.
절대적인 사랑을 맹세하다	ᄉ랑을 츤츤 얽동혀 뒤설머지고 泰山 峻嶺을 허위허위 넘어 갈 제 /그 모른 벗님네는 그만ᄒ야 ᄇ리고 가라 ᄒ건마ᄂᆞᆫ / 가다가 자즐녀 죽을망정 나ᄂᆞᆫ 아니 ᄇ리고 갈가 ᄒ노라.
육체적인 사랑을 나누다	님으란 淮陽 金城 오리남기 되고 나는 三四月　넛츌이 되어 /그 남게 감기되 이리로 챤챤 져리로 츤츤 외오 풀쳐 올히 감겨 밋붓터 ᄉᆞᆺ가지 챤챤 구뷔나게 휘휘감겨 晝夜 長常에 뒤트러져 감겨 얽혓과져 /冬셧달 ᄇ름 비 눈서리를 아무만 맛즌들 풀닐 쥴이 이시랴.
영원한 사랑을 꿈꾸다	壁上에 기린 가치 너 나란지 몃 千秊고 /우리의 思郞을 아ᄂᆞᆫ다 모로ᄂᆞᆫ다 /아마도 너 나자갈 제면 흠긔 갈가 ᄒ노라.
사랑의 종말을 염려하다	삼남긔 그늬 믹아 님과 두리 어울ᄯᅵ니 /思郞이 쥴로 올나 가지마다 밋쳐셰라 /뎌 님아 구로지 마라 쩌러질가 ᄒ노라.

(나) 서사 단락2 : 사랑싸움을 벌이다

모티프	작품
사랑싸움 끝에 임을 보내고 후회하다	님이 가려커늘 셩닌 결의 가소 ㅎ고 /가는가 마는가 窓 틈으로 여어보니 / 눈물이 싴암 솟듯ㅎ여 風紙 저저 못 볼너라.
사랑싸움 끝에 화해를 하다	콩 밧헤 드러 콩닙 쓰더 먹는 감운 암쇼를 아무만 이라타 조츤들 그 콩닙 바리고 져 어듸 ㄱ며 /니불 아릭 쟈는 님을 발로 툭 차셔 미 미 ㅎ며 어서 나가소 흔들 이 아닌 밤에 날 브리고 제 어듸로 가리 /아마도 밧호고 못 마를쏜 님이신가 ㅎ노라.
오해에 대해 변명을 하다	됴고만 실빈암이 龍의 초리 듬북이 물고 /高峯 峻嶺을 넘단 말이 잇셔이다 /왼놈이 왼말을 하여도 님이 짐작 ㅎ시소.
진실을 따지다	슈박 것치 두렷흔 님아 춤외 가치 단 말슴 마소 /가지 가지 ㅎ시는 말이 말마듸 왼 말이로다 /九十月 삐동아 것치 속 셩 말 마르시소

(다) 서사 단락3 : 이별의 순간을 맞이하다

모티프	작품
몸부림치며 저항하다	울며 잡은 사민 썰치고 가지 마소 /草原 長堤에 히 다 져 져무런니 /客窓에 殘燈 도도고 싴와 보면 알니라.-李明漢
슬픔에 겨워 울다	離別ㅎ던 날에 피눈물리 눈지 만지 /鴨綠江 느린 물이 프른 빗치 전혀 업니 /빅 우회 혀여 셴 沙工이 쳐음 보다 ㅎ더라.-洪瑞鳳
이별을 연기하고자 하다	브람 브르쇼셔 비 올 브람 브르쇼셔 /ㄱ랑비 긋치고 굴근 비 드릭쇼셔 /한 길이 바다히 되여 님 못 가게 ㅎ쇼셔.
정표를 건네다	묏버들 갈히 것거 보내노라 님의 손듸 /자시는 窓 밧긔 심거 두고 보쇼셔 /밤 비예 새 닙 곳 나거든 날인가도 너기쇼셔.-洪娘
이별의 운명에 순응하다	綠楊이 千萬絲ㄴ들 가는 春風 민여 두며 /眈花蜂蝶인들 디는 곳즐 어이ㅎ리 /아무리 根源이 重흔들 가는 님을 어이ㅎ리.-李元翼

(라) 서사 단락4 : 간절하게 기다리다

모티프	작품
제삼자를 탓하다	바람아 부지 마라 비올 바람 부지 마라. /가뜩이 챡변된 님 길 즈다고 아니 올셰 /져 님이 내 집의 온 후의 九年水를 지쇼셔.
꿈속에서 만나다	쑴에 왓던 님이 씌여 보니 간 듸 업늬 /耽耽이 괴던 亽랑 날 ᄇ리고 어듸 간고 /쑴ㅁ 속이 虛事ㅣ라만졍 쟈로 뵈게 ᄒ여라.-박효관
변신을 꿈꾸다	이 몸이 여져셔 졉동새 넉시 되야 /梨花 퓐 가지 속닙헤 쌋혓다가 /밤中만 슬하져 우러 님의 귀에 들니리라.
환각에 빠지다	柴扉에 개 즛거늘 님만 너겨 나가 보니 /님은 아니 오고 明月이 滿庭ᄒ듸 一陣秋風에 닙지 늣 소릐로다 /저 개야 秋風 落葉을 헛도이 즈져 날 소길 줄 엇지오.
후일의 귀환을 기약하다	冬至ㅅ달 기ᄂ긴 밤을 한 허리를 둘헤 니여 /春風 니블 아릐 서리서리 너헛다가 /어룬님 오신 날 밤이여드란 구뷔구뷔 펴리라. - 黃眞伊
불면의 밤을 보내다	東窓에 도든 둘이 西窓으로 되지도록 /올 님 못 오면 줌조차 아니 온다 /줌조차 가져간 님을 그려 무슴 ᄒ리오.

(마) 서사 단락5 : 외로움을 한탄하다

모티프	작품
꽃 보고 울다	곳 보고 춤추는 나뷔와 나뷔 보고 당싯 웃는 곳과 /져 둘의 亽랑은 節節이 오건마는 /엇더타 우리의 亽랑은 가고 아니 오느니.
새 울음소리에 울다	空山에 우는 졉동 너는 어이 우지는다 /너도 날과 갓치 무슴 離別 ᄒ얏느냐 /아무리 피나게 운들 對쭘이나 ᄒ더냐. -박효관

거리감을 절감하다	梨花雨 훗날릴 제 울며 줍고 離別흔 님 /秋風 落葉에 져도 날 싱각는가 /千里에 외로온 숨만 오락 가락 흐괘라.-계랑
임을 원망하다	어이 못 오던가 무슴 일노 못 오던가 /너 오는 길에 무쇠로 城을 쓰고 城 안에 담 쓰고 담 안에 집을 짓고 집 안에 두지 노코 두지 안에 櫃를 노코 그 안에 너를 必字形으로 結縛ᄒ여 너코 쌍비목 걸쇠에 金거북 자물쇠로 수기수기 잠가관듸 네 어이 그리 못 어던다 /흔 히도 열두 들이오 흔 들 설흔 늘의 날 보라 올 흘리 업스랴.

(바) 서사 단락6 : 재회하다

모티프	작품
어색하게 재회의 정을 나누다	알쓰리 그리다가 만나 보니 우습거다 /그림 갓치 마주 안져 脉脉이 볼 샏이라 /至今에 相看 無語를 情일런가 ᄒ노라. -안민영
임과 더불어 밤을 지새우다	어제ㄷ밤도 혼쟈 곱송그려 식오곰 쟈고 지난 밤도 혼쟈 곱송그려 식오곰 닋 /어인 놈의 八字ㅣㄱ 晝夜長常에 곱송그려서 식오곰만 쟈노 오오우오오우우오오 /오늘은 글이던 님 만나 발을 펴 버리고 츤츤 휘감아 잘가 ᄒ노라.

4.2. 애정 시조 시토리텔링의 서사적 구현

전체적인 서사 구도에 따라 개별 애정 시조 작품들이 배치되었다면, 이제 이들 작품이 내재적으로 지니고 있는 이야기적 요소를 서사적으로 풀어가면서 더 큰 이야기의 흐름 속에 배치하는 일이 과제로 나선다. 이 글에서는 지면의 제약이 있으므로, '사랑의 황홀에 빠지다'와 '사랑싸움을 벌이다'라는 서사 단락에 포함되어 있는 작품들을 예시로 하여 각 작품을 서사적으로 배치한 근거를 밝혀 보기로 하겠다.

(가) 사랑의 황홀에 빠지다

① 임의 사랑에 흡족해하다

사랑에 빠진 사람들을 누구나 황홀감을 느낀다. 그것은 곧 사랑에서 얻는 충족감이다. 이전에 경험하지 못했던 사랑의 기류가 모든 생활 속에 충만한 상황은 임의 사랑에 대한 찬양을 낳는다.

<사랑 사랑 고고이 밎친 사랑~>의 초장에서는 '온 바다를 두루 덮는'다고 했으니 사랑의 넓이가 관심사라 하겠고, 중장에서는 사랑의 길이가 관심사라 하겠다. 아울러 여기에서는 넝쿨이 얽어지고 틀어져 있다는 대목이 에로틱한 분위기를 자아내고 있음도 주목된다.[37] 이 노래에서 임의 사랑은 결국 수치로 나타내기 어렵다는 것을 표현하고 있다. 애초에 그것은 측량의 대상이 아니거니와, 이는 사랑의 황홀에 도취된 사람들은 경험할 수 있는 삶의 한 극단이라 할 것이다.

② 절대적인 사랑을 맹세하다

사랑의 황홀을 느낄 때, 그 사랑은 절대적이다. 타인과의 비교도 허락되지 않고 오직 사랑 자체가 목적인 상태가 된다. 그 절대성은 불변에 대한 믿음을 낳고 시련 극복에 대한 의지로 이어진다.

<사랑을 츤츤 얽동혀 뒤설머지고~>에서 임과 '나'는 아주 높은 '태산 준령'을 경계로 갈라져 있다가 오직 사랑하기 때문에 '나'는 임을 만나러 그 험로를 나선다. 사정도 모르는 사람들이 무거운 짐을 굳이 짊어지고 가는 '나'를 말리지만, 사랑인즉 '내'가 임에게 가는 유일한 이유이므로 그럴 수는 없다. 심지어 그 사랑의 무게에 짓눌려 죽는 한이 있어도 '나'의 사랑은 절대적이다.

③ 육체적인 사랑을 나누다

남녀 간에 열정만 있는 경우를 매혹이라고 한다. 이 열정이 친밀감과 연결되면 낭만적 사랑이, 책임감과 결합되면 육체적 사랑이 형성된다는 것이 심리학적 설명이다. 그러나 친밀감과 책임감을 변별적으로 구별하기란 쉽지 않으나, 열정이 육체적 사랑으로 이어지는 일은 남녀 성정의 자연스러운 이치이다.

<님으란 淮陽 金城 오리남기 되고~>에서 오리나무에 감긴 칡넝쿨은 그 자체로 남녀 간 육체적 결합의 형상이다. 밑부터 끝까지 친친 찬찬 감겨 있는 형용은 에로티시즘의 한 표상이라 할 만하다. 여기에 동지 섣달의 바람과 비와 눈과 서리도 결합된 두 육체를 분리할 수 없을 것이라는 자기 확신으로 가득 차 있다. 고려 속요 <만전춘별사>의 계보를 잇는 과장이라 할 것이다.

④ 영원한 사랑을 꿈꾸다

사랑의 황홀감에 도취된다면, 그것을 영원히 지속시키고 싶은 것이 인지상정이다. 그러나 인간은 유한한 존재로서, 시간의 한계를 넘어설 수 없다. 그 한계에 대한 인식은 역설적으로 영원에 대한 회구로 이어진다.

<壁上에 기린 가치~>는 이른바 '<정석가>식 표현'의 전형적 사례가 되는 작품이다. 벽에다 그린 까치가 날갯짓을 할 리 없는데, 그때가 되어야 이별을 할 것이라는 '역설적 과장'이 발상의 기조를 이룬다. 한마디로 '유한한 인생 속에서 영원을 추구하는 시간 의식'(이규호, 1984)이라 할 것이다. 만일 현재 황홀한 사랑에 빠진 사람이라면 누구나 공유하고 있는 의지일 것이다.38)

⑤ 사랑의 종말을 염려하다

사랑이 주는 쾌감과 황홀과 같은 정서가 극대화될수록 그것이 영원하기를 바란다. 그러나 인간은 이중적인 존재이다. 그것이 언제까지나 지속될 수 있을까 하는 염려에 빠지게 마련인 것이다.

<삼남긔 그닉 미아~>에서는 두 사람의 사랑을 그네 타는 일로 표상했다. 그넷줄로 사랑이 올라와서 그네를 맨 나무에 가지마다 열매로 맺혔다는 것이다. 이는 시적 화자가 지극한 사랑에 빠져 황홀감을 맛보고 있다는 뜻이다. 상승과 하강을 반복하는 그네의 궤도 운동에서 오는 쾌감이 사랑의 쾌감과는 아주 잘 어울리는 것은 그네가 성적 교합을 원형적 상징으로 지니게 된 이유가 된다. 그러나 이 시의 묘미는 마지막 행에 도사리고 있다. 그네를 굴러 궤도 운동의 쾌감이 커질수록 추락의 위험도 커지는 이치를 전제하고 있는 것이다. 황홀감이 절정에 다가갈수록 그 절정의 끝에 오게 되는 고통과 상처를 염려하는 것이다. 이런 점에서 만일 소월의 <진달래꽃>이 지극한 사랑의 황홀에 빠진 이가 이별을 가정하여 부른 노래로 해석된다면, <진달래꽃>이야말로 이 노래의 계보를 잇는다 할 수 있겠다.

(나) 사랑싸움을 벌이다

① 사랑싸움 끝에 임을 보내고 후회하다

연인들의 언어는 게임이다. 암묵적으로 굳어진 일종의 규약 아래 대답이 정해진 질문을 던지고, 특정한 반응이 예상되는 자극을 가하는 것이다. 그러나 사랑의 감정을 본격적으로 주고받다 보면, 필연적으로 남녀는 상대방을 타자로서 배치하는 경험을 하게 된다. 원래는 타자라는 조건이 매혹의 이유이지만, 경우에 따라서 그것은 다툼 혹은 불화의 이유가 된다.

<님이 가려커눌~>은 둘이서 밀회를 즐기다가 가겠다는 임의 말에 화난 목소리로 대응을 한 결과 둘은 불화하게 되고, 결국 후회한다는 내용을 담고 있다. 더 오랜 시간을 공유하고자 하는 욕망이야 연인으로서 지극히 당연한 것이지만, 그것은 인력을 초월하는 일이다. 한 사람이 게임의 규칙을 준수하지 않아서 생겨난 갈등이고, 그 갈등은 여전히 미진한 채로 남아 후회로 이어진다. 황진이의 <어져 니 일이여~>라는 시조 또한 같은 맥락에서 이해할 수 있다.

② 사랑싸움 끝에 화해를 하다

사랑에 빠진 남녀는 상호간 타자로서 끊임없이 갈등을 일으키지만, 또 그 갈등이 해결되면서 다시 사랑을 확인한다.

<콩 밧헤 드러 콩닙 쓰더 먹는 감운 암쇼를 ~>의 시적 정황은 앞의 <님이 가려커눌~>과 유사하다고 가정해 볼 수 있다. 여기에서는 임에게 가라는 말을 아예 하지 않는다. 물론 그런 말을 하지 않는 이유는 앞의 경우와 정반대이다. 가라고 하면 갈 것 같아서 그런 말을 하지 않는 게 아니고, 가라고 하더라도 가지 않을 사람임을 알고 있기 때문에 그러는 것이다. 다시 말해 이 노래의 화자는 게임의 승부를 이미 알고 있는 셈이다.

③ 오해에 대해 변명을 하다

사람들 사이에 불필요한 오해가 생기면 불필요한 에너지를 낭비하게 된다. 진실이 밝혀질 때까지 그 오해는 사람들을 이간질시키고 서로 다투게 하고 미워하게 만든다. 그러나 오해는 풀려야 한다. 그래서 끊임없이 오해의 부당성과 자신의 정당성을 입증하고자 한다.

<됴고만 실비암이~>는 종장이 어느 정도 공식화되어 있는 작품이

다.39) 그만큼 발상의 공감대가 넓고 보편성을 지니고 있는 작품이라 할 수 있다. 이 노래에서 '왼 놈'이 하는 '왼 말'이란 출처가 불분명한 허황된 소문일 것이다. 화자의 관심은 자신과 관련된 온갖 소문 혹은 모함이 허황된 날조에 불과하다는 것을 밝히고, 이를 통해 임과의 관계를 회복하는 데 있다.

④ 진실을 따지다

진실을 밝히고자 하는 의지가 임에게 자신의 억울함을 호소하는 변명조로 흘러가는 경우와는 반대로 임의 말에 대한 불신감을 바탕으로 거짓을 추궁하는 어조로 실현될 수도 있다.

<슈박 것치 두렷혼 님아~>에는 달콤한 말로 유혹을 하거나 변명을 하고 있는 상대방에게 그 말의 진실성을 따지고 있는 장면이 나타난다. 임의 말이 모두 '왼 말'이고 '속 성긴 말'이라는 것이다. 비유의 연속적 병렬로 서사성은 약화되어 있지만, 대신 임의 말이 지닌 허황됨을 드러내는 데는 효과적으로 기여하고 있다.

5. 디지털 시대 시조 교육의 한 모습

이 글은 문학교육의 장에서 시조에 대한 학습자들의 흥미를 자극할 수 있는 시조 학습의 새로운 돌파구로서 스토리텔링을 상정하고 그 가능성을 모색해 보는 데 목적을 두고 작성되었다. 스토리텔링은 독자나 관객에 대한 흡인력을 바탕으로 오늘날 전통적인 서사성 장르에서나 광고, 게임 등과 같은 새로운 서사 장르, 그리고 대중 강연과 같은 설득적·설명적 담화에서도 널리 활용되고 있다. 스토리텔링이 교육 분야에서 활용되면 그것은 곧 에듀테인먼트로서의 위상을 지닐 수 있다.

이를 위해 우선 애정 서사의 기본적인 골격에 따라 애정 시조를 몇 개의 서사 단락 및 모티프에 배치하였다. 잠정적이고 임의적이긴 하지만 '고백' 단계에서 6개의 서사 단락을 구성하고, 다시 각 서사 단락에 포함될 수 있는 다수의 모티프를 추출하여 개별 작품을 각각에 배치한 것이다. 이에 더하여 실제 사례를 보이기 위해 전체 서사의 흐름을 염두에 두고 개별 작품이 지닌 이야기적 요소를 서사적으로 풀이해 보았다.

이러한 시도가 현실화된다면 학습자들이 시조를 훨씬 더 흥미롭고 입체적으로 접하도록 할 수 있을 것으로 예상된다. 서사적인 구도가 개별 작품에 대한 이해를 더 심화시킬 수도 있으며, 서사적으로 인접한 다른 작품과 병행된 독서를 통해 경험의 확장도 도모할 수 있을 것이다.

이 글은 궁극적으로 하이퍼텍스트 형식으로 구현될 수 있는 스토리텔링을 겨냥하고 있다. 그러므로 공학적인 설계도 적극적으로 고려되어야 마땅하다. 그러나 역량의 한계로 인해 이는 추후의 과제로 남길 수밖에 없다.

❙ 미주

◆ 제1부 고전시가 교육에 대한 관점

1) 이는 동양에서나 서양에서나 교육이 사회적 제도로 자리 잡은 이후 공통된 현상이다. 그리스 시대 학생들의 수업이 <일리아스>와 <오디세이아>와 같은 문학을 중심으로 이루어진 것이 한 사례이다(한스 요아힘 그립, 노선정 역, 2006 : 176-177).

2) 통상적으로 교육과정의 수행을 통해 달성할 일반 교육의 의도를 이념이라 한다면, 목적(goal/objective)은 이념에서 도출한 교과교육의 의도를 일컫고, 목표(aim)는 목적에서 도출한 단원 또는 수업 단위별 교수-학습의 의도를 일컫는다. 목적은 이념보다 더 구체적이지만 비전문적 용어로 서술되고 목표는 구체적인 전문적 용어로 진술된다. 목적은 국가나 사회, 학교 단위에서 설정되지만 목표는 보통 학교나 교사 수준에서 설정된다. 이 글에서는 이러한 구분을 존중하면서 논의한다.

3) 두 가지 층위에서 각각 규정된 모델은 어느 정도 유사한 틀을 가지고 있지만, 그 내포는 또 어느 정도 다르다. 그러나 이는 '국어교육'이 '문학교육'을 포괄하고 있는 상황, 그리고 반드시 그렇게 되어야 한다는 당위를 전제로 삼는다면, 문학이 국어교육의 가장 중요한 자료이자 내용이라는 명제(김대행 외, 2000 : 39-40)의 정당성을 확인시켜 주기도 한다.

4) 이 문제와 관련하여 정전의 형성 과정, 그리고 여기에 관여하는 사회적, 이데올로기적 기제는 문학사회학 혹은 문학교육사회학의 소관이다. 고전문학의 정전화에 대한 별도의 논의가 요청된다.

5) 이는 원래 시의 이미지 분석을 통해 그 의미를 추적할 때 활용되는 층위 구분이지만(김준오, 1982 : 104), 문학작품 전반에 두루 해당될 수 있다.

6) 새로 급제한 사람으로서 三館(弘文館·藝文館·校書館)에 들어가는 자를 먼저 급제한 사람이 괴롭혔는데, 한편으로는 선후의 차례를 보이기 위함이요, 다른 한편으로는 교만한 기를 꺾고자 함인데, 그 중에서도 예문관이 더욱 심하였다. …중략… 아래로부터 위로 각각 차례로 잔에 술을 부어 돌리고 차례대로 일어나 춤추되 혼자 추면 벌주를 먹였다. 새벽이 되어 상관장이 주석에서 일어나면 모든 사람들은 손뼉을 치며 흔들고 춤추며 「한림별곡」을 부르니, 맑은 노래와 매미 울음소리 같은 그 틈에 개구리 들끓는 소리를 섞어 시끄럽게 놀다가 날이 새면 헤어진다.(『慵齋叢話』)

7) <황조가>의 이러한 발상은 후대 문학에서도 지속적으로 나타난다(본서 2부 4장 참조). <황조가>를 문학교육에서 다루는 이유가 단지 최초의 서정시라는 문학사적 의의에만 있는 것이 아니라, 후대 문학에 두루 나타나는 발상과 표현의 전범성에도 있다.

8) 이하 관습시의 일반적 성격에 관한 고찰은 김우창(1964)에 따른다.

9) 전문은 다음과 같다.「昔人已乘黃鶴去 此地空餘黃鶴樓 黃鶴一去不復返 白雲千載空悠悠 晴川歷歷漢陽樹 芳草萋萋鸚鵡洲 日暮鄉關何處是 烟波江上使人愁」작품 2241은 이 한시에 현토하여 이루어진 사설시조 작품이다.(강조는 필자, 이하 같음)

10) 李白의 <登金陵鳳凰臺> 전문 :「鳳凰臺上鳳凰遊 鳳去臺空江自流 吳宮花草埋幽徑 晉代衣冠成古丘 三山半落青天外 二水中分白鷺洲 總爲浮雲能蔽日 長安不見使人愁」
   王勃의 <滕王閣> 전문 :「滕王古閣臨江渚 佩玉鳴鸞罷歌舞 畫棟朝飛南浦雲 珠簾暮捲西山雨 閑雲潭影日悠悠 物換星移幾度秋 閣中帝子今何在 檻外長江空自流」
   그리고 중장의 "落霞는 與孤鶩齊飛하고 秋水는 共長天一色이라"는 王勃의 <滕王閣序>에 나오는 구절이다.

11) 여기에서 서정이라는 말은 의미폭이 넓다. 시조의 경우 가장 이념적인 것이 가장 주정적인 것이어서 이념이 승해 보이는 작품도 결국 서정이 된다는 지적에 주목을 요할 필요가 있다. 자세한 것은 정재찬(1993 : 213-214) 참조.

12) 사설시조 형식의 일반적 특징은 대체로 나열, 병치, 대화체, 語戲, 욕설 등으로 설명된다(고정옥, 1949 ; 김대행, 1991).

13) 張子房의 謝病辟穀 : 張子房(張良)은 퉁소를 불어 심신이 피로한 楚軍들을 감동시켜 한군에게 투항하도록 했다는 한나라의 장수로서, 留候에 봉해졌으나 후에 병을 핑계 삼아 물러나와 신선이 되기 위해 곡식을 먹지 않고 솔잎이나 과일만을 먹음.
   范蠡의 五湖舟 : 越王 구천(勾踐)을 보좌하여 吳나라를 치는 데 공을 세웠으나 五湖에 물러 나와 보신함.
   疏廣의 散千金 : 한나라의 소광이 친척, 고우, 빈객과 더불어 酒會하기를 즐기면서 그 재산을 산진함.
   張翰의 秋風 江東去 : 한나라 계응(季鷹)이 높은 관직에 있으면서 추풍이 불자, 오강의 순나물국과 농어회를 생각하고 벼슬을 그만 두고 돌아감.
   陶處士의 歸去來辭 : 陶潛이 彭澤 유수의 자리를 그만 두고 五柳村에 돌아가며 귀거래사를 지음.

14) 이와 관련하여 시조의 삼장 형식의 구조가 갖는 의미를 논한 대표적인 논의는 다음 글을 참조. 한상련(1968), 이영자(1985), 김대행(2000).

15) 李白의 一日須傾三百杯 : 하루에도 모름지기 3백잔의 술을 마심.「百年三萬六千日 一日須傾三百杯」[李白 : 襄陽歌]
   杜牧之의 醉過楊州 橘滿車 : 杜牧之가 술에 취한 채 양주를 지나가는데 그 풍채에 반하여 기생들이 귤을 던져 수레에 가득 찼다는 고사.

16) 景星出 慶雲興 : 道가 있는 나라의 태평성대에 상서로운 별이 뜨고 구름이 일어남[史記]
   康衢煙月에 含哺鼓腹ᄒ여 : 거리가 번화한 태평성대에 배불리 먹고 생을 즐김[十八史略]
   三代 : 중국의 옛 왕조 夏·殷·周 세 나라를 가리킴.

그 외 초중장 부분은 다음 구절을 변용한 것이다. 「奏陶唐氏之舞 聽葛天氏之歌」[士林賦]와 「無懷氏之民歟 葛天氏之民歟」[陶淵明 : 五柳先生傳]

17) 가현재라는 말은 본래 우리의 서정시가 갖는 삼차원적 시간성을 설명하기 위해 쓰인 것이다. "시간의 본질적 성격은 시간을 연속적인 흐름으로 체험할 때 비로소 파악된다고 한다. 이 흐름은 또한 과거가 현재 속에 연장되고 또 미래에도 흘러가는 것으로서 이른바 '假現在'(specious present)의 경험을 구성한다."(김준오, 1982 : 241).

18) 이러한 사실은 한 편의 작품을 전체적으로 개작하는 패러디의 경우 평시조 작품을 패러디한 사설시조 작품이 월등하게 많다는 점과 대비되기도 한다(신은경, 1992 : 134~142 ; 신은경, 1990 : 12). 한시를 현토한 작품의 경우 논자에 따라 사설시조에 포함시키기도 하고 제외하기도 하는데, 이 글에서는 고려의 대상에서 제외하기로 한다.

19) 작품번호 3103도 거의 같은 내용이다. 「우염은 혼샹 졔갈양이요 담냑은 오후 손빅부라 / 규방 유신은 주문와지셩덕이요 쳑셔위정 공밍지교훈이라 / 아마도 간긔 영웅은 국틱공이신가」

20) '吳候 孫伯符'는 삼국시대 吳나라 孫權의 형으로 성품이 활달하고 담력과 지략이 뛰어났다눈 인물이고, '舊邦維新'은 『시경(詩經)』의 '周雖舊邦 其命維新'에서 나온 말로, 나라는 오래 되었으나 그 命은 새롭다는 의미이다.

21) 이 작품의 찬양적 성격은 (1)에서 다룬 작품들과 공통점을 갖는다. 그러나 이 작품은 찬양의 대상이 중국 고사에 등장하는 영웅적 인물이 아니라 현재 실체로 존재하는 인물이라는 점에서 그 작품들과는 구별된다.

22) 참고로 그 원문을 보면 다음과 같다. 「君不見 黃河之水天上來 奔流到海不復回 君不見 高堂明鏡悲白髮 朝如靑絲暮成雪 人生得意須盡歡 莫使金樽空對月 天生我材必有用 千金散盡環復來 烹羊宰牛且爲樂 會須一飮三百杯 岑夫子 丹邱生 進酒君莫停 與君歌一曲 請君爲我傾耳聽 種鼓饌玉不足貴 但願長醉不用醒 古來聖賢皆寂寞 惟有飮者留其名 陣王昔時宴平樂 斗酒十千恣歡謔 主人何爲言少錢 徑須沽取對君酌 五花馬 千金裘 呼兒將出換美酒 與爾同銷萬古愁」

23) 참고로 李賀의 <將進酒詩> 전편을 보이면 다음과 같다. 「琉璃鐘琥珀濃 小槽酒滴眞朱紅 烹龍炮鳳玉脂泣 羅幃繡幕圍香風 吹龍笛擊罷鼓 皓齒歌細腰舞 況是靑春日將幕 桃花亂落如紅雨 勸君終日酩酊醉 酒不到劉伶墳上土」

24) 이러한 독창성의 상실과 관련하여 박철희(1974)에서는 "他說的"이라는 개념을 쓰고 있다. 시가 관습화된다는 것은 시인 개인의 독창적인 발견의 과정이 아니라, 타의 선험을 그대로 반복한다는 의미를 갖는다는 점에서 착안한 개념이다.

25) 이를 자세히 살피면 다음과 같다. 첫째, 주어진 이미지에 자유롭게 동의하는 '착한 주체'들의 양식인 동일화 담론, 둘째, 동일화를 거부하는 '나쁜 주체' 혹은 골치덩어리들의 양식인 반동일화 양식, 셋째, 편승과 동시에 저항하는 작업의 결과인 제3의

양식인 비동일화 양식. Diane Macdonell, 임상훈 역(1992), 『담론이란 무엇인가』, 한울, pp.49~56.

26) '원심적 조응 태도'는 시적 대상이 인식 주체의 시선보다 우위에 주어져 있고, '구심적 조응 태도'는 인식 주체의 시선이 시적 대상보다 우위에 놓인다. 원심적 조응 태도가 극단화되면 이른바 사물시(object poetry)의 형태가 나올 수 있다. 그러나 평시조는 물론 사설시조에서도 사물시의 형태를 가진 시는 찾아보기 어렵다(N. Frye, 1957 : 73-82).

27) 참고로 중장의 "羽曰 壯士 鴻門 樊噲 斗屆酒를 能飮ᄒ되"라는 구절은 項羽가 鴻門宴에서 樊噲의 모습을 보고 '장사로다' 하며 호주를 한 말 권하자 번쾌가 그 술을 한 번에 마시고는 어찌 그것으로 족하겠느냐고 했다는 고사에서 나온 것이다. 〔十八史略 : 西漢〕

28) 이러한 사실은 판소리의 구성 원리인 '장면 극대화'를 연상케 한다. 물론 사설시조에서 일어나는 이같은 현상은 상호텍스트성(intertextuality)의 원리에 입각한 수용 과정상의 문제이기 때문에 엄밀한 의미로 본다면 장면 극대화와는 상당한 거리가 있다. 판소리에서 장면 극대화는 판소리 작품 전체의 일관적 구성으로부터 일탈하면서도 특정 부분의 구성적 효과를 최대화하기 위한 장치로서, 전체와 부분 간의 관계에 관련된 문제인 것이다. 그러나 일정한 의도 하에 개별 작품의 전체적 유기성보다 각 부분의 분절적 독자성을 더 중시한다는 측면에서 양자의 모습은 상당히 닮아 있다고 보는 것이다.

29) 중국 진나라 때의 부호이며 문장가인 석숭이 금곡에 별장을 두고 애첩 綠珠와 함께 호사를 즐겼다는 고사와, 두목지가 술에 취해 楊州를 지나가자 기생들이 그 풍채에 혹하여 귤을 던져 수레에 가득찼다는 고사에 근거한다.

30) 이 점에서 다음 작품은 다소 예외적이다. 희화적인 요소가 드러나지 않고, 고사 속의 인물을 원망하는 정서가 뚜렷이 나타나기 때문이다.
1834 부러진 활 것거진 槍 쌘 銅爐口 메고 怨ᄒ노니 黃帝 軒轅氏를 / 相奪也 아닌 前에 人心이 淳厚ᄒ고 天下 太平ᄒ야 萬八十歲를 사랏거든 / 엇더타 習用干戈ᄒ야 後生 困케 ᄒᄂ니.

31) 원문은 다음과 같다. 「旅館寒燈獨不眠　客心何事轉凄然　故鄕今夜思千里　霜鬢明朝又一年」

32) 「開寶七年 遣曹彬將兵伐江南 彬曹黃黑龍船數千艘又以大檻 載巨竹絙 自荊渚而下 或謂江闊水深 古未有浮梁而濟者 乃先試於石牌口 移置采石三日而成 潘美因水 步兵渡江若履平地」 〔宋元通鑑〕

33) '博浪沙'는 한나라의 張良이 鐵椎로 진시황을 친 곳의 지명이다. 그리고 '江東子弟 八千人'은 초나라 項羽가 거느리던 팔천의 力士를, '曹操의 十萬大兵'은 삼국시대 魏의 조조가 거느리던 병사를 뜻한다.

34) 이들 작품 외에도 博浪沙와 관련된 모티브가 작용하고 있는 작품은 다음과 같다. 2540, 4485, 4829, 4909, 5039, 5114, 5286. 이들 중 2540은 고대본 <악부>에 실려 있는 雜歌이고 4829, 4909, 5039, 5114, 5286은 개화기 시조 작품인데, 개화기 시조의 경우 주로 국권 회복의 염원을 표현하는 주요한 모티브가 되고 있다. 4909는 대표적이다. 「博浪沙中 쓰고 남은 鐵椎 項羽 又흔 壯士 쥬어/世界上에 不義者를 壹瞬間에 撲滅코져/아마도 沒數撲滅ᄒ기 前은 잠 못 닐워」

35) 이 작품은 평시조의 전형적인 형식에서 어느 정도 벗어나기도 하지만 평시조로 간주하는 것이 타당하다. 앞 두 마디가 이어져 있는 초장과 중장은 호흡상 아무런 지장이 없기 때문이다. 약간의 일탈이 보이는 것은 무엇보다 이질적인 통사 구조를 가진 한시문을 수용한 데서 비롯된 결과이다.

36) 고대본 악부 소재 작품들은 그 정체성으로 인해 사설시조로서의 자격을 의심받고 있다. 다른 가집에는 수록되지 않았다는 점이 중요한 이유이고, 인용 작품에 보이듯이 거의 모든 작품의 종장 부분이 "참으로 님의 화용 그리워 나 못 살겠네"나 이와 의미론적 지향을 같이 하는 구문에 의해 상투적으로 이루어져 있다는 것도 중요한 이유이다. 실제로 4212를 제외한 나머지는 '엮음 愁心歌'에 해당된다.

37) 전문은 다음과 같다. 「春水滿四澤 夏雲多奇峯 秋月揚明輝 冬嶺秀孤松」

38) 메시지(message)와 코드(code)는 각각 표면적 의미와 심층적 의미에 해당된다.

39) 여기에서 비합리주의의 국면은 강호가도를 표방하는 작품들조차 실상은 자연 자체를 노래한 것이 아니라는 점, 역사상의 영웅적 인물을 찬양하는 노래들도 사실은 그 인물을 순수하게 찬양의 대상으로만 삼지 않는다는 점과 통한다. 본서 2장 1절 참조.

40) 김욱동(1988 : 152)에서는 공모의식이 다음의 세 가지 요소를 가져야 성립 가능하다고 했다. 첫째, 발화에 참여한 사람들에게 공통되는 공간적·시간적 지평, 둘째, 상황에 대한 그들의 공통적인 지식과 이해, 셋째, 그 상황에 대한 그들의 공통적인 평가.

41) Antony Easthope, 박인기 역(1994 : 147)에서는 이를 하나의 '즐거운 말하기 행위'라고 한다.

42) J. 호이징하에 의하면, 놀이의 기능이나 본질은 지금까지 '모방 본능(imitative instinct)의 충족, 긴장 완화에 대한 욕구, 발산 작용(abreacton), 어느 한 쪽으로 치우친 활동으로 과소비된 에너지의 보상, 허구를 통한 소망 실현(wish-fulfilment)' 등으로 설명되어 왔다고 한다. 그러면서 이러한 설명은 부분적인 것에 불과하다고 보고, 재미 그 자체에 관심을 기울인다. J. 호이징하, 김윤수 역(1981), 『호모 루덴스』, 까치, p.12-13.

43) 비둘기에 대한 칸트의 다음 수수께끼는 이와 관련된 적절한 비유이다. "비둘기의 비상을 어렵게 만들 것처럼 보이는 기압이 바로 그것을 가능하게 만든다." Arnold Hauser, 한석종 역(1981), 『예술과 사회』, 홍성사, p.35.

44) 이 개념은 박삼서(1994)에서 제기된 신조어로서, '교육의 내용과 방법을 이루는 모
든 교육적 요소'를 뜻한다. 논자가 밝힌 대로 이 개념은 더욱 정치하게 규정될 필요
가 있으나, 이 글에서는 그 뜻을 존중하여 그대로 쓰기로 한다.

45) 이런 점에서 고전 작품을 읽는 것은 역사를 배우고 이해하는 일과 상통한다. 다만
역사는 실재했던 사실을 대상으로 하고 문학은 허구를 대상으로 한다는 점에서 양
자는 차이를 갖는다.

46) '윤리'는 사고나 행동의 판단에 준거로써 제시되는 어떤 규칙, 원칙, 이상, 덕목 등
을 뜻한다. 이 글에서는 '도덕'이라는 말과 혼용되어 쓰일 것이다.

47) Roger Caillois, *Les Jeux et Les Hommes*, 이상률 역(1994), 『놀이와 인간』, 문예출판사,
33-34면 참조. 저자가 밝힌 각각의 본질은 다음과 같은 의미이다.
① 자유로운 활동 : 놀이하는 자가 강요당하지 않는다. 만일 강요당하면, 곧바로 놀
이는 마음을 끄는 유쾌한 즐거움이라는 성질을 잃어버린다.
② 분리된 활동 : 처음부터 정해진 명확한 공간과 시간의 범위 내에 한정되어 있다.
③ 확정되어 있지 않은 활동 : 게임의 전개가 결정되어 있지도 않으며, 결과가 미리
주어져 있지도 않다. 생각해낼 필요가 있기 때문에, 어느 정도의 자유가 놀이하
는 자에게 반드시 남겨져 있어야 한다.
④ 비생산적인 활동 : 재화도 부도 어떠한 새로운 요소도 만들어내지 않는다. 놀이
하는 자들 간의 소유권의 이동을 제외하면, 게임 시작 때와 똑같은 상태에 이른다.
⑤ 규칙이 있는 활동 : 약속에 따르는 활동이다. 이 약속은 법규를 정지시키고, 일시
적으로 새로운 법을 확립하며, 이 법만이 통용된다.
⑥ 허구적인 활동 : 현실 생활에 비하면, 이차적인 현실 또는 명백히 비현실이라는
특수한 의식을 수반한다.
물론 이러한 놀이의 본질이 상상력과 언어의 본질에 가감 없이 부합하지는 않는
다는 점은 주의를 요한다. 따라서 양자를 놀이 자체로 보기보다는 놀이성을 가지
는 것으로 보고자 한다.

48) 김대행(1991)에서는 '뒤틀림'의 어조라는 말로 이러한 성격을 드러낸 바 있다. 이
논의는 사설시조의 작자층을 규명하는 데 초점을 두고 있어 이 글과는 맥락을 달리
하지만, 개념이나 의미에 있어서는 이 글에서 말한 '놀이적' 태도라는 말과 대동소
이하다. 김대행(1991), 「경건지향과 즐거움 지향」, 『시가시학연구』, 이화여대출판부,
410-415면 참조

49) 물론 다음 작품의 목소리는 진지하다고 볼 수 있다. 그러나 이와 같은 진지한 목소
리는 거의 예외적이다.
님으란 淮陽金城 오리남기 되고 나는 三四月 츩너출이 되야 / 그 남게 그 츩이 낙겸
의 납의 감둣 일이로 츤츤 졀이로 츤츤 외오 풀러 올히 감아 얼거져 플어져 밋붓터
끗꼬지 죠곰도 뷘틈업시 찬찬 굽의나게 휘휘 감겨 晝夜長常 뒤트러져 감겨잇셔 / 冬
섯쏠 바람비 눈설이를 암으만 맛즌들 썰어질쑬 이실야.

50) Peter Farb는 언어 자체보다는 인간의 언어 활동에 주목하여 Word Play라는 개념을 도입하였다. 영어의 play는 게임, 장난, 즐기기, 연극 등에 두루 사용되는데, 이를 포괄할 수 있는 적절한 우리말 번역어가 필요하나, 이 글에서는 '놀이'라는 말을 쓴다. Peter Farb, Word Play, 이기동·김혜숙·김혜숙 옮김(1997), 『말-그 쓰임과 모습』, 한국문화사, 제1장 및 2장 참조.

51) 김흥규(1993)에서는 이러한 유형의 작품군을 '장사치 - 여인 문답형'이라 칭하고, 그 語戱的 양상을 논한 바 있다. 「장사치 - 여인 問答型 사설시조의 재검토」, 간행위원회 편, 『근재 양순필 박사 화갑기념 어문학논총』, 학문사. 김흥규(1999), 『욕망과 형식의 詩學』, 태학사에 재수록.

52) 사설시조의 향유층이 사대부가 아니라 서민층이었다 하더라도 이러한 추정은 여전히 유효하다.

53) 김대행(1991)에서는 이처럼 대화를 주고 받는 형식으로 이루어진 사설시조에 대해 '익명성에 의한 진면의 가면화'로 풀이하고 있다.

54) 비유가 해학의 효과를 고조시키는 적절한 예는 <변강쇠가>의 '기물타령'이다. 이 사설은 남성과 여성의 성기를 시종 일관 비유의 연속으로 묘사하고 있는 바, 거기에서 발견되는 연상의 기괴성이나 과장성이 이러한 효과를 증폭시킨다.

55) 여기에서 'ᄒᆞ다'라는 동사는 율독의 맛을 증폭시켜 해학성을 고조하는 데 기여하기도 한다.

56) 시의 본질로서의 놀이성은 언어활동 또는 연행 상황의 차원에서 살펴 본 놀이성과도 일맥상통한다.

57) 이 시기의 사회적 갈등이 형성된 축이 수구와 개화 세력이 아닌 주체와 진보 세력에 있었다는 점에서 '開化期'라는 말을 쓰는 것은 문제가 있다. 그래서 '개화 구국기'라는 시대 명칭을 쓰기도 한다. 더군다나 갈래 상의 명칭으로 '개화기 시조'를 쓰는 데는 더 큰 문제가 있을 수 있다. 그렇지만 논의의 확산을 피하기 위하여 이 글에서는 널리 알려진 대로 '개화기'라는 말을 쓰기로 한다.

58) 「대한매일신보」에 실렸던 이 시기의 작품들은 '社會燈歌辭'로 불리어져 왔다. 그러나 김대행(1991)은 구체적인 작품 분석을 통해 이들 작품을 가사가 아닌 민요시로 그 갈래를 규정한다.

59) 김영철(1975)에서는 개화기의 시가 문학은 다음과 같은 특징을 갖는다고 지적하고 있다. ① 작가군의 비전문성, ② 표현 기교와 문학적 형상화의 결여, ③ 저항 비판의 참여 문학. 이 중 ①에 대해서는 반론의 여지가 있다.

60) 오늘날 가창되는 음악의 우열이 노랫말보다는 곡조나 가락에서 판가름난다는 점에서도 이런 사정을 엿볼 수 있을 것이다. 물론 오늘날의 가창 음악이 개별적으로 제목을 갖는다는 점은 다른 차원에서 고려할 일이다. 한편 고려 가요는 시조처럼 몇몇

정해진 곡조에 얹혀서 불리어지지 않았다. 고려가요의 제목은 개별적인 문학 작품의 제목이라기보다는 곡조의 이름이었다(장사훈, 1993).

61) 김영철(1984)에서는 이에 더하여 문학의 기능화 현상을 그 원인으로 추가하기도 한다. 개화기를 '非詩的 歷史 狀況'으로 보고 개화기의 사회 구조가 갖는 경직성이 시조 형태의 미적 구조를 잠식하는 기현상을 낳았다고 파악하는 것이다. 다시 말하면, 종장의 마지막을 주제어에 해당하는 단어로 끝맺음으로써 단호하고 힘찬 결의를 담아내는 효과를 갖게 된다는 것이다.

62) 『海東歌謠』를 예로 들면, 初中大葉, 二中大葉, 三中大葉 등의 명칭들이나 初數大葉, 二數大葉, 三數大葉 등의 명칭들이 모두 歌曲의 곡조명이었음에 유의할 필요가 있다. 이러한 명칭들은 『해동가요』가 노래책이었음을 입증해 주는 증거의 하나이다.

63) "근세의 모리배를 말려서 끊임없이 서로 쏠리게 하여 자연스럽게 비리한 습성에 젖게 하고, 혹 한가로이 놀이를 하는 자가 근본도 없는 잡요로서 농지거리하는 해괴한 짓을 하니, 귀하고 천한 이가 다투어 전두(일종의 사려금)를 주는 풍속을 숭상함이 어찌 옛날 현인과 군자가 정음(正音)의 여파(餘派)라 하겠는가. 내가 그 정음이 사라지는 것을 개탄함을 참지 못하여 대략 가곡을 초록하여 한 가곡보를 만들고, 그 구절, 고저, 장단, 점수를 표시한다. 여기에 뜻이 있는 후인을 기다려서 감계로 삼고자 한다." 『歌曲源流』 跋.

64) 임종찬(1993)에서는 개화기 시조가 창으로 불리어지기도 하고, 읽혀지기도 한 것으로 보고 있다.

65) 그의 시조집은 『風雅(大)』, 『風雅(小)』, 『詩歌(單)』, 등이다. 이 중 『風雅(大)』는 다른 시조집에 있는 거의 모든 작품을 집성한 것으로 보인다.

66) 그의 시적 경향은 매우 넓은 스펙트럼을 보여주고 있다. 기행 시조, 애정 시조, 월령체 시조, 유배 시조, 도덕 시조, 계고 시조, 부정부패 비판 시조, 중국 역대 인물 회고 시조, 말놀이 시조 등 매우 다양한 작품 세계를 구축하고 있다. 그의 다양한 시적 편력이, 실학파의 궁극적인 귀결이 그러하듯이 중세의 주자학적 질서로 귀결된다는 지적은 다른 차원에서 논의해 볼 필요가 있다(진동혁, 1983 ; 신연우, 1997 참조).

67) '사무사'에 대한 해석은 분분하다. 시 삼백 및 그것을 지은 사람의 생각이 모두 사악함이 없이 선하다는 해석, 시를 읽는 이의 심성에 얻어지는 결과적인 효용이 사무사하다는 해석, 시가 순수한 정의 발로이기에 인위적인 선악의 구분을 넘어서서 본원적으로 사악함이 없다는 해석이 제기되고 있다. 이 중 앞의 두 입장은 시가 인간에게 미치는 도덕론적 효용을 중시하고 있다는 점에서 같은 맥락에 놓여 있다. 이글에서는 이 말을 효용론적인 입장에서 해석하기로 한다. 김흥규(1982) 참조.

68) 이러한 시가의 두 가지 지향은 각각 정악과 민속악으로 대별되어 실현되는 경향이 있다.

69) 대한매일신보에 실린 작품들은 조선조 시조를 패러디한 경우도 흔하고, 내용이 유사한 작품들이 많이 있어, '독창성'이나 '창의성'이라는 개념을 적용하기가 매우 어렵다. 오히려 이런 점에서는 전대 문학의 '관습시'적 성격을 더 강하게 띤다고 볼 수 있다. 옹의 설명 방식을 따른다면, 개화기 시조는 구술문화와 인쇄문화의 중간 단계인 '필사문화'의 성격에 부합하는 것으로 이해될 수 있다.

70) 창가를 비롯한 '부르는 문학'은 주로 '독립신문' 소재 작품들로 나타난다(윤여탁, 1997 참조).

71) 우리의 '문학'과 서양의 'literature'는 본디 '쓰기'를 의미한다.

72) 이 비유는 Umberto Eco의 「글쓰기와 글읽기」(김인환 외 편, 『문학의 새로운 이해』, 문학과지성사, 1996)를 원용했다.

73) 17세기~19세기에 걸쳐 송강 문학이 향유되었던 실상은 최규수(2002)에서 실증적으로 밝혀낸 바 있다.

74) 서울대 국어교육연구소의 '근현대 민족어문교육 기초연구'팀에 의해 제도적·비제도적 국어교육의 전분야에 걸쳐 광범위하면서도 세밀하게 수행되고 있다. 연구사적 기원을 거슬러 올라가면, 교재사적 차원에서 주목할 만한 선행 연구로서 시조 장르에 대한 김선배(1998)을 들 수 있고, 국어과 교육과정 전반의 변천에 대해서는 정준섭(1995)를 참조할 수 있다. 이하 서술되는 교육과정의 변천에 관한 내용은 정준섭의 논의를 참조하였다. 한편 조희정(2005a)에서는 교재사적 맥락에서 <홍길동전>과 <관동별곡>을 집중적으로 다루었고, 조희정(2005b)에서는 건국 과도기부터 7차 교육과정기까지의 중등 국어 교과서에 실린 고전 제재 전체의 수록 양상을 개괄한 바 있는데, 기초 자료로서 이 글에 많은 참조가 되었다.

75) 물론 두 범주는 경우에 따라 중첩되거나 결합될 수 있으며, 특히 텍스트적 지식과 문학의 내용 요소에 대한 경험은 섬세하게 분간하기 어려울 수도 있다. 이 문제가 여기에서는 크게 중요하지는 않으나, 굳이 구별이 필요한 경우에는 교재의 전체적인 맥락을 고려하여 그 귀속을 판단하기로 하겠다.

76) <춘향전> 및 <춘향가>는 4차와 7차 고등학교 「국어」에서 <관동별곡>과 서로 다른 단원에 수록되어 있다. 참고로, 동일 단원에 나란히 배치된 여타 작품들이 단원을 달리 하여 수록된 경우를 포함하여 교과서에 수록된 사항은 다음과 같다. 조희정(2005b) 참조.

77) 조희정(2005a)에서는 장르 개념이 고려된다는 점을 근거로 하여 4차~6차기의 특성을 '고전의 문학화'로 규정하면서, '고전'에서 '문학'으로 중심이 이동되는 시기로 설명하고 있다. 4차에서 이러한 경향이 나타난 것은 이 시기에 처음으로 '문학'이 별도의 영역으로 설정되었던 사정과 무관하지 않을 것이다.

78) 이러한 학습 활동의 내용은 물론 '가면 혹은 진실'이라는 제목의 평설(김병국, 1972)에 바탕을 두고 있다.

79) 5차에서부터 새로운 변화가 생긴 것은 5차 교육과정에서 '학생 중심', '과정 중심'
이 두드러지게 강조되었다는 점과도 관련이 있어 보인다. 이 시기에 언어 기능 중심
으로 구성되면서도, 한편에서는 학생 중심, 과정 중심이 표면화되었던 것이다.

80) 이를 '대체'로 규정하는 것은 어디까지나 '의도된 교육과정'에 국한해서이다. '전개
된 교육과정' 및 '실현된 교육과정'에서는 여전히 이전 시기에 작용했던 문학관의
영향이 전적으로 배제되지 않을 것이라는 점에서 '부가'라 함이 옳을 것이다.

81) 4차 교과서에서 <관동별곡>이 수록된 '시가' 단원의 도입부에는 고전에 대해 다음
과 같이 기술하고 있다. "고전이란, 그 우수한 질적 가치와 영향력에서 문학사상 안
정된 위치를 차지하고 있는 작품들이다. 이는 현재 또는 후세에 모범이 되어 하나의
전통을 수립, 지속시키는 데 뚜렷이 기여(寄與)할 작품들이다. 이러한 고전 작품 속
에서, 우리는 선인들의 독특한 사상과 생활 감정 외에, 인류의 보편적 체험도 발견
하게 될 것이다." 여기에서는 일단 마지막 문장에서 고전 작품의 가치를 두 측면에
서 접근하고 있음에 주목해 두기로 하자.

82) 여정 확인과 필치 탐색은 각각 기의(signifié)와 기표(signifiant)에 대응되는 사항이라
하겠다.

83) 물론 5차와 6차에서도 훌륭한 표현을 찾아 그렇게 생각한 이유를 밝히는 학습 활동
이 등장하고 있다. 그러나 전체적인 비중 면에서는 현격하게 줄어든 것이다.

84) 노명완(1988 : 57-58)에서는 이를 내용 중심 국어교육관과 방법 중심 국어교육관으
로 구별하여 다음과 같이 차이를 밝히고 있다. 전자에서는 국어학 및 국문학의 지
식, 개념, 원리를 학생들에게 학습시키되, 이같은 지식 내용을 가장 잘 설명하는 글
을 모아 교과서를 꾸미고, 교사는 교과서의 글 내용을 설명해 주고, 학생들은 이 지
식들을 절대 진리로 간주하고 피동적으로 받아들인다. 평가는 주로 지필에 의한 검
사에서 정답을 찾도록 강요하는 형태를 띤다. 후자에서는 지식보다는 언어 기능을
신장시킴으로써 학생들의 언어 사용 능력을 계발함에 주목적을 둔다. 그리고 학생
들이 교수-학습 활동의 주체가 되며, 학생들의 말과 글이 가장 좋은 교수-학습 자료
가 되고, 교사는 학생들의 언어 활동을 격려하고 안내하고 교정하는 역할을 하게 된
다. 평가는 지식보다는 학생들의 직접적인 언어 수행 능력의 평가에 중점을 둔다.

85) 이 변화에 보조를 맞추고 있는 또 다른 구도는 정보 처리 모형이다. 통상적으로 정
보처리 모형은 상향식과 하향식, 상호 작용 모형으로 구별되는데, 상향식 모형에서
는 텍스트와 필자의 권위를, 하향식은 독자의 자율성을 존중한다. 물론 상호 작용
모형은 의미의 구성을 양자 간 교섭의 결과로 본다.

86) 단원 실라버스 구성의 모형에 대해서는 이삼형 외(2000)을 참조할 수 있다.

87) 학습 활동의 특성으로 한 가지 더 지적할 수 있는 것은, 뚜렷한 경향성으로 부각되
는 바는 아니나 3차를 제외한 5차까지의 교과서에서 상호텍스트적 읽기를 유도하고
있다는 점이다. 1차와 2차 [인문]에서는 동일 작가의 <사미인곡>, 2차 [실업]에서

는 안축의 <관동별곡>, 4차에서는 <상춘곡>, 5차에서는 ‘경치를 노래한 다른 가사’와 비교하는 학습 활동이 배치되어 있다. 이 점도 제재의 교재 내·외적 연관성이라는 점에서 주목할 필요가 있다.

88) 네 가지 범주 중 태도 범주와 수행 범주는 전체적으로 미약하다. 3차 [인문] 교과서에 제시된 ‘국토에 대한 애정에 관해 생각해 보기’는 경험 범주에 속하면서도 태도 범주로도 귀속 가능하고, 6차에서 갈등 해결 방식이 동양적 전통으로 설명될 수 있겠는지 설명해 보기는 태도의 형성을 겨냥하고 있는 것으로 보인다. 수행 범주에 속할 수 있는 항목으로는 4차의 독후감 쓰기나 7차의 (혼자하기) 2번 항목 주어진 구절에서 알 수 있는 아름다움에 대해 글 쓰기 정도가 될 것이다. 그러나 이는 아마도 ‘의도된 교육과정’에 국한할 경우의 수치이고, 전개된 교육과정에서는 더욱 많아질 수 있다.

89) 물론 이를 <관동별곡>의 최종적인, 그리고 확고부동한 핵심적 요소로 못박을 수는 없다. <관동별곡>이 진정한 고전이라면 새로운 독법에 의해 새로운 의미가 발견될 가능성은 항상 열려 있다.

◆ 제2부 경험의 성장과 고전시가 교육

1) 물론 문제는 ‘민족 문화’라는 말이 지니는 다층성과 추상성이다. 문화라는 말 자체가 다양한 내포를 지닌 채 쓰이고 있음은 물론이고, 근대 국가에서 민족의 정체성도 매우 불투명한 것이 사실이다. 이에 대해서는 본격적인 논의가 필요하겠으나, 통념상의 내포와 외연을 존중하는 수준에서 논의를 진행해도 대과는 없으리라 본다.

2) “신라 사람들이 향가를 숭상한 지가 오래 되었으니 이것은 대개 시(詩)·송(頌) 같은 것이다. 때문에 이따금 천지와 귀신을 감동시킨 것이 한두 번이 아니었다.” 『三國遺事』 卷五, 月明師 兜率歌.

3) 이러한 의문에 따라 향가에서 주술과 예술, 주술적 노래와 서정시를 구별하고, 그 차이에 기반하여 시의 주술성을 연구하기 위한 방법론적 전제를 보여준 성기옥(1991)은 주목을 끈다. 특히 ‘인식’ 차원의 주술과 ‘표현’ 차원의 주술을 구별한 것은 시사하는 바 크다. 성기옥(1991), 「‘感動天地鬼神’의 논리와 향가의 주술성 문제」, 논총간행위원회 편, 『古典詩歌의 理念과 表象』(林下 崔珍源博士 停年紀念論叢) 참조.

4) ‘삼구육명’의 풀이에서 관건이 되고 있는 것은 ‘삼구’와 ‘육명’이 어떤 관계에 있는가 하는 문제와 ‘삼’과 ‘육’이 어떠한 단위를 규정하는 숫자인가 하는 문제이다. 이에 대해서는 숱한 연구사가 축적되어 있지만, 여전히 많은 논란거리를 남겨두고 있다. 혹 ‘삼구’가 이 글에서 간주하는 바대로 ‘시상 전개’ 혹은 ‘의미’의 분절을 지시하지 않는다고 하더라도 이 글의 취지가 손상되는 것은 아니다.

5) 행 구분은 노래의 형식과도 관련이 있는 사안이어서, 『삼국유사』 원문의 떼어쓰기를

어떻게 배려할 것인가의 문제는 보다 많은 논의를 거쳐야 확정될 수 있다. 그러나 한편 이 노래의 작시와 연행, 그리고 전승이 문자로 이루어진 것이 아니라는 점에서, 이에 대한 논의는 소모적일 수도 있다. 띄어쓰기나 행 구분은 문자언어로 지면에 기록되는 순간부터 문제 삼을 수 있는 사안인 것이다.

6) 양주동이 '邊也藪耶'를 '邊 也藪耶'로 끊어 읽으면서 'ㅊ 이슈라'로 읽은 이후 이것이 많이 수용되다가 김완진에 의해 '藪'가 '수풀'을 뜻한다는 설이 제기되었으며, 신재홍 (2000, 233~234)에서는 김완진의 독법을 수용하여 '(숲처럼 모인 사람의) 무리여'로 해석하였다.

7) '舊里'가 '옛날'과 '날' 중 어떤 의미를 가지는가 하는 논란과, '옛날'의 의미를 지닌다면 과거를 함축하는 부사어로서 '遊鳥隱'(놀던)과 '望良古'(바라고), '烽燒邪隱(횃불 사른)' 중 어디까지를 한정하느냐 하는 논란이 있다. 이는 '건달파의 논 성'의 정체에 대한 논란과 함께 <혜성가> 해석의 한 관건이 되고 있다. 김병국(1992) 참조.

8) 고혜경(1990 : 250~252)에서 다음과 같이 제1분절과 제2분절의 시어의 양상을 정리한 바 있다. 여기에서 각각을 과거와 현재, 판단과 해석으로 분별한 점은 주목을 요하지만, 이 글의 관심은 작품의 3분절 형식에 있으므로, 이에 대한 논란은 피하기로 한다.

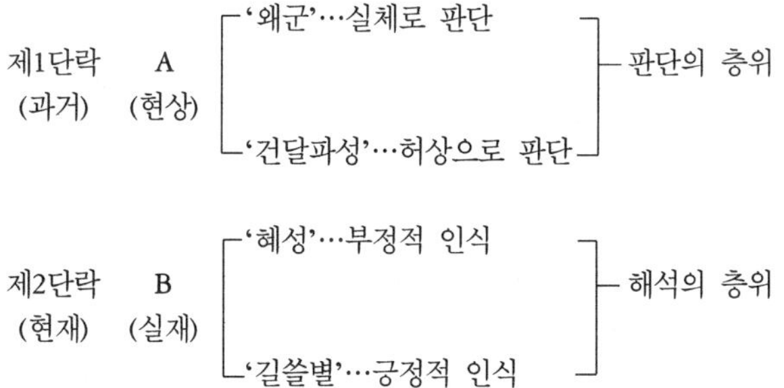

9) 황패강(1992)와 이를 참조한 김종규(1998)에서는 이를 단순히 '질 변화(質變化)'라고만 언급하였으나, 고혜경(1990)은 이러한 재명명의 기제를 구체적으로 밝힌 바 있다.

10) 일찍이 양주동(1965 : 883)에서 향가를 포괄적으로 평설하면서 <혜성가>에 대하여 "교묘한 메타포어와 경쾌한 유우머"라는 평가를 내린 점은 주목할 필요가 있다. 다만 이것이 입증의 과정이 생략된 채 선언적으로 내려진 규정이어서, 이 글에서 논한 사실과 직접적으로 연관되는지는 확신하기 어렵다.

11) 이런 점에서도 <혜성가>를 진지한 제의의 맥락이 아닌 유희적 맥락에서 읽는 독법의 타당성을 확인할 수 있다.

12) 그렇기 때문에 처음에는 길조로 짐작되던 꿈이 나중에 새로운 해석에 따라 흉조로 판정되는 사례도 없지 않다. <홍길동전>에서는 까마귀 울음 소리를 '객자와객자와'로 표기하여 '자객'의 출현을 암시하는 흉조로 설정하고 있다.

13) 이와 관련하여 제 7 차 국어과 교육 과정 '국어 생활' 교과의 '문화 속의 국어 생활'
이라는 내용 항목 중에 '국어 생활과 전통 문화'가 있고, 이의 세부 내용으로 다음
의 네 가지 사항을 제시하고 있음을 주목할 필요가 있다.『국어과 교육과정』, 제 7
차 교육과정(교육부 고시 제 1997-15호[별책 5]), 118-119면.
① 선인들의 언어관을 이해하고 그 의미를 재발견한다.
② 전통적 수사, 완곡 어법과 직설 어법 등 선인들의 발상 및 표현 방식을 이해하
고 그 의미를 재발견한다.
③ 우리 고유의 삶의 방식이 반영된 관용어, 전통적 말놀이, 금기어, 수수께끼, 고
유 지명 등에 담겨진 국어 문화를 발견하고, 이를 국어 생활에 발전적으로 적
용한다.
④ 속담의 특성과 기능을 이해하고 이를 국어 생활에 적용한다.

14) 서정주의 <무등을 보며>에서 "어느 가시덤불 쑥 굴헝에 놓일지라도 / 우리는 늘
옥돌같이 호젓이 무쳤다고 생각할 일이요 / 청태라도 자욱이 끼일 일인 것이다"라고
했던 것도 넓게 보아 동일한 발상법에 근거한 것으로 보인다.

15) 이는 김대행(1995)에서 '고전표현론'을 주창하면서 제시되었던 고전 자료의 미덕이다.

16) 이와 관련하여 박혜숙(1998)과 박희병(1999), 한창훈(2000)은 그 선구적 의의가 인
정된다.

17) 여기에서 강호가도가 인생시일지언정 자연시는 못 된다는 한 선학의 단언(정병욱,
1988 : 417~418)을 상기할 필요가 있다.

18) 물론 자연의 '말없음'과 세속의 '언어'가 각각 랑그와 파롤에 해당되므로 층위가 서
로 다르고, 따라서 나란히 병렬되기는 어렵다. 그러나 '말없음'의 의미를 읽어내기
위한 경로로 그 반대항의 언어사태를 활용하는 것이므로, 이는 어디까지나 방법론
적인 차원의 전략으로 이해하면 된다.

19) 이 형식적 원리는 후에 초·중·종장이 각각 대상(object)-관계(relation)-의미(meaning)에
해당되는 진술이라 하여, ORM 구조로 명명된다.

20) 이는 세계의 자아화라는 장르적 원리를 따르고 있는 서정시 고유의 시적 발상이기
도 하다.

21) 몇몇 가집의 기록대로 이 시조의 작가를 송강 정철로 보더라도 이러한 의미 맥락은
달라지지 않는다. 조동일(1994 : 205-206)에서는 이 작품과 관련하여, "자연과 경치
를 함께 노래하는 이중적 의미를 갖게 하려다가 얼마쯤 어긋난 결과를 얻었다고 보
는 편이 타당할 듯하다."고 했다. 그러나 우의적 표현의 의도만은 성공적으로 드러
내고 있는 것으로 보인다.

22) 有蛇含龍尾 聞過泰山岑 萬人各一語 斟酌在兩心(뱀이 용의 꼬리를 물고 / 태산 봉우리
를 지나갔다는 말이 있다오. / 만 사람이 한 마디씩 하여도 / 짐작하는 것은 두 마음
에 달렸다오.). 이들 작품군의 통시적 계보와 성격에 대한 고찰은 조규익에 의해 이

루어졌는데, 그는 이들 작품군을 '님아 님아'라는 부름말에 근거를 두고 '呼主歌'라 명명하였다(조규익, 1996 참조).

23) 임주탁(1992)에서는 이 작품의 초·중장에서 기술된 사건을 시적 화자도 인정한다고 보고, 시적 화자 자신이 실은 '용'의 능력을 지닌 존재임을 드러낸 작품으로 보았다. 그러나 그러한 해석에 동의하기가 쉽지 않고, '관습'을 존중하여 유사 작품군과 같은 맥락으로 읽어야 한다고 본다.

24) 이와 같은 계열 구분은 김흥규(1999)의 논의를 따른 것이다. 그는 「강호사시가」가 집권사대부들의 낙관적 세계 인식을 주된 기저로 깔고 있다면, 「어부가」는 근본주의적 개혁 이념을 현실 정치에서 실현하고자 도전했다가 거듭 좌절을 겪은 사림의 세계관을 표현한 것이라 하였다.

25) 시조의 친자연적인 경향을 은일(隱逸), 자연애호, 취락(醉樂) 등에 근거하여 도가 사상과 연관지어 설명하려는 시도가 있으나, 이들 요소가 반드시 도가 사상의 전유물이 아님은 분명해 보인다(최동원, 1980 참조).

26) 유가에서는 인간사와 관련되지 않는 순수한 물질적 자연에는 관심이 없었다. 도가에서는 자연을 인간사와는 무관하게 '스스로 그러함'의 자발성을 갖는다고 보면서도 동시에 인간사를 지배하는 본성으로서 사회의 바깥에 외재하고 있는 것으로 보았다(노진철, 2000 : 149-152 참조).

27) 일찍이 李鈺이 다음과 같이 진술한 바 있다. "천지만물을 보는 데에는 사람을 보는 것만큼 중요한 것이 없으며, 사람을 보는 데에는 情을 보는 것만큼 오묘한 것이 없고, 정을 보는 데에는 남녀의 정을 보는 것만큼 진실한 것이 없다." 남녀의 정은 천하만물의 씨앗을 담고 있다고 보았던 것이다. 李鈺, 俚諺引 : 二難, 『藝林雜佩』, 장3.

28) 다소 오래된 통계이긴 하지만, 이별을 포함하여 남녀 간 애정을 소재로 삼은 고시조 작품이 다음과 같다는 점도 좋은 참고 사항이 된다. 아래는 심재완의 『교본 역대시조전서』(세종문화사, 1972)에 실린 3,335수 중 462수를 애정 시조로 분류한 후에 집계된 것이다. 최운식(1980), 「고시조에 나타난 남녀의 애정, 『국제대학논문집』 8집, 7-12면.

내 용 ＼ 시조의 종류	평시조	엇시조	사설시조	백분율
사랑과 육체의 정	47	4	57	23.4
이별	51	7	13	15.4
그리움과 기다림	114	8	30	32.9
원과 한	75	5	15	20.5
재회	6	1	2	2.0
기타	11	4	12	5.8
계	304	29	129	100

29) 서정 장르의 시 정신을 자아와 세계의 동일성 혹은 일체감에서 찾는 논리를 승인할

경우, 자아와 세계의 동일성을 추구하는 방법으로 동화(assimilation)와 투사(projection) 두 가지를 들 수 있다. 동화란 시인이 세계를 자신의 내부로 끌어들여서 그것을 내적 인격화하는 것이고, 투사란 감정이입에 의해 자신을 상상적으로 세계에 투사하여 자신을 발견하는 것을 말한다(김준오, 1994 : 2733 참조). 그러나 이런 분류가 그다지 정확한 경계를 지니고 있는 것은 아닌 듯하다. 왜냐 하면 투사도 결국 자아와 세계가 동화되는 것이기 때문이다.

30) 시조는 아니지만 송강의 <사미인곡> 중 "陽양春츈을 부쳐 내여 님 겨신 디 쏘이고져"와 같은 구절도 한 사례이다. 이별 시가로서 이 부류에 묶일 수 있는 시조로는 송강의 다음 작품이 있으나, 전체적으로 편수가 많지 않은 점도 특징적이다. "내 무음 버혀 니여 져 달을 민들과져/ 九萬里 長天에 번듯시 걸녀 이셔/ 고은 님 계신 곳에 가 빗최여나 보리라." 위의 구절에서도 '양춘'과 '져 달'은 단순한 소재에 머무르지 않고 계절 및 시간을 알려주는 표지로서 배경의 역할을 하고 있다.

31) 이를 적실하게 보여주는 사례가 되는 작품은 <동동>이다. <동동>에서 반면충동적 발상이 나타난 연은, 화자의 정황이 '나릿 믈'과 대비되어 제시된 정월령과, '錄事님'과 '곳고리새'가 대비되어 제시된 4월령이다. 8월령도 넓게 보아 이 범주에 포함시킬 수 있겠는데, 그것은 계절 자체의 속성 때문이 아니라 한가위라는 명절이 주는 흥성한 분위기 때문이다. 따라서 8월령도 역설적인 시적 상황을 보여주는 사례라 할 수 있다.

32) 그래서 시인은 '-리'라는 미래 시제 속에서 조화로운 관계를 기대하면서 중장의 긴장감과는 다르게 '구비구비 펴'는 환희의 모습을 보여 주는 것이다(조세형, 1992).

33) 반드시 그러한 것은 아니지만, 대체로 봄을 계절적 배경으로 삼은 작품들은 반면화 방향으로, 가을을 계절적 배경으로 삼은 작품들은 동화 방향으로 시적 정황이 구성된다는 점도 주목할 만하다.

34) 사실 문화 유산의 전수라는 교육의 과제는 치밀한 논증 과정을 거쳐서 입증되어야 할 논리라기보다는, 차라리 정책적 차원에서 승인되고 있는 선험적 당위에 가깝다. 그렇다고 해서 이 선험적 당위를 맹신하는 것은 위험하다. 그것이 선험적 당위가 되어야 하는 이유마저 초논리적으로, 그리고 항구적으로 승인되는 것은 아니기 때문이다. 따라서 고전문학의 교육적 가치와 개별 작품들의 역사적 의의는 지속적으로 입증되어야 한다. 이 글의 궁극적인 목표도 이러한 과제에 맞닿아 있다.

35) 꽃이 시의 소재로 활용되는 빈도가 높은 만큼 이에 대한 연구물도 풍성한 편이다. 그러나 대체로 개별 시인들의 작품론이나 시인론에서 다루어지거나, 자연관의 한 항목으로 편입되어 있을 따름이고, 꽃을 주제론적 방법에 의해 전면적으로 다룬 연구는 발견되지 않는다. 주제론에 가장 가까운 것은, 소재론의 일환으로 시조의 '꽃'을 다루고 있는 정병욱(1988), 「고시조에 나타난 꽃」(『(증보)한국고전시가론』, 신구문화사)이다.
　한편 꽃이 시적 소재로 활용되는 빈도가 높다는 이유로 인해 이 글에서 다루는 작품들의 대표성이 문제될 수 있다. 그러나 이 글에서 유형화하고 있는 꽃의 표상이 독자적인 입론에 바탕을 두고 있기보다는 일반적인 심상에 근거해 있기 때문에 작품 자체의 대표성은 그다지 큰 문제가 아니다. 다만 논의 결과의 일반화와 시각의 포괄성을 위해 거의 모든 시가 장르를 망라하기로 하겠다.

36) 꽃의 정체에 대한 해명은 결국 노래 자체의 성격 문제와 결부되어 있다. 성기옥(1992)에서는 노래의 성격과 관련된 견해를 세부적으로 분류하여, 각각의 한계와 오류를 분석하고, 이를 바탕으로 신라인의 미의식을 종합적으로 정리한 바 있다.

37) 박진태 외(2002 : 292~293)에 따르면, <헌화가>의 마지막 행 '바치오리다'가 미래형 시제를 택한 것은, 이 노래가 특정한 상황에서 일회적으로 불려진 노래가 아니라 굿 속에서 반복적으로 불려졌기 때문이라 하였다. 한편 '夫人'이라는 칭호가 아주 제한적으로 붙여졌다는 점에 착안하여, 수로부인이 동해용과의 관계 후 용녀를 낳았다고 보는 견해(조태영, 1999)가 있는데, 이를 존중한다면 수로부인의 신이성은 더욱 증폭된다.

38) 다음의 시조가 전형적이다.
    "밧긔 국화를 심거 국화 아래 슐을 비져 / 달 쓰자 슐 익즈 꼿 퓌자 님오시자 / 나 배 와서 츔 츄거든 완월상취 ᄒ리다."

39) 다음의 시조가 전형적이다. 또 아래의 민요는 꽃 대신 가지와 잎을 소재로 삼고 있지만, 발상은 동일하다.
    "쏫자 고온 체 ᄒ고 오는 나뷔 피치 말라 / 嚴冬 雪寒이면 뷘 柯枝 쑨이로다 / 우리도 貪花 蜂蝶이니 놀고 간들 엇더리."
    "가지 좋고 잎 좋은 때면, / 줖섬새가 다모여들단, / 가지 지고 잎 지어부난, / 病든 새도 지넘어간다."(제주도)
    한시와 고전시가에서 낙화의 형상이 지니는 상징적 혹은 비유적 의미는 신익철(2003)에서 '무상감'을 포함하여 세부적으로 다루고 있다.

40) 이를 일러 '反面 衝動'이라 하여, <덴동어미 화전가>를 포함한 화전가류 작품에서 상투적으로 나타나고 있다고 한 김대행(2003)이 주목된다.

41) 다음의 시조가 전형적이다.
    "玉欄 꼿치 픠니 十年이 어늬덧고 / 中野 悲歌에 눈물 계워 안즈이셔 / 살쓰리 셜운 ᄆ음은 나 혼즈ᄂ가 ᄒ노라."

42) "너는 주거 꽃이 되고 나는 주거 나비 되어 삼춘이 다 진토록 꽃 속에 잠이 드러 자나깨나 깨나자나 주야장천 놀고지고." 이는 판소리 <춘향가>와 서민가사인 <이별곡>에 공히 삽입되어 있다. 꽃을 소재로 활용한 시인들이 인지하고 있었던 사실인지는 모르나, 이 경우 꽃 자체가 하나의 생식 기관이라는 점은 흥미롭다.

43) "쏫치 호졉을 몰나도 그 호졉이 쓸디 업고 / 호졉이 꼿츨 몰나도 그 쏫치 쓸데 업다 / 허물며 ᄉ롬이야 다 일너 무삼." -李世輔

44) "꼿 보고 춤츄는 나뷔와 나뷔 보고 방긋 웃는 꼿치 / 져 思郎ㅎ기는 造化翁의 일이로다 / 엇더타 우리의 스랑은 가고 아니 오ᄂ니." -金壽長

45) 이능우(1959)에서는 <도솔가>를 부름으로써 소원을 이룬 마력(魔力)을 가진 노래로 분류하였고, 김열규(1984)에서는 <도솔가>를 향가 가운데 <구지가>의 형태에 가장 가까운 노래로 보고서, 특히 일괴(日怪)의 양(禳, exorcism)이라는 노래의 효험에 주목하였다. 임기중(1967)에서는 나아가 <도솔가>를 포함한 8수의 향가 작품이 불교적인 동기보다 원시종교적 동기에서 불려진 노래로 규정하였으며, 김승찬(1982)에서는 <도솔가>를 미륵의 법력을 차용한 노래라고 하였다.

46) 이러한 중차대한 임무가 꽃에 부여된 것은, 꽃이 화엄의 높은 이상이 응축된 소우주로 자리하고 있기 때문이라는 설명이 있다. 꽃을 부리는 일은 화엄을 널리 펼치는 것을 말하며, 화엄의 세계에서는 진리나 부처를 만나는 일이 꽃을 통해서 가능하다는 것이다(이도흠, 1998 : 119~120).

47) '돌'이 불변성이나 항구성을 근거로 신성화되었다면, '꽃'은 피고 지는 자신의 생태를 인간의 지각에 확연하게 보여주는 생명체로서, 초자연적 존재의 본질을 인간에게 계시하는 데 훨씬 더 효율적이었을 것이다.

48) 이 점과 관련하여 사대부들이 종류를 불문하고 꽃을 예찬하는 것이 아니라, 매화나 국화처럼 다소 특수한 환경에서 피는 꽃을 대상으로 한다는 점도 특기할 만하다. 이는 판소리 <춘향가>의 '십장가' 대목에서 춘향이 "삼생가약 맺은 마음, 삼종지법을 알았거던 삼월화로 아지 마오."라고 항변하는 것과 대비해 보면 더욱 두드러진다.

49) 이와 더불어 사물을 인간화하여 직접 말을 거는 말하기 방식도 <도솔가>와 유사한 점이다.

50) 다음 민요에서는 꽃이 님을 표상하지는 않지만, 꽃이 님과 결합되어 있다. "海棠花 한 숭어리, / 와다직걱 부질러서, / 용상에 꽂고 보니, / 海棠花야 네 아모리 고와도 / 임의 얼골 傳할소냐."(경남 진주)

51) 미 표상의 계보는 일일이 예거하기 어려울 정도이므로, 논의를 생략한다. 다만 소재에 반드시 구속될 필요가 없다면, 다음과 같은 시도 주제 의식을 고리로 하여 미 표상의 꽃노래와 함께 읽을 수 있을 것으로 보인다. "꽃들은 별을 우러르며 산다. / 이별의 뒤안길에서 / 촉촉히 옷섶을 적시는 이슬, / 강물은 / 흰 구름을 우러르며 산다. / 만날 수 없는 갈림길에서 / 온몸으로 우는 울음. / 바다는 / 하늘을 우러르며 산다. / 솟구치는 목숨을 끌어 안고 / 밤새 뒹구는 육신, / 세상의 모든 것은 / 그리움에 산다. / 닿을 수 없는 거리에 / 별 하나 두고, / 이룰 수 없는 거리에 / 흰 구름 하나 두고, - 오세영, <먼 그대>

◆ 제 3 부 수행 능력의 신장과 고전시가 교육

1) "신라 사람들이 향가를 숭상한 지가 오래 되었으니 이것은 대개 시(詩), 송(頌) 같은 것이다. 때문에 이따금 천지와 귀신을 감동시킨 것이 한두 번이 아니었다."『三國遺事』 卷五, 月明師 兜率歌.

2) 김대행(1995 : 250-253)에서는 근원성과 정태성 외에 역사성을 들어 고전 문장의 표현론적 효용을 설명하고 있으나, 이 글에서는 일단 '옛것'이라는 점에 초점을 맞추기로 하고 그 통시적 변화를 보여주는 역사성에 대한 고려는 삼가기로 한다.

3) 이와 관련하여 조동일(1982)에서는 다음과 같은 결론을 내린 바 있다. "「균여전」에서 향가는 三句六名으로 짜여져 있다고 한 말을 율격 분석에 적용하려는 노력도 거듭되었으나, 말뜻부터가 문제니 그것을 기준으로 삼아 명확한 결과를 얻을 수 있을 것 같지는 않다."고 하였다. 조동일(1982),『한국문학통사』 1권, 지식산업사, 128면 참조.

4)) 이에 대한 상세한 논의는 매우 빈번하게 다루어졌으나, 그 대체적인 흐름은 다음의 글들을 참할 수 있다. 김학성(1986), 「三句六名의 解釋」 및 최철(1986), 「향가의 형식」, 장덕순 외, 『한국문학사의 쟁점』, 집문당 ; 신재홍(2001), 「향가 형식 재론」,『한국시가연구』 제 9 집, 한국시가학회. 해석상의 갈래 분류는 김학성의 논의를 따른다.

5) 여기에 '이른바'라는 말을 붙인 것은 '10구체'의 '구'와 삼구육명의 '구'가 서로 다른 층위의 단위이기 때문이다. 전자는 행 개념과 일치하며, 詞腦歌라는 말은 특히 이들 10행 향가를 가리키는 것으로 간주되고 있다. 한편 띄어쓰기나 행 구분은 문자언어로 지면에 기록되는 순간부터 문제삼을 수 있는 사안인 바, 행 구분에 대한 관심에는 의도적이든 그렇지 않든, 작시와 연행, 전승의 측면에서 구술에 의존했던 향가를 기록에 의한 개인 창작시로 보는 관점이 깔려 있다고 할 수 있다.

6) 이는 양주동(1965) 이래 거의 모든 논의에서 확인할 수 있다.

7) 대표적으로 김대행(1980) ; 이종출(1985) ; 김병국(1995)를 들 수 있다. 경우에 따라 향가의 형식이 고려속요를 뛰어넘어 바로 시조로 연결되는 경우가 있는데, 이는 하나의 문학 양식이 전대 문학 양식에 대한 반발로 성립된다는 문학사의 일반적인 양태가 고려된 결과이다. 더욱이 향가와 시조가 공히 상층에 의해 향유된 장르로서 민요적 색채가 강한 고려 속요와는 대비되는 시가적 성격을 가진 점도 고려될 수 있다.

8)『三國遺事』卷五, 融天師 彗星歌. 어석은 일단 양주동의 업적을 바탕으로 하되, 필요한 경우에 한하여 여타의 논의를 참조하기로 한다.

9) 어석상의 문제로 인하여 제1분절이 과거의 사태인지 또한 현재의 사태인지를 명백하게 판단할 수 없다는 어려움이 있다. 그러나 어떠한 경우든지 제1분절과 제2분절의 유비 관계는 부정되지 않는다.

10) 본서 제2부 제1장 참조.

11) 『三國遺事』卷五, 月明師 兜率歌.

12) 이를 만일 연설의 수사로 본다면, 제1분절은 '간접적 서론'에 해당된다. 청자를 자기와 긴밀한 관계 속으로 끌어들여 청중의 호의를 확보하는 방법이 '직접적 서론'이라면, 간접적 서론은 우화, 일화, 농담을 제시하는 미묘한 암시법을 말한다. Peter Dixon, 강대건 역(1979), 『수사법』, 서울대출판부, 42면.

13) 여기에서 제2분절과 제3분절의 관계를 본격적으로 다루지 않는 것은 일차적으로 논의의 혼란을 피하기 위해서이다. 다만 제3분절이 제2분절의 시상을 강화함으로써 전체 시상을 완결시키는 역할을 맡아 구조적인 조화와 안정감을 도모하는 데 기여하고 있다는 점은 분명해 보인다.

14) 김교빈, 「죽은 박정희가 산 역사를 몰아내려는가」, http://www.kyosu.net/

15) 김대행(2000)에서는 시조의 '대상(O)-관계(R)-의미(M)' 구조를 사고의 체계로서 파악하여 그 전통성과 보편성을 밝힌 바 있다. 한편 김성룡(2002)에서는 한시에서의 대구를 단순한 수사학이 아니라 시학이라 하여, 이것이 시 구성의 원리를 터득하게 하는 방법적 원리이면서 동시에 待對라는 존재론적 근저에까지 이를 수 있다고 하였다.

16) 그나마도 현대시조에서 율격이 일률적이지 않은 것은 주지의 사실이다. 시에서 행구분이 단순히 시각적인 고려일 뿐만 아니라 율격의 장치이면서 의미론적 층위와도 무관하지 않다는 점을 고려하면, '율격적 정형성'이라는 말도 좀 더 유연하게 이해되어야 한다.

17) 제1차 교육과정기 이전에서부터 이후 7차례에 걸친 교육과정의 개편에도 불구하고, 시조는 국어 교과에서 특별한 대접을 받아 왔다. 이에 대해서는 김선배(1998)에서 실증적으로 다룬 바 있다. 그러나 단순히 수록된 작품의 편수에 따라 시조의 위상과 비중을 판단하는 것은 단선적일 수 있다.

18) 이전에 제안된 '비평적 에세이'나 '반응 일지' 등의 양식이 여기에 포함된다. 자세한 내용은 김동환(1999), 김성진(1999), 양정실(2000) 참조.

19) 허왕욱(2004)에서는 관점의 차이에 따라 시조 교육 방법을 '시조에 의한 교육', '시조에 대한 교육', '시조를 통한 교육'으로 구분한 바 있는데, 이 중에서 '시조를 통한 교육'에서 시조가 발휘할 수 있는 교육적 효용성을 다음 몇 가지로 규정했다. 시조의 3장 구조가 논리적이고 안정적인 틀을 취하고 있다는 점, 양적으로 풍부하고 고전과 현대를 아우르고 있다는 점, 작품 구성에서 화자와 청자의 대화체가 반영되어 있다는 점, 짧은 분량으로 인해 고쳐 쓰기 활동에 적합하다는 점 등이다. 본 논의에서 주목하고 있는 교육적 가능성도 이와 크게 다르지 않다.

20) 본 논의의 취지를 존중한다면 '작품(work)' 대신 '텍스트(text)'를 써야 옳다. 작품은 여전히 자체적인 완결성을 가진 예술품이라는 의미가 강하므로, 다른 작품과의 상호 관계에 대한 고려를 원천적으로 봉쇄하기 때문이다. 상대적으로 텍스트는 다른 텍스트에 대해 열려 있다. 그러나 관례적인 범위 내에서 두 용어를 혼용하기로 하겠다.

21) <하여가>와 <단심가>가 각각 이방원과 정몽주가 아니라 후대인의 위작일 가능
성이 제기되었으나(강전섭, 1983), 그렇다 하더라도 주고받기라는 연행 방식을 따
라 향유되었을 것이다.

22) 김대행(2004)에서 인간화 교육을 위한 문학교육의 실천 방향으로 '자기 실현(DIY)'
의 원리를 강조한 바 있다. 이는 문학교육이 단편적인 지식이나 전문적인 용어의 전
달 치중하는 현실에 대한 반성에서 나온 것이다.

23) '화응'은 '화답'보다 범위가 넓으므로, 박목월의 <나그네>나 이가림의 <목마름 -
옥봉에게>는 당연히 '화응시'로 규정할 수 있다.

24) 물론 이 구절이 그대로 반복되지는 않고 어느 정도의 변주는 이루어진다. 대표적으
로 다음 텍스트를 들 수 있다.
  "달이 님즈 업다터니 判然혼 거진말이라/ 中天에 쩌 즐기다가 쎼이거다 一片雲의/
  빗취되 못 비치믄 임재 새와 ᄒ노매라."
  "구룸이 無心튼 말이 아무도 虛浪ᄒ다/ 中天에 쩌 이셔 任意로 든니면서/ 구틔야
  光明혼 날빗츨 ᄯ라가며 덥ᄂ니." - 李存吾

25) 두 시조의 초장에서는 시조의 시적 구성 방식이 요구하는 조건 때문에 문장 성분의
도치가 일어났다. 그 조건이란 두 마디씩 통사적 긴밀성을 유지해야 한다는 것이다.
정상적인 어순이라면, "白鷺] 야 가마귀 싸호는 골에 가지 마라"와 "白鷺] 야 가마
귀 검다 ᄒ고 웃지 마라"로 구성되었을 것이다. 이런 요건도 시조를 짓는 데는 중요
한 규칙이 되며, 이를 통해 특정한 시적 효과를 위해 언어를 다듬는 감각도 익힐 수
있을 것이다.

26) 허왕욱(2004)에서 본 논의와 같은 맥락에서 이 두 시조를 대화적 관계로 포섭하여
다룬 바 있다.

27) 대표적으로 우한용(1998), 우한용(2000), 김대행(2000), 임경순(2004)를 들 수 있다.
물론 여전히 교육과정상으로는 '쓰기'와 '읽기'와 '문학' 영역이 나란히 병렬되어
있는데, 이는 기형적이다. 이에는 문학을 보는 관점, 각 분과 영역의 학문적 지분 문
제 등등이 복합적으로 얽혀 있다. 특히 창작과 관련하여 이 용어가 (전문적인) 문예
창작이 아님을 구태여 강조하고 있는 교육과정의 해설서의 설명은 이런 맥락에서
필연적이다. 이 기형성을 해결하는 한 방안으로, 문학을 별도의 영역으로 설정하지
않고 듣기·말하기, 읽기, 쓰기 영역에 문학 작품을 골고루 위치하게 하여 다양한
언어 활동의 내용이나 자료로 활용하게 하는 것이다. 이에 대해서는 별도의 학문적
인 논의가 집중적으로 이루어질 필요가 있겠다.

28) 물론 성급한 일반화의 오류를 범하기도 하고, 문학교육의 본질이나 구도에 대한 이
해를 결한 채 인상적으로 재단하는 경우도 있다. 따라서 이러한 지적들은 부분적으
로는 참이지만, 부분적으로는 거짓이다.

29) 최근에 이른바 '경영 문학'이라는 이름으로 출판된 몇 권의 책들이 베스트셀러의 자

리를 차지한 적이 있다. 이들 책에서는 경제와 경영, 자기 계발에 대한 정보를 전달하는 방법으로서 스토리텔링이 활용되었다. 스토리텔링의 흡인력을 충분히 보여주는 사례라 할 수 있다.

30) 초등학생용 한자 학습서인 『마법 천자문』은 한자 하나를 익히도록 하기 위해 여러 가지 인물과 사건을 유기적으로 구성하는 스토리텔링을 활용하고 있다. 이는 물론 교실에서 일어나는 교수-학습이 아니지만, 스토리텔링이 에듀테인먼트에서 어떤 역할을 하고 어떤 위상을 지니는지를 가늠해 볼 수 있는 한 사례이다. 스토리텔링과 에듀테인먼트에 대한 개략적인 소개는 다음을 참조할 수 있다. 강심호(2005), 『디지털 에듀테인먼트 스토리텔링』, 살림.

31) 이 점에 관해서는 최예정·김성룡(2005), 『스토리텔링과 내러티브』, 글누림, pp.18-27 및 류수열 외(2007), 『스토리텔링의 이해』, 글누림, 제1장 참조.

32) 하이퍼텍스트는 작동 방식에 따라 두 가지로 구별된다. 제작자(작가)가 미리 정해놓은 몇 가지 가능성 중의 하나를 선택하는 수준에서 독자의 자율성이 발휘되는 탐색적 하이퍼텍스트(explorative hypertext)와 순전히 독자의 자율적인 결정으로 텍스트를 선택하고, 기존 텍스트를 독자 자신의 활동으로 변형하고 가공하는 구성적 하이퍼텍스트(constructive hypertext)가 그것이다. 하이퍼픽션(hyperfiction)은 전형적인 탐색적 하이퍼텍스트이다. 류현주(2000), 『하이퍼텍스트문학』, 김영사 참조

33) 이는 롤랑 바르트의 『어느 연인의 담론』을 바탕으로 사랑의 모험이 지속되는 단계를 기호학적으로 설명한 아래 글을 바탕으로 한 것이다. 사랑 자체보다는 욕망을 초점에 맞추고 있지만, 바로 그런 이유 때문에 사랑의 정체를 더 잘 드러내주는 글이다. 권택영(1995), 「욕망의 기호학」, 『영화와 소설 속의 욕망 이론』, 민음사 참조.

34) 심재완의 『교본 역대시조전서』(세종문화사, 1972)에 실린 3,335수 중 평시조, 엇시조, 사설시조 462수를 애정 시조로 분류한 후에 주요 주제 혹은 모티프별로 집계한 결과, 사랑과 육체의 정 23.4%, 이별 15.4%, 그리움과 기다림 32.9%, 원과 한 20.5%, 재회 2.0%, 기타 5.8%로 나타났다. 최운식(1980), 「고시조에 나타난 남녀의 애정」, 『국제대학논문집』 8집, 7-12면 참조.

35) 이 글에서는 개별적인 사건만이 아니라 원형적인 이미지까지도 '모티프' 개념에 포괄한다.

36) 시조 작품은 여러 시조집에서 가려 뽑았으나, 대체로 박을수 편(1992), 『한국시조대사전』(아세아문화사)와 김용찬 교주(2001), 『교주 병와가곡집』(월인)을 바탕으로 하였다. 가나다순으로 정리되어 있거나 색인이 부가되어 있으므로 작품 번호는 별도로 표기하지 않았다.

37) 이 노래의 원형으로 간주되는 다음 노래에서는 단지 '길이'와 '넓이'만이 강조되고 있다. "ᄉᆞ랑 ᄉᆞ랑 긴 긴 ᄉᆞ랑 기쳔 ᄀᆞ치 내내 ᄉᆞ랑 / 九萬里 長空에 넌즈러지고 남ᄂᆞᆫ ᄉᆞ랑 / 아마도 이 님의 ᄉᆞ랑은 ᄀᆞ 업슨가 ᄒᆞ노라."

38) 이와 유사한 발상을 가진 작품으로 다음 두 작품을 들 수 있다. "뎌 건너 검어 무투룸흔 바회 錠 디여 씌두드려 니여 / 털 돗치고 쏼을 박아셔 홍셩드뭇 것게 밍글녀라 감운 암소 오오우오오우우오오 / 두엇다ㄱ 님 離別ᄒ고 가오실 제 것구루 틔여 보니리라.", "ᄇᄅᆷ 부러 쓰러진 뫼 보며 눈비 맛쟈 셕은 돌 본다 / 눈情에 거룬 님이 슬커늘 어듸 본다 / 돌 셕고 뫼 쓸닌 後야 離別인 쥴 알니라."

39) <개야미 불개야미 존등 부러진 불개야미~>, <大川 바다 한가온디 中針 細針 싸지거다~> 등과 함께 이 노래는 '변명 모티프'를 가진 '호주가(呼主歌)'로 명명된 적 있으며, 『고려사』 악지에 실려 전하는 <사룡(蛇龍)>에 그 발상의 소원(遡源)을 두고 있다. 조규익(1996), 『만횡청류』, 박이정의 2부 작품론 참조.

▌참고문헌

歌曲源流 跋
磨嶽老樵, 『靑丘永言』 後跋
李世輔, 『風雅』
花源樂譜 序
균여전(최　철·안대회 역주, 새문사, 1986)
병와가곡집(김용찬 교주, 월인, 2001)
중학교 교육과정 해설(Ⅱ) - 국어, 도덕, 사회 -, 교육부, 1999
고등학교 교육과정 해설 - ② 국어, 교육인적자원부, 2001

강심호(2005), 『디지털 에듀테인먼트 스토리텔링』, 살림
강재철(1987), 「牧隱 李穡의 四君子詩 硏究」, 『한문학논총』 제5집, 단국한문학회
강전섭(1983), 「<丹心歌>와 <何如歌>의 遡源的 硏究」, 『東方學志』 35, 연세대국학연구
　　　　원
고미숙(1995), 「조선 후기 서민시가의 융성과 다기한 분화」, 민족문학사연구소 편, 『민족
　　　　문학사 강좌 (상)』, 창작과비평사
고운기(1995), 「향가의 형식적 특징과 현대시」, 시힘 동인집 『슬픔이 내 키를 넘는다』,
　　　　푸른숲
고정옥(1949), 『古長時調選註』, 정음사(김용찬 교주(2005), 보고사)
고혜경(1990), 「「彗星歌」의 詩歌的 性格」, 『梨花語文論集』 11, 이화어문학회
권택영(1995), 「욕망의 기호학」, 『영화와 소설 속의 욕망 이론』, 민음사
金達鎭 譯解(1987), 『唐詩全書』, 민음사
김대행 외(2000), 『문학교육원론』, 서울대출판부
김대행(1976), 『韓國詩歌構造硏究』, 삼영사
　　　(1980), 『한국시의 전통 연구』, 개문사
　　　(1986), 『시조유형론』, 이화여대출판부
　　　(1991), 『시가시학연구』, 이화여대출판부
　　　(1995), 『국어교과학의 지평』, 서울대 출판부
　　　(1997), 「국어교육의 목표와 내용」, 『선청어문』 25집, 서울대 국어교육과
　　　(2000), 『문학교육 틀짜기』, 역락
　　　(2002), 「내용론을 위하여」, 『국어교육연구』 10, 서울대 국어교육연구소
　　　(2003), 「「덴동어미 화전가」와 팔자의 원형」, 박노준 편, 『고전시가 엮어 읽기』(하),

태학사

______(2004), 「인간교육과 문학교육」, 『선청어문』 제32집, 서울대학교 국어교육과

김동환(1999), 「비평적 에세이 쓰기」, 『문학과 교육』 제7호, 문학과교육연구회

김문환(1989), 『미학의 이해』, 문예출판사

김병국(1972), 「가면 혹은 진실」, 『국어교육』 18-20 합병호, 한국국어교육연구회

______(1995), 『한국 고전문학의 비평적 이해』, 서울대출판부

김선배(1998), 『시조문학 교육의 통시적 연구』, 박이정

김성룡(2002), 「중세 시대의 聯句 학습과 문학교육」, 『문학교육학』 제 9 호, 한국문학교
     육학회

김성진(1999), 「비평의 논리로 본 문학 수행 평가의 철학」, 『문학교육학』 제3호, 문학교
     육학회

김수경(2003), 「시조에 나타난 병렬법의 시학」, 『韓國詩歌研究』 제13집, 한국시가학회

김승찬(1982), 「『三國遺事』 所載 鄕歌의 呪術的 특질」, 『三國遺事의 문예적 가치 해명』,
     새문사

______(1985), 「혜성가」, 황패강 외 편, 『향가여요연구』, 반도출판사

김열규(1972), 「鄕歌의 文學的 硏究 一斑」, 김열규 외, 『향가의 어문학적 연구』, 서강대
     인문과학연구소

______(1984), 「鄕歌의 文學的 性格」, 『新羅歌謠研究』, 정음문화사

김영철 외(1984), 『韓國詩歌의 再照明』, 형설출판사

김영철(1975), 「開化期의 詩歌 硏究」, 서울대 대학원

김우창(1964), 「慣習詩論」, 『서울대 논문집』 10, 서울대학교

김욱동(1988), 『대화적 상상력』, 문학과 지성사

김윤식(1980), 「유교적 세계관과 시조 양식의 대응 관계」, 『한국근대문학양식론고』, 일지
     사

김재홍(1982), 『韓龍雲文學研究』, 일지사

김종규(1998), 「혜성가의 표현」, 『한국시가연구』 제 4 집, 한국시가학회

김준오(1982), 『시론』(제3판), 삼지원

김중열(1977), 「사설시조의 형성에 미친 당시의 영향」, 『월암 박성의 박사 환력기념 논문
     집』

김학성(1980), 『한국고전시가의 연구』, 원광대출판부

______(1986), 「三句六名의 解釋」, 장덕순 외, 『한국문학사의 쟁점』, 집문당

김학성(1990), 「辭說時調의 詩學的 特性」, 『성대문학』 27집

김흥규(1982), 『조선후기의 시경론과 시의식』, 고대 민족문화연구소

______(1986), 『한국문학의 이해』, 민음사

______(1992), 「고전문학 교육과 역사적 이해의 원근법」, 『현대비평과 이론』 3호(『한국고
　　　전문학과 비평의 성찰』, 고려대출판부, 2002에 재수록)
______(1999), 「江湖自然과 정치현실」, 『욕망과 형식의 시학』, 태학사
______(2002), 『한국 고전문학과 비평의 성찰』, 고려대출판부
나정순(1981), 「한시의 시조화에 나타난 시조의 특성 연구」, 이화여대 대학원
______(1988), 「시조 전통성 연구의 시론」, ≪국어국문학≫ 100호, 국어국문학회
노명완(1988), 『국어교육론』, 한샘
노진철(2000), 「자연에 대한 의미론의 역사적 변화」, 『사회과학』 12, 경북대학교사회과학
　　　대학
류수열 외(2007), 『스토리텔링의 이해』, 글누림
류수열(2003), 「고시조에 나타난 언어의 풍경」, 『언어와 진실』(김상대 교수 정년퇴임 기
　　　념 논총), 국학자료원
______(2006a), 「문학 지식의 교육적 구도」, 『국어교육학연구』 25, 국어교육학회
______(2006b), 「문학교육과정의 경험 범주 내용 구성을 위한 시론」, 『문학교육학』 19,
　　　한국문학교육학회
______(2007), 『꽃 보고 우는 까닭』, 우리교육
류현주(2000), 『하이퍼텍스트문학』, 김영사
박노준(1982), 『新羅歌謠의 硏究』, 열화당
______(1998), 「사설시조와 에로티시즘」, 『한국시가연구』 제3집, 한국시가학회
박삼서(1994), 「<전우치전>의 教育素 발견과 그 意味」, 이상익 외, 『고전문학 어떻게 가
　　　르칠 것인가』, 집문당
박성봉(1995), 『대중예술의 미학』, 동연
박영주(1995), 「고전문학 교육의 현실과 방향 정립」, 『국어교육』 90, 한국 국어교육 연구
　　　회
박을수 편(1992), 『한국시조대사전』, 아세아문화사
박을수(1968), 「시조문학에 끼친 한문학의 영향(1) -古事成語考-」, 『어문논집』 11집, 고려
　　　대 국문학과
______(1970), 「시조문학에 끼친 한문학의 영향(2) -人名・地名考-」, 『어문논집』 12집, 고
　　　려대 국문학과
박진태 외(2002), 『삼국유사의 종합적 연구』, 박이정
박철희(1974), 「시조의 구조와 그 배경-Conventional Poetics-」, 『영남대논문집』 7집
______(1976), 「辭說時調의 構造와 그 背景 : 辭說時調는 自由詩다」, 『국어국문학』 72・
　　　73, 국어국문학회
______(1980), 『韓國詩史硏究』, 일조각

박혜숙(1998), 「시조의 생태 미학」, 『녹색평론』 제42 호

박희병(1999), 『한국의 생태 사상』, 돌베개

성기옥(1991), 「'感動天地鬼神'의 논리와 향가의 주술성 문제」, 『古典詩歌의 理念과 表象』
　　　　(林下 崔珍源博士 停年紀念論叢), 동 간행위원회

______(1992), 「<獻花歌>와 신라인의 미의식」, 백영 정병욱 선생 10주기 추모 논문집
　　　　간행위원회, 『한국고전시가작품론 1』, 집문당

신연우(1997), 『조선조 사대부 시조문학 연구』, 박이정

신은경(1990), 「平時調를 패러디化한 辭說時調 연구」, 『국어국문학』 104호

______(1992), 『辭說時調의 詩學 硏究』, 개문사

신익철(2003), 「고전시가와 현대시에 나타난 낙화의 형상」, 박노준 편, 『고전시가 엮어
　　　　읽기』(상), 태학사

신재홍(2000), 『향가의 해석』, 집문당

______홍(2001), 「향가 형식 재론」, 『한국시가연구』 제9 집, 한국시가학회

심재완(1979), 「시조작품의 한시문 수용에 대한 고찰」, 『한국학보』 16집, 일지사

양정실(2000), 「반응 일지 쓰기의 문학교육적 함의」, 『국어교육』 제102호, 한국국어교육
　　　　연구회

양주동(1965), 『增訂 古歌硏究』, 일조각

염은열(1999), 「표현 자료로서의 <관동별곡> 연구」, 『독서연구』 4, 한국독서학회

______(2004), 「시조 교육의 위계화를 위한 방향 탐색」, 『고전문학과 교육』 제8집, 한국
　　　　고전문학교육학회

염창권(2004), 「시조 텍스트의 수용과 창작 지도 방법」, 『문학교육학』 제14호, 한국문학
　　　　교육학회

우한용(1998), 「창작 교육의 이념과 지향」, 『문학교육학』 제2호, 한국문학교육학회

______(2000), 「창작교육을 돌아보고 내다보는 가상 정담」, 『선청어문』 제28집, 서울대학
　　　　교 국어교육과

윤여탁(1997), 「개화기 시가를 통해 본 전통의 문제」, 『국어교육연구』 4집, 서울대 국어
　　　　교육연구소

윤영옥(1995), 『한국의 고시가』, 문창사

이규호(1984), 「鄭石歌式 表現과 時間意識」, 『국어국문학』 92, 국어국문학회

이능우(1956), 「鄕歌의 魔力」, 『現代文學』 21호, 1956. 9

이도흠(1992), 「헌화가의 문화사회학적 시학」, 『한양어문연구』 제10 집, 한양어문연구회

______(1998), 「도솔가와 화엄사상」, 『한국학논집』 제14 집, 한양대 한국학연구소

이돈희(1993), 『교육적 경험의 이해』, 교육과학사

이동철(1997), 『시조문학산고』, 국학자료원

이명선(1948), 『조선문학사』, 조선문학사

이민홍(1985), 『士林派 文學의 硏究』, 형설출판사

이용주·구인환·김은전·박갑수·이상익·김대행·윤희원(1993), 「國語敎育學의 硏究와
　　敎育의 構造」, 『師大論叢』 46집, 서울대학교 사범대학

이원순 외(1985), 『歷史敎育』, 정음문화사

이재선(1989), 『한국문학주제론』, 서강대출판부

이종은 외(1998), 「한국문학에 나타난 한국인의 자연관 연구」, 『한국학논총』 제 32 집, 한
　　양대학교한국학연구소

이종출(1985), 「한국 근세시가의 형태론적 연구」, 『세종대논문집』 제 12 집, 세종대학교

이지호(1995), 「常套的 表現考」, 『국어교육연구』 제2집

이홍우(1995), 『敎育의 目的과 難點』(제5판), 교육과학사

임경순(2004), 「문학 수업에서 글쓰기 교육의 방향과 유형」, 『문학교육학』 제15호, 한국
　　문학교육학회

임기중(1967), 「新羅鄕歌에 나타난 呪力觀」, 『東岳語文論集』 5집, 동악어문학회

임종찬(1993), 『개화기 시조론』, 국학자료원

임주탁(1992), 「慣習과 意味 - 長時調 <개아미 불개야미…>에 대하여」, 백영 정병욱 선
　　생 10주기 추모논문집 간행위원회, 『한국고전시가작품론(2)』, 집문당

장사훈(1993), 『증보 한국음악사』, 세광음악출판사

정병욱(1967), 「한국시가문학사(상)」, 『한국문화사대계』, 고려대민족문화연구소

＿＿＿(1970), 『國文學散藁』, 신구문화사

＿＿＿(1985), 『한국고전시가론』, 신구문화사

＿＿＿(1988), 『(증보)한국고전시가론』, 신구문화사

정병헌(1997), 「판소리의 시가 차용과 경쟁력」, 최철 외, 『한국고전시가사』, 집문당

정재찬(1993), 「談話 分析을 통한 歌辭의 장르성 硏究」, 『선청어문』 제21집, 서울대 국어
　　교육과

정준섭(1995), 『국어과 교육과정의 변천』, 대한교과서주식회사

정현선(1995), 「모더니즘시의 문화 교육적 연구」, 서울대 대학원

조규익(1996), 『만횡청류』, 박이정

조동일(1982), 『한국문학통사』 1권, 지식산업사

＿＿＿(1986), 『한국문학통사』 4권, 지식산업사

＿＿＿(1994), 『한국문학통사 2』(제 3 판), 지식산업사

조세형(1992), 「<동짓달 기나긴 밤…>의 시공 인식」, 『한국고전시가작품론 2』, 집문당

조태영(1999), 「『三國遺事』 水路夫人 說話의 神話的 成層과 歷史的 實在」, 『고전문학연구』
　　제 16 집, 한국고전문학회

조희정(2005a), 「고전 제재의 교과서 수용 시각 검토(1)」, 『국어교육연구』 15, 서울대국어
　　　교육연구소

＿＿＿(2005b), 「교과서 수록 고전 제재 변천 연구」, 『문학교육학』 17, 한국문학교육학회

진동혁(1983), 『이세보 시조 연구』, 집문당

진재교(1995), 「조선 후기 현실주의 시문학의 다양한 발전」, 『민족문학사 강좌 (상)』, 창
　　　작과 비평사

최　철(1986), 「향가의 형식」, 장덕순 외, 『한국문학사의 쟁점』, 집문당

최규수(2002), 『송강 정철 시가의 수용사적 탐색』, 월인

최동원(1980), 「도가 사상이 고시조에 미친 영향」, 『고시조론』, 삼영사

최신호(1971), 「初期 詩話에 나타난 用事理論의 樣相」, ＜古典文學硏究＞제1집, 한국고전
　　　문학연구회

최예정 · 김성룡(2005), 『스토리텔링과 내러티브』, 글누림

최운식(1980), 「고시조에 나타난 남녀의 애정」, 『국제대학논문집』 8집

최재남(1983), 「口碑的 側面에서 본 時調의 詩的 構成 方式」, 서울대 대학원 석사학위 논
　　　문

＿＿＿(1990), 「詩的 構成의 慣習性과 形象化의 普遍性」, 『千峰 李能雨 博士 七旬紀念論叢』,
　　　동간행위원회

최진원(1977), 『국문학과 자연』, 성균관대출판부

한창훈(2000), 「고전시가의 문학교육적 가치」, 『시가와 시가 교육의 탐구』, 월인

＿＿＿(2005), 「＜관동별곡＞ 해석의 문학교육적 의미망」, 『문학교육학』 16, 한국문학교
　　　육학회

허왕욱(2004), 『고전시가교육의 이해』, 보고사

현승환(1997), 「생불꽃 연구」, 『백록어문』 제 13 집, 백록어문학회

현용준(1982), 「＜兜率歌＞ 考」, 김열규 외 편, 『삼국유사의 문예적 연구』, 새문사

황영숙(1970), 「시조에 나타난 用事의 양상」, 숙명여대 대학원

황적륜(1990), 「한국어와 영어의 담화 구조 비교 연구」, 『사대논총』 제41 집, 서울대학교
　　　사범대학

황준연(1986), 「北殿과 時調」, 『세종연구』 1, 세종대왕 기념사업회

황패강(1992), 「혜성가 연구」, 『중재 장충식박사 화갑기념논총』(인문 · 사회 · 과학 편), 동
　　　간행위원회

Applebee, Arthur N.(1994), "Curriculum in the English Language Arts", *English Studies
　　　and Language Arts*(ed. Alan C. Purves) ; New York, National Council of
　　　Teachers of English

Bergson, H., 정연복 역(1992), 『웃음』, 세계사

Caillois R., Les Jeux et Les Hommes, 이상률 역(1994), 『놀이와 인간』, 문예출판사

Carter, Ronald & Michael N. Long(1991), *Teaching Literature*, Longman

Cox, Brian(1991), *Cox on cox: An English Curriculum for the 1990s*, Hodders & Stoughton, 1991

Easthope, Antony, 박인기 역(1994), 『시와 담론』, 지식산업사

Eco, Umberto, 「글쓰기와 글읽기」, 김인환 외 편(1996), 『문학의 새로운 이해』, 문학과지 성사

Eliade, M., 이은봉 역(1998), 『성과 속』, 한길사

Ennis, John F.(1994), "Cultural Literacy", *English Studies and Language Arts*(ed. Alan C. Purves) ; New York, National Council of Teachers of English

Farb P, Word Play, 이기동 · 김혜숙 · 김혜숙 옮김(1997), 『말-그 쓰임과 모습』, 한국문화 사

Frye, N(1957), *Anatomy of Criticism*, Princeton Univ, Press

Giddens, Anthony(1976), *New Rules of Socialogical Method*, Hutchinson

Giddens, Anthony, 윤병철, 박병래 역(1991), 『사회이론의 주요 쟁점』, 문예 출판사

Gribble, James, *Literary Education : A Revaluation*, 나병철 역(1987), 『문학교육론』, 문예 출판사

Hauser, Arnold, 백낙청 · 반성완 역(1980), 『文學과 藝術의 社會史 - 近世篇 上』, 창작 과 비평사

Hauser, Arnold, 한석종 역(1981), 『예술과 사회』, 홍성사

Hauser, Arnold, 황지우 역(1983), 『藝術史의 철학』, 돌베개

Huizinga J., *Homo Ludens*, 김윤수 역(1981), 『호모 루덴스』, 까치 ·

Hulme, T. E(1936), *Speculations*, London

Hutcheon, Linda, *A Theory of Parady*, 김상구 · 윤여복 역(1992), 『패러디 이론』, 문예 출판사

Leech, G. N(1969), *A Linguistic guide to English Poetry*, Longman Group Ltd

Macdonell, Diane, 임상훈 역(1992), 『담론이란 무엇인가』, 한울

Marcuse H., *Eros and Civilization*, 김인환 역(1996), 『에로스와 문명』, 나남출판

Michael Polanyi, *Personal Knowldeg - Towards a Post-Critical Philosophy*, 표재명 · 김봉미 역 (2001), 『개인적 지식 - 후기비판적 철학을 향하여』, 아카넷

Ong, Walter J., 이기우 · 임명진 역(1995), 『구술문화와 문자문화』, 문예출판사

Peter Dixon, 강대건 역(1979), 『수사법』, 서울대출판부

Pollard A., *Satire*, 송낙헌 역(1978), 『풍자』, 서울대출판부

Richter, David H,(1995), "Aesthetic and Political Issues in the Canon Wars", Richter, David H, ed, *Falling into Thory*, Bedford Books of St. Martin's Press

Russell, S. A., 석기용 역(2003), 『꽃의 유혹』, 이제이북스

Selden, Raman, 현대문학이론연구회 역(1987), 『현대문학이론』, 문학과지성사

Shils, Edward, Tradition, 김병서·신현순 역(1992), 『전통』, 민음사

Shklovsky, V, 「기법으로서의 예술」, 야콥슨·바흐친 외, 조주관 옮김(1993), 『러시아 현대비평이론』, 민음사

Ullmann, S, 남성우 역(1987), 『意味科學入門』, 탑출판사

Wolff, Janet, 이성훈·이현석 역(1986), 『예술의 사회적 생산』, 한마당

劉勰, 최동호 역주(1994), 『文心雕龍』, 민음사

한스 요아힘 그립, 노선정 역(2006), 『읽기와 지식의 감추어진 역사』, 이른아침

▌찾아보기 – 용어

▌찾아보기 - 작품